笑傲江湖

金庸

THE SMILING, PROUD WANDERER

3

吸星大法

趙懿「襟上杭州舊酒痕」

趙懿，浙江錢塘人，清嘉慶年間著名印人，工詞，

「夜來微雨曉來晴，時節近清明」一句傳誦人口。「襟上杭州舊酒痕」是白居易的詩句。

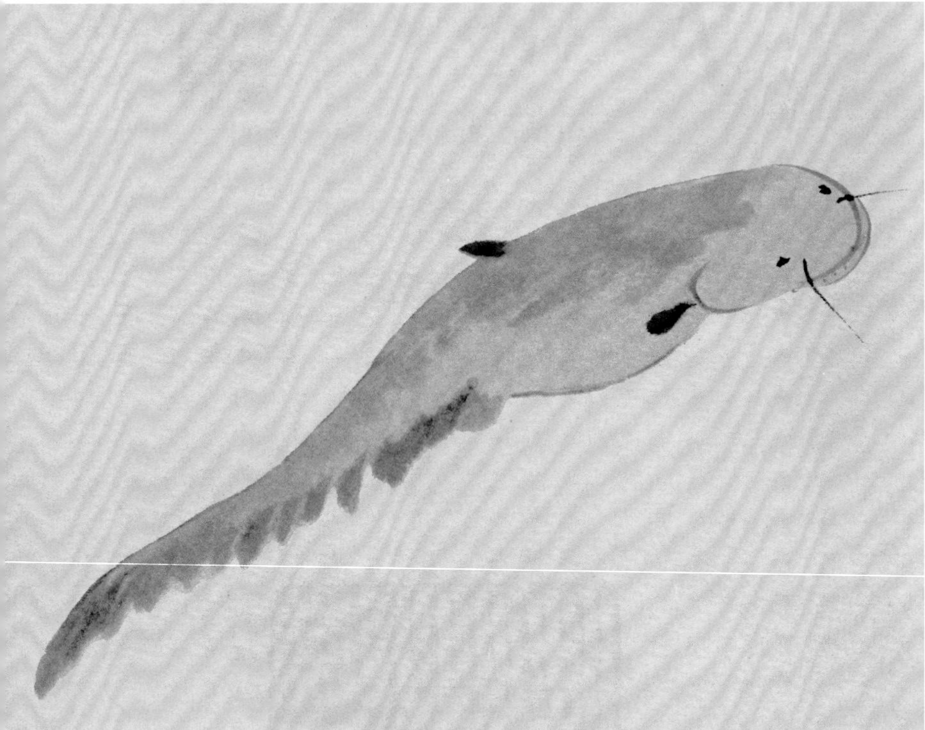

朱耷「魚圖」：朱耷（音答，大耳也），明末清初大畫家，江西人，明朝宗室，號八大山人，畫上題字有如「哭之笑之」，為人清高狂傲。圖中之魚寥寥數筆而神態生動，似是在江湖間自在游蕩。

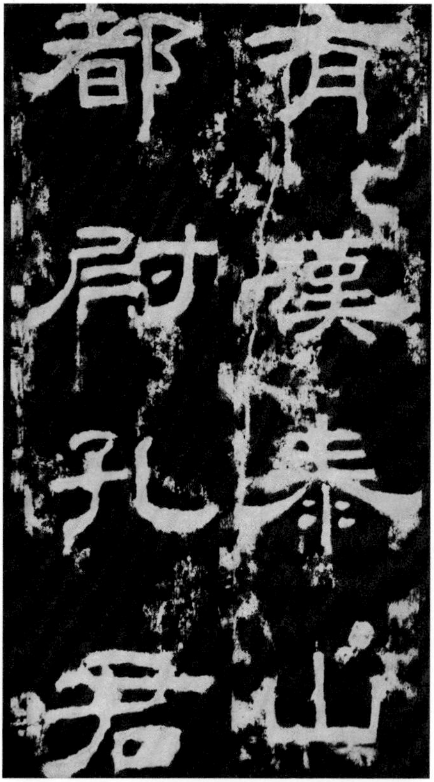

右圖／泰山都尉孔宙碑：漢碑拓片。

下圖／泰山碧霞祠：雄峙岱頂，建於宋代。正殿覆蓋銅瓦，配殿及山門用鐵瓦。攝影者是香港著名攝影家陳復禮。

左頁圖／武當山之一角。

上圖／少室山石闕銘：漢碑拓片。少室山為少林寺之所在地。

左頁上圖／少林寺初祖庵：據說為當年達摩面壁處。達摩為中國禪宗之初祖。

左頁下圖／少林寺塔林：冀連波攝。小塔為少林寺歷代高僧圓寂後骨灰舍利存放處。

鄭重「達摩過江圖」：鄭重，明代畫家。傳說中達摩來到中國後，與梁武帝議論不合，憑一根蘆葦而過長江，赴少室山面壁坐禪。

吳昌碩「達摩圖」題詩云：「[illegible]
經法真傳少，技擊空言游俠兒。」謂當世豪士自誇技擊，其實未得達摩易筋經真傳，武功平平而已。

吳昌碩「桃花圖」：吳昌碩，清末民初大畫家，此圖為原圖之上半部。題字云：「灼灼桃之花，赬顏如中酒，一開三千年，結實大於斗」及「曼倩移來」，意為此桃乃仙桃。桃谷六仙如見此圖，必定大喜若狂。

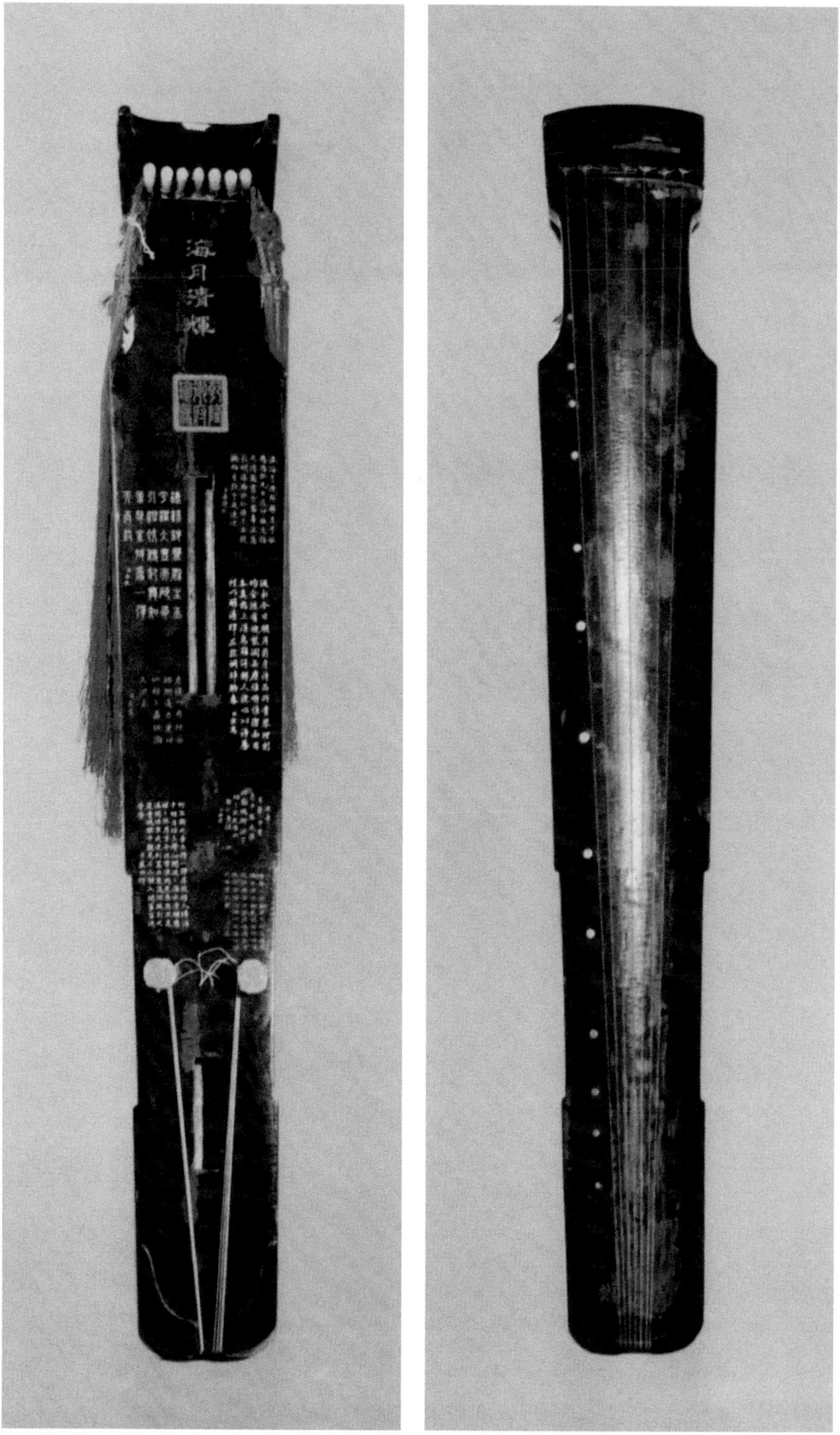

宋代名琴：琴名「海月清輝」，背面有梁詩正等名人題字，有「乾隆御府珍藏」等印記。

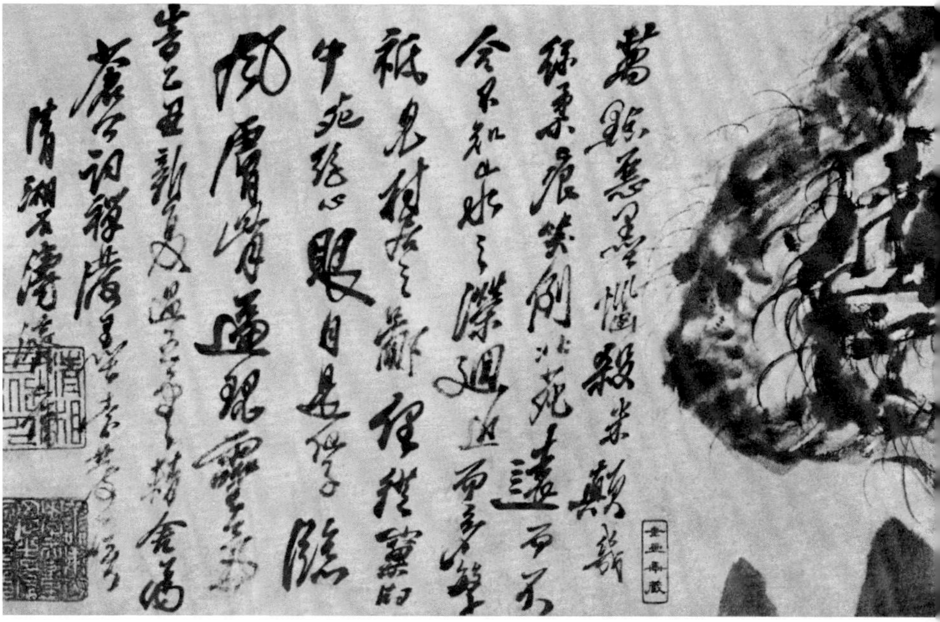

石濤「潑墨山水卷」：石濤，明末清初大畫家，作畫自創一格，氣韻極高。本圖題字中云：「從窠臼中死絕心眼，自是化子臨風，膚骨逼現靈氣。」意謂擺脫前人一切規範，在困境中忽得靈感。中國一切藝術最高境界皆如此，武學亦然。

本頁和左頁圖／藍瑛「華岳高秋」：藍瑛，浙江錢塘人，明萬曆十三年生，善山水、人物、花鳥，浙派大畫家。本圖構圖雄偉，筆法蒼勁。原圖狹長，右為上半部，左為下半部。

恆山懸空寺：寺在翠屏峯的峭壁上，依山附崖，懸空架屋。寺始建於一千四百年前的北魏時期，現存者為十四世紀時重建。攝影者孫志江。

懸空寺之另一角度。

右圖／遠眺恆山：顧棣攝。
下圖／恆山高處。
左頁右上圖／北嶽題碑「塞北第一山」。
左頁左上圖／恆山絕壁上之巨字：「恆宗」。
左頁下圖／恆山金龍峪：楊家將三關故壘。
本書中方證、冲虛、令狐冲三人曾指點金龍峪而議論。

塞北第一山

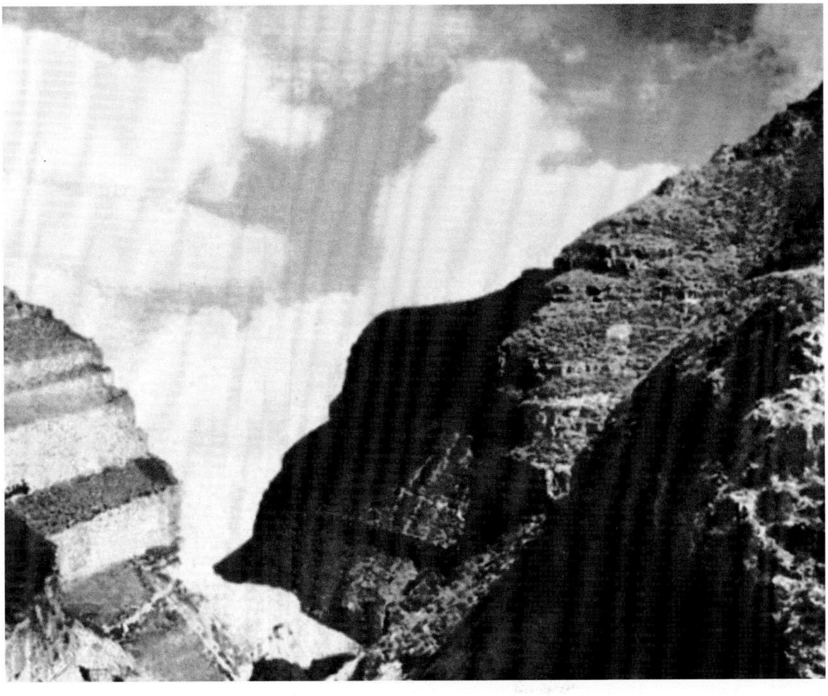

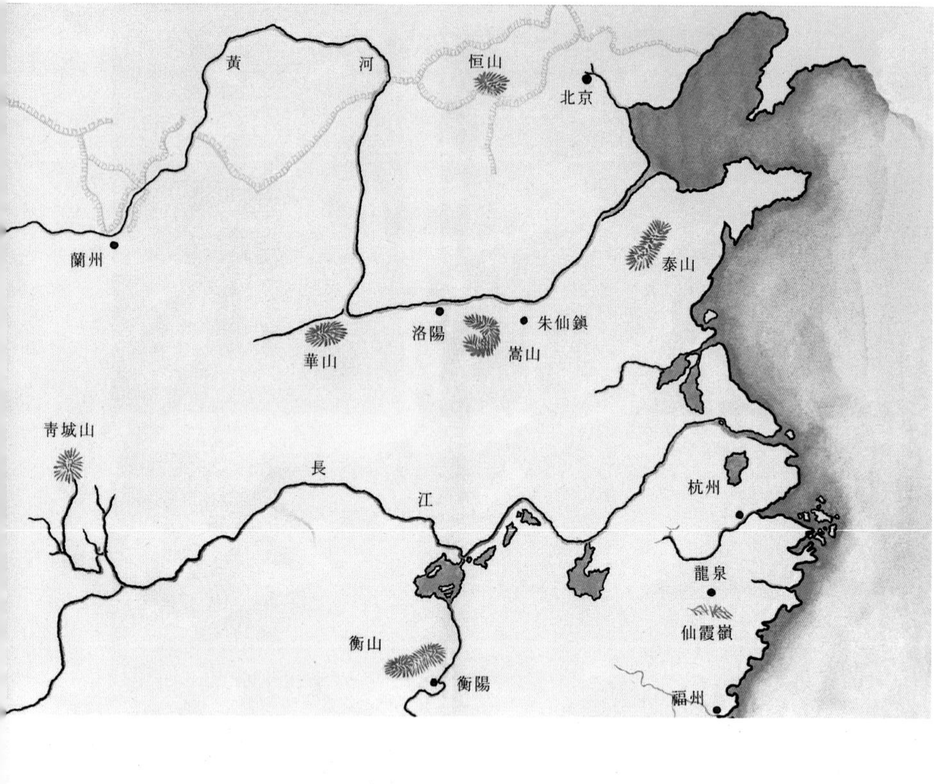

「笑傲江湖」地理圖，王司馬繪。

笑傲江湖

3

吸星大法

金庸 著

目錄

二十一

囚居

黑白子微覺不妥，
手腕已被對方抓住，
當即右手急旋，反打擒拿，
手臂向內急奪，左足疾踢而出。

令狐冲也不知昏迷了多少時候，終於醒轉，腦袋痛得猶如已裂了開來，耳中仍如雷霆大作，轟轟聲不絕。睜眼漆黑一團，不知身在何處，支撐著想要站起，渾身更無半點力氣，心想：「我定是死了，給埋在墳墓中了。」一陣傷心，一陣焦急，又暈了過去。

第二次醒轉時仍頭腦劇痛，耳中響聲卻輕了許多，只覺得身下又涼又硬，似是臥在鋼鐵之上，伸手去摸，果覺草蓆下是塊鐵板，右手這麼一動，竟發出一聲嗆啷輕響，同時覺得手上有甚麼冰冷的東西縛住，伸左手去摸時，也發出嗆啷一響，左手竟也有物縛住。他又驚又喜，又是害怕，自已顯然沒死，身子卻已為鐵鏈所繫，左手再摸，察覺手上所繫的是根細鐵鏈，雙足微一動彈，立覺足脛上也繫了鐵鏈。

他睜眼出力凝視，眼前更沒半分微光，心想：「我暈去之時，是在和任老先生比劍，不知如何中了江南四友的暗算，看來也是被囚於湖底的地牢中了。但不知是否和任老前輩囚於一處。」當即叫道：「任老前輩，任老前輩。」叫了兩聲，不聞絲毫聲息，驚懼更增，縱聲大叫：「任老前輩！任老前輩！」

黑暗中只聽到自己嘶嗄而焦急的叫聲，大叫：「大莊主！四莊主！你們為甚麼關我在這裏？快放我出去！快放我出去！」可是除了自已的叫喊之外，始終沒聽到半點別的聲息。

由惶急轉為憤怒，破口大罵：「卑鄙無恥的奸惡小人，你們鬥劍不勝，便想關住我不放嗎？」一想到要像任老先生那樣，此後一生便給囚於這湖底的黑牢之中，霎時間心中充滿了絕望，不由得全身毛髮皆豎。

他越想越怕，又張口大叫，只聽得叫出來的聲音竟變成了號哭，不知從甚麼時候起，已然淚流滿面，嘶啞著嗓子叫道：「你梅莊中這四個……這四個卑鄙狗賊，我……我……令狐冲他日得脫牢籠，把你們……你們……你們的眼睛刺瞎，把你們雙手雙足都割了……割了下來。我出了黑牢之後……」突然間靜了下來，一個聲音在心中大叫：「我能出這黑牢麼？我能出這黑牢麼？任老前輩如此本領，尚且不能出去，我……我怎能出去？」一陣焦急，哇的一聲，噴出了幾口鮮血，又暈了過去。

昏昏沉沉之中，似乎聽得喀的一聲響，跟著亮光耀眼，驀地驚醒，一躍而起，卻沒記得雙手雙足均已被鐵鏈縛住，兼之全身乏力，只躍起尺許，便即摔落，四肢百骸似乎都斷折了一般。他久處暗中，陡見光亮，眼睛不易睜開，但生怕這一線光明稍現即隱，就此失去了脫困良機，雖然雙眼刺痛，仍使力睜得大大地，瞪著光亮來處。

亮光是從一個尺許見方的洞孔中射進來，隨即想起，任老前輩所居的黑牢，鐵門上有一方孔，便與此一模一樣，再一瞥間，自己果然也是處身於這樣的一間黑牢之中。他大聲叫嚷：「快放我出去，黃鍾公、黑白子，卑鄙的狗賊，有膽的就放我出去。」

只見方孔中慢慢伸進來一隻大木盤，盤上放了一大碗飯，飯上堆著些菜餚，另有一個瓦罐，當是裝著湯水。

令狐冲一見，更加惱怒，心想：「你們送飯菜給我，正是要將我在此長期拘禁了。」大聲罵道：「四個狗賊，你們要殺便殺，要剮便剮，沒的來消遣大爺。」只見那隻木盤停著不動，顯是要他伸手去接，他憤怒已極，伸出手去用力一擊，嗆噹噹幾聲響，飯碗和瓦罐掉在地下打得粉碎，飯菜湯水潑得滿地都是。那隻木盤慢慢縮了出去。

令狐冲狂怒之下，撲到方孔上，只見一個滿頭白髮的老者左手提燈，右手拿著木盤，正緩緩轉身。這老者滿臉都是皺紋，卻是從來沒見過的。令狐冲叫道：「你去叫黃鍾公來，叫黑白子來，那四個狗賊，有種的就來跟大爺決個死戰。」那老者毫不理睬，彎腰曲背，一步步的走遠。令狐冲大叫：「喂，喂，你聽見沒有？」那老者竟頭也不回的走了。

令狐冲眼見他的背影在地道轉角處消失，燈光也逐漸暗淡，終於瞧出去一片漆黑。過了一會，隱隱聽得門戶轉動之聲，再聽得木門和鐵門依次關上，地道中便又黑沉沉地，既無一絲光亮，亦無半分聲息。

令狐冲又是一陣暈眩，凝神半晌，躺倒床上，尋思：「這送飯的老者定是奉有嚴令，不得跟我交談。我向他叫嚷也是無用。」又想：「這牢房和任老前輩所居一模一樣，看來梅莊的地底築有不少黑牢，不知囚禁著多少英雄好漢。我若能和任老前輩通上消息，或者能和那一個被囚於此的難友連絡上了，同心合力，或有脫困的機會。」當下伸手往牆壁上敲去。

牆壁上噹噹幾響，發出鋼鐵之聲，回音既重且沉，顯然隔牆並非空房，而是實土。走到另一邊牆前，伸手在牆上敲了幾下，傳出來的亦是極重實的聲響，他仍不死心，坐回床上，伸手向身後敲去，聲音仍是如此。他摸著牆壁，細心將三面牆壁都敲遍了，除了裝有鐵門的那面牆壁之外，似乎這間黑牢竟是孤另另的深埋地底。這地底當然另有囚室，至少也有一間囚禁那姓任老者的地牢，但既不知在甚麼方位，亦不知和自己的牢房相距多遠。

他倚在壁上，將昏暈過去以前的情景，仔仔細細的想了一遍，只記得那老者劍招越使越急，呼喝越來越響，陡然間一聲驚天動地的大喝，自己便暈了過去，至於如何為江南四友所擒，如何被送入這牢房監禁，那便一無所知了。

心想：「這四個莊主面子上都是高人雅士，連日常遣興的也是琴棋書畫，暗底裏竟卑鄙齷齪，無惡不作。武林中這一類小人甚多，原不足為奇。所奇的是，這四人於琴棋書畫這四門，確是喜愛出自真誠，要假裝也假裝不來。禿筆翁在牆上書寫那首『裴將軍詩』，大筆淋漓，決非尋常武人所能。」又想：「師父曾說：『真正大奸大惡之徒，必是聰明才智之士。』這話果然不錯，江南四友所設下的奸計，委實令人難防難避。」

忽然間叫了一聲：「啊喲！」情不自禁的站起，心中怦怦亂跳：「向大哥卻怎樣了？不知是否也遭了他們毒手？」尋思：「向大哥聰明機變，看來對這江南四友的為人早有所知，他縱橫江湖，身為魔教的光明右使，自不會輕易著他們的道兒。只須他不為江南四友所困，定會設法救我。我縱然被囚在地底之下百丈深處，以向大哥的本事，自有法子救我出去。」想到此處，不由得大為寬心，嘻嘻一笑，自言自語：「令狐冲啊令狐冲，你這人忒也膽小無用，適才竟然嚇得大哭起來，要是給人知道了，顏面往那裏擱去？」

心中一寬，慢慢站起，登時覺得又餓又渴，心想：「可惜剛才大發脾氣，將好好一碗飯和一罐水都打翻了。若不吃得飽飽地，向大哥來救我出去之後，那有力氣來和這江南四狗廝殺？哈哈，不錯，江南四狗！這等奸惡小人，又怎配稱江南四友？江南四狗之中，黑白子不動聲色，最為陰沉，一切詭計多半是他安排下的。我脫困之後，第一個便要殺了他。丹青生較為老實，便饒了他的狗命，卻又何妨？只是他的窖藏美酒，卻非給我喝個乾淨不可了。」一想到丹青生所藏美酒，更加口渴如焚，心想：「我不知已昏暈了多少時候，怎地向大哥還不來救？」

忽然又想：「啊喲，不好！以向大哥的武功，倘若單打獨鬥，勝這江南四狗自是綽綽有餘，但如他四人聯手，向大哥便難操必勝之算，縱然向大哥大奮神勇，將四人都殺了，要覓到這地道的入口，卻也千難萬難。誰又料想得到，牢房入口竟會在黃鍾公的床下？」

只覺體困神倦，便躺了下來，忽爾想到：「任老前輩武功之高，只在向大哥之上，決不在他之下，而機智閱歷，料事之能，也非向大哥所及。以他這等人物尚且受禁，為甚麼向大哥便一定能勝？自來光明磊落的君子，多遭小人暗算，常言道明槍易躲，暗箭難防。向大哥隔了這許多時候仍不來救我，只怕他也已身遭不測了。」一時忘了自己受困，卻為向問天的安危擔起心來。

如此胡思亂想，不覺昏昏睡去，一覺醒來時，睜眼漆黑，也不知已是何時，尋思：「憑我自己，無論如何是不能脫困的。如果向大哥也不幸遭了暗算，又有誰來搭救？師父已傳書天下，將我逐出華山一派，正派中人自然不會來救。盈盈，盈盈……」

一想到盈盈，精神一振，當即坐起，心想：「她曾叫老頭子他們在江湖上揚言，務須將我殺死，那些旁門左道之士，自然也不會來救我的了。可是她自己呢？她如知我被禁於此，定會前來相救。左道中人聽她號令的人極多，她只須傳一句話出去，嘻嘻……」忽然之間，忍不住笑了出來，心想：「這個姑娘臉皮子薄得要命，最怕旁人說她喜歡了我，就算她來救我，也必孤身前來，決不肯叫幫手。倘若有人知道她來救我，這人還多半性命難保。唉，姑娘家的心思，真好教人難以捉摸。像小師妹……」

一想到岳靈珊，心頭驀地一痛，傷心絕望之意，又深了一層：「我為甚麼只想有人來救我？這時候，說不定小師妹已和林師弟拜堂成親，我便脫困而出，做人又有甚麼意味？還不如便在這黑牢中給囚禁一輩子，甚麼都不知道的好。」一想到在地牢中被囚，倒也頗有好處，登時便不怎麼焦急，竟然有些洋洋自得之意。

但這自得其樂的心情挨不了多久，只覺飢渴難忍，想起昔日在酒樓中大碗飲酒、大塊吃肉的樂趣，總覺還是脫困出去要好得多，心想：「小師妹和林師弟成親卻又如何？反正我給人家欺侮得夠了。我內力全失，早是廢人一個，平大夫說我已活不了多久，小師妹就算願意嫁我，我也不能娶她，難道叫她終身為我守寡嗎？」

但內心深處總覺得：倘若岳靈珊真要相嫁，他固不會答允，可是岳靈珊另行愛上了林平之，卻又令他痛心之極。最好……最好……最好怎樣？「最好小師妹仍然和以前一樣，最好是這一切事都沒發生，我仍和她在華山的瀑布中練劍，林師弟沒到華山來，我和小師妹永遠這樣快快活活的過一輩子。唉，田伯光、桃谷六仙、儀琳師妹……」

想到恆山派的小尼姑儀琳，臉上登時露出了溫柔的微笑，心想：「這個儀琳師妹，現今不知怎樣了？她如知道我給關在這裏，一定焦急得很。她師父收到了我師父的信後，當然不會准許她來救我。但她會求她的父親不戒和尚設法，說不定還會邀同桃谷六仙，一齊前來。唉，這七個人亂七八糟，說甚麼也成不了事。只不過有人來救，總是勝於無人理睬。」

想起桃谷六仙的纏七夾八，不由得嘻嘻一笑，當和他們共處之時，對這六兄弟不免有些輕視之意，這時卻恨不得他們也是在這牢房內作伴，那些莫名其妙的怪話，這時如能聽到，實是仙樂綸音一般了，想了一會，又復睡去。

黑獄之中，不知時辰，矇矇朧朧間，又見方孔中射進微光。令狐冲大喜，當即坐起，一顆心怦怦亂跳：「不知是誰來救我了？」但這場喜歡維持不了多久，隨即聽到緩慢滯重的腳步之聲，顯然便是那送飯的老人。他頹然臥倒，叫道：「叫那四隻狗賊來，瞧他們有沒臉見我？」聽得腳步聲漸漸走近，燈光也漸明亮，跟著一隻木盤從方孔中伸了進來，盤上仍放著一大碗米飯，一隻瓦罐。

令狐冲早餓得肚子乾癟，乾渴更是難忍，微一躊躇，便接過木盤。那老人木盤放手，轉身便行。令狐冲叫道：「喂，喂，你慢走，我有話問你。」那老人毫不理睬，但聽得蹋蹋、蹋蹋，拖泥帶水的腳步聲漸漸遠去，燈光也即隱沒。

令狐冲詛咒了幾聲，提起瓦罐，將口就到瓦罐嘴上便喝，罐中果是清水。他一口氣喝了半罐，這才吃飯，飯上堆著菜餚，黑暗中辨別滋味，是些蘿蔔、豆腐之類。

如此在牢中挨了七八日，每天那老人總是來送一次飯，跟著接去早一日的碗筷、瓦罐，以及盛便溺的罐子。不論令狐冲跟他說甚麼話，他臉上總是絕無半分表情。

也不知是第幾日上，令狐冲一見燈光，便撲到方孔之前，抓住了木盤，叫道：「你為甚麼不說話？到底聽見了我的話沒有？」

那老人一手指了指自己耳朵，搖了搖頭，示意耳朵是聾的，跟著張開口來。令狐冲一見之下，驚得呆了，只見他口中舌頭只賸下半截，模樣極是可怖。他「啊」的一聲大叫，說道：「你的舌頭給人割去了？是梅莊這四名狗莊主下的毒手？」那老人並不答話，慢慢將木盤遞進方孔，顯然他聽不到令狐冲的話，就算聽到了，也無法回答。

令狐冲心頭驚怖，直等那老人去遠，兀自靜不下心來吃飯，那老人被割去了半截舌頭的可怖模樣，不斷出現在眼前。他恨恨的道：「這江南四狗如此可惡。令狐冲終身不能脫困，那便罷了，有一日我得脫牢籠，定當將這四狗一個個割去舌頭、鑽聾耳朵、刺瞎眼睛……」

突然之間，內心深處出現了一絲光亮：「莫非是那些人……那些人……」想起那晚在藥王廟外刺瞎了十五名漢子的雙目，這些人來歷如何，始終不知。「難道他們將我囚於此處，是為了報當日之仇麼？」想到這裏，嘆了口長氣，胸中積蓄多日的惡氣，登時便消了大半：「我刺瞎了這一十五人的雙目，他們要報仇，那也是應當的。」

他氣憤漸平，日子也就容易過了些。黑獄中日夜不分，自不知已被囚了多少日子，只覺過一天便熱一天，想來已到盛夏。

小小一間囚室中沒半絲風息，濕熱難當。這一天實在熱得受不住了，但手足上都縛了鐵鏈，衣褲無法全部脫除，只得將衣衫拉上，褲子褪下，又將鐵板床上所鋪的破蓆捲起，赤身裸體的睡在鐵板上，登時感到一陣清涼，大汗漸消，不久便睡著了。

睡了個把時辰，鐵板給他身子煨熱了，迷迷糊糊的向裏挪去，換了個較涼的所在，左手按在鐵板上，覺得似乎刻著甚麼花紋，其時睡意正濃，也不加理會。

這一覺睡得甚是暢快，醒轉來時，頓覺精神飽滿。過不多時，那老人又送飯來了。令狐冲對他甚為同情，每次他托木盤從方孔中送進來，必去捏捏他手，或在他手背上輕拍數下，表示謝意，這一次仍是如此。他接了木盤，縮臂回轉，突然之間，在微弱的燈光之下，只見自己左手手背上凸起了四個字，清清楚楚是「我行被困」四字。

他大感奇怪，不明白這四個字的來由，微一沉吟，忙放下木盤，伸手去摸床上鐵板，原來竟然刻滿了字跡，密密麻麻的也不知有多少字。他登時省悟，這鐵板上的字是早就刻下了的，只因前時床上有蓆，因此未曾發覺，昨晚赤身在鐵板上睡臥，手背上才印了這四個字，反手在背上、臀上摸了摸，不禁啞然失笑，觸手處盡是凸起的字跡。每個字約有銅錢大小，印痕甚深，字跡卻頗潦草。

其時送飯老人已然遠去，囚室又是漆黑一團，他喝了幾大口水，顧不得吃飯，伸手從頭去摸鐵床上的字跡，慢慢一個字、一個字的摸索下去，輕輕讀了出來：

「老夫生平快意恩仇，殺人如麻，囚居湖底，亦屬應有之報。唯老夫任我行被困……」讀到這裏，心想：「原來『我行被困』四字，是在這裏印出來的。」繼續摸下去，那字跡寫道：「……於此，一身通天徹地神功，不免與老夫枯骨同朽，後世小子，不知老夫之能，亦憾事也。」

令狐冲停手抬起頭來，尋思：「老夫任我行！老夫任我行！刻這些字跡之人，自是叫做任我行了。原來這人也姓任，不知與任老前輩有沒有干係？」又想：「這地牢不知建成已有多久，說不定刻字之人，在數十年或數百年前便已逝世了。」

繼續摸下去，以後的字跡是：「茲將老夫神功精義要旨，留書於此，後世小子習之，行當縱橫天下，老夫死且不朽矣。第一，坐功……」以下所刻，都是調氣行功的法門。

令狐冲自習「獨孤九劍」之後，於武功中只喜劍法，而自身內力既失，一摸到「坐功」二字，便自悵然，只盼以後字跡中留有一門奇妙劍法，不妨便在黑獄之中習以自遣，脫困之望越來越渺茫，坐困牢房，若不尋些事情做做，日子實是難過。

可是此後所摸到的字跡，盡是「呼吸」、「意守丹田」、「氣轉金井」、「任脈」等等修習內功的用語，直摸到鐵板盡頭，也尋不著一個「劍」字。他好生失望：「甚麼通天徹地的神功？這不是跟我開玩笑麼！甚麼武功都好，我就是不能練內功，一提內息，胸腹間立時氣血翻湧。我練內功，那是自找苦吃。」

嘆了口長氣，端起飯碗吃飯，心想：「這任我行不知是甚麼人物？他口氣好狂，甚麼通天徹地，縱橫天下，似乎世上更無敵手。原來這地牢是專門用來囚禁武學高手的。」

初發現鐵板上的字跡時，原有老大一陣興奮，此刻不由得意興索然，心想：「老天真是弄人，我沒尋到這些字跡，倒還好些。」又想：「那個任我行如果確如他所自誇，功夫這等了得，又怎麼仍然被困於此，無法得脫？可見這地牢當真固密之極，縱有天大的本事，一入牢籠，也只可慢慢在這裏等死了。」當下對鐵板下的字跡不再理會。

杭州一到炎暑，全城猶如蒸籠一般。地牢深處湖底，不受日晒，本該陰涼得多，但一來不通風息，二來潮濕無比，身居其中，另有一般困頓。令狐冲每日都是脫光了衣衫，睡在鐵板上，一伸手便摸到字跡，不知不覺之間，已將其中許多字句記在心中了。

一日正自思忖：「不知師父、師娘、小師妹他們現今在那裏？已回到華山沒有？」忽聽得遠遠傳來一陣腳步聲，既輕且快，和那送飯老人全然不同。他困處多日，已不怎麼熱切盼望有人來救，突然聽到這腳步聲，不由得驚喜交集，本想一躍而起，但狂喜之下，突然全身無力，竟躺在床上一動也不能動。只聽腳步聲極快的便到了鐵門外。

只聽得門外有人說道：「任先生，這幾日天氣好熱，你老人家身子好罷？」話聲入耳，令狐冲便認出是黑白子，倘若此人在一個多月以前到來，令狐冲定然破口大罵，甚麼惡毒的言語都會罵出來，但經過這些時日的囚禁，已然火氣大消，沉穩得多，又想：「他為甚麼叫我任先生？是走錯了牢房麼？」當下默不作聲。

只聽黑白子道：「有一句話，我每隔兩個月便來請問你老人家一次。今日七月初一，我問的還是這一句話，老先生到底答不答允？」語氣甚是恭謹。

令狐冲暗暗好笑：「這人果然是走錯了牢房，以為我是任老前輩了，怎地如此胡塗？」隨即心中一凜：「梅莊這四個莊主之中，顯以黑白子心思最為縝密。如是禿筆翁、丹青生，說不定還會走錯了牢房。黑白子卻怎會弄錯？其中必有緣故。」當下仍默不作聲。

只聽得黑白子道：「任老先生，你一世英雄了得，何苦在這地牢之中和腐土同朽？只須你答允了我這件事，在下言出如山，自當助你脫困。」

令狐冲心中怦怦亂跳，腦海中轉過了無數念頭，卻摸不到半點頭緒，黑白子來跟自己說這幾句話，實不知是何用意。只聽黑白子又問：「老先生到底答不答允？」令狐冲知道眼前是個脫困的機會，不論對方有何歹意，總比不死不活、不明不白的困在這裏好得多，但無法揣摸到對方用意的所在，生怕答錯了話，致令良機坐失，只好仍然不答。

黑白子嘆了口氣，說道：「任老先生，你怎麼不作聲？上次那姓風的小子來跟你比劍，你在我三個兄弟面前，絕口不提我向你問話之事，足感盛情。我想老先生經過那一場比劍，當年的豪情勝概，不免在心中又活了起來罷？外邊天地多麼廣闊，你老爺子出得黑牢，普天下的男女老幼，你要殺那一個便殺那一個，無人敢與老爺子違抗，豈不痛快之極？你答允我這件事，於你絲毫無損，卻為甚麼十二年來總是不肯應允？」

令狐冲聽他語音誠懇，確是將自己當作了那姓任的前輩，心下更加起疑，只聽黑白子又說了一會話，翻來覆去只是求自己答允那件事。令狐冲急欲獲知其中詳情，但料想自己只須一開口，情形立時會糟，只有硬生生的忍住，不發半點聲息。

黑白子道：「老爺子如此固執，只好兩個月後再見。」忽然輕輕笑了幾聲，說道：「老爺子這次沒破口罵我，看來已有轉機。這兩個月中，請老爺子再好好思量罷。」說著轉身向外行去。令狐冲著急起來，他這一出去，須得再隔兩月再來，在這黑獄中度日如年，怎能再等得兩個月？等他走出幾步，便即壓低嗓子，粗聲道：「你求我答允甚麼事？」

黑白子轉身一縱，到了方孔之前，行動迅捷之極，顫聲道：「你……你肯答允了嗎？」

令狐冲轉身向著牆壁，將手掌蒙在口上，含糊不清的道：「答允甚麼事？」黑白子道：「十二年來，每年我都有六次冒險來到此處，求懇你答允，老爺子怎地明知故問？」令狐冲哼的一聲，道：「我忘記了。」黑白子道：「我求老爺子將那大法的秘要傳授在下，在下學成之後，自當放老爺子出去。」

令狐冲尋思：「他是真的將我錯認作是那姓任前輩？還是另有陰謀詭計？」一時無法知

他真意，只得又模模糊糊的咕嚕幾句，連自己都不知說的是甚麼，黑白子自然更加聽不明白了，連問：「老爺子答不答允？老爺子答不答允？」

令狐冲道：「你言而無信，我才不上這個當呢。」

黑白子道：「老爺子要在下作甚麼保證，才能相信？」令狐冲道：「你自己說好了。」黑白子道：「老爺子定是擔心傳授了這大法的秘要之後，在下食言而肥，不放老爺子出去，是不是？這一節在下自有安排。總是教老爺子信得過便是。」令狐冲道：「甚麼安排？」

黑白子道：「請問老爺子，你是答允了？」語氣中顯得驚喜不勝。

令狐冲腦中念頭轉得飛快：「他求我傳大法的秘要，我又有甚麼大法的秘要可傳？但不妨聽聽他有甚麼安排。他如真的能放我出去，我便將鐵板上那些秘訣說給他聽，管他有用無用，先騙一騙他再說。」

黑白子聽他不答，又道：「老爺子將大法傳我之後，我便是老爺子門下的弟子了。本教弟子欺師滅祖，向來須受剝皮凌遲之刑，數百年來，無人能逃得過。在下如何膽敢不放老爺子出去？」令狐冲哼的一聲，說道：「原來如此。三天之後，你來聽我回話。」黑白子道：「老爺子今日答允了便是，何必在這黑牢中多耽三天？」

令狐冲心想：「他比我還心急得多，且多挨三天再說，看他到底有何詭計。」當下重重哼了一聲，顯得甚為惱怒。黑白子道：「是！是！三天之後，在下再來向你老人家請教。」

令狐冲聽得他走出地道，關上了鐵門，心頭思潮起伏：「難道他當真將我錯認為那姓任的前輩？此人甚是精細，怎會鑄此大錯？」突然想起一事：「莫非黃鍾公窺知了他的秘密，暗中將任前輩囚於別室，卻將我關在此處？不錯，這黑白子十二年來，每隔兩月便來一次，多半給人察覺了。定是黃鍾公暗中佈下了機關。」

突然之間，想起了黑白子適才所說的一句話來：「本教弟子欺師滅祖，向來須受剝皮凌遲之刑，數百年來，無人能逃得過。」尋思：「本教？甚麼教？難道是魔教，莫非那姓任的前輩和江南四狗都是魔教中人？也不知他們搗甚麼鬼，卻將我牽連在內。」一想到「魔教」兩字，便覺其中詭秘重重，難以明白，也就不再多想，只是琢磨著兩件事：「黑白子此舉出於真情，還是作偽？三天之後他再來問我，那便如何答覆？」

東猜西想，種種古怪的念頭都轉到了，卻想破了頭也無法猜到黑白子的真意，到後來疲極入睡。一覺醒轉之後，第一個念頭便是：「倘若向大哥在此，他見多識廣，頃刻間便能料到黑白子的用意。那姓任的前輩智慧之高，顯然更在向大哥之上……啊唷！」

脫口一聲大叫，站起身來。睡了這一覺之後，腦子大為清醒，心道：「十二年來，任老前輩始終沒答允他，自然是因深知此事答允不得。他是何等樣人，豈不知其中利害關節？」隨即又想：「任老前輩固然不能答允，我可不是任老前輩，又有甚麼不能？」

他情知此事甚為不妥，中間含有極大凶險，但脫困之心極切，只要能有機會逃出黑牢，甚麼禍害都不放在心上了，當下打定主意：「三天後黑白子再來問我，我便答允了他，將鐵板上這些練氣的秘訣傳授於他，看他如何，再隨機應變便是。」

於是摸著鐵板上的字跡默默記誦，心想：「我須當讀得爛熟，教他時脫口而出，他便不會起疑。只是我口音和那任老前輩相差太遠，只好拚命壓低嗓子。是了，我大叫兩日，把喉嚨叫得啞了，到那時再說得加倍含糊，他當不易察覺。」

當下讀一會口訣，便大叫大嚷一會，知道黑牢深處地底，門戶重疊，便在獄室裏大放炮仗，外面也聽不到半點聲息。他放大了喉嚨，一會兒大罵江南四狗，一會兒唱歌唱戲，唱到後來，自己覺得實在難聽，不禁大笑一場，便又去記誦鐵板上的口訣。

突然間讀到幾句話：「當令丹田常如空箱，恆似深谷，空箱可貯物，深谷可容水。若有內息，散之於任脈諸穴。」

這幾句話，以前也曾摸到過好幾次，只是心中對這些練氣的法門存著厭惡之意，字跡過指，從來不去思索其中含意，此刻卻覺大為奇怪：「師父教我修習內功，基本要義在於充氣丹田，丹田之中須當內息密實，越是渾厚，內力越強。為甚麼這口訣卻說丹田之中不可存絲毫內息？丹田中若無內息，內力從何而來？任何練功的法門都不會如此，這不是跟人開玩笑麼？哈哈，黑白子此人卑鄙無恥，我便將這法門傳他，教他上一個大當，有何不可？」

摸著鐵板上的字跡，慢慢琢磨其中含意，起初數百字都是教人如何散功，如何化去自身內力，越來越覺駭異：「天下有那一個人如此蠢笨，居然肯將畢生勤修苦練而成的內力設法化去？除非他是決意自盡了。若要自盡，橫劍抹脖子便是，何必如此費事？這般化散內功，比修積內功還著實艱難得多，練成了又有甚麼用？」想了一會，不由得大是沮喪：「黑白子一聽這些口訣和法門，便知是消遣他的，怎肯上當？看來這條計策是行不通的了。」

越想越煩惱，口中翻來覆去的只是唸著那些口訣：「丹田有氣，散之任脈，如竹中空，似谷恆虛……」唸了一會，心中有氣，搥床大罵：「他媽的，這人在這黑牢中給關得怒火難消，便安排這詭計來捉弄旁人。」罵了一會，便睡著了。

睡夢之中，似覺正在照著鐵板上的口訣練功，甚麼「丹田有氣，散之任脈」，便有一股內息向任脈中流動，四肢百骸，竟說不出的舒服。

過了好一會，迷迷糊糊的似睡非睡，似醒非醒，覺得丹田中的內息仍在向任脈流動，突然動念：「啊喲，不好！我內力如此不絕流出，豈不是轉眼變成廢人？」一驚之下，坐了起來，內息登時從任脈中轉回，只覺氣血翻湧，頭暈眼花，良久之後，這才定下神來。

驀地裏想起一事，不由得驚喜交集：「我所以傷重難愈，全因體內積蓄了桃谷六仙和不戒和尚的七八道異種真氣，以致連平一指大夫也無法醫治。少林寺方丈方證大師言道，只有修習『易筋經』，才能將這些異種真氣逐步化去。這鐵板上所刻的內功秘要，不就正是教我如何化去自身內力嗎？哈哈，令狐冲，你這人當真蠢笨之極，別人怕內力消失，你卻是怕內力無法消失。有此妙法，練上一練，那是何等的美事？」

自知適才在睡夢中練功，乃是日有所思，夜有所夢。清醒時不斷念誦口訣，腦中所想，盡是鐵板上的練功法門，入睡之後，不知不覺的便依法練了起來，但畢竟思緒紛亂，並非全然照著法門而行。這時精神一振，重新將口訣和練法摸了兩遍，心下想得明白，這才盤膝而坐，循序修習。只練得一個時辰，便覺長期鬱積在丹田中的異種真氣，已有一部份散入了任脈，雖然未能驅出體外，氣血翻湧的苦況卻已大減。

他站起身來喜極而歌，卻覺歌聲嘶嗄，甚是難聽，原來早一日大叫大嚷以求喊啞喉嚨，居然已收功效，心道：「任我行啊任我行，你留下這些口訣法門，想要害人。那知道撞在我的手裏，反而於我有益無害。你死而有知，只怕要氣得你大翹鬍子罷！哈哈，哈哈！」

如此毫不間歇的散功，多練一刻，身子便舒服一些，心想：「我將桃谷六仙和不戒和尚的真氣盡數散去之後，再照師父所傳的法子，重練本門內功。雖然一切從頭做起，要花上不少功夫，但我這條性命，只怕就此撿回來了。如果向大哥終於來救我出去，江湖之上，豈不是另有一番天地？」

忽爾又想：「師父既將我逐出華山派，我又何必再練華山派內功？武林中各家各派的內功甚多，我便跟向大哥學，又或是跟盈盈學，卻又何妨？」心中一陣淒涼，又一陣興奮。

這日吃了飯後，練了一會功，只覺說不出的舒服，不由自主的縱聲大笑。

忽聽得黑白子的聲音在門外說道：「前輩你好，晚輩在這裏侍候多時了。」原來不知不覺間三日之期已屆，令狐冲潛心練功散氣，連黑白子來到門外亦未察覺，幸好嗓子已啞，他並未察覺，於是又乾笑幾聲。黑白子道：「前輩今日興致甚高，便收弟子入門如何？」

令狐冲尋思：「我答允收他為弟子，傳他這些練功的法門？他一開門進來，發見是我風二中而不是那姓任前輩，自然立時翻臉。再說，就算傳他功夫的真是任前輩，黑白子練成之後，多半會設法將他害死，譬如在飯菜中下毒之類。是了，這黑白子要下毒害死我，當真易如反掌，他學到了口訣，怎會將我放出？任前輩十二年來所以不肯傳他，自是為此了。」

黑白子聽他不答，說道：「前輩傳功之後，弟子即去拿美酒肥鷄來孝敬前輩。」令狐冲被囚多日，每日吃的都是青菜豆腐，一聽到「美酒肥鷄」，不由得饞涎欲滴，說道：「好，你先去拿美酒肥鷄來，我吃了之後，心中一高興，或許便傳你些功夫。」黑白子忙道：「好好，我去取美酒肥鷄。不過今天是不成了，明日如有機緣，弟子自當取來奉獻。」

令狐冲道：「幹麼今日不成？」黑白子道：「來到此處，須得經過我大哥的臥室，只有乘著我大哥外出之時，才能……才能……」令狐冲嗯了一聲，便不言語了。

黑白子記掛著黃鍾公回到臥室，不敢多耽，便即告辭而去。

令狐冲心想：「怎生才能將黑白子誘進牢房，打死了他？此人狡猾之極，決不會上當。何況扯不斷手足的鐵鏈，就算打死了黑白子，我仍然不能脫困。」心中轉著念頭，右手幾根手指伸到左腕的鐵圈中，用力一扳，那是無意中的隨手而扳，決沒想真能扯開鐵圈，可是那鐵圈竟然張了開來，又扳了幾下，左腕竟然從鐵圈中脫出。

這一下大出意外，驚喜交集，摸那鐵圈，原來中間竟然有一斷口，但若自己內力未曾散開，稍一使力，便欲昏暈，圈上雖有斷口，終究也扳不開來。此刻他已散了兩天內息，桃谷六仙與不戒大師注入他體內的真氣到了任脈之中，自然而然的生出強勁內力。再摸右腕上的鐵圈，果然也有一條細縫。這條細縫以前不知曾摸到過多少次，但說甚麼也想不到這竟是斷口。當即左手使勁，將右手上的鐵圈也扳開了，跟著摸到箍在兩隻足脛上的鐵圈，也都有斷口，運勁扳開，一一除下，只累得滿身大汗，氣喘不已。鐵圈既除，鐵鏈隨之脫落，身上已無束縛。他好生奇怪：「為甚麼每個鐵圈上都有斷口？這樣的鐵圈，怎能鎖得住人？」

次日那老人送飯來時，令狐冲就著燈光一看，只見鐵圈斷口處，有一條條細微的鋼絲鋸紋，顯是有人用一條極細的鋼絲鋸子，將足鐐手銬上四個鐵圈都鋸斷了，斷口處閃閃發光，並未生鏽，那麼鋸斷鐵圈之事，必是在不久以前，何以這些鐵圈又合了攏來，套在自己手足上？「那多半有人暗中在設法救我。這地牢如此隱密，外人決計無法入來，救我之人當然是梅莊中的人物。想來他不願這等對我暗算，因此在我昏迷不醒之時，暗中用鋼絲鋸子將腳鐐手銬鋸開了。此人自不肯和梅莊中餘人公然為敵，只有覷到機會，再來放我出去。」

想到此處，精神大振，心想：「這地道的入口處在黃鍾公的臥床之下，如是黃鍾公想救我，隨時可以動手，不必躭擱這許多時光。黑白子當然不會。禿筆翁和丹青生二人之中，丹青生和我是酒中知己，交情與眾不同，十之八九，是丹青生。」再想到黑白子明日來時如何應付：「我只跟他順口敷衍，騙他些酒肉吃，教他些假功夫，有何不可？」

隨即又想：「丹青生隨時會來救我出去，須得趕快將鐵板上的口訣法門記熟了。」摸著字跡，口中誦讀，心中記憶。先前摸到這些字跡時並不在意，此時真要記誦得絕無錯失，倒也不是易事。鐵板上字跡潦草，他讀書不多，有些草字便不識得，只好強記筆劃，胡亂唸個別字充數。心想這些上乘功夫的法門，一字之錯，往往令得練功者人鬼殊途，成敗逆轉，只要練得稍有不對，難免走火入魔。出此牢後，幾時再有機會重來對照？非記得沒半點錯漏不可。他唸了一遍又一遍，不知讀了幾多遍，幾乎倒背也背得出了，這才安心入睡。

睡夢之中，果見丹青生前來打開牢門，放他出去，令狐冲一驚而醒，待覺是南柯一夢，卻也並不沮喪，心想：「他今日不來救，只不過未得其便，不久自會來救。」

心想這鐵板上的口訣法門於我十分有用，於別人卻有大害，日後如再有人被囚於這黑牢之中，那人自然是好人，可不能讓他上了那任我行的大當。當下摸著字跡，又從頭至尾的讀了十來遍，拿起除下的鐵銬，便將其中的字跡刮去了十幾個字。

這一天黑白子並未前來，令狐冲也不在意，照著口訣法門，繼續修習。其後數日，黑白子始終沒來。令狐冲自覺練功大有進境，桃谷六仙和不戒和尚留在自己體內的異種真氣，已有六七成從丹田中驅了出來，散之於任督諸脈，心想只須持之有恆，自能盡數驅出。

他每日背誦口訣數十遍，刮去鐵板上的字跡數十字，自覺力氣越來越大，用鐵銬刮削鐵板，已花不了多大力氣。如此又過了一月有餘，他雖在地底，亦覺得炎暑之威漸減，心想：「冥冥之中果有天意，我若是冬天被囚於此，決不會發見鐵板上的字跡。說不定熱天未到，丹青生已將我救了出去。」

正想到此處，忽聽得甬道中又傳來了黑白子的腳步聲。

令狐冲本來臥在床上，當即轉身，面向裏壁，只聽得黑白子走到門外，說道：「任……任老前輩，真正萬分對不起。這一個多月來，我大哥一直足不出戶。在下每日裏焦急萬狀，只盼來跟你老人家請安問候，總是不得其便。你……你老人家千萬不要見怪才好！」一陣酒香鷄香，從方孔中傳了進來。

令狐冲這許多日子滴酒未沾，一聞到酒香，那裏還忍得住，轉身說道：「把酒菜拿給我吃了再說。」黑白子道：「是，是。前輩答允傳我神功的秘訣了？」令狐冲道：「每次你送三斤酒，一隻鷄來，我便傳你四句口訣。等我喝了三千斤酒，吃了一千隻鷄，口訣也傳得差不多了。」黑白子道：「這樣未免太慢，只怕日久有變。晚輩每次送六斤酒，兩隻鷄，前輩每次便傳八句口訣如何？」令狐冲笑道：「你倒貪心得緊，那也可以。拿來，拿來！」

黑白子托著木盤，從方孔中遞將進去，盤上果是一大壺酒，一隻肥鷄。

令狐冲心想：「我未傳口訣，你總不能先毒死我。」提起酒壺，骨嘟嘟的便喝。這酒並不甚佳，但這時喝在口裏，卻委實醇美無比，似乎丹青生四釀四蒸的吐魯番葡萄酒也有所不及，當下一口氣便喝了半壺，跟著撕下一條鷄腿，大嚼起來，頃刻之間，將一壺酒、一隻鷄吃得乾乾淨淨，拍了拍肚子，讚道：「好酒，好酒！」

黑白子笑道：「老爺子吃了肥鷄美酒，便請傳授口訣了。」令狐冲聽他再也不提拜師之事，只道自己喝酒吃鷄之餘，一時記不起了，當下也就不提，說道：「好，這四句口訣，你牢牢記住了：『奇經八脈，中有內息，聚之丹田，會於膻中。』你懂得解麼？」鐵板上原來的口訣是：「丹田內息，散於四肢，膻中之氣，分注八脈。」他故意將之倒了轉來。黑白子一聽，覺得這四句口訣平平無奇，乃是練氣的普通法門，說道：「這四句，在下領會得，請前輩再傳四句。」

令狐冲心想：「這四句經我一改，變成尋常之極，他自感不足了，須當唸四句十分古怪的，嚇唬嚇唬他。」說道：「今天是第一日，索性多傳四句，你記好了。『震裂陽維，塞絕陰蹻，八脈齊斷，神功自成。』」

黑白子大吃一驚，道：「這……這……這人身的奇經八脈倘若斷絕了，那裏還活得成？這……這四句口訣，晚輩可當真不明白了。」令狐冲道：「這等神功大法，倘若人人都能領會，那還有甚麼希奇？這中間自然有許多精微奇妙之處，常人不易索解。」

黑白子聽到這裏，越來越覺他說話的語氣、所用的辭句，與那姓任之人大不相同，不由得疑心大起。前兩次令狐冲說話極少，辭語又十分含糊，這一次吃了酒後，精神振奮，說話多了，黑白子十分機警，登時便生了疑竇，料想他有意揑造口訣，戲弄自己，說道：「你說『八脈齊斷，神功自成』，難道老爺子自己，這奇經八脈都已斷絕了嗎？」

令狐冲道：「這個自然。」他從黑白子語氣之中，聽出他已起了疑心，不敢跟他多說，道：「全部傳完，你融會貫通，自能明白。」說著將酒壺放在盤上，從方孔中遞將出去。黑白子伸手來接。

令狐冲突然「啊喲」一聲，身子向前一衝，噹的一聲，額頭撞上鐵門。

黑白子驚道：「怎樣了？」他這等武功高強之人，反應極快，一伸手，已探入方孔，抓住木盤，生怕酒壺掉在地下摔碎。

便在這電光石火的一瞬之間，令狐冲左手翻上，抓住了他右手手腕，笑道：「黑白子，你瞧瞧我到底是誰？」黑白子大驚，顫聲道：「你……你……」

令狐冲將木盤遞出去之時，並未有抓他手腕的念頭，待在油燈微光下見到黑白子手掌在方孔外一晃，只待接他木盤，突然之間，心中起了一股難以抑制的衝動。自己在這裏囚禁多日，全是出於這人的狡計，若能將他手腕扭斷了，也足稍出心中的惡氣；又想他出其不意的給自己抓住，突然大吃一驚，這人如此奸詐，嚇他一跳，又有何不可？也不知是出於報復之意，還是一時童心大盛，便這麼假裝摔跌，引得他伸手進來，抓住了他手腕。

黑白子本來十分機警，只是這一下實在太過突如其來，事先更沒半點朕兆，待得心中微覺不妥，手腕已被對方抓住，只覺對方五根手指便如是一隻鐵箍，牢牢的扣住了自己手腕上「內關」「外關」兩處穴道，當即手腕急旋，反打擒拿。

噹的一聲大響，左足三根足趾立時折斷，痛得啊啊大叫。

何以他右手手腕被扣，左足的足趾卻會折斷，豈非甚奇？原來黑白子於對方向來深自敬憚，這時手腕被扣，立即想到有性命之憂，忙不迭的使出一招「蛟龍出淵」。這一招乃是手腕被人扣住時所用，手臂向內急奪，左足無影無蹤的疾踢而出，這一腳勢道厲害已極，正中敵人胸口，非將他踢得當場吐血不可。敵人若是高手，知所趨避，便須立時放開他手腕，否則無法躲得過這當胸一腳。也是事出倉卒，黑白子急於脫困，沒想到自己和對方之間隔了一道厚厚的鐵門，這一招「蛟龍出淵」確是使對了，這一腳也是踢得部位既準，力道又凌厲之極，只可惜噹的一聲大響，正中鐵門。

令狐冲聽到鐵門這一聲大響，這才明白，自己全仗鐵門保護，才逃過了黑白子如此厲害的一腳，忍不住哈哈大笑，說道：「再踢一腳，踢得也這樣重，我便放你。」

突然之間，黑白子猛覺右腕「內關」「外關」兩處穴道中內力源源外洩，不由得想起生平最害怕的一件事來，登時魂飛天外，一面運力凝氣，一面哀聲求告：「老……老爺子，求你……你……」他一說話，內力更大量湧出，只得住口，但內力還是不住飛快洩出。

令狐冲自練了鐵板上的功夫之後，丹田已然如竹之虛，如谷之空，這時覺得丹田中有氣注入，卻也並不在意。只覺黑白子的手腕不住顫抖，顯是害怕之極，心中氣他不過，索性要嚇他一嚇，喝道：「我傳了你功夫，你便是本門弟子了，你欺師滅祖，該當何罪？」

黑白子只覺內力愈洩愈快，勉強凝氣，還暫時能止得住，但呼吸終究難免，一呼一吸之際，內力便大量外洩，這時早忘了足趾上的疼痛，只求右手能從方孔中脫出，縱然少了一隻手一隻腳也是甘願，一想到此處，伸手便去腰間拔劍。

他身子這麼一動，手腕上「內關」「外關」兩處穴道便如開了兩個大缺口，立時全身內力急瀉而出，有如河水決堤，再也難以堵截。黑白子知道只須再捱得一刻，全身內力便盡數被對方吸去，當下奮力抽出腰間長劍，咬緊牙齒，舉將起來，便欲將自己手臂砍斷。但這麼一使力，內力奔騰而出，耳朵中嗡的一聲，便暈了過去。

令狐冲抓住他手腕，只不過想嚇他一嚇，最多也是扭斷他腕骨，以洩心中積忿，沒料到他竟會嚇得如此的魂不附體，以致暈去，哈哈一笑，便鬆了手。他這一鬆手，黑白子身子倒下，右手便從方孔中縮回。

令狐冲腦中突如電光般閃過一個念頭，急忙抓住他的手掌，幸好動作迅速，及時拉住，心想：「我何不用鐵銬將他銬住，逼迫黃鍾公他們放我？」當下使力將黑白子的手腕拉近，沒料想用力一拉，黑白子的腦袋竟從方孔中鑽了進來，呼的一聲，整個身子都進了牢房。

這一下實是大出意料之外，他一呆之下，暗罵自己愚不可及，這洞孔有尺許見方，只要腦袋通得過，身子便亦通得過，黑白子既能進來，自己又何嘗不能出去？以前四肢為銬鏈所繫，自是無法越獄，但銬鏈早已暗中給人鋸開，卻為何不逃？又忖：「丹青生暗中替我鋸斷了銬鏈，日日盼望我跟著那送飯的老人越獄逃走，想必心焦之極了。」他發覺銬鏈已為人鋸斷之時，正是練功之際，全副精神都貫注練功，而且其時鐵板上的功訣尚未背熟，自不願就此離去，只因內心深處不願便即離開牢房，是以也未曾想到逃獄。

他略一沉吟，已有了主意，匆匆除下黑白子和自己身上的衣衫，對調了穿好，連黑白子那頭罩也套在頭上，心想：「出去時就算遇上了旁人，他們也只道我便是黑白子。」將黑白子的長劍插在自己腰間，一劍在身，更是精神大振，又將黑白子的手足都銬在銬鐐的鐵圈之中，用力捏緊，鐵圈深陷入肉。

黑白子痛得醒了過來，呻吟出聲。令狐冲笑道：「咱哥兒倆扳扳位！那老頭兒每天會送飯送水來。」黑白子呻吟道：「任……任老爺子……你……你的吸星大法……」令狐冲那日在荒郊和向問天聯手抗敵，聽得對方人羣中有人叫過「吸星大法」，這時又聽黑白子說起，便問：「甚麼吸星大法？」黑白子道：「我……我……該……該死……」

令狐冲脫身要緊，當下也不去理他，從方孔中探頭出去，兩隻手臂也伸到了洞外，手掌在鐵門上輕輕一推，身子射出，穩穩站在地下，只覺丹田中又積蓄了大量內息，頗不舒服。他不知這些內力乃是從黑白子身上吸來，只道久不練功，桃谷六仙和不戒和尚的內力又回入了丹田。這時只盼儘快離開黑獄，當下提了黑白子留下的油燈，從地道中走出去。

地道中門戶都是虛掩，料想黑白子要待出去時再行上鎖，這一來，令狐冲便毫不費力的脫離了牢籠。他邁過一道道堅固的門戶，想起這些在黑牢中的日子，真是如同隔世，突然之間，對黃鍾公他們也已不怎麼懷恨，但覺身得自由，便甚麼都不在乎了。

走到了地道盡頭，拾級而上，頭頂是塊鐵板，側耳傾聽，上面並無聲息。自從經過這次失陷，他一切小心謹慎得多了，並不立即衝上，站在鐵板之下等了好一會，仍沒聽得任何聲息。確知黃鍾公當真不在臥室之中，這才輕輕托起鐵板，縱身而上。

他從床上的孔中躍出，放好鐵板，拉上蓆子，躡手躡足的走將出來，忽聽得身後一人陰惻惻的道：「二弟，你下去幹甚麼？」

令狐冲一驚回頭，只見黃鍾公、禿筆翁、丹青生三人各挺兵刃，圍在身周。他不知秘門上裝有機關消息，這麼貿然闖出，機關上鈴聲大作，將黃鍾公等三人引了來，只是他戴著頭罩，穿的又是黑白子的長袍，無人認他得出。令狐冲一驚之下，說道：「我……我……」

黃鍾公冷冷的道：「我甚麼？我看你神情不正，早料到你是要去求任我行教你練那吸星妖法，哼哼，當年你罰過甚麼誓來？」

令狐冲心中混亂，不知是暴露自己真相好呢，還是冒充黑白子到底，一時拿不定主意，拔出腰間長劍，向禿筆翁刺去。禿筆翁怒道：「好二哥，當真動劍嗎？」舉筆一封。令狐冲這一劍只是虛招，乘他舉筆擋架，便即發足奔出。黃鍾公等三人直追出來。

令狐冲提氣疾奔，片刻間便奔到了大廳。黃鍾公大叫：「二弟，二弟，你到那裏去？」令狐冲不答，仍是拔足飛奔。突見迎面一人站在大門正中，說道：「二莊主，請留步！」

令狐冲奔得正急，收足不住，砰的一聲，重重撞在他身上。這一衝之勢好急，那人直飛出去，摔在數丈之外。令狐冲忙中一看，見是一字電劍丁堅，直挺挺的橫在當地，身子倒確是作「一字」之形，只是和「電劍」二字卻拉不上干係了。

令狐冲足不停步的向小路上奔去。黃鍾公等一到莊子門口，便不再追來。丹青生大叫：

「二哥，二哥，快回來，咱們兄弟有甚麼事不好商量……」

令狐冲只揀荒僻的小路飛奔，到了一處無人的山野，顯是離杭州城已遠。他如此迅捷飛奔，停下來時竟既不疲累，也不氣喘，比之受傷之前，似乎功力尚有勝過。

他除下頭上罩子，聽到淙淙水聲，口中正渴，當下循聲過去，來到一條山溪之畔，正要俯身去捧水喝，水中映出一個人來，頭髮蓬鬆，滿臉汚穢，神情甚是醜怪。

令狐冲吃了一驚，隨即啞然一笑，囚居數月，從不梳洗，自然是如此齷齪了，霎時間只覺全身奇癢，當下除去外袍，跳在溪水中好好洗了個澡，心想：「身上的老泥便沒半擔，也會有三十斤。」渾身上下擦洗乾淨，喝飽清水後，將頭髮挽在頭頂，水中一照，已回復了本來面目，與那滿臉浮腫的風二中已沒半點相似之處。

穿衣之際，覺得胸腹間氣血不暢，當下在溪邊行功片刻，便覺丹田中的內息已散入奇經八脈，丹田內又是如竹之空、似谷之虛，而全身振奮，說不出的暢快。他不知自己已練成了當世第一等厲害功夫，桃谷六仙和不戒和尚的八道真氣，在少林寺療傷時方生大師注入他體內的內力，固然已盡皆化為己有，而適才抓住黑白子的手腕，又已將他畢生修習的內功吸了過來貯入丹田，再散入奇經八脈，那便是又多了一個高手的功力，自是精神大振。

他躍起身來，拔出腰間長劍，對著溪畔一株綠柳的垂枝隨手刺出，手腕略抖，嗤的一聲輕響，長劍還鞘，這才左足落地，抬起頭來，只見五片柳葉緩緩從空中飄落。長劍二次出鞘，在空中轉了個弧形，五片柳葉都收到了劍刃之上。他左手從劍刃上取過一片柳葉，說不出的又是歡喜，又是奇怪。在溪畔悄立片時，陡然間心頭一陣酸楚：「我這身功夫，師父師娘是無論如何教不出來的了。可是我寧可像從前一樣，內力劍法，一無足取，卻在華山門中逍遙快樂，和小師妹朝夕相見，勝於這般在江湖上孤身一人，做這遊魂野鬼。」

自覺一生武功從未如此刻之高，卻從未如此刻這般寂寞淒涼。他天生愛好熱鬧，喜友好酒，過去數月被囚於地牢，孤身一人那是當然之理。此刻身得自由，卻仍是孤零零地。獨立溪畔，歡喜之情漸消，清風拂體，冷月照影，心中惆悵無限。

二十二

脫困

——

任我行提起酒壺，斟滿了一杯酒，說道：「你我今日在此相聚，大是有緣，你若聽我良言相勸，便請乾了此杯。」

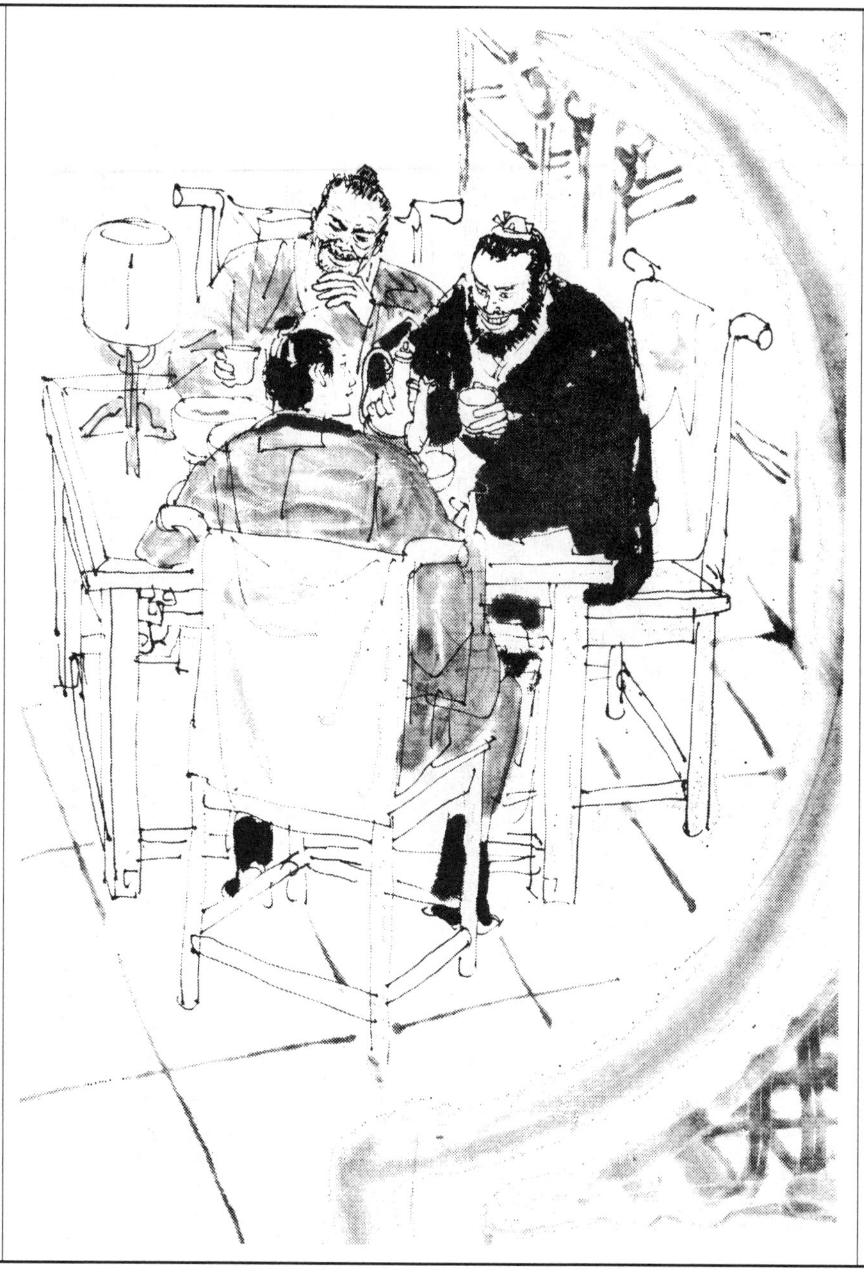

令狐冲悄立良久，眼見月至中天，夜色已深，心想種種疑竇，務當到梅莊去查個明白，那姓任的前輩倘若不是大奸大惡之輩，也當救他脫困。

當下認明路徑，向梅莊行去。上了孤山後，從斜坡上穿林近莊，耳聽得莊中寂靜無聲，輕輕躍進圍牆。見幾十間屋子都是黑沉沉地，只右側一間屋子窗中透出燈光，提氣悄步走到窗下，便聽得一個蒼老的聲音喝道：「黃鍾公，你知罪麼？」聲音十分嚴厲。

令狐冲大感奇怪，以黃鍾公如此身分，居然會有人對他用這等口吻說話，矮下身子，從窗縫中向內張去。只見四人分坐在四張椅中，其中三人都是五六十歲的老者，另一人是個中年婦人。四人都身穿黑衫，腰繫黃帶。黃鍾公、禿筆翁、丹青生站在四人之前，背向窗外。令狐冲瞧不見他三人的神情，但一坐一站，顯然尊卑有別。

只聽黃鍾公道：「是，屬下知罪。四位長老駕臨，屬下未曾遠迎，罪甚，罪甚。」

坐在中間一個身材瘦削的老者冷笑道：「哼，不曾遠迎，有甚麼罪了？又裝甚麼腔。黑白子呢？怎麼不來見我？」

令狐冲暗暗好笑：「黑白子給我關在地牢之中，黃鍾公他們卻當他已經逃走了。」又想：「怎麼是長老、屬下？是了，他們都是魔教中的人物。」只聽黃鍾公道：「四位長老，屬下管教不嚴，這黑白子性情乖張，近來大非昔比，這幾日竟然不在莊中。」

那老者雙目瞪視著他，突然間眼中精光大盛，冷冷的道：「黃鍾公，教主命你們駐守梅莊，是叫你們在這裏彈琴喝酒，繪畫玩兒，是不是？」黃鍾公躬身道：「屬下四人奉了教主令旨，在此看管要犯。」那老者道：「這就是了。那要犯看管得怎樣了？」黃鍾公道：「啟稟長老，那要犯拘禁地牢之中。十二年來屬下寸步不離梅莊，不敢有虧職守。」那老者道：「很好，很好。你們寸步不離梅莊，不敢有虧職守。如此說來，那要犯仍是拘禁在地牢之中了？」黃鍾公道：「正是。」

那老者抬起頭來，眼望屋頂，突然間打個哈哈，登時天花板上灰塵簌簌而落。他隔了片刻，說道：「很好！你帶那名要犯來讓我們瞧瞧。」黃鍾公道：「四位長老諒鑒，當日教主嚴旨，除非教主他老人家親臨，否則不論何人，均不許探訪要犯，違者……違者……」

那老者一伸手，從懷中取出一塊東西來，高高舉起，跟著便站起身來。其餘坐著的三人也即站起，狀貌甚是恭謹。令狐冲凝目瞧去，只見那物長約半尺，是塊枯焦的黑色木頭，上面彫刻有花紋文字，看來十分詭異。黃鍾公等三人躬身說道：「教主黑木令牌駕到，有如教主親臨，屬下謹奉令旨。」那老者道：「好，你去將那要犯帶上來。」

黃鍾公躊躇道：「那要犯手足鑄於精鋼銬鏈之中，無法……無法提至此間。」

那老者冷笑道：「直到此刻，你還在強辭奪理，意圖欺瞞。我問你，那要犯到底是怎生逃出去的？」

黃鍾公驚道：「那要犯……那要犯逃出去了？決……決無此事。此人好端端的在地牢之中，不久之前屬下還親眼見到，怎……怎能逃得出去？」那老者臉色登和，溫言道：「哦，原來他還在地牢之中，那倒是錯怪你們了，對不起之至。」和顏悅色的站起身來，慢慢走近身去，似乎要向三人賠禮，突然間一伸手，在黃鍾公肩頭一拍。禿筆翁和丹青生同時急退兩步。但他們行動固是十分迅捷，那老者出手更快，拍拍兩聲，禿筆翁和丹青生的右肩也被他先後拍中。那老者這三下出手，實是不折不扣的偷襲，臉上笑吟吟的甚是和藹，竟連黃鍾公這等江湖大行家也沒提防。禿筆翁和丹青生武功較弱，雖然察覺，卻已無法閃避。

丹青生大聲叫道：「鮑長老，我們犯了甚麼罪？怎地你用這等毒手對付我們？」叫聲中既有痛楚之意，又顯得大是憤怒。

鮑長老嘴角垂下，緩緩的道：「教主命你們在此看管要犯，給那要犯逃了出去，你們該不該死？」黃鍾公道：「那要犯倘若真的逃走，屬下自是罪該萬死，可是他好端端的在地牢之中。鮑長老濫施毒刑，可教我們心中不服。」他說話之時身子略側，令狐冲在窗外見到他額角上黃豆大的汗珠不住滲將出來，心想這鮑長老適才這麼一拍，定然十分厲害，以致連黃鍾公這等武功高強之人，竟也抵受不住。又想：黃鍾公的武功該當不在此人之下，這鮑長老若不是使詐偷襲，未必便制他得住。

鮑長老道：「你們再到地牢去看看，倘若那要犯確然仍在牢中，我……哼……我鮑大楚給你們三位磕頭賠罪，自然立時給你們解了這藍砂手之刑。」黃鍾公道：「好，請四位在此稍待。」當即和禿筆翁、丹青生走了出去。令狐冲見他三人走出房門時都身子微微顫抖，也不知是因心下激動，還是由於身中藍砂手之故。

他生怕給屋中四人發覺，不敢再向窗中張望，緩緩坐倒在地，尋思：「他們說的甚麼教主，自必是號稱當世武功第一的東方不敗。他命江南四友在此看守要犯，已看守了十二年，自然不是指我而言，當是指那姓任的前輩了。難道他竟已逃了出去？他逃出地牢，居然連黃鍾公他們都不知道，確是神通廣大之至。不錯，他們一定不知，否則黑白子也不會將我錯認作了任前輩。」心想黃鍾公等一入地牢，自然立時將黑白子認出來，這中間變化曲折甚多，想來又是希奇，又是好笑，又想：「他們卻為何將我也囚在牢中？多半是我和那姓任的前輩比劍之後，他們怕我出去洩漏了機密，是以將我關住。哼，這雖不是殺人滅口，和殺人滅口卻也相差無幾。此刻他們身中藍砂手，滋味定然極不好受，也算是替我出了口惡氣。」

但聽那四人坐在室中，一句話不說，令狐冲連大氣也不敢透一口，和那四人雖有一牆之隔，但相距不過丈許之遙，只須呼吸稍重，立時便會給他們察覺。

萬籟俱寂之中，忽然傳來「啊」的一聲悲號，聲音中充滿痛苦和恐懼之意，靜夜聽來，不由得令人毛骨悚然。令狐冲聽得是黑白子的叫聲，不禁微感歉仄，雖然他為了暗算自己而遭此報，可說自作自受，但他落在鮑大楚諸人手中，定是凶多吉少。跟著聽得腳步聲漸近，黃鍾公等進了屋中。令狐冲又湊眼到窗縫上去張望，只見禿筆翁和丹青生分在左右扶著黑白子。黑白子臉上一片灰色，雙目茫然無神，與先前所見的精明強幹情狀已全然不同。

黃鍾公躬身說道：「啟……啟稟四位長老，那要犯果然……果然逃走了。屬下在四位長老跟前領死。」他似明知已然無倖，話聲頗為鎮定，反不如先前激動。

鮑大楚森然道：「你說黑白子不在莊中，怎地他又出現了？到底是怎麼一回事？」

黃鍾公道：「種種原由，屬下實在莫名其妙。唉，玩物喪志，都因屬下四人躭溺於琴棋書畫，給人窺到了這老大弱點，定下奸計，將那人……將那人劫了出去。」

鮑大楚道：「我四人奉了教主命旨，前來查明那要犯脫逃的真相，你們倘若據實稟告，確無分毫隱瞞，那麼……那麼我們或可向教主代你們求情，請教主慈悲發落。」黃鍾公長長嘆了口氣，說道：「就算教主慈悲，四位長老眷顧，屬下又怎有面目再活在世上？只是其中原委曲折，屬下如不明白真相，縱然死了也不瞑目。鮑長老，教主……教主他老人家是在杭州麼？」鮑大楚長眉一軒，問道：「誰說他老人家在杭州？」黃鍾公道：「然則那要犯昨天剛逃走，教主他老人家怎地立時便知道了？立即便派遣四位長老前來梅莊？」黃鍾公道：「然則那要犯昨天

鮑大楚哼的一聲，道：「你這人越來越胡塗啦，誰說那要犯是昨天逃走的？」

黃鍾公道：「那人確是昨天中午越獄的，當時我三人還道他是黑白子，沒想到他移花接木，將黑白子關在地牢之中，穿了黑白子的衣冠衝將出來。這件事，我三弟、四弟固然看得清清楚楚，還有那丁堅，給他一撞之下，肋骨斷了十幾根……」鮑大楚轉頭向其餘三名長老瞧去，皺眉道：「這人胡說八道，不知說些甚麼。」一個肥肥矮矮的老者說道：「咱們是上月十四得到的訊息……」一面說，一面屈指計算，道：「到今日是第十七天。」

黃鍾公猛退兩步，砰的一聲，背脊重重撞在牆上，道：「決……決無此事！我們的的確確，昨天是親眼見到他逃出去的。」

他走到門口，大聲叫道：「施令威，將丁堅抬來。」施令威在遠處應道：「是！」

鮑大楚走到黑白子身前，抓住他胸口，將他身子提起，只見他手足軟軟的垂了下來，似乎全身骨骼俱已斷絕，只賸下一個皮囊。鮑大楚臉上變色，大有惶恐之意，一鬆手，黑白子摔在地下，竟站不起身。另一個身材魁梧的老者說道：「不錯，這是中了那廝的……那廝的吸星大法，將全身精力都吸乾了。」語音顫抖，十分驚懼。

鮑大楚問黑白子道：「你在甚麼時候著了他的道兒？」黑白子道：「我……我……的確

是昨天，那廝……那廝抓住了我右腕，我……我便半點動彈不得，只好由他擺布。」鮑大楚甚為迷惑，臉上肌肉微微顫動，眼神迷惘，問道：「那便怎樣？」黑白子道：「他將我從鐵門的方孔中拉進牢去，除下我衣衫換上了，又……又將足鐐手銬都套在我手足之上，然後從那方孔中鑽……鑽了出去。」

鮑大楚皺眉道：「昨天？怎能夠是昨天？」那矮胖老者問道：「足鐐手銬都是精鋼所鑄，又怎地弄斷的？」黑白子道：「我……我……我實在不知道。」禿筆翁道：「屬下細看過足鐐手銬的斷口，是用鋼絲鋸子鋸斷的。這鋼絲鋸子，不知那廝何處得來？」

說話之間，施令威已引著兩名家人將丁堅抬了進來。他躺在一張軟榻上，身上蓋著一張薄被。鮑大楚揭開被子，伸手在他胸口輕輕一按。丁堅長聲大叫，顯是痛楚已極。鮑大楚點點頭，揮了揮手。施令威和兩名家人將丁堅抬了出去。

鮑大楚道：「這一撞之力果然了得，顯然是那廝所為。」

坐在左面那中年婦人一直沒開口，這時突然說道：「鮑長老，倘若那廝確是昨天才越獄逃走，那麼上月中咱們得到的訊息只怕是假的了。那廝的同黨在外面故布疑陣，令咱們人心搖動。」鮑大楚搖頭道：「不會是假的。」那婦人道：「不會假？」鮑大楚道：「薛香主一身金鐘罩、鐵布衫的橫練功夫，尋常刀劍也砍他不入，可是給人五指插入胸膛，將一顆心硬生生的挖了出去。除了這廝之外，當世更無第二人……」

令狐冲正聽得出神，突然之間，肩頭有人輕輕一拍。這一拍事先更無半點朕兆，他一驚之下，躍出三步，拔劍在手，回過頭來，只見兩個人站在當地。

這二人臉背月光，瞧不見面容。一人向他招了招手，道：「兄弟，咱們進去。」正是向問天的聲音。令狐冲大喜，低聲道：「向大哥！」

令狐冲急躍拔劍，又和向問天對答，屋中各人已然聽見。鮑大楚喝問：「甚麼人？」只聽得一人哈哈大笑，發自向問天身旁的人口中。這笑聲聲震屋瓦，令狐冲耳中嗡嗡作響，只覺胸腹間氣血翻湧，說不出的難過。那人邁步向前，遇到牆壁，雙手一推，轟隆一聲響，牆上登時穿了一個大洞，那人便從牆洞中走了進去。向問天伸手挽住令狐冲的右手，並肩走進屋去。

鮑大楚等四人早已站起，手中各執兵刃，臉上神色緊張。令狐冲急欲看到這人是誰，只是他背向自己，但見他身材甚高，一頭黑髮，穿的是一襲青衫。

鮑大楚顫聲道：「原……原來是任……任前輩到了。」那人哼了一聲，踏步而前。鮑大楚、黃鍾公等自然而然退開了兩步。那人轉過身來，往中間的椅中一坐，這張椅子，正是鮑大楚適才坐過的。令狐冲這才看清楚，只見他一張長長的臉孔，臉色雪白，更無半分血色，眉目清秀，只是臉色實在白得怕人，便如剛從墳墓中出來的殭屍一般。

他對向問天和令狐冲招招手，道：「向兄弟，令狐冲兄弟，過來請坐。」令狐冲一聽到他聲音，不禁驚喜交集，道：「你……你是任前輩？」那人微微一笑，道：「正是。你劍法可高明得緊啊。」令狐冲道：「你果然已經脫險了。今天……今天我正想來救……」那人笑道：「今天你想來救我脫困，是不是？哈哈，哈哈。向兄弟，你這位兄弟很夠朋友啊。」

向問天拉著令狐冲的手，讓他在那人右側坐了，自己坐在那人左側，說道：「令狐兄弟肝膽照人，真是當世的堂堂血性男兒。」那人笑道：「令狐兄弟，委屈你在西湖底下的黑牢住了兩個多月，我可抱歉得很哪，哈哈，哈哈！」

這時令狐冲心中已隱隱知道了些端倪，但還是未能全然明白。

那姓任的笑吟吟的瞧著令狐冲，說道：「你雖為我受了兩個多月牢獄之災，但練成了我刻在鐵板上的吸星大法，嘿嘿，那也足以補償而有餘了。」令狐冲奇道：「那鐵板上的秘訣，是前輩刻下的？」那人微笑道：「若不是我刻的，世上更有何人會這吸星大法？」

向問天道：「兄弟，任教主的吸星神功，當世便只你一個傳人，實是可喜可賀。」令狐冲奇道：「任教主？」向問天道：「原來你到此刻還不知任教主的身分，這一位便是日月神教的任教主，他名諱是上『我』下『行』，你可曾聽見過嗎？」

令狐冲知道「日月神教」就是魔教，只不過他本教之人自稱日月神教，教外之人則稱之為魔教，但魔教教主向來便是東方不敗，怎地又出來一個任我行？他囁嚅道：「任……任教主的名諱，我是在那鐵板上摸到的，卻不知他是教主。」

那身材魁梧的老者突然喝道：「他是甚麼教主了？我日月神教的教主，普天下皆知是東方教主。這姓任的反教作亂，早已除名開革。向問天，你附逆為非，罪大惡極。」

任我行緩緩轉過頭來，凝視著他，說道：「你叫做秦偉邦，是不是？」那魁梧老人道：「不錯。」任我行道：「我掌執教中大權之時，你是在江西任青旗旗主，是不是？」秦偉邦道：「正是。」任我行嘆了口氣，道：「你現今身列本教十長老之位了，升得好快哪。東方不敗為甚麼這樣看重你？你是武功高強呢，還是辦事能幹？」秦偉邦道：「我盡忠本教，遇事向前，十多年來積功而升為長老。」任我行點頭道：「那也是很不錯的了。」

突然間任我行身子一晃，欺到鮑大楚身前，左手疾探，向他咽喉中抓去。鮑大楚大駭，右手單刀已不及揮過來砍對方手臂，只得左手手肘急抬，護住咽喉，同時左足退後一步，右手單刀順勢劈了下來。這一守一攻，只在一刹那間完成，守得嚴密，攻得凌厲，的是極高明手法。但任我行右手還是快了一步，鮑大楚單刀尚未砍落，已抓住他胸口，嗤的一聲響，撕破了他長袍，左手將一塊物事從他懷中抓了出來，正是那塊黑木令。他右手翻轉，已抓住了鮑大楚右腕，將他手腕扭了轉去。只聽得噹噹噹三聲響，卻是向問天遞出長劍，向秦偉邦以及其餘兩名長老分別遞了一招。三長老各舉兵刃相架。向問天攻這三招，只是阻止他們出手救援鮑大楚，三招一過，鮑大楚已全在任我行的掌握之中。

任我行微笑道：「我的吸星大法尚未施展，你想不想嘗嘗滋味？」

鮑大楚在這一瞬之間，已知若不投降，便送了性命，除此之外更無第三條路好走。他決斷也是極快，說道：「任教主，我鮑大楚自今而後，效忠於你。」任我行道：「當年你曾立誓向我效忠，何以後來反悔？」鮑大楚道：「求任教主准許屬下戴罪圖功，將功贖罪。」任我行道：「好，吃了這顆丸藥。」一放開他手腕，伸手入懷，取出一個瓷瓶，倒出一枚火紅色的藥丸，向鮑大楚拋去。鮑大楚一把抓過，看也不看，便吞入了腹中。

秦偉邦失聲道：「這……這是『三尸腦神丹』？」

任我行點點頭，說道：「不錯，這正是『三尸腦神丹』！」又從瓷瓶中倒出六粒「三尸腦神丹」，隨手往桌上擲去，六顆火紅色的丹丸在桌上滴溜溜轉個不停，道：「你們知道這『三尸腦神丹』的厲害嗎？」

鮑大楚道：「服了教主的腦神丹後，便當死心塌地，永遠聽從教主驅使，否則丹中所藏尸蟲便由僵伏而活動，鑽而入腦，咬嚙腦髓，痛楚固不必說，更且行事狂妄顛倒，比瘋狗尚且不如。」任我行道：「你說得甚是。你既知我這腦神丹的靈效，卻何以大膽吞服？」鮑大楚道：「屬下自今而後，永遠對教主忠心不二，這腦神丹便再厲害，也跟屬下並不相干。」

任我行哈哈一笑，說道：「很好，很好。這裏的藥丸那一個願服？」

黃鍾公和禿筆翁、丹青生面面相覷，都是臉色大變。他們與秦偉邦等久在魔教，早就知道這「三尸腦神丹」中裹有尸蟲，平時並不發作，一無異狀，但若到了每年端午節的午時不服剋制尸蟲的藥物，原來的藥性一過，尸蟲脫伏而出。一經入腦，其人行動如妖如鬼，再也不可以常理測度，理性一失，連父母妻子也會咬來吃了。當世毒物，無逾於此。再者，不同藥主所煉丹藥，藥性各不相同，東方教主的解藥，解不了任我行所製丹藥之毒。

眾人正驚惶躊躇間，黑白子忽然大聲道：「教主慈悲，屬下先服一枚。」說著掙扎著走到桌邊，伸手去取丹藥。

任我行袍袖輕輕一拂，黑白子立足不定，仰天一交摔了出去，砰的一聲，腦袋重重撞在牆上。任我行冷笑道：「你功力已失，廢人一個，沒的糟蹋了我的靈丹妙藥。」轉頭說道：「秦偉邦、王誠、桑三娘，你們不願服我這靈藥，是不是？」

那中年婦人桑三娘躬身道：「屬下誓願自今而後，向教主效忠，永無貳心。」那矮胖老者王誠道：「屬下謹供教主驅策。」兩人走到桌邊，各取一枚丸藥，吞入腹中。他二人對任我行向來十分忌憚，眼見他脫困復出，已然嚇得心膽俱裂，積威之下，再也不敢反抗。

那秦偉邦卻是從中級頭目升上來的，任我行掌教之時，他在江西管轄數縣之地，還沒資格領教過這位前任教主的厲害手段，叫道：「少陪了！」雙足一點，向牆洞竄出。

任我行哈哈一笑，也不起身阻攔。待他身子已縱出洞外，向問天左手輕揮，袖中倏地竄出一條黑色細長軟鞭，眾人眼前一花，只聽得秦偉邦「啊」的一聲叫，長鞭從牆洞中縮轉，已然捲住他左足，倒拖了回來。這長鞭鞭身極細，還沒一根小指頭粗，但秦偉邦給捲住了左足足踝，只有在地下翻滾的份兒，竟然無法起立。

任我行道：「桑三娘，你取一枚腦神丹，將外皮小心剝去了。」桑三娘應道：「是！」從桌上拿了一枚丹藥，用指甲將外面一層紅色藥殼剝了下來，露出裏面灰色的一枚小圓球。任我行道：「餵他吃了。」桑三娘道：「是！」走到秦偉邦身前，叫道：「張口！」

秦偉邦一轉身，呼的一掌，向桑三娘劈去。他本身武功雖較桑三娘略遜，但相去也不甚遠，可是足踝給長鞭捲住了，穴道受制，手上已無多大勁力。桑三娘左足踢他手腕，右足飛起，拍的一聲，踢中胸口，左足鴛鴦連環，跟著在他肩頭踢了一腳，接連三腳，踢中了三處穴道，左手揑住他臉頰，右手便將那枚脫殼藥丸塞入他口中，右手隨即在他喉頭一揑，咕的一聲響，秦偉邦已將藥丸吞入肚中。

令狐冲聽了鮑大楚之言，知道「三尸腦神丹」中藏有僵伏的尸蟲，全仗藥物剋制，桑三娘所剝去的紅色藥殼，想必是剋制尸蟲的藥物，又見桑三娘這幾下手腳兔起鶻落，十分的乾淨利落，倒似平日習練有素，專門逼人服藥，心想：「這婆娘手腳伶俐得緊！」他不知桑三娘擅於短打擒拿功夫，此刻歸附任我行，自是抖擻精神，施展生平絕技，既賣弄手段，又是向教主表示效忠之意。

任我行微微一笑，點了點頭。桑三娘站起身來，臉上神色不動，恭恭敬敬的站在一旁。

任我行目光向黃鍾公等三人瞧去，顯是問他們服是不服。

禿筆翁一言不發，走過去取過一粒丹藥服下。丹青生口中喃喃自語，不知在說些甚麼，終於也過去取了一粒丹藥吃了。

黃鍾公臉色慘然，從懷中取出一本冊子，正是那「廣陵散」琴譜，走到令狐冲身前，說道：「尊駕武功固高，智謀又富，設此巧計將這任我行救了出去，嘿嘿，在下佩服得緊。這本琴譜害得我四兄弟身敗名裂，原物奉還。」說著舉手一擲，將琴譜投入了令狐冲懷中。

令狐冲一怔之際，只見他轉過身來，走向牆邊，心下不禁頗為歉仄，尋思：「相救這位任教主，全是向大哥的計謀，事先我可半點不知。但黃鍾公他們心中恨我，也是情理之常，我可無法分辯了。」

黃鍾公轉過身來，靠牆而立，說道：「我四兄弟身入日月神教，本意是在江湖上行俠仗義，好好作一番事業。但任教主性子暴躁，威福自用，我四兄弟早萌退志。東方教主接任之後，寵信奸佞，鋤除教中老兄弟。我四人更是心灰意懶，討此差使，一來得以遠離黑木崖，不必與人勾心鬥角，二來閒居西湖，琴書遣懷。十二年來，清福也已享得夠了。人生於世，憂多樂少，本就如此……」說到這裏，輕哼一聲，身子慢慢軟垂下去。

禿筆翁和丹青生齊叫：「大哥！」搶過去將他扶起，只見他心口插了一柄匕首，雙目圓睜，卻已氣絕。禿筆翁和丹青生連叫：「大哥，大哥！」哭了出來。

王誠喝道：「這老兒不遵教主令旨，畏罪自盡，須當罪加一等。你們兩個傢伙又吵些甚麼？」丹青生滿臉怒容，轉過身來，便欲向王誠撲將過去，和他拚命。王誠道：「怎樣？你想造反麼？」丹青生想起已然服了三尸腦神丹，此後不得稍有違抗任我行的意旨，一股怒氣登時消了，只是低頭拭淚。

任我行道：「把屍首和這廢人都攆了出去，取酒菜來，今日我和向兄弟、令狐兄弟要共謀一醉。」禿筆翁道：「是！」抱了黃鍾公的屍身出去。

跟著便有家丁上來擺陳杯筷，共設了六個座位。鮑大楚道：「擺三副杯筷！咱們怎配和教主共席？」一面幫著收拾。任我行道：「你們也辛苦了，且到外面喝一杯去。」鮑大楚、王誠、桑三娘一齊躬身，道：「謝教主恩典。」慢慢退出。

令狐冲見黃鍾公自盡，心想此人倒是個義烈漢子，想起那日他要修書薦自己去見少林寺方證大師，求他治病，對己也是一番好意，不由得有些傷感。

向問天笑道：「兄弟，你怎地機緣巧合，學到了教主的吸星大法？這件事倒要你說來聽聽。」令狐冲便將如何自行修習，如何無意中練成等情，一一說了。向問天笑道：「恭喜，恭喜，這種種機緣，缺一不成。做哥哥的好生為你喜歡。」說著舉起酒杯，一口乾了。任我行和令狐冲也都舉杯乾了。

任我行笑道：「此事說來也是險極。我當初在那鐵板上刻這套練功秘訣，雖是在黑獄中悶得很了，聊以自遣，卻未必存著甚麼好心。神功秘訣固然是真，但若非我親加指點，助其散功，依法修習者非走火入魔不可，能避過此劫者千中無一。練這神功，有兩大難關。第一步是要散去全身內力，使得丹田中一無所有，只要散得不盡，或行錯了穴道，立時便會走火入魔，輕則全身癱瘓，從此成了廢人，重則經脈逆轉，七孔流血而亡。這門功夫創成已達數百年，但得獲傳授的固已稀有，而能練成的更寥寥無幾，實因散功這一步太過艱難之故。令狐兄弟卻佔了極大的便宜，你內力本已全失，原無所有，要散便散，不費半點力氣，在旁人最艱難最凶險的一步，在你竟不知不覺間便邁過去了。散功之後，又須吸取旁人的真氣，貯入自己丹田，再依法驅入奇經八脈以供已用。這一步本來也十分艱難，自己內力已然散盡，再要吸取旁人真氣，豈不是以卵擊石，徒然送命？令狐兄弟卻又有巧遇，聽向兄弟說，你身上早已有幾名高手所注的八道異種真氣，雖只各人的一部份，但亦已極為厲害。令狐兄弟，你居然輕輕易易的度此兩大難關，練成大法，也真是天意了。」

令狐冲手心中揑了把冷汗，說道：「幸好我內力全失，否則當真不堪設想。向大哥，任教主到底怎生脫困，兄弟至今仍是不明所以。」

向問天笑嘻嘻的從懷中取出一物，塞在令狐冲手中，道：「這是甚麼？」令狐冲覺得入手之物是一枚堅硬的圓球，正是那日他要自己拿去交給任我行的，攤開手掌，只見是一枚鋼球，球上嵌有一粒小小的鋼珠。令狐冲一撥鋼珠，覺那鋼珠能夠轉動，輕輕轉得幾轉，便拉了一條極細的鋼絲出來。這鋼絲一端連在鋼球之上，鋼絲上都是鋸齒，卻是一把打造得精巧之極的鋼絲鋸子。令狐冲恍然大悟，道：「原來教主手足上的銬鐐，是用此物鋸斷的。」

任我行笑道：「我在幾聲大笑之中運上了內力，將你們五人盡皆震倒，隨即鋸斷銬鐐。你後來怎樣對付黑白子，當時我便怎樣對付你了。」令狐冲笑道：「原來你跟我換了衣衫，將銬鐐套在我手足之上，難怪黃鍾公等沒有察覺。」向問天道：「本來此事也不易瞞得過黃鍾公和黑白子，但他們醒轉之後，教主和我早已出了梅莊。黑白子他們見到我留下的棋譜書畫，各人歡喜得緊，又那裏會疑心到獄中人已經掉了包。」

令狐冲道：「大哥神機妙算，人所難及。」心想：「原來你一切早已安排妥當，投這四人所好，引其入轂。只是教主脫困已久，何以遲遲不來救我？」

向問天鑒貌辨色，猜到了他心意，笑道：「兄弟，教主脫困之後，有許多大事要辦，可不能讓對頭得知，只好委屈你在西湖底下多住幾天，咱們今日便是救你來啦。好在你因禍得福，練成了不世神功，總算有了補償。哈哈哈，做哥哥的給你賠不是了。」說著在三人酒杯中都斟滿了酒，自己一口喝乾。任我行哈哈大笑，道：「我也陪一杯。」令狐冲笑道：「賠甚麼不是？我得多謝兩位才是。我本來身受內傷，無法醫治，練了教主的神功後，這內傷竟也霍然而愈，得回了一條性命。」三人縱聲大笑，甚是高興。

向問天道：「十二年之前，教主離奇失蹤，東方不敗篡位。我知事出蹊蹺，只有隱忍，與東方不敗敷衍。直到最近，才探知了教主被囚的所在，便即來助教主他老人家脫困。豈知我一下黑木崖，東方不敗那廝便派出大隊人馬，追殺於我，又遇上正教中一批混帳王八蛋擠在一起趕熱鬧。兄弟，那日在深谷之底，你說了內功盡失的緣由，我當時便想要散去你體內的諸般異種真氣，當世惟有教主的『吸星大法』。教主脫困之後，我便當求他老人家傳你這項神功，救你性命，想不到不用我出口懇求，教主已自傳你了。」三人又一起乾杯大笑。

令狐冲心想：「向大哥去救任教主，固然是利用了我，卻也確是存了救我性命之心。那日離谷之時，他便說帶我去求人醫治。何況我若不是在這件事上出了大力，那『吸星大法』何等神妙，任教主又怎肯輕易便即傳給我這毫不相干的外人？」不禁對向問天好生感激。

喝得十幾杯酒後，令狐冲覺得這位任教主談吐豪邁，識見非凡，確是一位平生罕見的大英雄、大豪傑，不由得大是心折，先前見他對付秦偉邦和黃鍾公、黑白子，手段未免過份毒辣，但聽他談論了一會後，頗信英雄處事，有不能以常理測度者，心中本來所存的不平之意逐漸淡去。

任我行道：「令狐兄弟，我對待敵人，出手極狠，御下又是極嚴，你或許不大看得慣。但你想想，我在西湖湖底的黑牢中關了多久？你在牢中躭過，知道這些日子的滋味。人家待我如何？對於敵人叛徒，難道能心慈的麼？」

令狐冲點頭稱是，忽然想起一事，站起身來，說道：「我有一事相求教主，盼望教主能夠答允。」任我行道：「甚麼事？」令狐冲道：「我當日初見教主，曾聽黃鍾公言道，教主倘若脫困，重入江湖，單是華山一派，少說便會死去一大半人。又聽教主言道，要是見到我師父，要令他大大難堪。教主功力通神，倘欲和華山派為難，無人能夠抵擋……」

任我行道：「我聽向兄弟說，你師父已傳言天下，將你逐出了華山派門牆。我去將他們大大折辱一番，索性就此滅了華山一派，將之在武林中除名，替你出了心中一口惡氣。」

令狐沖搖頭道：「在下自幼父母雙亡，蒙恩師、師娘收入門下，撫養長大，名雖師徒，情同父子。師父將我逐出門牆，一來確是我的不是，二來只怕也有些誤會。在下可萬萬不敢怨怪恩師。」

任我行微笑道：「原來岳不羣對你無情，你倒不肯對他不義？」令狐沖道：「在下想求懇教主的，便是請你寬容大量，別跟我師父、師娘，以及華山派的師弟、師妹們為難。」任我行沉吟道：「我得脫黑牢，你出力甚大，但我傳了你吸星大法，救了你的性命，兩者已然相抵，誰也不虧負誰。我重入江湖，未了的恩怨大事甚多，可不能對你許下甚麼諾言，以後行事，未免縛手縛腳。」

令狐沖聽他這麼說，竟是非和岳不羣為難不可，不由得焦急之情，見於顏色。

任我行哈哈一笑，說道：「小兄弟，你且坐下。今日我在世上，只有向兄弟和你二人，才是真正親信之人，你有事求我，總也有個商量處。這樣罷，你先答允我一件事，我也就答允你，今後見到華山派中師徒，只要他們不是對我不敬，我便不去惹他。縱然要教訓他們，也當瞧在你的面上，手下留情三分。你說如何？」

令狐沖大喜，忙道：「如此感激不盡。教主有何囑咐，在下無有不遵。」

任我行道：「我和你二人結為金蘭兄弟，今後有福同享，有難同當。向兄弟為日月神教的光明左使，你便為我教的光明右使。你意下如何？」

令狐沖一聽，登時愕然，萬沒料到他要自己加入魔教。他自幼便聽師父和師娘說及魔教的種種奸邪惡毒事跡，自己雖被逐出門牆，只想閒雲野鶴，在江湖上做個無門無派的散人便了，若要自己身入魔教，卻是萬萬不能，一時之間，心中亂成一團，難以回答。

任我行和向問天兩對眼睛凝視著他，霎時之間，室中更無半點聲息。

過了好一會，令狐冲才道：「教主美意，想我令狐冲乃末學後進，如何敢和教主比肩稱兄道弟？再說，在下雖已不屬華山一派，尚盼師父能夠回心轉意，收回成命……」

任我行淡淡一笑，道：「你叫我教主，其實我此刻雖然得脫牢籠，仍是性命朝不保夕，『教主』二字，也不過說來好聽而已。今日普天之下，人人都知日月神教的教主乃是東方不敗。此人武功之高，決不在我之下，權謀智計，更遠勝於我。他麾下人才濟濟，憑我和向兄弟二人，要想從他手中奪回教主之位，當真是以卵擊石、癡心妄想之舉。你不願和我結為兄弟，原是明哲保身的美事，來來來，咱們杯酒言歡，這話再也休提了。」

令狐冲道：「教主的權位如何被東方不敗奪去，又如何被囚在黑牢之中，種種情事，在下全然不明，不知兩位能賜告否？」

任我行搖了搖頭，淒然一笑，說道：「湖底一居，一十二年，甚麼名利權位，本該瞧得淡了。嘿嘿，偏偏年紀越老，越是心熱。」他滿滿斟了一杯酒，一口乾了，哈哈一聲長笑，笑聲中卻滿是蒼涼之意。

向問天道：「兄弟，那日東方不敗派出多人追我，手段之辣，你是親眼見到的了。若不是你仗義出手，我早已在那涼亭中給他們砍為肉醬。你心中尚有正派魔教之分，可是那日他們數百人聯手，圍殺你我二人，那裏還分甚麼正派，甚麼魔教？其實事在人為，正派中固有好人，何嘗沒有卑鄙奸惡之徒？魔教中壞人確是不少，但等咱們三人掌了大權，好好整頓一番，將那些作惡多端的敗類給清除了，豈不教江湖上豪傑之士揚眉吐氣？」

令狐冲點頭道：「大哥這話，也說得是。」

向問天道：「想當年教主對待東方不敗，猶如手足一般，提拔他為教中的光明左使，教中一應大權都交了給他。其時教主潛心修習這吸星大法，要將其中若干小小的缺陷都糾正過來，教中日常事務便無暇多管，不料那東方不敗狼子野心，面子上對教主十分恭敬，甚麼事都不敢違背，暗中卻培植一己勢力，假借諸般藉口，將所有忠於教主的部屬或是撤革，或是處死，數年之間，教主的親信竟然凋零殆盡。教主是個忠厚至誠之人，見東方不敗處處恭謹小心，而本教在他手中也算一切井井有條，始終沒加懷疑。」

任我行嘆了口氣，說道：「向兄弟，這件事我實在好生慚愧。你曾對我進了數次忠言，叫我提防。可是我對東方不敗信任太過，忠言逆耳，反怪你對他心懷嫉忌，言下責你挑撥離間，多生是非，以至你一怒而去，高飛遠走，從此不再見面。」

向問天道：「屬下決不敢對教主有何怨怪之意，只是眼見情勢不對，那東方不敗部署周密，發難在即，屬下倘若隨侍教主身畔，非先遭了他的毒手不可。雖然為本教殉難，亦屬份所當為，但屬下思前想後，總覺還是先行避開為是。倘若教主能洞燭他的奸心，令他逆謀不逞，那自是上上大吉，否則屬下身在外地，至少也教他心有所忌，不敢太過放肆。」

任我行點頭道：「是啊，可是我當時怎知道你的苦心？見你不辭而行，心下大是惱怒，其時練功正在緊要關頭，還險些出了亂子。那東方不敗卻來大獻殷勤，勸我不可煩惱。這一來，我更加中了他的奸計，竟將本教的秘籍『葵花寶典』傳了給他。」

令狐冲聽到「葵花寶典」四字，不禁「啊」了一聲。

向問天道：「兄弟，你也知道『葵花寶典』麼？」令狐冲道：「我曾聽師父說起過這部寶典的名字，知道是博大精深的武學秘笈，卻不知是在教主手中。」

任我行道：「多年以來，『葵花寶典』一直是日月神教的鎮教之寶，歷來均是上代教主傳給下一代教主。其時我修習吸星大法廢寢忘食，甚麼事都不放在心上，便想將教主之位傳給東方不敗。將『葵花寶典』傳給他，原是向他表示得十分明白，不久之後，我便會以教主之位相授。唉，東方不敗原是個十分聰明之人，這教主之位明明已交在他的手裏，他為甚麼這樣心急，不肯等到我正式召開總壇，正式公布於眾？卻偏偏要幹這叛逆篡位的事？」他皺起了眉頭，似乎直到此刻，對這件事還是弄不明白。

向問天道：「他一來是等不及，不知教主到何時才正式相傳；二來是不放心，只怕突然之間，大事有變。」

任我行道：「其實他一切已部署妥當，又怕甚麼突然之間大事有變？當真令人好生難以索解。我在黑牢中靜心思索，對他的種種奸謀已一一想得明白，只是他何以迫不及待的忽然發難，至今仍然想他不通。本來嘛，他對你心中頗有所忌，怕我說不定會將教主之位傳了給你。但你既不別而行，已去了他眼中之釘，儘管慢慢的等下去好了。」

向問天道：「就是東方不敗發難那一年，端午節晚上大宴，小姐在席上說過的一句話，教主還記得麼？」任我行搔了搔頭，道：「端午節？那小姑娘說過甚麼話啊？那有甚麼干係？我可全不記得了。」

向問天道：「教主別說小姐是小孩子。她聰明伶俐，心思之巧，實不輸於大人。那一年小姐是七歲罷？她在席上點點人數，忽然問你：『爹爹，怎麼咱們每年端午節喝酒，一年總是少一個人？』你一怔，問道：『甚麼一年少一個人？』小姐說道：『我記得去年有十一個人，前年有十二個。今年一、二、三、四、五……咱們只賸下了十個。』」

任我行嘆了口氣，道：「是啊，當時我聽了小姑娘這句話，心下很是不快。早一年東方不敗處決了郝賢弟。再早一年，丘長老不明不白的死在甘肅，此刻想來，自也是東方不敗暗中安排的毒計了。再先一年，文長老被革出教，受嵩山派、泰山派、衡山派三派高手圍攻而死，此事起禍，自也是在東方不敗身上。唉，小姑娘無意中吐露真言，當時我猶在夢中，竟自不悟。」

他頓了一頓，喝了口酒，又道：「這『吸星大法』，創自北宋年間的『逍遙派』，分為『北冥神功』與『化功大法』兩路（作者按：請參閱「天龍八部」）。後來從大理段氏及星宿派分別傳落，合而為一，稱為『吸星大法』，那主要還是繼承了『化功大法』一路。只是學者不得其法，其中頗有缺陷。其時我修習吸星大法已在十年以上，在江湖上這神功大法也是大有聲名，正派中人聞者無不喪膽。可是我卻知這神功之中有幾個重大缺陷，初時不覺，其後禍患卻慢慢顯露出來。那幾年中我已然深明其患，知道若不及早補救，終有一日會得毒火焚身。那些吸取而來的他人功力，會突然反噬，吸來的功力愈多，反撲之力愈大。」

令狐冲聽到這裏，心下隱隱覺得有一件大事十分不妥。

任我行又道：「那時候我身上已積聚了十餘名正邪高手的功力。但這十餘名高手分屬不同門派，所練功力各不相同。我須得設法將之融合為一，以為己用，否則總是心腹大患。那幾年中，我日思夜想，所掛心的便是這一件事。那日端午節大宴席上，我雖在飲酒談笑，心中卻兀自在推算陽蹻二十二穴和陽維三十二穴，在這五十四個穴道之間，如何使內息遊走自如，既可自陽蹻入陽維，亦可自陽維入陽蹻。因此小姑娘那幾句話，我聽了當時心下雖然不快，但片刻間便也忘了。」

向問天道：「屬下也一直十分奇怪。教主向來機警萬分，別人只須說得半句話，立時便知他心意，十拿九穩，從不失誤。可是在那幾年中，不但對東方不敗的奸謀全不察覺，而且日常……日常……咳……」任我行微笑道：「而且日常渾渾噩噩，神不守舍，一副心不在焉的模樣，是也不是？」向問天道：「是啊。小姐說了那幾句話後，東方不敗哈哈一笑，道：『小姐，你愛熱鬧，是不?明年咱們多邀幾個人來一起喝酒便是。』他說話時滿臉堆歡，可是我從他眼光之中，卻看出滿是疑慮之色。他必定猜想，教主早已胸有成竹，眼前只不過假裝癡呆，試他一試。他素知教主精明，料想對這樣明顯的事，決不會不起疑心。」

任我行皺起眉頭，說道：「小姑娘那日在端午節大宴中說過這幾句話，這十二年來，我卻從來沒記起過。此刻經你一提，我才記得，確有此言。不錯，東方不敗聽了那幾句話，焉有不大起疑心之理？」向問天道：「再說，小姐一天天長大，越來越聰明，便在一二年間，只怕便會給她識破了機關。等她成年之後，教主又或許會將大位傳她。東方不敗所以不敢多等，寧可冒險發難，其理或在於此。」

任我行連連點頭，嘆了口氣，道：「唉，此刻我女兒若在我身邊，咱們多了一人，也不致如此勢孤力弱了。」

向問天轉過頭來，向令狐冲道：「兄弟，教主適才言道，他這吸星大法之中，含有重大缺陷。以我所知，教主雖在黑牢中被囚十二年，大大受了委屈，可是由此脫卻俗務羈絆，潛心思索，已然解破了這神功中的秘奧。教主，是也不是？」

任我行摸摸濃密的黑鬚，哈哈一笑，極是得意，說道：「正是。從此而後，吸到別人的功力，盡為我用，再也不用擔心這些異種真氣突然反撲了。哈哈！令狐兄弟，你深深吸一口氣，是否覺得玉枕穴和膻中穴中有真氣鼓盪，猛然竄動？」

令狐冲依言吸了口氣，果覺玉枕穴和膻中穴兩處有真氣隱隱流竄，不由得臉色微變。

任我行道：「你不過初學乍練，還不怎麼覺得，可是當年我尚未解破這秘奧之時，這兩處穴道中真氣鼓盪，當真是天翻地覆，實難忍受。外面雖靜悄悄地一無聲息，我耳中卻滿是萬馬奔騰之聲，有時又似一個個焦雷連續擊打，轟轟發發，一個響似一個。唉，若不是我體內有如此重大變故，那東方不敗的逆謀焉能得逞？」

令狐冲知他所言不假，又知向問天和他說這番話，用意是要自己向他求教，但若自己不允加入日月神教，求教之言，自是說不出口，心想：「練了他這吸星大法，原來是吸取旁人功力以為己用。這功夫自私陰毒，我決計不練，決計不使。至於我體內異種真氣無法化除，本來便已如此，我這條性命原是撿來的。令狐冲豈能貪生怕死，便去做大違素願之事？」當下轉過話題，說道：「教主，在下有一事不明，還想請教。在下曾聽師父言道，那『葵花寶典』是武學中至高無上的秘笈，練成了寶典中的武學，固是無敵於天下，而且長生延年，壽過百歲。教主何以不練那寶典中的武功，卻去練那甚為凶險的吸星大法？」

任我行淡淡一笑，道：「此中原由，便不足為外人道了。」

令狐冲臉上一紅，道：「是，在下冒昧了。」

向問天道：「兄弟，教主年事已高，你大哥也比他老人家小不了幾歲。你若入了本教，他日教主的繼承人非你莫屬。就算你嫌日月神教的聲名不好，難道不能在你手中力加整頓，為天下人造福麼？」

令狐冲聽他這番話入情入理，微覺心動，只見任我行左手拿起酒杯，重重在桌上一放，右手提起酒壺，斟滿了一杯酒，說道：「數百年來，我日月神教和正教諸派為仇，向來勢不兩立。你如固執己見，不入我教，自己內傷難愈，性命不保，固不必說，只怕你師父、師娘的華山派……嘿嘿，我要使華山派師徒盡數覆滅，華山一派從此在武林中除名，卻也不是甚麼難事。你我今日在此相聚，大是有緣，你若聽我良言相勸，便請乾了此杯。」

這番話充滿了威脅之意，令狐冲胸口熱血上湧，朗聲說道：「教主，大哥，我本就身患絕症，命在旦夕，無意中卻學得了教主的神功大法，此後終究無法化解，也不過是回復舊狀而已，那也沒有甚麼。我於自己這條性命早已不怎麼看重，生死有命，且由他去。華山派開派數百年，當有自存之道，未必別人一舉手間便能予以覆滅。今日言盡於此，後會有期。」說著站起身來，向二人一拱手，轉身便走。

向問天欲待再有話說，令狐冲早已去得遠了。

令狐冲出得梅莊，重重吁了口氣，拂體涼風，適意暢懷，一抬頭，只見一鉤殘月斜掛柳梢，遠處湖水中映出月亮和浮雲的倒影。

走到湖邊，悄立片刻，心想：「任教主眼前的大事當是去向東方不敗算帳，奪回教主之位，自不會去尋華山派的晦氣。但若師父、師娘、師弟妹們不知內情，撞上了他，那可非遭毒手不可。須得儘早告知，好讓他們有所防備。卻不知他們從福州回來了沒有？這裏去福州不遠，左右無事，我就去福建走一趟。倘若他們已動身回來，在途中或者也能遇上。」

隨即想到師父傳書武林，將自己逐出了師門，胸口不禁又是一酸，又想：「我將任教主逼我入教之事，向師父師娘稟明。他們當能明白，我並非有意和魔教中人結交。說不定師父能收回成命，只罰我去思過崖上面壁三年，那便好了。」一想到重入師門有望，精神為之一振，當下去找了家客店歇宿。

這一覺睡到午時方醒，心想在未見師父師娘之前，別要顯了自己本來面目，何況盈盈曾叫祖千秋他們傳言江湖，要取自己性命，還是喬裝改扮，免惹麻煩。卻扮作甚麼樣子才好？心下沉吟，從房中踱了出來，剛走進天井，突然間豁喇一聲，一盆水向他身上潑將過來。令狐冲立時倒縱避開，那盆水便潑了個空。只見一個軍官手中正拿著一隻木臉盆，向著他怒目而視，粗聲道：「走路也不帶眼睛？你不見老爺在倒水嗎？」

令狐冲氣往上衝，心想天下竟有這等橫蠻之人，眼見這軍官四十來歲年紀，滿腮虬髯，倒也頗為威武，一身服色，似是個校尉，腰中掛了把腰刀，挺胸凸肚，顯是平素作威作福慣了的。那軍官喝道：「還瞧甚麼？不認得老爺麼？」令狐冲靈機一動：「扮成這個軍官，倒也有趣。我大模大樣的在江湖上走動，武林中朋友誰也不會來向我多瞧一眼。」那軍官喝道：「笑甚麼？你奶奶的，有甚麼好笑？」原來令狐冲想到得意處，臉上不禁露出微笑。

令狐冲走到櫃台前付了房飯錢，低聲問道：「那位軍爺是甚麼來頭？」那掌櫃的愁眉苦臉的道：「誰知他是甚麼來頭？他自稱是北京城來的；只住了一晚，服侍他的店小二倒已吃了他三記耳光。好酒好肉叫了不少，也不知給不給房飯錢呢。」

令狐冲點了點頭，走到附近一家茶館中，泡了壺茶，慢慢喝著等候。等了小半個時辰，只聽得馬蹄聲響，那軍官騎了匹棗紅馬，從客店中出來，馬鞭揮得拍拍作響，大聲吆喝：「讓開，讓開，你奶奶的，還不快走。」幾個行人讓得稍慢，給他馬鞭抽去，呼痛聲不絕。

令狐冲早已付了茶錢，站起身來，快步跟在馬後，眼見那軍官出了西門，向西南大路上馳去。奔得數里，路上行人漸稀，令狐冲加快腳步，搶到馬前，右手一揚。那馬吃了一驚，噓溜溜一聲叫，人立起來，那軍官險些掉下馬來。令狐冲喝道：「你奶奶的，走路不帶眼睛麼？你這畜生險些踹死了老子！」他不開口，那軍官已然大怒，這三聲一罵，那軍官自是怒不可遏，待那馬前足落地，刷的一鞭，便向令狐冲頭上抽落。

令狐冲見大道上不便行事，叫聲：「啊喲！」一個踉蹌，抱頭便向小路上逃去。那軍官怎肯就此罷休，躍下馬來，匆匆將馬韁繫在樹上，狂奔追來。令狐冲叫道：「啊喲，我的媽啊。」一逃入樹林。那軍官大叫大嚷的追來，突然間脅下一麻，咕咚一聲，栽倒在地。

令狐冲左足踏住他胸口，笑道：「你奶奶的，本事如此不濟，怎能行軍打仗？」在他懷中一搜，掏了一隻大信封出來，上面蓋有「兵部尚書大堂正印」的朱紅大印，寫著「告身」兩個大字。打開信封，抽了一張厚紙出來，卻是兵部尚書的一張委任令，寫明委任河北滄州游擊吳天德升任福建泉州府參將，剋日上任。令狐冲笑道：「原來是位參將大人，你便是吳天德麼？」

那軍官給他踏住了動彈不得，一張臉皮脹得發紫，喝道：「快放我起來，你……你……膽大妄為，侮辱朝廷命官，不……不怕王法嗎？」嘴裏雖然吆喝，氣勢卻已餒了。

令狐冲笑道：「老子沒了盤纏，要借你的衣服去當一當。」反掌在他頭頂一拍，那軍官登時暈去。

令狐冲迅速剝下他衣服，心想這人如此可惡，教他多受些罪，將他內衣內褲一起剝下，全身赤條條地一絲不掛。一提他包袱重甸甸地，打開一看，竟有好幾百兩銀子，還有三隻金元寶，心想：「這都是這狗官搜刮來的民脂民膏，難以物歸原主，只好讓我吳天德參將大人拿來買酒喝了。」一想著不禁笑出聲來，當下脫去衣衫，將那參將的軍服、皮靴、腰刀、包裹都換到了自己身上，撕爛自己衣衫，將他反手綁了，縛在樹上，再在他口中塞滿了爛泥。轉念一想，回身抽出單刀，將他滿臉虬髯都剃了下來，將剃下的鬍子揣入懷中，笑道：「你變成了小白臉，這可美得多啦！」

走到大路之上，解開繫在樹上的馬韁，縱身上馬，舉鞭一揮，喝道：「讓開，讓開，你奶奶的，走路不帶眼睛嗎？哈哈，哈哈！」長聲笑中，縱馬南馳。

當晚來到餘杭投店，掌櫃的和店小二「軍爺前，軍爺後」的，招呼得極是周到。令狐冲次晨向掌櫃問明了去福建的道路，賞了五錢銀子，掌櫃和店小二恭恭敬敬的直送出店門外。令狐冲心想：「總算你們時運好，遇上了我這位冒牌參將，要是真參將吳天德前來投宿，你們可有苦頭吃了。」去店鋪買了面鏡子，一瓶膠水，出城後來到荒僻處，對著鏡子將一根根鬍子膠在臉上。這番細功夫花了大半個時辰，黏完後對鏡一照，滿臉虬髯，蓬蓬鬆鬆，著實神氣，不禁哈哈大笑。

一路向南，到金華府、處州府後，南方口音已和中州大異，甚難聽懂。好在人人見他是軍官，都捲起了舌頭跟他說官話，也無甚難處。他一生手頭從未有過這許多錢，喝起酒來盡情暢懷，頗為自得其樂。

只是體內的諸般異種真氣不過逼入各處經脈之中，半分也沒驅出體外，時時突然間湧向丹田，令他頭暈眼花，煩惡欲嘔。這時又多了黑白子的真氣，比先前更加難熬。每當發作，只得依照任我行在鐵板上所刻的法門，將之驅離丹田。只要異種真氣一離丹田，立即精神奕奕，舒暢無比。如此每練一次，自知功力便深了一層，卻也是陷溺深了一層，好在總是想到：「我這條命是撿來的，多活一日，便已多佔了一分便宜。」便即坦然。

這日午後，已入仙霞嶺。山道崎嶇，漸行漸高，嶺上人煙稀少。再行出二十餘里後，始終沒見到人家，已知貪著趕路，錯過了宿頭。眼見天色已晚，於是採些野果裹腹。見懸崖下有個小山洞，頗為乾燥，不致為蟲蟻所擾，便將馬繫在樹上，讓其自行吃草，找些乾草來鋪在洞裏，預備過夜。只覺丹田中氣血不舒，當即坐下行功。任我行所傳的那神功每多一次修習，便多受一次羈縻，越來越覺滋味無窮。直練了一個更次，但覺全身舒泰，飄飄欲仙，直如身入雲端一般。

他吐了口長氣，站起身來，不由得苦笑，心想：「那日我問任教主，他既有武功絕學的『葵花寶典』在手，何以還要練這吸星大法，他不肯置答。此中情由，這時我卻明白了。原來這吸星大法一經修習，便再也無法罷手。」想到此處，不由得暗暗心驚：「曾聽師娘說過苗人養蠱之事，一養之後，縱然明知其害，也已難以捨棄，若不放蠱害人，蠱蟲便會反噬其主。將來我可別成為養蠱的苗人才好。」

走出山洞，但見繁星滿天，四下裏蟲聲唧唧，忽聽得山道上有人行來，其時相距尚遠，但他內力既強，耳音便亦及遠，心念一動，當即過去將馬韁放開了，在馬臀上輕輕一拍，那馬緩緩走向山坳。

他隱身樹後，過了好一會，聽得山道上腳步聲漸近，人數著實不少，星光之下，見一行人均穿黑衣，其中一人腰纏黃帶，瞧裝束是魔教中人，其餘高高矮矮的共有三十餘人，都默不作聲的隨在其後。令狐冲心想：「他們此去向南入閩，莫非和我華山派有關？難道是奉了任教主之命，去跟師父師娘為難？」待一行人去遠，便悄悄跟隨。

行出數里，山路突然陡峭，兩旁山峯筆立，中間留出一條窄窄的山路，已是兩人不能並肩而行。那三十餘人排成一字長蛇，向山道上爬去。令狐冲心道：「我如跟著上去，這些人居高臨下，只須有一人偶一回頭，便見到了我。」於是閃入草叢躲起，要等他們上了高坡，從南坡下去，這才追趕上去。那知這行人將到坡頂，突然散開，分別隱在山石之後，頃刻之間，藏得一個人影也不見了。

令狐冲吃了一驚，第一個念頭是：「他們已見到了我。」但隨即知道不是，尋思：「他們在此埋伏，要襲擊上坡之人。是了，此處地勢絕佳，在此陡然發難，上坡之人勢必難逃毒手。他們要伏擊的是誰？難道師父師娘他們北歸之後，又有急事要去福建？否則怎麼會連夜趕路？今晚我又能和小師妹相會？」

一想到岳靈珊，登時全身皆熱，悄悄在草叢中爬了開去，直爬到遠離山道，這才從亂石間飛奔下山，轉了幾個彎，回頭已望不見那高坡，再轉到山道上向北而行。

他一路疾走，留神傾聽對面是否有人過來，走出十餘里後，忽聽得左側山坡上有人斥道：「令狐冲這混帳東西，你還要為他強辯！」

二十三 伏擊

儀琳急忙回身，伸手去拉。

令狐冲湊手過去，握住了她手。

儀琳運勁一提，令狐冲左手在地下連撐，這才站定，神情狼狽不堪。

他身後的幾名女弟子忍不住咭咭咯咯的直笑。

黑夜之中，荒山之上，突然聽到有人清清楚楚的叫出自己姓名，令狐沖不禁大吃一驚，第一個念頭便是：「是師父他們！」但這明明是女子聲音，卻不是師娘，更不是岳靈珊。跟著又聽得一個女子的話聲，只是相隔既遠，話聲又低，聽不清說些甚麼。令狐沖向山坡上望去，只見影影綽綽的站著三四十人，心中一酸：「不知是誰在罵我？如果真是華山派一行，小師妹聽別人這般罵我，不知又如何說？」

當即矮身鑽入了道旁灌木叢中，繞到那山坡之側，弓腰疾行，來到一株大樹之後，只聽得一個女子聲音說道：「師伯，令狐師兄行俠仗義……」只聽得這半句話，腦海中便映出一張俏麗清秀的臉蛋來，胸口微微一熱，知道說話之人是恆山派的小尼姑儀琳。他得知這些人是恆山派而不是華山派，大為失望，心神一激動間，儀琳下面兩句話便沒聽見。只聽先前那尖銳而蒼老的聲音怒道：「你小小年紀，卻恁地固執？難道華山派掌門岳先生的來信是假的？岳先生傳書天下，將令狐沖逐出了門牆，說他與魔教中人勾結，還能冤枉他麼？令狐沖以前救過你，他多半要憑著這一點點小恩小惠，向咱們暗算下手……」

儀琳道：「師伯，那可不是小恩小惠，令狐師兄不顧自己性命……」那蒼老的聲音喝道：「你還叫他令狐師兄？這人多半是個工於心計的惡賊，裝模作樣，騙你們小孩子家。江湖上人心鬼蜮，甚麼狡猾伎倆都有。你們年輕人沒見識，便容易上當。」儀琳道：「師伯的吩咐，弟子怎敢不聽？不過……不過……令狐師……」底下個「兄」字終於沒說出口，硬生生的給忍住了。那老人問道：「不過怎樣？」儀琳似乎甚為害怕，不敢再說。

那老人道：「這次嵩山左盟主傳來訊息，魔教大舉入閩，企圖劫奪福州林家的『辟邪劍譜』。左盟主要五嶽劍派一齊設法攔阻，以免給這些妖魔歹徒奪到了劍譜，武功大進，五嶽劍派不免人人死無葬身之地。那福州姓林的孩子已投入岳先生門下，劍譜若為華山派所得，自然再好沒有。就怕魔教詭計多端，再加上個華山派舊徒令狐冲，他熟知內情，咱們的處境便十分不利了。掌門人既將這副重擔放在我肩頭，命我率領大夥兒入閩，此事有關正邪雙方氣運消長，萬萬輕忽不得。再過三十里，便是浙閩交界之處。今日大家辛苦些，連夜趕路，到廿八鋪歇宿。咱們趕在頭裏，等魔教人眾大舉趕到之時，咱們便佔了以逸待勞的便宜。可仍得事事小心。」只聽得數十個女子齊聲答應。

令狐冲心想：「這位師太既非恒山派掌門，儀琳師妹又叫她師伯，『恒山三定』，那麼是定靜師太了。她接到我師父傳書，將我當作歹人，那也怪她不得。她只道自己趕在頭裏，殊不知魔教教眾已然埋伏在前。幸好給我發覺了，卻怎生去告知她們才好？」

只聽定靜師太道：「一入閩境，須得步步提防，要當四下裏全是敵人。說不定飯店中的店小二，茶館裏的茶博士，都是魔教中的奸細。別說隔牆有耳，就是這草叢之中，也難免沒藏著敵人。自今而後，大夥兒決不可提一句『辟邪劍譜』，連岳先生、令狐冲、東方必敗的名頭也不可提。」羣女弟子齊聲應道：「是。」

令狐冲知道魔教教主東方不敗神功無敵，自稱不敗，但正教中人提到他時，往往稱之為「必敗」，一音之轉，含有長自己志氣、滅敵人威風之意，聽她竟將自己的名字和師父及東方不敗相提並論，不禁苦笑，心道：「我這無名小卒，你恒山派前輩竟如此瞧得起，那可不敢當了。」

只聽定靜師太道：「大夥兒這就走罷！」眾弟子又應了一聲，便見七名女弟子從山坡上疾馳而下，過了一會，又有七人奔下。恆山派輕功另有一路，在武林中頗有聲名，前七人、後七人相距都一般遠近，宛似結成了陣法一般，十四人大袖飄飄，同步齊進，遠遠望去，美觀之極。再過一會，又有七人奔下。

過不多時，恆山派眾弟子一批批都動身了，一共六批，最後一批卻有八人，想是多了個定靜師太。這些女子不是女尼，便是俗家女弟子，黑夜之中，令狐冲難辨儀琳在那一隊中，心想：「這些恆山派的師姊師妹雖然各有絕技，但一上得那陡坡，雙峯夾道，魔教教眾忽施奇襲，勢必傷亡慘重。」

當即摘了些青草，擠出草汁，搽在臉上，再挖些爛泥，在臉上手上塗抹一陣，再加上這滿腮虬髯，料想就在白天，儀琳也認不得自己，繞到山道左側，提氣追了上去。他輕功本來並不甚佳，但輕功高低，全然繫於內力強弱，此時內力既強，隨意邁步都是一步跨出老遠。這一提氣急奔，頃刻間便追上了恆山派眾人。他怕定靜師太武功了得，聽到他奔行的聲息，是以兜了個大圈子，這才趕在眾人頭裏，一上山道後，奔得更加快了。

耽擱了這許久，月亮已掛在中天，令狐冲來到陡坡之下，站定了靜聽，竟無半點聲息，心想：「若不是我親眼見到魔教教眾埋伏在側，又怎想得到此處危機四伏，凶險無比。」慢慢走上陡坡，來到雙峯夾道之處的山口，離開魔教教眾埋伏處約有里許，坐了下來，尋思：「魔教中人多半已見到了我，只是他們生怕打草驚蛇，想來不會對我動手。」等了一會，索性臥倒在地。

終於隱隱聽到山坡下傳來了腳步聲，心下轉念：「最好引得魔教教眾來和我動手，只須稍稍打鬥一下，恆山派自然知道了。」於是自言自語：「老子生平最恨的，便是暗箭傷人，有本事的何不真刀真槍，狠狠的打上一架？躲了起來，鬼鬼祟祟的害人，那是最無恥的卑鄙行徑。」他對著高坡提氣說話，聲音雖不甚響，但藉著充沛內力遠遠傳送出去，料想魔教人眾定然聽到，豈知這些人真能沉得住氣，竟毫不理睬。

過不多時，恆山派第一撥七名弟子已到了他身前。

七弟子在月光下見一名軍官伸張四肢，睡在地下。這條山道便只容一人行過，兩旁均是峭壁，若要上坡，非跨過他身子不可。這些弟子只須輕輕一縱，便躍過了他身子，但男女有別，在男人頭頂縱躍而過，未免太過無禮。

一名中年女尼朗聲說道：「勞駕，這位軍爺，請借一借道。」令狐冲唔唔兩聲，忽然間鼾聲大作。那女尼法名儀和，性子卻毫不和氣，眼見這軍官深更半夜的睡在當道，情狀已十分突兀，而這等大聲打鼾，十九是故意做作。她強抑怒氣，說道：「你如不讓開，我們可要從你身子跳過去了。」令狐冲鼾聲不停，迷迷糊糊的道：「這條路上妖魔鬼怪多得緊，可過去不得啊。唔唔，苦海無邊，回……回……回頭是岸！」

儀和一怔，聽他這幾句話似是意帶雙關。另一名女尼扯了扯她衣袖，七人都退開幾步。一人悄聲道：「師姊，這人有點古怪。」又一人道：「只怕他是魔教的奸人，在此向咱們挑戰。」另一人道：「魔教中人決不會去做朝廷的軍官，就算喬裝改扮，也當扮作別種裝束。」儀和道：「不管他！他再不讓道，咱們就跳了過去。」邁步上前，喝道：「你真的不讓，我們可要得罪了。」

令狐冲伸了個懶腰，慢慢坐起。他仍怕給儀琳認了出來，臉向山坡，背脊對著恆山派眾弟子，右手撐在峭壁之上，身子搖搖晃晃，似是喝醉了酒一般，說道：「好酒啊，好酒！」

便在此時，恆山派第二撥弟子已然到達。一名俗家弟子問道：「儀和師姊，這人在這裏幹甚麼？」儀和皺眉道：「誰知道他了！」

令狐冲大聲道：「剛才宰了一條狗，吃得肚子發脹，酒又喝得太多，只怕要嘔。啊喲，不好，真的要嘔！」當下嘔聲不絕。眾女弟子皺眉掩鼻，紛紛退開。令狐冲嘔了幾聲，卻嘔不出甚麼。眾女弟子竊竊私議間，第三撥又已到了。

只聽得一個清柔的聲音道：「這人喝醉了，怪可憐的，讓他歇一歇，咱們再走不遲。」令狐冲聽到這聲音，心頭微微一震，尋思：「儀琳小師妹心地當真良善。」

儀和卻道：「這人故意在此搗亂，可不是安著好心！」邁步上前，喝道：「讓開！」伸掌往令狐冲左肩撥去。令狐冲身子晃了幾下，叫道：「啊喲，乖乖不得了！」趺趺撞撞的向上走了幾步。這幾步一走，局勢更是尷尬，他身子塞在窄窄的山道之中，後面來人除非從他頭頂飛躍而過，否則再也無法超越。

儀和跟著上去，喝道：「讓開了！」令狐冲道：「是，是！」又走上幾步。他越行越高，將那上山的道路塞得越死，突然間大聲叫道：「喂，上面埋伏的朋友們留神了，你們要等的人正在上來啦。你們這一殺將出來，那可誰也逃不了啦！」

儀和等一聽，當即退回。一人道：「此處地勢奇險，倘若敵人在此埋伏襲擊，那可難以抵擋。」儀和道：「倘若有人埋伏，他怎會叫了出來？這是虛者實之，實者虛之，上面定然無人。咱們要是露出畏縮之意，可讓敵人笑話了。」另外兩名中年女尼齊聲道：「是啊！咱三人在前開路，師妹們在後跟來。」三人長劍出鞘，又奔到了令狐冲身後。

令狐冲不住大聲喘氣，說道：「這道山坡可當真陡得緊，唉，老人家年紀大了，走不動啦。」一名女尼喝道：「喂，你讓在一旁，給我們先走行不行？」令狐冲道：「出家人火氣別這麼大，走得快是到，走得慢也是到。咳咳，唉，去鬼門關嗎，還是走得慢些的好。」那女尼道：「你不是繞彎子罵人嗎？」呼的一劍，從儀和身側刺出，指向令狐冲背心。她只是想將令狐冲嚇得讓開，這一劍將刺到他身子之時，便即凝力不發。

令狐冲恰於此時轉過身來，眼見劍尖指著自己胸口，大聲喝道：「喂！你……你……你這是幹甚麼來了？我是朝廷命官，你竟敢如此無禮。來人哪，將這女尼拿了下來！」幾名年輕女弟子忍不住笑出聲來，此人在這荒山野嶺之上，還在硬擺官架子，實是滑稽之至。

一名尼姑笑道：「軍爺，咱們有要緊事，心急趕路，勞你駕往旁邊讓一讓。」令狐冲道：「甚麼軍爺不軍爺？我是堂堂參將，你該當叫我將軍，才合道理。」七八名女弟子齊聲笑著叫道：「將軍大人，請你讓道！」

令狐冲哈哈一笑，挺胸凸肚，神氣十足，突然間腳下一滑，摔跌下來。眾弟子尖聲驚呼：「小心。」便有二人拉住了他手臂。令狐冲又滑了一下，這才站定，罵道：「他奶奶……這地下這樣滑。地方官全是飯桶，也不差些民伕，將山道給好好修一修。」

他這麼兩滑一跌，身子已縮在山壁微陷的凹處，恒山女弟子展開輕功，一一從他身旁掠過。有人笑道：「地方官該得派輛八人大轎，把將軍大人抬過嶺去，才是道理。」有人道：「將軍是騎馬不坐轎的。」先一人道：「這位將軍與眾不同，騎馬只怕會摔跌下來。」令狐冲怒道：「胡說八道！我騎馬幾時摔跌過？上個月那該死的畜牲作老虎跳，我才從馬背上滑了一滑，摔傷了膀子，那也算不得甚麼。」眾女弟子一陣大笑，如風般上坡。

令狐冲眼見一個苗條身子一晃，正是儀琳，當即跟在她身後。這一來，可又將後面眾弟子阻住了去路。幸好他雖腳步沉重，氣喘吁吁，三步兩滑，又爬又跌，走得倒也快捷。後面一名女弟子又笑又埋怨：「你這位將軍大人真是……咳，一天也不知要摔多少交！」

儀琳回過頭來，說道：「儀清師姊，你別催將軍了。他心裏一急，別真的摔了下去。這山坡陡得緊，摔下去可不是玩的。」

令狐冲見到她一雙大眼，清澄明澈，猶如兩泓清泉，一張俏臉在月光下秀麗絕俗，更無半分人間煙火氣，想起那日為了逃避青城派的追擊，她在衡山城中將自己抱了出來，自己也曾這般怔怔的凝視過她，突然之間，心底升起一股柔情，心想：「這高坡之上，伏得有強仇大敵，要加害於她。我便自己性命不在，也要保護她平安周全。」

儀琳見他雙目呆滯，容貌醜陋，向他微微點頭，露出溫和笑容，又道：「儀清師姊，這位將軍如果摔跌，你可得快拉住他。」儀清笑道：「他這麼重，我怎拉得住？」

本來恆山派戒律甚嚴，這些女弟子輕易不與外人說笑，但令狐冲大裝小丑模樣，不住逗她們的樂子，而四周並無長輩，黑夜趕路，說幾句無傷大雅的笑話，亦有振奮精神之效。

令狐冲怒道：「你們這些女孩子說話便不知輕重。我堂堂將軍，想當年在戰場上破陣殺賊，那般威風凜凜、殺氣騰騰的模樣，你們要是瞧見了，嘿嘿，還有不佩服得五體投地的？這區區山路，壓根兒就沒瞧在我眼裏，怎會摔交？當真信口開河……啊喲，不好！」腳下似乎踏到一塊小石子，身子便俯跌下去。他伸出雙手，在空中亂揮亂抓。在他身後的幾名女弟子都尖聲叫了出來。

儀琳急忙回身，伸手一拉。令狐冲湊手過去，握住了她手。儀琳運勁一提，令狐冲左手在地下連撐，這才站定，神情狼狽不堪。他身後的幾名女弟子忍不住咭咭咯咯的直笑。令狐冲道：「我這皮靴走山路太過笨重，倘若穿了你們的麻鞋，那就包管不會摔交。再說，我只不過滑了一滑，又不是摔交，有甚麼好笑？」儀琳緩緩鬆開了手，說道：「是啊，將軍穿了馬靴，走山道確是不大方便。」令狐冲道：「雖然不便，可威風得緊，要是像你們老百姓那樣，腳上穿雙麻鞋草鞋，可又太不體面了。」眾女弟子聽他死要面子，又都笑了起來。

這時後面幾撥人已絡繹到了山腳下，走在最先的將到坡頂。

令狐冲大聲嚷道：「這一帶所在，偷鷄摸狗的小賊最多，冷不妨的便打人悶棍，搶人錢財。你們出家人身邊雖沒多大油水，可是辛辛苦苦化緣得來的銀子，卻也小心別讓人給搶了去。」儀清笑道：「有咱們大將軍在此，諒來小賊們也不敢前來太歲頭上動土。」令狐冲叫道：「喂，喂，小心了，我好像瞧見上面有人探頭探腦的。」

一名女弟子道：「你這位將軍當真囉唆，難道咱們還怕了幾個小毛賊不成？」

一言甫畢，突然聽得兩名女弟子叫聲：「哎唷！」骨碌碌滾將下來。兩名女弟子急忙搶上，同時抱住。前面幾名女弟子叫了起來：「賊子放暗器，小心了！」叫聲未歇，又有一人滾跌下來。儀和叫道：「大家伏低！小心暗器！」當下眾人都伏低了身子。令狐冲罵道：「大膽毛賊，你們不知本將軍在此麼？」儀琳拉拉他手臂，急道：「快伏低了！」

在前的女弟子掏出暗器，袖箭、鐵菩提紛紛向上射去。但上面的敵人隱伏石後，一個也瞧不見，暗器都落了空。

定靜師太聽得前面現了敵蹤，縱身急上，從一眾女弟子頭頂躍過，來到令狐冲身後時，呼的一聲，也從他頭頂躍了過去。

令狐冲叫道：「大吉利市！晦氣，晦氣！」吐了幾口口水。只見定靜師太大袖飛舞，當先攻上，敵人的暗器嗤嗤的射來，有的釘在她衣袖之上，有的給她袖力激飛。

定靜師太幾個起落，到了坡頂，尚未站定，但覺風聲勁急，一條熟銅棍從頭頂砸到。聽這兵刃劈風之聲，便知十分沉重，當下不敢硬接，側身從棍旁竄過，卻見兩柄鏈子槍一上一下的同時刺到，來勢迅疾。敵人在這隘口上伏著三名好手，扼守要道。定靜師太喝道：「無恥！」反手拔出長劍，一劍破雙槍，格了開去。那熟銅棍又攔腰掃來。定靜師太長劍在棍上一搭，乘勢削下，一條鏈子槍卻已刺向她右肩。只聽得山腰中女弟子尖聲驚呼，跟著砰砰之聲大作，原來敵人從峭壁上將大石推將下來。

恆山派眾弟子擠在窄道之中，竄高伏低，躲避大石，頃刻間便有數人被大石砸傷。定靜師太退了兩步，叫道：「大家回頭，下坡再說！」她舞劍斷後，以阻敵人追擊。卻聽得轟轟之聲不絕，頭頂不住有大石擲下，接著聽得下面兵刃相交，山腳下竟也伏有敵人，待恆山派眾人上坡，上面一發動，便現身堵住退路。

下面傳上訊息：「師伯，攔路的賊子功夫硬得很，衝不下去。」接著又傳訊上來：「兩位師姊受了傷。」

定靜師太大怒，如飛奔下，眼見兩名漢子手持鋼刀，正逼得兩名女弟子不住倒退。定靜師太一聲呼叱，長劍疾刺，忽聽得呼呼兩聲，兩個拖著長鏈的鑌鐵八角鎚從下飛擊而上，直攻她面門。定靜師太舉劍撩去，一枚八角鎚一沉，逕砸她長劍，另一枚卻向上飛起，自頭頂壓落。定靜師太微微一驚：「好大的膂力。」如在平地，她也不會對這等硬打硬砸的武功放在心上，只須展開小巧功夫，便能從側搶攻，但山道狹窄，除了正面衝下之外，別無他途。敵人兩柄八角鐵鎚舞得勁急，但見兩團黑霧撲面而來，定靜師太無法施展精妙劍術，只得一步步的倒退上坡。

猛聽上面「哎唷」聲連作，又有幾名女弟子中了暗器，摔跌下來。定靜師太定了定神，覺得還是坡頂的敵人武功稍弱，較易對付，當下又衝了上去，從眾女弟子頭頂躍過，跟著又越過令狐冲頭頂。

令狐冲大聲叫道：「啊喲，幹甚麼啦，跳田鷄麼？這麼大年紀，還鬧著玩。你在我頭頂跳來跳去，人家還能賭錢麼？」定靜師太急於破敵解圍，沒將他的話聽在耳中。儀琳歉然道：「對不住，我師伯不是故意的。」令狐冲嘮嘮叨叨的埋怨：「我早說這裏有毛賊，你們就是不信。」心中卻道：「我只見魔教人眾埋伏在坡頂，卻原來山坡下也伏有好手。恆山派人數雖多，擠在這條山道中，絲毫施展不出手腳，大事當真不妙。」

定靜師太將到坡頂，驀見杖影晃動，一條鐵禪杖當頭擊落，原來敵人另調好手把守。定靜師太心想：「今日我如衝不破此關，帶出來的這些弟子們只怕要覆沒於此。」身形一側，長劍斜刺，身子離鐵禪杖只不過數寸，便已閃過，長劍和身撲前，急刺那手揮禪杖的胖大頭陀。這一招可說險到了極點，直是不顧性命、兩敗俱傷的打法。那頭陀猝不及防，收轉禪杖已自不及，嗤的一聲輕響，長劍從他脅下刺入。那頭陀悍勇已極，一聲大叫，手起一拳，將長劍打得斷成兩截，拳上自也是鮮血淋漓。

定靜師太叫道：「快上來，取劍！」儀和飛身而上，橫劍叫道：「師伯，劍！」定靜師太轉身去接，斜刺裏一柄鏈子槍攻向儀和，一柄鏈子槍刺向定靜師太。儀和只得揮劍擋格，那使鏈子槍之人著著進逼，又將儀和逼得退下山道，長劍竟然無法遞到定靜師太手中。

跟著上面搶過三人，二人使刀，一人使一對判官筆，將定靜師太圍在垓心。定靜師太一雙肉掌上下翻飛，使開恆山派「天長掌法」，在四般兵刃間翻滾來去。她年近六旬，身手矯捷卻不輸少年。魔教四名好手合力圍攻，竟奈何不了這赤手空拳的一位老尼。

儀琳輕輕驚叫：「啊喲，那怎麼辦?那怎麼辦?」令狐冲大聲道：「這些小毛賊太不成話，讓道，讓道！本將軍要上去捉拿毛賊了。」儀琳急道：「去不得！他們不是毛賊，都是武功很好的人，你一上去，他們便要殺了你。」令狐冲胸口一挺，昂然叫道：「青天白日之下……」抬頭一看，天剛破曉，還說不上是「青天白日」，他也不以為意，繼續說道：「這些小毛賊攔路打劫，欺侮女流之輩，哼哼，難道不怕王法麼?」儀琳道：「我們不是尋常的女流之輩，敵人也不是攔路打劫的小毛賊……」令狐冲大踏步上前，從一眾女弟子身旁硬擠了過去。眾女弟子只得貼緊石壁，讓他擦身而過。

令狐冲將上坡頂，伸手去拔腰刀，拔了好一會，假裝拔不出來，罵道：「他奶奶的，這刀子硬是搗亂，要緊關頭卻生了鏽。將軍刀鏽，怎生拿賊？」

儀和正挺劍和兩名魔教教眾劇鬥，拚命守住山道，聽他在身後嘮嘮叨叨，刀子生了鏽，拔不出來，又好氣，又好笑，叫道：「快讓開，這裏危險！」只這麼叫了一聲，微一疏神，一柄鏈子槍刷的一聲，刺向她肩頭，險些中槍。儀和退了半步，那人又挺槍刺到。

令狐冲叫道：「反了，反了！大膽毛賊，不見本將軍在此嗎？」斜身一閃，擋在儀和身前。那使鏈子槍的漢子一怔，此時天色漸明，見他服色打扮確是朝廷命官模樣，當下凝槍不發，槍尖指住了他胸口，喝道：「你是誰？剛才在下面大呼小叫，便是你這狗官麼？」

令狐冲罵道：「你奶奶的，你叫我狗官？你才是狗賊！你們在這裏攔路打劫，本將軍到此，你們還不逃之夭夭，當真無法無天之至！本將軍拿住了你們，送到縣衙門去，每人打五十大板，打得你們屁股開花，每人大叫我的媽啊！」

那使槍漢子不願戕殺朝廷命官，惹下麻煩，罵道：「快滾你媽的臭鴨蛋！再囉唆不清，老子在你這狗官身上戳三個透明窟窿。」

令狐冲見定靜師太一時尚無敗象，而魔教教眾也不再向下發射暗器、投擲大石，大聲喝道：「大膽毛賊，快些跪下叩頭，本將軍看在你們家有八十歲老娘，或者還可從輕發落，否則的話，哼哼，將你們的狗頭一個個砍將下來……」

恆山派眾弟子聽得都是皺眉搖頭，均想：「這是個瘋子。」儀和走上一步，挺劍相護，如敵人發槍刺他，便當出劍招架。

令狐冲又使勁拔刀，罵道：「你奶奶的，臨急上陣，這柄祖傳的寶刀偏偏生了鏽。哼，我這寶刀只消不生鏽哪，你毛賊便有十個腦袋也都砍了下來。」那使槍漢子呵呵大笑，喝道：「去你媽的！」橫槍向令狐冲腰裏砸來。令狐冲一扯之下，連刀帶鞘都扯了下來，叫聲：「啊喲！」身子向前直撲，摔了下去。儀和叫道：「小心！」令狐冲摔跌之時，腰刀遞出，刀鞘頭正好點中那使槍漢子腰眼。那漢子哼也不哼，便已軟倒在地。

令狐冲拍的一聲，摔倒在地，掙扎著爬將起來，咦的一聲，叫道：「啊哈，你也摔了一交，大家扯個直，老子不算輸，咱們再來打過。」

儀和一把抓起那漢子，向後摔出，心想有了一名俘虜在手，事情便易辦了些。

魔教中三人衝將過來，意圖救人。令狐冲叫道：「啊哈，乖乖不得了，小小毛賊真要拒捕。」一提起腰刀，指東打西，使的全然不得章法。「獨孤九劍」本來便無招數，固可使得瀟灑優雅，但使得笨拙醜怪，一樣的威力奇大，其要點乃在劍意而不在招式。他並不擅於點穴打穴，激鬥之際，難以認準穴道，但精妙劍法附之以渾厚內力，雖然並非戳中要害，又或是撞在穴道之側，敵人一般的也禁受不住，隨手戳出，便點倒了一人。

但見他腳步踉蹌，跌跌撞撞，一把連鞘腰刀亂飛亂舞，忽然間收足不住，向一名敵人撞去，噗的一聲響，刀鞘尖頭剛好撞正在那人小腹。那人吐了口長氣，登時軟倒。令狐冲叫聲「啊喲」，向後一跳，刀柄又撞中一人肩後。那人立即摔倒，不住在地下打滾。令狐冲雙腳在他身上一絆，罵道：「他奶奶的！」身子直撞出去，刀鞘戳中一名持刀的教眾。此人是圍攻定靜師太的三名好手之一，背心被撞，單刀脫手飛出。定靜師太趁機發掌，砰的一聲，擊在那人胸口。那人口噴鮮血，眼見不活了。

令狐冲叫道：「小心，小心！」退了幾步，背心撞向那使判官筆之人。那人挺筆向他背脊點去。令狐冲一個踉蹌，向前衝出，刀鞘到處，又有兩名教眾被戳倒地。那使判官筆之人向他疾撲而至。令狐冲大叫：「我的媽啊！」拔步奔逃，那人發足追來。令狐冲突然停步彎腰，刀柄從腋下露出半截，那人萬料不到他奔跑正速之際忽然會站定不動，他武功雖高，變招卻已不及，急衝之下，將自己胸腹交界處撞上了令狐冲向後伸出的刀柄。那人臉上露出古怪之極的神情，對適才之事似是絕不相信，可是身子卻慢慢軟倒下去。

令狐冲轉過身來，見坡頂打鬥已停，恆山派眾弟子一小半已然上坡，正和魔教眾人對峙而立，其餘弟子正自迅速上來。他大聲叫道：「小小毛賊，見到本將軍在此，還不快快跪下投降，真是奇哉怪也！」手舞刀鞘，大叫一聲，向魔教人叢中衝了進去。魔教教眾登時刀槍交加。恆山派眾弟子待要上前相助，卻見令狐冲大叫：「厲害，厲害！好兇狠的毛賊！」已從人叢中奔了出來。他腳步沉重，奔跑時拖泥帶水，一不小心，砰的摔了一交，刀鞘彈起，擊上自己額頭，登時暈去。但他在魔教人叢中一入一出，又已戳倒了五人。

雙方見他如此，無不驚得呆了。

儀和、儀清雙雙搶上，叫道：「將軍，你怎麼啦？」令狐冲雙目緊閉，詐作不醒。

魔教領頭的老人眼見片刻間己方一人身亡，更有十一人被這瘋瘋顛顛的軍官戳倒。適才見他衝入陣來，自己接連出招要想拿他，都反而險些被他刀鞘戳中，刀鞘鞘尖所指處雖非穴道所在，但來勢凌厲，方位古怪，生平從所未見，此人武功之高，實是深不可測。又見己方被戳倒的人之中，五人已被恆山派擒住，今日無論如何討不了好去，當即朗聲說道：「定靜師太，你們中了暗器的弟子，要不要解藥？」

定靜師太見己方中了暗器的幾名弟子昏迷不醒，傷處流出的都是黑血，知道暗器淬有劇毒，一聽他這句話，已明其意，叫道：「拿解藥來換人！」那人點了點頭，低語數句。一名教眾拿了一個瓷瓶，走到定靜師太身前，微微躬身。定靜師太接過瓷瓶，厲聲道：「解藥倘若有效，自當放人。」那老人道：「好，恆山定靜師太，當非食言之人。」將手一揮。眾人抬起傷者和死者屍體，齊從西側山道下坡，頃刻之間，走得一個不賸。

令狐冲悠悠醒轉，叫道：「好痛！」摸了摸腫起一個硬塊的額頭，奇道：「咦，那些毛賊呢？都到那裏去啦？」

儀和嗤的一笑，道：「你這位將軍真是希奇古怪，剛才幸虧你衝入敵陣，胡打一通，那些小毛賊居然給你嚇退了。」令狐冲哈哈大笑，說道：「妙極，妙極！大將軍出馬，果然威風八面，與眾不同。小毛賊望風披靡，哎唷……」伸手一摸額頭，登時苦起了臉。儀清道：「將軍，你可砸傷了嗎？咱們有傷藥。」令狐冲道：「沒傷，沒傷！大丈夫馬革裹屍，也是閒事……」儀和抿嘴笑道：「只怕是馬革裹屍罷，甚麼叫馬革裏屍？」儀清橫了她一眼，道：「你就是愛挑眼，這會兒說這些幹甚麼？」令狐冲道：「我們北方人，就讀馬革裏屍，你們南方人讀法有些不同。」儀和轉過了頭，笑道：「我們可也是北方人。」

定靜師太將解藥交給了身旁弟子，囑她們救治中了暗器的同門，走到令狐冲身前，躬身施禮，說道：「恆山老尼定靜，不敢請問少俠高姓大名。」

令狐冲心中一凜：「這位恆山派前輩果然眼光厲害，瞧出了我年紀不大，又是個冒牌將軍。」當下躬身抱拳，恭恭敬敬的還禮，說道：「老師太請了。本將軍姓吳，官名天德，天恩浩蕩之天，道德文章之德，官拜泉州參將之職，這就去上任也。」

定靜師太料他是不願以真面目示人，未必真是將軍，說道：「今日我恆山派遭逢大難，得蒙將軍援手相救，大恩大德，不知如何報答才是。將軍武功深湛，貧尼卻瞧不出將軍的師承門派，實是佩服。」

令狐冲哈哈大笑，說道：「老師太誇獎，不過老實說，我的武功倒的確有兩下子，上打雪花蓋頂，下打老樹盤根，中打黑虎偷心……哎唷，哎唷。」一面說，一面手舞足蹈，一拳打出，似乎用力過度，自己弄痛了關節，偷眼看儀琳時，見她吃了一驚，頗有關切之意，心想：「這位小師妹良心真好，倘若知道是我，不知她心中有何想法？」

定靜師太自然明知他是假裝，微笑道：「將軍既是真人不露相，貧尼只有朝夕以清香一炷，禱祝將軍福體康健，萬事如意了。」

令狐冲道：「多謝，多謝。請你求求菩薩，保祐我升官發財。小將也祝老師太和眾位小師太一路順風，逢凶化吉，萬事順利。哈哈，哈哈！」大笑聲中，向定靜師太一躬到地，揚長而去。他雖狂妄做作，但久在五嶽劍派，對這位恆山派前輩卻也不敢缺了禮數。

恆山派羣弟子望著他腳步蹣跚的向南行去，圍著定靜師太，嘰嘰喳喳的紛紛詢問：「師伯，這人是甚麼來頭？」「他是真的瘋瘋顛顛，還是假裝的？」「他是不是武功很高，還是不過運氣好，誤打誤撞的打中了敵人？」「我瞧他不像將軍，好像年紀也不大，是不是？」

定靜師太嘆了口氣，轉頭去瞧身中暗器的眾弟子，見她們敷了解藥後，黑血轉紅，脈搏加強，已無險象，她恆山派治傷靈藥算得是各派之冠，自能善後，當下解開了五名魔教教眾的穴道，令其自去，說道：「大夥兒到那邊樹下坐下休息。」

她獨自在一塊大巖石畔坐定，閉目沉思：「這人衝入魔教陣中之時，魔教領頭的長老向他動手。但他仍能在頃刻間戳倒五人，卻又不是打穴功夫，所用招式竟絲毫沒顯示他的家數門派。當世武林之中，居然有這樣厲害的年輕人，卻是那一位高人的弟子？這樣的人物是友非敵，實是我恆山派的大幸了。」

她沉吟半晌，命弟子取過筆硯，一張薄絹，寫了一信，說道：「儀質，取信鴿來。」儀質答應了，從背上所負竹籠中取出一隻信鴿。定靜師太將薄絹書信捲成細細的一條，塞入一個小竹筒中，蓋上了蓋子，再澆了火漆，用鐵絲縛在鴿子的左足上，心中默禱，將信鴿往上一擲。鴿兒振翅北飛，漸高漸遠，頃刻間成為一個小小的黑點。

定靜師太自寫書以至放鴿，每一行動均十分遲緩，和她適才力戰羣敵時矯捷若飛的情狀全然不同。她抬頭仰望，那小黑點早在白雲深處隱沒不見，但她兀自向北遙望。眾人誰都不敢出聲，適才這一戰，雖有那小丑般的將軍插科打諢，似乎頗為滑稽，其實局面凶險之極，各人都可說是死裏逃生。

隔了良久，定靜師太轉過身來，向一名十五六歲的小姑娘招了招手。那少女立即站起，走到她身前，低聲叫道：「師父！」定靜師太輕輕撫了撫她頭髮，說道：「絹兒，你剛才怕不怕？」那少女點了點頭，道：「怕的！幸虧這位將軍勇敢得很，將這些惡人打跑了。」定靜師太微微一笑，說道：「這位將軍不是勇敢得很，而是武功好得很。」那少女道：「師父，他武功好得很麼？我瞧他出招亂七八糟，一不小心，把刀鞘砸在自己頭上。怎麼他的刀又會生鏽，拔不出鞘？」

這少女秦絹是定靜師太所收的關門弟子，聰明伶俐，甚得師父憐愛。恆山派女弟子中，出家的尼姑約佔六成，其餘四成是俗家弟子，有些是中年婦人，五六十歲的婆婆也有，秦絹是恆山派中年紀最小的。眾弟子見定靜師太和小師妹秦絹說話，慢慢都圍了上來。

儀和插口道：「他出招那裏亂七八糟了？那都是假裝出來的。將上乘武功掩飾得一點不露痕跡，那才叫高明呢！師伯，你看這位將軍是甚麼來頭？是那一家那一派的？」

定靜師太緩緩搖頭，說道：「這人的武功，只能以『深不可測』四字來形容，其餘的我一概不知。」

秦絹問道：「師父，你這封信是寫給掌門師叔的，是不是？馬上能送到嗎？」定靜師太道：「鴿兒到蘇州白衣庵換一站，從白衣庵到濟南妙相庵又換一站，再在老河口清靜庵換一站。四隻鴿兒接力，當可送到恆山了。」儀和道：「幸好咱們沒損折人手，那幾個師姊妹中了餵毒暗器的，過得兩天相信便無大礙。給石頭砸傷和中了兵刃的，也無性命之憂。」

定靜師太抬頭沉思，沒聽到她的話，心想：「恆山派這次南下，行蹤十分機密，晝宿宵行，如何魔教人眾竟然得知訊息，在此據險伏擊？」轉頭對眾弟子道：「敵人遠遁，諒來一時不敢再來。大家都累得很了，便在這裏吃些乾糧，到那邊樹蔭下睡一忽兒。」

大家答應了，便有人支起鐵架，烹水泡茶。

眾人睡了幾個時辰，用過了午餐。定靜師太見受傷的弟子神情委頓，說道：「咱們行跡已露，以後不用晚間趕路了，受傷的人也須休養，咱們今晚在廿八鋪歇宿。」

從這高坡上一路下山，行了三個多時辰到了廿八鋪。那是浙閩間的交通要衝，仙霞嶺上行旅必經之所。進得鎮來，天還沒黑，可是鎮上竟無一人。

儀和道：「福建風俗真怪，這麼早大家便睡了。」定靜師太道：「咱們且找一家客店投宿。」恆山派和武林中各地尼庵均互通聲氣，但廿八鋪並無尼庵，不能前去掛單，只得找客店投宿。所不便的是俗人對尼姑頗有忌諱，認為見之不吉，往往多惹閒氣，好在一眾女尼受之已慣，也從來不加計較。

但見一家家店鋪都上了門板。廿八鋪說大不大，說小不小，也有一兩百家店鋪，可是一眼望去，竟似一座死鎮。落日餘暉未盡，廿八鋪街上已如深夜一般。眾人在街上轉了個彎，見一家客店前挑出一個白布招子，寫著「仙安客店」四個大字，但大門緊閉，靜悄悄地沒半點聲息。女弟子鄭蕚當下便上前敲門。這鄭蕚是俗家弟子，一張圓圓的臉蛋常帶笑容，能說會道，很討人家喜歡。一路上凡有與人打交道之事，總是由她出馬，免得旁人一見尼姑，便生拒卻之心。

鄭蕚敲了幾下門，停得片刻，又敲幾下，過了良久，卻無人應門。鄭蕚叫道：「店家大叔，請開門來。」她聲音清亮，又是習武之人，聲音頗能及遠，便隔著幾重院子，也當聽見了。可是客店中竟無一人答應，情形顯然甚是突兀。

儀和走上前去，附耳在門板上一聽，店內全無聲息，轉頭說道：「師伯，店內沒人。」

定靜師太隱隱覺得有些不對，眼見店招甚新，門板也洗刷得十分乾淨，決不是歇業不做的模樣，說道：「過去瞧瞧，這鎮上該不止這一家客店。」

向前走過數十家門面，又有一家「南安客店」。鄭蕚上前拍門，一模一樣，仍然無人答應。鄭蕚道：「儀和師姊，咱們進去瞧瞧。」儀和道：「好！」兩人越牆而入。鄭蕚叫道：「店裏有人嗎？」不聽有人回答，兩人拔劍出鞘，並肩走進客堂，再到後面廚房、馬廄、客房各處一看，果是一人也無。但桌上、椅上未積灰塵，連桌上一把茶壺中的茶也尚有微溫。鄭蕚打開了大門，讓定靜師太等人進來，將情形說了。各人都嘖嘖稱奇。

定靜師太道：「你們七人一隊，分別到鎮上各處去瞧瞧，打聽一下到底是何緣故。七個人不可離散，一有敵蹤便吹哨為號。」眾弟子答應了，分別快速行出。客堂之上便只賸下定靜師太一人。初時尚聽到眾弟子的腳步之聲，到後來便寂無聲息。這廿八鋪鎮上，靜得令人只感毛骨悚然，偌大一個鎮甸，人聲俱寂，連雞鳴犬吠之聲也聽不到半點，實是大異尋常。

定靜師太突然擔心起來：「莫非魔教布下了陰毒陷阱？女弟子們沒多大江湖閱歷，別要中了詭計，給魔教一網打盡。」走到門口，只見東北角人影晃動，西首又有幾人躍入人家屋中，都是本派弟子，她心中稍定。又過一會，眾弟子絡繹回報，都說鎮上並無一人。

儀和道：「別說沒人，連畜生也沒一隻。」儀清道：「看來鎮上各人離去不久，許多屋中箱籠打開，大家把值錢的東西都帶走了。」定靜師太點點頭，問道：「你們以為怎麼？」儀和道：「弟子猜想，那是魔教妖人驅散了鎮民，不久便會大舉來攻。」定靜師太道：「不錯！這一次魔教妖人要跟咱們明槍交戰，那好得很啊。你們怕不怕？」眾弟子齊聲道：「降魔滅妖，乃我佛門弟子的天職。」定靜師太道：「咱們便在這客店中宿歇，做飯飽餐一頓再說。先試試水米蔬菜之中有無毒藥。」

恆山派會餐之時，本就不許說話，這一次更是人人豎起了耳朵，傾聽外邊聲息。第一批吃過後，出去替換外邊守衛的弟子進來吃飯。

儀清忽然想到一計，說道：「師伯，咱們去將許多屋中的燈燭都點了起來，教敵人不知咱們的所在。」定靜師太道：「這疑兵之計甚好。你們七人去點燈。」

她從大門中望出去，只見大街西首許多店鋪的窗戶之中，一處處透了燈火出來，再過一會，東首許多店鋪的窗中也有燈光透出。大街上燈光處處。便是沒半點聲息。定靜師太一抬頭，見到天邊月亮，心下默禱：「菩薩保祐，讓我恆山派諸弟子此次得能全身而退。弟子定靜若能復歸恆山，從此青燈禮佛，再也不動刀劍了。」

她昔年叱吒江湖，著實幹下了不少轟轟烈烈的事跡，但昨晚仙霞嶺上這一戰，局面之凶險，此刻思之猶有餘悸，所擔心的是率領著這許多弟子，倘若是她孤身一人，情境便再可怖十倍，那也不放在心上，又再默禱：「大慈大悲、救苦救難觀世音菩薩，要是我恆山諸人此番非有損折不可，只讓弟子定靜一人身當此災，諸般殺業報應，只由弟子一人承當。」

便在此時，忽聽得東北角傳來一個女子聲音大叫：「救命，救命哪！」萬籟俱寂之中，尖銳的聲音特別顯得淒厲。定靜師太微微一驚，聽聲音並非本派弟子，凝目向東北角望去，並未見到甚麼動靜，隨見儀清等七名弟子向東北角上奔去，自是前去察看。過了良久，不見儀清等回報。儀和道：「師伯，弟子和六位師妹過去瞧瞧。」定靜點點頭，儀和率領六人，循著呼叫聲來處奔去。黑夜中劍光閃爍，不多時便即隱沒。

隔了好一會，忽然那女子聲音又尖叫起來：「殺了人哪，救命，救命！」恒山派羣徒面面相覷，不知那邊出了甚麼事，何以儀清、儀和兩批人過去多時，始終未來回報，若說遇上了敵人，卻又不聞打鬥之聲。但聽那女子一聲聲的高叫「救命」，大家瞧著定靜師太，候她發令派人再去施救。

定靜師太道：「于嫂，你帶領六名師妹前去，不論見到甚麼事，即刻派人回報。」于嫂是個四十來歲的中年婦人，原是恒山白雲庵中服侍定閒師太的傭婦。後來定閒師太見她忠心能幹，收為弟子，此次隨同定靜師太出來，卻是第一次闖蕩江湖。于嫂躬身答應，帶同六名師妹，向東北方而去。

可是這七人去後，仍如石沉大海一般，有去無回。定靜師太越來越驚，猜想敵人布下了陷阱，誘得眾弟子前去，一一擒住；又等片刻，仍無半點動靜，那高呼「救命」之聲卻也不再響了。定靜師太道：「儀質、儀真，你們留在這裏，照料受傷的師姊、師妹，不論見到甚麼古怪，總之不可離開客店，以免中了調虎離山之計。」儀質、儀真兩人躬身答應。

定靜師太對鄭蕚、儀琳、秦絹三名年輕弟子道：「你們三個跟我來。」抽出長劍，向東北角奔去。來到近處，但見一排房屋，黑沉沉地既無燈火，亦無聲息，定靜師太厲聲喝道：

「魔教妖人，有種的便出來決個死戰，在這裏裝神弄鬼，是甚麼英雄好漢？」停了片刻，聽屋中無人回答，飛腿向身畔一座屋子的大門上踢去。喀喇一聲，門閂斷截，大門向內彈開，屋內一團漆黑，也不知有人沒人。

定靜師太不敢貿然闖進，叫道：「儀和、儀清、于嫂，你們聽到我聲音麼？」她叫聲遠遠傳了開去，過了片刻，遠處傳來一些輕微的回聲，回聲既歇，便又是一片靜寂。

定靜師太回頭道：「你們三人緊緊跟著我，不可離開。」提劍繞著這排屋子奔行一周，沒見絲毫異狀，縱身上屋，凝目四望。其時微風不起，樹梢俱定，冷月清光鋪在瓦面之上，這情景便如昔日在恆山午夜出來步月時所見一般，但在恆山是一片寧靜，此刻卻蘊藏著莫大詭秘和殺氣。定靜師太空有一身武功，敵人始終沒有露面，當真束手無策。

她又是焦躁，又是後悔：「早知魔教妖人鬼計多端，可不該派她們分批過來……」突然間心中一凜，雙手一拍，縱下屋來，展開輕功，急馳回到南安客店，叫道：「儀質、儀真，見到甚麼沒有？」客店之中竟然無人答應。

她疾衝進內，店內已無一人，本來睡在榻上養傷的幾名弟子也都已不知去向。

這一下定靜師太便修養再好，卻也無法鎮定了，劍尖在燭光下不住躍動，閃出一絲絲青光，知道自己握著長劍的手已忍不住顫抖，數十名女弟子突然間無聲無息的就此失蹤，到底甚麼緣故？卻又如何是好？一霎那間，但覺唇乾舌燥，全身筋骨俱軟，竟爾無法移動。

但這等癱軟只頃刻間的事，她吸了一口氣，在丹田中一加運轉，立即精神大振，在客店各處房舍庭院中迅速兜了一圈，不見絲毫端倪，叫道：「蕁兒、絹兒，你們過來。」可是黑夜之中，只聽到自己的叫聲，鄭蕚、秦絹和儀琳三人均無應聲。定靜師太暗叫：「不好！」急衝出門，叫道：「蕚兒、絹兒、儀琳，你們在那裏？」門外月光淡淡，那三個小徒兒也已影蹤不見。

當此大變，定靜師太不驚反怒，一躍上屋，叫道：「魔教妖人，有種的便來決個死戰，裝神弄鬼，成甚麼樣子？」

她連呼數聲，四下裏靜悄悄地絕無半點聲音。她不住口的大聲叫罵，但廿八鋪偌大一座鎮甸之中，似乎便只剩下她一人。正無法可施之際，忽然靈機一動，朗聲說道：「魔教眾妖人聽了，你們再不現身，那便顯得東方不敗只是個無恥膽怯之徒，不敢派人和我正面為敵。甚麼東方不敗，只不過是東方必敗而已。東方必敗，有種敢出來見見老尼嗎？東方必敗，東方必敗，我料定你便是不敢！」她知道魔教中上上下下，對教主奉若神明，如有人辱及教主之名，教徒聞聲而不出來捨命維護教主的令譽，實是罪大惡極之事。果然她叫了幾聲「東方必敗」，突見幾間屋中湧出七人，悄沒聲的躍上屋頂，四面將她圍住。

敵人一現身形，定靜師太心中便是一喜，心想：「你們這些妖人終究給我罵了出來，便將我亂刀分屍，也勝於這般鬼影也見不到半個。」可是這七人只一言不發的站在她身周。定靜師太怒道：「我那些女弟子呢？將她們綁架到那裏去了？」那七人仍是默不作聲。

定靜師太見站在西首的兩人年紀均有五十來歲，臉上肌肉便如僵了一般，不露半分喜怒之色，她吐了一口氣，叫道：「好，看劍！」挺劍向西北角上那人胸口刺去。

她身在重圍之中，自知這一劍無法當真刺到他，這一刺只是虛招。眼前那人可也當真了得，他料到這劍只是虛招，竟然不閃不避。定靜師太這一劍本擬收回，見他毫不理會，刺到中途卻不收回了，力貫右臂，逕自便疾刺過去。卻見身旁兩個人影一閃，兩人各伸雙手，分別往她左肩、右肩插落。

定靜師太身形一側，疾如飄風般轉了過來，攻向東首那身形甚高之人。那人滑開半步，嗆啷一聲，兵刃出手，乃是一面沉重的鐵牌，舉牌往她劍上砸去，定靜師太長劍早已圈轉，嗤的一聲，刺向身左一名老者。那老者伸出左手，逕來抓她劍身，月光下隱隱見他手上似是戴有黑色手套，料想是刀劍不入之物，這才敢赤手來奪長劍。

轉戰數合，定靜師太已和七名敵人中的五人交過了手，只覺這五人無一不是好手，若是單打獨鬥，甚或以一敵二，她決不畏懼，還可佔到七八成贏面，但七人齊上，只要稍有破綻空隙，旁人立即補上，她變成只有挨打、絕難還手的局面。

越鬥下去，越是心驚：「魔教中有那些出名人物，十之八九我都早有所聞。他們的武功家數，所用兵刃，我五嶽劍派並非不知。但這七人是甚麼來頭，我卻全然猜想不出。料不到魔教近年來勢力大張，竟有這許多身分隱秘的高手為其所用。」

堪堪鬥到六七十招，定靜師太左支右絀，已氣喘吁吁，一瞥眼間，忽見屋面上又多了十幾個人影。這些人顯然早已隱伏在此，到這時才突然現身。她暗叫：「罷了，罷了！眼前這七人我已對付不了。再有這些敵人窺伺在側，定靜今日大限難逃，與其落入敵人手中，苦受折辱，不如早些自尋了斷。這臭皮囊只是我暫居的舍宅，毀了殊不足惜，只是所帶出來的數十名弟子盡數斷送，定靜老尼卻是愧對恆山派的列位先人了。」

刷刷刷疾刺三劍，將敵人逼開兩步，忽地倒轉長劍，向自己心口插了下去。

劍尖將及胸膛，突然噹的一聲響，手腕一震，長劍盪開。只見一個男子手中持劍，站在自己身旁，叫道：「定靜師太勿尋短見，嵩山派朋友在此！」自己長劍自是他擋開的。

只聽得兵刃撞擊之聲急響，伏在暗處的十餘人紛紛躍出，和那魔教的七人鬥了起來。定靜師太死中逃生，精神一振，當即仗劍上前追殺。但見嵩山那些人以二對一，魔教的七人立處下風。那七人眼見寡不敵眾，齊聲呼哨，從南方退了下去。

定靜師太持劍疾追，迎面風聲響動，屋簷上十多枚暗器同時發出。定靜師太舉起長劍，凝神將攢射過來的暗器一一拍開。黑夜之中，唯有星月微光，長劍飛舞，但聽得叮叮之聲連響，十多枚暗器給她盡數擊落。只是給暗器這麼一阻，那魔教七人卻逃得遠了。只聽得身後那人叫道：「恆山派萬花劍法精妙絕倫，今日教人大開眼界。」

定靜師太長劍入鞘，緩緩轉過身來，剎那之間，由動入靜，一位適才還在奮劍劇鬥的武林健者，登時變成了謙和仁慈的有道老尼，雙手合什行禮，說道：「多謝鍾師兄解圍。」

她認得眼前這個中年男子，是嵩山派左掌門的師弟，姓鍾名鎮，外號人稱「九曲劍」。這並非因他所用兵刃是彎曲的長劍，而是恭維他劍法變幻無方，人所難測。當年泰山日觀峯五嶽劍派大會，定靜師太曾和他有一面之緣。其餘的嵩山派人物中，她也有三四人相識。

鍾鎮抱拳還禮，微笑道：「定靜師太以一敵七，力鬥魔教的『七星使者』，果然劍法高超，佩服，佩服。」

定靜師太尋思：「原來這七個傢伙叫做甚麼『七星使者』。」她不願顯得孤陋寡聞，當下也不再問，心想日後慢慢打聽不遲，既然知道了他們的名號，那就好辦。

嵩山派餘人一一過來行禮，有二人是鍾鎮的師弟，其餘便是低一輩弟子。定靜師太還禮罷，說道：「說來慚愧，我恆山派這次來到福建，所帶出來的數十名弟子，突然在這鎮上失蹤。鍾師兄你們各位是幾時來到廿八鋪的？可曾見到一些線索，以供老尼追查嗎？」她想到嵩山派這些人早就隱伏在旁，卻要等到自己勢窮力竭，挺劍自盡，這才出手相救，顯是要自己先行出醜，再來顯他們的威風，心中甚是不悅。只是數十名女弟子突然失蹤，實在事關重大，不得不向他們打聽，倘若是她個人之事，那就寧可死了，也不會出口向這些人相求，此時向鍾鎮問到這一聲，那已是委屈之至了。

鍾鎮道：「魔教妖人詭計多端，深知師太武功卓絕，力敵難以取勝，便暗設陰謀，將貴派弟子盡數擒了去。師太也不用著急，魔教雖然大膽，料來也不敢立時加害貴派諸位師妹。咱們下去詳商救人之策便是。」說著左手一伸，請她下屋。

定靜師太點了點頭，一躍落地。鍾鎮等跟著躍下。

鍾鎮向西走去，說道：「在下引路。」走出數十丈後折而向北，來到仙安客店之前，推門進去，說道：「師太，咱們便在這裏商議。」他兩名師弟一個叫做「神鞭」鄧八公，另一個叫「錦毛獅」高克新。三人引著定靜師太走進一間寬大的上房，點了蠟燭，分賓主坐下。弟子們獻上茶後，退了出去。高克新便將房門關上了。

鍾鎮說道：「我們久慕師太劍法恆山派第一……」定靜師太搖頭道：「不對，我劍法不及掌門師妹，也不及定逸師妹。」鍾鎮微笑道：「師太不須過謙。我兩個師弟素仰英名，企盼見識師太神妙的劍法，以致適才救援來遲，其實絕無惡意，謹此謝過，師太請勿怪罪。」定靜師太心意稍平，見三人站起來抱拳行禮，便也站起合什行禮，道：「好說。」

鍾鎮待她坐下，說道：「我五嶽劍派結盟之後，同氣連枝，原是不分彼此。只是近年來大家見面的時候少，好多事情又沒聯手共為，致令魔教坐大，氣燄日甚。」

定靜師太「嘿」的一聲，心道：「這當兒卻來說這些閒話幹甚麼？」鍾鎮又道：「左師哥日常言道：合則勢強，分則力弱。我五嶽劍派若能合而為一，魔教固非咱們敵手，便是少林、武當這些享譽已久的名門大派，聲勢也遠遠不及咱們了。左師哥他老人家有個心願，想將咱們有如一盤散沙般的五嶽劍派，歸併為一個『五嶽派』。那時人多勢眾，齊心合力，實可成為武林中諸門派之冠。不知師太意下如何？」

定靜師太長眉一軒，說道：「貧尼在恆山派中乃是閒人，素來不理事。鍾師兄所提的大事，該當去跟我掌門師妹說才是。眼前最要緊的，是設法將敝派失陷了的女弟子搭救出來。其餘種種，儘可從長計議。」鍾鎮微笑道：「師太放心。這件事既教嵩山派給撞上了，恆山派的事，便是我嵩山派的事，說甚麼也不能讓貴派諸位師妹們受委屈吃虧。」定靜師太道：「那可多謝了。但不知鍾兄有何高見？有甚麼把握說這句話？」鍾鎮微笑道：「師太親身在此，恆山派鼎鼎大名的高手，難道還怕了魔教的幾名妖人？再說，我們師兄弟和幾名師姪，自也當盡心竭力，倘若仍奈何不了魔教中這幾個二流腳式，嘿嘿，那也未免太不成話了。」

定靜師太聽他說來說去，始終不著邊際，又是焦躁，又是氣惱，站起身來，說道：「鍾師兄這般說，自是再好不過，咱們這便去罷！」

鍾鎮道：「師太那裏去？」定靜師太道：「去救人啊！」鍾鎮問道：「到那裏去救人？」這一問之下，定靜師太不由啞口無言，頓了一頓，道：「我這些弟子們失蹤不久，定然便在左近，越躭誤得久，那就越難找了。」鍾鎮道：「據在下所知，魔教在離廿八鋪不遠之處有一巢穴，貴派的師妹們，多半已被囚禁在那裏，依在下……」

定靜師太忙問：「這巢穴在那裏？咱們便去救人。」

鍾鎮緩緩的道：「魔教有備而發，咱們貿然前去，若有錯失，說不定人還沒救出來，先著了他們的道兒。依在下之見，還是計議定當，再去救人，較為妥善。」

定靜師太無奈，只得又坐了下來，道：「願聆鍾師兄高見。」

鍾鎮道：「在下此次奉掌門師兄之命，來到福建，原是有一件大事要和師太會商。此事有關中原武林氣運，牽連我五嶽劍派的盛衰，實是非同小可之舉。待大事商定，其餘救人等等，那只是舉手之勞。」定靜師太道：「卻不知是何大事？」

鍾鎮道：「那便是在下適才所提，將五嶽劍派合而為一之事了。」

定靜師太霍地站起，臉色發青，道：「你……你……你這……」鍾鎮微笑道：「師太千萬不可有所誤會，還道在下乘人之危，逼師太答允此事。」定靜師太怒道：「你自己說了出來，就免得我說。你這不是乘人之危，那是甚麼？」鍾鎮道：「貴派是恆山派，敝派是嵩山派。貴派之事，敝派雖然關心，畢竟是刀劍頭上拚命之事。在下自然願意為師太效力，卻不知眾位師弟、師姪們意下如何。但若兩派合而為一，是自己本派的事，便不容推委了。」

定靜師太道：「照你說來，如我恒山派不允與貴派合併，嵩山派對恒山弟子失陷之事，便要袖手旁觀了？」鍾鎮道：「話可也不是這麼說。在下奉掌門師兄之命，趕來跟師太商議這件大事。其他的事嘛，未得掌門師兄的命令，在下可不敢胡亂行事。師太莫怪。」

定靜師太氣得臉都白了，冷冷的道：「兩派合併之事，貧尼可作不得主。就算是我答允了，我掌門師妹不允，也是枉然。」

鍾鎮上身移近尺許，低聲道：「只須師太答允了，到時候定閒師太非允不可。自來每一門每一派的掌門，十之八九由本門大弟子執掌。師太論德行、論武功、論入門先後，原當執掌恒山派門戶才是……」

定靜師太左掌倏起，拍的一聲，將板桌的一角擊了下來，厲聲道：「你這是想來挑撥離間嗎？我師妹出任掌門，原係我向先師力求，又向定閒師妹竭力勸說而致。定靜倘若要做掌門，當年早就做了，還用得著旁人來攛掇擺唆？」

鍾鎮嘆了口氣，道：「左師哥之言，果然不錯。」定靜師太道：「他說甚麼了？」鍾鎮道：「我此番南下之前，左師哥言道：『恒山派定靜師太人品甚好，武功也是極高，大家向來都是很佩服的，就可惜不識大體。』我問他這話怎麼說。他說：『我素知定靜師太為人，她生性清高，不愛虛名，又不喜理會俗務，你跟她去說五派合併之事，定會碰個老大釘子。只是這件事實在牽涉太廣，咱們是知其不可而為之。倘若定靜師太只顧一人享清閒之福，不顧正教中數千人的生死安危，那是武林的大劫難逃，卻也無可如何了。』」

定靜師太站起身來，冷冷的道：「你種種花言巧語，在我跟前全然無用。你嵩山派這等行徑，不但乘人之危，簡直是落井下石。」

鍾鎮道：「師太此言差矣。師太倘若瞧在武林同道的份上，肯毅然挑起重擔，促成我嵩山、恆山、泰山、華山、衡山五派合併，則我嵩山派必定力舉師太出任『五嶽派』掌門。可見我左師哥一心為公，絕無半分私意……」

定靜師太連連搖手，喝道：「你再說下去，沒的汚了我耳朵。」雙掌一起，掌力揮出，砰的一聲大響，兩扇木板脫臼飛起。她身形晃動，便出了仙安客店。

出得門來，金風撲面，熱辣辣的臉上感到一陣清涼，尋思：「那姓鍾的說道，魔教在廿八鋪左近有一巢穴，本派的女弟子們都失陷在那裏。不知此言有幾分真，幾分假？」她徬徨無策，踽踽獨行，其時月亮將沉，照得她一條長長的黑影映在青石板上。

走出數丈後，停步尋思：「單憑我一人之力，說甚麼也不能救出眾弟子了。古來英雄豪傑，無不能屈能伸。我何不暫且答允了那姓鍾的？待眾弟子獲救之後，我立即自刎以謝，教他落一個死無對證。就算他宣揚我無恥食言，一應汚名，都由我定靜承擔便了。」

她一聲長嘆，回過身來，緩緩向仙安客店走去，忽聽得長街彼端有人大聲吆喝：「你奶奶的，本將軍要喝酒睡覺，你奶奶的店小二，怎不快快開門？」正是昨日在仙霞嶺上所遇那參將吳天德的聲音。定靜師太一聽之下，便如溺水之人抓到了一條大木材。

令狐冲在仙霞嶺上助恆山派脫困，甚是得意，當即快步趕路，到了廿八鋪鎮上。其時飯店剛打開門，他走進店去，大喝一聲：「拿酒來！」店小二見是一位將軍，何敢怠慢，斟酒做飯，殺雞切肉，畢恭畢敬、戰戰兢兢的侍候他飽餐一頓。令狐冲喝得微醺，心想：「魔教這次大受挫折，定不甘心，十九又會去向恆山派生事。定靜師太有勇無謀，不是魔教對手，我暗中還得照顧著她們才是。」結了酒飯帳後，便到仙安客店中開房睡覺。

睡到下午，剛醒來起身洗臉，忽聽得街上有幾人大聲吆喝：「亂石崗黃風寨的強人今晚要來洗劫廿八鋪，逢人便殺，見財便搶。大家這便趕快逃命罷？」片刻之間，吆喝聲東邊西邊到處響起。店小二在他房門上擂得震天價響，叫道：「軍爺，軍爺大事不好！」

令狐冲道：「你奶奶的，甚麼大事不好了？」店小二道：「軍爺，軍爺，亂石崗黃風寨的大王們，今晚要來洗劫。家家戶戶都在逃命了。」令狐冲打開房門，罵道：「你奶奶的，青天白日，朗朗乾坤，那裏有甚麼強盜了？本將軍在此，他們敢放肆麼？」店小二苦著臉道：「那些大王，可兇……可兇狠得緊，他……他們又不知將軍你……你在這裏。」令狐冲道：「你去跟他們說去。」店小二道：「小……小人萬萬不敢去說，沒的給強人將腦袋瓜子砍了下來。」令狐冲道：「亂石崗黃風寨在甚麼地方？」店小二道：「亂石崗在甚麼地方，倒沒聽說過，只知道黃風寨的強人十分厲害，兩天之前，剛洗劫了廿八鋪東三十里的榕樹頭，殺了六七十人，燒了一百多間屋子。將軍，你……你老人家雖然武藝高強，可是雙拳難敵四手。山寨裏大王爺不算，聽說單是小嘍囉便有三百多人。」

令狐冲罵道：「你奶奶的，三百多人便怎樣？本將軍在千軍萬馬的戰陣之中，可也七進七出，八進八出。」店小二道：「是！是！」轉身快步奔出。

外面已亂成一片，呼兒喚娘之聲四起。浙語閩音，令狐冲懂不了一成，料想都是些甚麼

「阿毛的娘啊，你拿了被頭沒有？」甚麼「大寶，小寶，快走，強盜來啦！」之類。走到門外，只見已有數十人背負包裹，手提箱籠，向南逃去。

令狐冲心想：「此處是浙閩交界之地，杭州和福州的將軍都管不到，致令強盜作亂，為害百姓。我泉州府參將吳天德大將軍既然撞上了，可不能袖手不理，將那些強盜頭子殺了，也是一件功德。這叫作食君之祿，忠君之事。你奶奶的，有何不可，哈哈！」想到此處，忍不住笑出聲來，叫道：「店小二，拿酒來。本將軍要喝飽了酒殺賊。」

但其時店中住客、掌櫃、掌櫃的大老婆、二姨太、三姨太，以及店小二、廚子都已紛紛奪門而出，唯恐走得慢了一步，給強人撞上了。令狐冲叫聲再響，也是無人理會。

令狐冲無奈，只得自行到灶下去取酒，坐在大堂之上，斟酒獨酌，但聽得雞鳴犬吠、馬嘶豬嚎之聲大作，料想是鎮人帶了牲口逃走。又過一會，聲息漸稀，再喝得三碗酒，一切惶急驚怖的聲音盡都消失，鎮上更無半點聲息。心想：「這次黃風寨的強人運氣不好，不知如何走漏了風聲，待得來到鎮上時，可甚麼也搶不到了。」

這樣偌大一座鎮甸，只賸下他孤身一人，倒也是生平未有之奇。萬籟俱寂之中，忽聽得遠處馬蹄聲響，有四匹馬從南急馳而來。

令狐冲心道：「大王爺到啦，但怎地只這麼幾個人？」耳聽得四匹馬馳到了大街，馬蹄鐵和青石板相擊，發出錚錚之聲。一人大聲叫道：「廿八鋪的肥羊們聽著，亂石崗黃風寨的大王有令，男的女的老的小的，通統站到大門外來。在門外的不殺，不出來的一個個給砍了腦袋。」口中呼喝，縱馬在大街上奔馳而來。令狐冲從門縫中向外張望，四匹馬風馳而過，只見到馬上乘者的背影，心念一動：「這可不對了！瞧這四人騎在馬上的神態，顯然武功不弱。強盜窩中的小嘍囉，怎會有如此人物？」

推門出來，在空無一人的鎮上走出十餘丈，見一座土地廟側有株大槐樹，枝葉茂盛，當即縱身而上，爬到最高的一根橫枝上坐下。四下裏更無半點聲息。他越等得久，越知其中必有蹊蹺，黃風寨先行的嘍囉來了這麼久，大隊人馬仍沒來到，難道是派幾名嘍囉先來通風報信，好讓鎮上百姓逃避一空？

直等了大半個時辰，才隱約聽到人聲，卻是嘰嘰喳喳的女子聲音。凝神聽得幾句，便知是恆山派的眾人到了，心想：「她們怎地這時候方到？是了，她們日間定是在山野中休息過了。」耳聽得她們到仙安客店打門，又去另一家客店打門。南安客店和土地廟相距頗遠，恆山派眾人進了客店後幹些甚麼，說些甚麼，便聽不到了。他心下隱隱覺得：「這多半是魔教安排下陷阱，要讓恆山派上鉤。」當下仍是隱身樹頂，靜以待變。

過了良久，見到儀清等七人出來點燈，大街上許多店鋪的窗戶中都透了燈光出來。又過一會，忽聽得東北角上有個女子聲音大叫：「救命！」令狐冲吃了一驚：「啊喲不好，恆山派的弟子中了魔教毒手。」當即從樹上躍下，奔到了那女子呼救處的屋外。

從窗縫中向內張去，屋內並無燈火，窗中照入淡淡月光，見七八名漢子貼牆而立，一個女子站在屋子中間，大叫：「救命，救命，殺了人哪！」令狐冲只見到她的側面，但見她臉上神色淒厲，顯然是候人前來上鉤。

果然她叫聲未歇，外邊便有一個女子喝道：「甚麼人在此行兇？」那屋子大門並未關上，門一推開，便有七個女子竄了進來，當先一人正是儀清。這七人手中都執長劍，為了救人，進來甚急。

突見那呼救的女子右手一揚，一塊約莫四尺見方的青布抖了起來，儀清等七人立時身子發顫，似是頭暈眼花，轉了幾個圈子，立即栽倒。令狐冲大吃一驚，心念電轉：「那女子手中這塊布上，定有極厲害的迷魂毒藥。我若衝進去救人，定也著了她的道兒，只有等著瞧瞧再說。」一見貼牆而立的漢子一擁而上，取出繩子，將儀清等七人手足都綁住了。

過不多時，外面又有聲響，一個女子尖聲喝道：「甚麼人在這裏？」令狐冲在過仙霞嶺時，曾和這個急性子的尼姑說過許多話，知道是儀和到了，心想：「你這人魯莽暴躁，這番又非變成一隻大粽子不可。」只聽得儀和又叫：「儀清師妹，你們在這裏麼？」接著砰的一聲，大門踢開，儀和等人兩個一排，並肩齊入。一踏進門，便使開劍花，分別護住左右，以防敵人從暗中來襲。第七人卻是倒退入內，使劍護住後路。

屋中眾人屏息不動，直等七人一齊進屋，那女子又展開青布，將七人都迷倒了。跟著于嫂率領六人進屋，又被迷倒，前後二十一名恆山女弟子，盡數昏迷不醒，給綁縛了置在屋角。隔了一會，一個老者打了幾下手勢，眾人從後門悄悄退了出去。

令狐冲縱上屋頂，弓著身子跟去，正行之間，忽聽得前面屋上有衣襟帶風之聲，忙在屋脊邊一伏，便見十來名漢子互打手勢，分別在一座大屋的屋脊邊伏下，和他藏身處相距不過數丈。令狐冲溜著牆輕輕下來，只見定靜師太率領著三名弟子正向這裏趕來。令狐冲心道：「不好，這是調虎離山之計。留在南安客店中的尼姑可要糟糕。」遙遙望見幾個人影向南安客店急奔過去，正想趕去看個究竟，忽聽得屋頂上有人低聲道：「待會那老尼姑過來，你們七人在這裏纏住他。」這聲音正在他頭頂，令狐冲只須一移動身子，立時便給發覺，只得躲在牆角後貼牆而立。

耳聽得定靜師太踢開板門，大叫：「儀和、儀清、于嫂，你們聽到我聲音嗎？」叫聲遠遠傳了過去，又見她繞屋奔行，跟著縱上屋頂，卻沒進屋察看。令狐冲心想：「她幹麼不進去瞧瞧？一進去便見到廿一名女弟子被人綁縛在地。」隨即省悟：「她不進去倒好。魔教人眾守在屋頂，只待她進屋，便即四下裏團團圍困，那是甕中捉鼈之勢。」

眼見定靜師太東馳西奔，顯是六神無主，突然間她奔回南安客店，奔行奇速，身後三名女弟子追趕不上。但見街角邊轉出數人，青布一揚，那三名女弟子又即栽倒，給人拖進了屋中，朦朧月光之下隱約見那三人中似有儀琳在內。令狐冲心念一動：「是否須當即去救了儀琳小師妹出來？」隨即又想：「我此刻一現身，便是一場大打。恆山派這許多人給魔教擒住了，投鼠忌器，可不能跟他們正面相鬥，還是暗中動手的為是。」

跟著便見定靜師太從南安客店中出來，在街上高聲叫罵，又縱上屋頂，大罵東方不敗，果然魔教人眾忍耐不住，有七人上前纏鬥。令狐冲看得幾招，尋思：「定靜師太劍術精湛，雖然以一敵七，一時不致落敗。我還是先去救了儀琳師妹的為是。」

當下閃身進了那屋，只見廳堂中有一人持刀而立，三個女子給綁住了，橫臥在他腳邊。令狐冲一躍而前，腰刀連鞘挺出，直刺其喉。那人尚未驚覺，已然送命。令狐冲不禁一呆：「我這一刀怎地如此快法？手剛伸出，刀鞘已戳中了他咽喉要害？」自己也不知自從修習了

「吸星大法」之後，桃谷六仙、不戒和尚、黑白子等人留在他體內的真氣已盡為其用。他原意是這刀刺出，敵人舉刀封擋，刀鞘便戳他雙腿，教他栽倒在地，然後救人，不料對方竟無絲毫招架還手的餘暇，一下便制了他死命。

令狐冲心下微有歉意，拖開死屍，低頭看去，果見地下所臥的三個女子中有儀琳在內，伸手探她鼻息，呼吸調勻，除了昏迷不醒之外並無他礙，當即到灶下取了一杓冷水，潑了少許在她臉上。

過得片刻，儀琳嚶嚀一聲，醒了轉來。她初時不知身在何地，微微睜眼，突然省悟，當即躍起，想去摸身邊長劍時，才知手足被縛，險些重又跌倒。

令狐冲道：「小師太，別怕，那壞人已給本將軍殺了。」拔刀割斷了她手足上繩索。

儀琳在黑暗中乍聞他聲音，依稀便是自己日思夜想的那個「令狐大哥」，又驚又喜，叫道：「你……你是令狐大……」這個「哥」字沒說出口，便覺不對，只羞得滿臉通紅，囁嚅道：「你……你是誰？」

令狐冲聽她已將自己認了出來，卻又改口，低聲道：「本將軍在此，那些小毛賊不敢欺侮你們。」儀琳道：「啊，原來是吳將軍。我……我師伯呢？」令狐冲道：「她在外邊和敵人交戰，咱們便過去瞧瞧。」儀琳道：「鄭師姊、秦師妹……」從懷中摸出火摺晃亮了，見到二人臥在地下，說道：「嗯，她們都在這裏。」便欲去割她們手足上的繩索。令狐冲道：「別忙，還是去幫你師伯要緊。」儀琳道：「正是。」

令狐冲轉身出外，儀琳跟在他身後。沒走出幾步，只見七個人影如飛般竄了出去，跟著便聽得叮叮噹噹的擊落暗器之聲，又聽得有人大聲稱讚定靜師太劍法高強，定靜師太認出對方是嵩山派的人物，不久見定靜師太隨著十幾名漢子走入仙安客店。令狐冲向儀琳招招手，跟著潛入客店，站在窗外偷聽。

只聽到定靜師太在屋中和鍾鎮說話，那姓鍾的口口聲聲要定靜師太先行答允恒山派贊同併派，才能助她去救人。令狐冲聽他乘人之危，不懷好意，心下暗暗生氣，又聽得定靜師太越說越怒，獨自從店中出來。

令狐冲待定靜師太走遠，便去仙安客店外打門大叫：「你奶奶的，本將軍要喝酒睡覺，你奶奶的店小二，怎不快快開門？」

定靜師太正當束手無策之際，聽得這將軍呼喝，心下大喜，當即搶上。儀琳迎了上去，叫道：「師伯！」定靜師太又是一喜，忙問：「剛才你在那裏？」儀琳道：「弟子給魔教妖人擒住了，是這位將軍救了我……」這時令狐冲已推開店門，走了進去。

大堂上點了兩枝明晃晃的蠟燭。鍾鎮坐在正中椅上，陰森森的道：「甚麼人在這裏大呼小叫，給我滾了出去。」

令狐冲破口大罵：「你奶奶的，本將軍乃堂堂朝廷命官，你膽敢出言衝撞？掌櫃的，老闆娘，店小二，快快給我滾出來。」

嵩山派諸人聽他罵了兩句後，便大叫掌櫃的、老闆娘，顯然是色厲內荏，心中已大存怯意，都覺好笑。鍾鎮心想正有大事在身，半夜裏卻撞來了這個狗官，低聲道：「把這傢伙點倒了，可別傷他性命。」錦毛獅高克新點了點頭，笑嘻嘻走上前去，說道：「原來是一位官老爺，這可失敬了。」

令狐冲道：「你知道了就好，你們這些蠻子老百姓，就是不懂規矩……」高克新笑道：「是，是！」閃身上前，伸出食指，往令狐冲腰間戳去。令狐冲見到他出指的方位，急運內息，鼓於腰間。高克新這指正中令狐冲「笑腰穴」，對方本當大笑一陣，隨即昏暈。不料令狐冲只嘻的一笑，說道：「你這人沒規沒矩，動手動腳的，跟本將軍開甚麼玩笑？」

高克新大為詫異，第二指又即點出，這一次勁貫食指，已使上了十成力。令狐冲哈哈一笑，跳了起來，笑罵：「你奶奶的，在本將軍腰裏摸啊摸的，想偷銀子麼？你這傢伙相貌堂堂，一表人才，卻幹麼不學好？」

高克新左手一翻，已抓住了令狐冲右腕，向右急甩，要將他拉倒在地。不料手掌剛和他手腕相觸，自己內力立時從掌心中傾瀉而出，再也收束不住，不由得驚怖異常，想要大叫，可是張大了口，卻發不出半點聲息。

令狐冲察覺對方內力正注向自己體內，便如當日自己抓住了黑白子手腕的情形一般，心下一驚：「這邪法可不能使用。」當即用力一甩，摔脫了他手掌。

高克新猶如遇到皇恩大赦，一呆之下，向後縱開，只覺全身軟綿綿的恰似大病初愈，叫道：「吸星大法，吸……吸星大法！」聲音嘶啞，充滿了惶懼之意。鍾鎮、鄧八公和嵩山派諸弟子同時躍將起來，齊問：「甚麼？」高克新道：「這……這人會使吸……吸星大法。」

霎時間青光亂閃，鏘鏘聲響，各人長劍出鞘，神鞭鄧八公手握的卻是一條軟鞭。鍾鎮劍法最快，寒光一顫，劍光便已疾刺令狐冲咽喉。

當高克新張口大叫之時，令狐冲便料到嵩山派諸人定會一擁而上，向自已攢刺，眼見眾人長劍出手，當即取下腰刀，連刀帶鞘當作長劍使用，手腕抖動，向各人手背上點去，但聽得嗆啷、嗆啷響聲不絕，長劍落了一地。鍾鎮武功最高，手背雖給他刀鞘頭刺中，長劍卻不落地，驚駭之下，向後躍開。鄧八公可狼狽了，鞭柄脫手，那軟鞭卻倒捲上來，捲住了他頭頸，箍得他氣也透不過來。

鍾鎮背靠牆壁，臉上已無半點血色，說道：「江湖上盛傳，魔教前任教主復出，你……你……便是任教主……任我行麼？」令狐冲笑道：「他奶奶的甚麼任我行，任你行，本將軍坐不改姓，行不改名，姓吳，官諱天德的便是。你們卻是甚麼崗、甚麼寨的小毛賊啊？」

鍾鎮雙手一拱，道：「閣下重臨江湖，鍾某自知不是敵手，就此別過。」縱身躍起，破窗而出。高克新跟著躍出，餘人一一從窗中飛身出去，滿地長劍，誰也不敢去拾。

令狐冲左手握刀鞘，右手握刀柄，作勢連拔數下，那把刀始終拔不出來，說道：「這把寶刀可真鏽得厲害，明兒得找個磨剪刀的，給打磨打磨才行。」

定靜師太合什道：「吳將軍，咱們去救了幾個女徒兒出來如何？」

令狐冲料想鍾鎮等人一去，再也無人抵擋得住定靜師太的神劍，說道：「本將軍要在這裏喝幾碗酒，老師太，你也喝一碗麼？」

儀琳聽他又提到喝酒，心想：「這位將軍倘若遇到令狐大哥，二人倒是一對酒友。」妙目向他偷看過去，卻見這將軍的目光也在向她凝望，臉上微微一紅，便低下了頭。

定靜師太道：「恕貧尼不飲酒，將軍，少陪了！」合什行禮，轉身而出。

儀琳跟著出去。將出門口時忍不住轉頭又向他瞧了一眼，只見他起身找酒，大聲呼喝：「他奶奶的，這客店裏的人都死光了，這會兒還不滾出來。」她心中想：「聽他口音似乎有點像令狐大哥。但這位將軍出口粗俗，每一句話都帶個他甚麼的，令狐大哥決不會這樣，他武功也比令狐大哥高得多。我……我居然會這樣胡思亂想，唉，當真……」

令狐冲找到了酒，將嘴就在酒壺上喝了半壺，心想：「這些尼姑、婆娘、姑娘們就要回來，嘰嘰喳喳、囉囉唆唆的說個沒完，一個應付不當，那可露出了馬腳，還是溜之大吉的為妙。將這些人一個個的救醒來，總得花上小半個時辰，肚子可餓得狠了，先得找些吃的。」將一壺酒喝乾，走到灶下想去找些吃的，忽聽得遠遠傳來儀琳尖銳的叫聲：「師伯，師伯，你在那裏？」聲音大是惶急。

令狐冲急衝出店，循聲而前，只見儀琳和兩個年輕姑娘站在長街上，大叫：「師伯，師父！」令狐冲問道：「怎麼啦？」儀琳道：「我去救醒了鄭師姊和秦師妹，師伯掛念著眾師姊，趕著去找尋。我們三人出來，可又……不知她老人家到那裏去啦。」

令狐冲見鄭蕚不過二十一二歲，秦絹年齡更稚，只十五六歲年紀，心想：「這些年輕姑娘毫沒見識，恆山派派她們出來幹甚麼？」微笑道：「我知道她們在那裏，你們跟我來。」快步向東北角上那間大屋走去，到得門外，一腳踢開大門，生怕那女子還在裏面，又抖迷魂藥害人，說道：「你們用手帕掩住口鼻，裏面有個臭婆娘會放毒。」左手揑住鼻孔，嘴唇緊閉，直衝進屋，一進大堂，不禁呆了。

本來大堂中躺滿了恆山派女弟子，這時卻已影蹤全無。他「咦」的一聲，見桌上有隻燭台，晃火摺點著了，廳堂中空蕩蕩地，那裏還有人在？在大屋各處搜了一遍，沒見到絲毫端倪，叫道：「這又是奇哉怪也！」

儀琳、鄭萼、秦絹三人眼睜睜的望著他，臉上盡是疑色。令狐冲道：「他奶奶的，你們這許多師姊們，都給一個會放毒的婆娘迷倒了，給綁了放在這裏，只這麼一轉眼功夫，怎地都不見啦？」鄭萼問道：「吳將軍，你見到我們那些師姊，是給迷倒在這裏的麼？」令狐冲道：「昨晚我睡覺發夢，親眼目睹，見到許多尼姑婆娘，橫七豎八的在這廳堂上躺了一地，怎會有錯？」鄭萼道：「你……你……」她本想說你做夢見到，怎作得準？但知他喜歡信口胡言，說是發夢，其實是親眼見到，當即改口道：「你想她們都到那裏去了啦？」

令狐冲沉吟道：「說不定甚麼地方有大魚大肉，她們都去大吃大喝了，又或者甚麼地方做戲文，她們在看戲。」招招手道：「你們三個小妞兒，最好緊緊跟在我身後，不可離開，要吃肉看戲，卻也不忙在一時。」

秦絹年紀雖幼，卻也知情勢凶險，眾師姊都已落入了敵手，這將軍瞎說一通，全當不得真，恆山派數十人出來，只剩下了自己三個年輕弟子，除了聽從這位將軍吩咐之外，別無其他計較，當下和儀琳、鄭萼二人跟了他走到門外。

令狐冲自言自語：「難道我昨晚這個夢發得不準，眼花看錯了人？今晚非得再好好做過一個夢不可。」心下尋思：「這些女弟子就算給人擄了去，怎麼定靜師太也突然失了蹤跡？

只怕她落了單，遭了敵人暗算，該當立即去追尋才是。儀琳她們三個年輕女子倘若留在廿八鋪，卻大大不妥，只得帶了她們同去。」說道：「咱們左右也沒甚麼事，這就去找找你們的師伯，看她在那裏玩兒，你們說好不好？」

鄭蕚道：「那好極了！將軍武藝高強，見識過人，若不是你帶領我們去找，只怕難以找到。」令狐冲笑道：「『武藝高強、見識過人』，這八個字倒說得不錯。本將軍將來掛帥平番，升官發財，定要送一百兩白花花的銀子，給你們三個小妞兒買新衣服穿。」

他信口開河，將到廿八鋪盡頭，躍上屋頂，四下望去。其時朝暾初上，白霧瀰漫，樹梢上煙霧靄靄，極目遠眺，兩邊大路上一個人影也無。突然見到南邊大路上有一件青色物事，相距遠了，看不清楚。但一條大路空蕩蕩地，路中心放了這樣一件物事，顯得頗為觸目。他縱身下屋，發足奔去，拾起那物，卻是一隻青布女履，似乎便和儀琳所穿的相同。

他等了一會，儀琳等三人跟著趕到。他將那女履交給儀琳，問道：「是你的鞋子嗎？怎麼落在這裏？」儀琳接過女履，明知自己腳上穿著鞋子，還是不自禁的向腳下瞧了一眼，見兩隻腳上好端端都穿著鞋子。鄭蕚道：「這……這是我們師姊妹穿的，怎麼會落在這裏？」秦絹道：「定是那一位師姊給敵人擄去，在這裏掙扎，鞋子落了下來。」鄭蕚道：「也說不定她故意留下一隻鞋子，好教我們知道。」令狐冲道：「不錯，你武藝高強，見識過人。咱們該向南追，還是向北？」鄭蕚道：「自然是向南了。」

令狐冲發足向南疾奔，頃刻間便在數十丈外，初時鄭蕚她們三人還和他相距不遠，後來便相距甚遠。令狐冲沿途察看，不時轉頭望著她們三人，唯恐相距過遠，救援不及，這三人又給敵人擄了去，奔出里許，便住足等候。

待得儀琳等三人追了上來，又再前奔，如此數次，已然奔出了十餘里。眼見前面道路崎嶇，兩旁樹木甚多，倘若敵人在轉彎處設伏，將儀琳等擄去，那可救援不及，又見秦絹久奔之下，已然雙頰通紅，知她年幼，不耐長途奔馳，當下放慢了腳步，大聲道：「他奶奶的，本將軍足登皮靴，這麼快跑，皮靴磨穿了底，可還真有些捨不得，咱們慢慢走罷。」

四人又走出七八里路，秦絹突然叫道：「咦！」奔到一叢灌木之下，拾起了一頂青布帽子，正是恆山派眾女尼所戴的。鄭蕚道：「將軍，我們那些師姊，確是給敵人擄了，從這條路上去的。」三名女弟子見走對了路，當下加快腳步，令狐冲反而落在後面。

中午時分，四人在一家小飯店打尖。飯店主人見一名將軍帶了一名小尼姑、兩個年輕姑娘同行，甚是詫異，側過了頭不住細細打量。令狐冲拍桌罵道：「你奶奶的，有甚麼好看？和尚尼姑沒見過麼？」那漢子道：「是，是！小人不敢。」

鄭蕚問道：「這位大叔，你可見到好幾個出家人，從這裏過去嗎？」那漢子道：「好幾個是沒有，一個倒是有的。有一個老師太，可比這小師太年紀老得多了……」令狐冲喝道：「囉裏囉唆！一位老師太，難道還會比小師太年紀小？」那漢子道：「是，是。」鄭蕚忙問：「那老師太怎樣啦？」那漢子道：「那老師太匆匆忙忙的問我，可見到有好幾個出家人，從這條路上過去。我說沒有，她就奔下去了。唉，這樣大的年紀，奔得可真快了，手裏還拿著一把明晃晃的寶劍，倒像是戲台上做戲的。」

秦絹拍手道：「那是師父了，咱們快追。」令狐冲道：「不忙，吃飽了再說。」四人匆匆吃了飯，臨去時秦絹買了四個饅頭，說要給師父吃。令狐沖心中一酸：「她對師父如此孝心，我雖欲對師父盡孝，卻不可得。」

可是直趕到天黑，始終沒見到定靜師太和恆山派眾人的蹤跡。一眼望去盡是長草密林，道路越來越窄，又走一會，草長及腰，到後來路也不大看得出了。

突然之間，西北角上隱隱傳來兵刃相交之聲。

令狐沖叫道：「那裏有人打架，可有熱鬧瞧了。」秦絹道：「啊喲，莫不是我師父？」令狐沖循聲奔去，奔出數十丈，眼前忽地大亮，十數枝火把高高點起，兵刃相交之聲卻更加響了。

他加快腳步，奔到近處，只見數十人點了火把，圍成個圈子，圈中一人大袖飛舞，長劍霍霍，力敵七人，正是定靜師太。圈子之外躺著數十人，一看服色，便知是恆山派的眾女弟子。令狐沖見對方個個都蒙了面，當下一步步的走近。眾人都在凝神觀鬥，一時誰也沒發見他。令狐沖哈哈大笑，叫道：「七個打一個，有甚麼味兒？」

一眾蒙面人見他突然出現，都是一驚，回頭察看。只有正在激鬥的七人恍若不聞，仍圍著定靜師太，諸般兵刃往她身上招呼。令狐沖見定靜師太布袍上已有好幾灘鮮血，連臉上也濺了不少血，同時左手使劍，顯然右手受傷。

這時人叢中有人呼喝：「甚麼人？」兩條漢子手挺單刀，躍到令狐沖身前。

令狐沖喝道：「本將軍東征西戰，馬不停蹄，天天就是撞到你們小毛賊。來將通名，本將軍刀下不斬無名之將。」一名漢子笑道：「原來是個渾人。」揮刀向令狐冲腿上砍來。令狐冲叫道：「啊喲，真的動刀子嗎？」身子一晃，衝入戰團，提起刀鞘，拍拍拍連響七下，分別擊中七人手腕，七件兵器紛紛落地。跟著嗤的一聲響，定靜師太一劍插入了一名敵人胸膛。那人突被擊落兵刃，駭異之下，不及閃避定靜師太這迅如雷電的一劍。

定靜師太身子晃了幾下，再也支持不住，一交坐倒。

秦絹叫道：「師父，師父！」奔過去想扶她起身。

一名蒙面人舉起單刀，架在一名恆山派女弟子頸中，喝道：「退開三步，否則我一刀先殺了這女子！」

令狐冲笑道：「很好，很好，退開便退開好了，有甚麼希奇？別說退開三步，三十步也行。」腰刀忽地遞出，刀鞘頭戳在他胸口。那人「啊喲」一聲大叫，身子向後直飛出去。令狐冲沒料到自己內力竟然如此強勁，卻也一呆，順手揮過刀鞘，劈劈啪啪幾聲響，擊倒了三名蒙面漢子，喝道：「你們再不退開，我將你們一一擒來，送到官府裏去，每個人打你奶奶的三十大板。」

蒙面人的首領見到他武功之高，直是匪夷所思，拱手道：「衝著任教主的金面，我們且讓一步。」左手一揮，喝道：「魔教任教主在此，大家識相些，這就走罷。」眾人抬起一具死屍和給擊倒的四人，拋下火把，向西北方退走，頃刻間都隱沒在長草之中。

秦絹將本門治傷靈藥服侍師父服下。儀琳和鄭萼分別解開眾師姊的綁縛。四名女弟子拾起地下的火把，圍在定靜師太四周。眾人見她傷重，都是臉有憂色，默不作聲。

定靜師太胸口不住起伏，緩緩睜開眼來，向令狐冲道：「你……你果真便是當年……當年魔教的……教主任……我行麼？」令狐冲搖頭道：「不是。」定靜師太目光茫然無神，出氣多，入氣少，顯然已是難以支持，喘了幾口氣，突然厲聲道：「你若是任我行，我恆山派縱然一敗塗地，盡……盡數覆滅，也不……不要……」說到這裏，一口氣已接不上來。令狐冲見她命在垂危，不敢再胡說八道，說道：「在下這一點兒年紀，難道會是任我行麼？」定靜師太問道：「那麼你為甚麼……為甚麼會使吸星妖法？你是任我行的弟子……」

令狐冲想起在華山時師父、師娘日常說起的魔教種種惡行，這兩日來又親眼見到魔教偷襲恆山派的鬼蜮伎倆，說道：「魔教為非作歹，在下豈能與之同流合污？那任我行決不是我的師父。師太放心，在下的恩師人品端方，行俠仗義，乃是武林中眾所欽仰的前輩英雄，跟師太也頗有淵源。」

定靜師太臉上露出一絲笑容，斷斷續續的道：「那……那我就放心了。我……我是不成的了，相煩足下將恆山派……這……這些弟子們，帶……帶……」她說到這裏，呼吸急促，隔了一陣，才道：「帶到福州無相庵中……安頓，我掌門師妹……日內……就會趕到。」

令狐冲道：「師太放心，你休養得幾天，就會痊可。」定靜師太道：「你……你答允了嗎？」令狐冲見她雙眼凝望著自己，滿臉是切盼之色，唯恐自己不肯答應，便道：「師太如此吩咐，自當照辦。」定靜師太微微一笑，道：「阿彌陀佛，這副重擔，我……我本來……本來是不配挑的。少俠……你到底是誰？」

令狐冲見她眼神渙散，呼吸極微，已是命在頃刻，不忍再瞞，湊嘴到她耳邊，悄聲道：

「定靜師伯，晚輩便是華山派門下棄徒令狐冲。」
定靜師太「啊」的一聲，道：「你……你……」一口氣轉不過來，就此氣絕。
令狐冲叫道：「師太，師太。」探她鼻息，呼吸已停，不禁淒然。恆山派羣弟子放聲大哭，荒原之上，一片哀聲。幾枝火把掉在地上，逐次熄滅，四周登時黑沉沉地。
令狐冲心想：「定靜師太也算得一代高手，卻遭宵小所算，命喪荒郊。她是個與人無爭的出家老尼，魔教卻何以總是放她不過？」突然間心念一動：「那蒙面人的頭腦臨去之時，叫道：『魔教任教主在此，大家識相些，這就去罷！』魔教中人自稱本教為『日月神教』，聽到『魔教』二字，認為是汚辱之稱，往往便因這二字稱呼，就此殺人。為甚麼這人卻口稱『魔教』？他既說『魔教』，便決不是魔教中人。那麼這一夥人到底是甚麼來歷？」耳聽得眾弟子哭聲甚悲，當下也不去打擾，倚在一株樹旁，片刻便睡著了。
次晨醒來，見幾名年長的弟子在定靜師太屍身旁守護，年輕的姑娘、女尼們大都蜷縮著身子，睡在其旁。令狐冲心想：「要本將軍帶領這一批女人趕去福州，當真是古裏古怪、不倫不類之至。好在我本也要去福州見師父、師娘，帶領是不必了，我沿途保護便是。」當下咳嗽一聲，走將過去。
儀和、儀清、儀質、儀真等幾名為首的弟子都向他合什行禮，說道：「貧尼等俱蒙大俠搭救，大恩大德，無以為報。師伯不幸遭難，圓寂之際重託大俠，此後一切還望吩咐指點，自當遵循。」她們都不再叫他作將軍，自然明白他這個將軍是個冒牌貨了。
令狐冲道：「甚麼大俠不大俠，難聽得很。你們如果瞧得起我，還是叫我將軍好了。」

儀和等互望了一眼，都只得點頭。令狐冲道：「我前晚發夢，夢見你們給一個婆娘用毒藥迷倒，都躺在一間大屋之中。後來怎地到了這裏？」

儀和道：「我們給迷倒後人事不知，後來那些賊子用冷水澆醒了我們，鬆了我們腳下綁縛，從鎮後小路上繞了出來，一路足不停步的拉著我們快奔。走得慢一步的，這些賊子便用鞭子抽打。天黑了仍是不停，後來師伯追來，他們便圍住了師伯，叫她投降……」說到這裏，喉頭哽咽，哭了出來。

令狐冲道：「原來另外有條小路，怪不得片刻之間，你們便走了個沒影沒蹤。」

儀清道：「將軍，我們想眼前的第一件大事，是火化師伯的遺體。此後如何行止，還請示下。」令狐冲搖頭道：「和尚尼姑的事情，本將軍一竅不通，要我吩咐示下，當真是瞎纏三官經了。本將軍升官發財，最是要緊，這就去也！」邁開大步，疾向北行。眾弟子大叫：「將軍，將軍！」令狐冲那去理會？

他轉過山坡後，便躲在一株樹上，直等了兩個多時辰，才見恆山一眾女弟子悲悲切切的上路。他遠遠跟在後面，暗中保護。

令狐冲到了前面鎮甸投店，尋思：「我已跟魔教人眾及嵩山派那些傢伙動過手。泉州府參將吳天德這副大鬍子模樣，在江湖上不免已有了點兒小小名聲。他奶奶的，老子這將軍只好不做啦！」當下將店小二叫了進來，取出二兩銀子，買了他全身衣衫鞋帽，說道要改裝之後，辦案拿賊，囑咐他不得洩漏風聲，倘若教江洋大盜跑了，回來捉他去抵數。

次日行到僻靜處，換上了店小二的打扮，扯下滿腮虬髯，連同參將的衣衫皮靴、腰刀文件，一古腦兒的掘地埋了，想到從此不能再做「將軍」，一時竟有點茫然若失。

兩日之後，在建寧府兵器鋪中買了一柄長劍，裹在包袱之中。

且喜一路無事，令狐冲直到眼見恆山派一行進了福州城東的一座尼庵，那尼庵的匾額確是寫著「無相庵」三字，這才噓了一口長氣，心想：「這副擔子總算是交卸了。我答允定靜師太，將她們帶到福州無相庵，帶雖沒帶，這可不都平平安安的進了無相庵麼？」

二十四

蒙冤

圖中所繪達摩左手放在背後，似是捏著個劍訣，右手食指指向屋頂。白髮老者雙掌對準了圖中達摩食指所指之處，擊向屋頂。

令狐冲轉身走向大街，向行人打聽了福威鏢局的所在，一時卻不想便去，只是在街巷間漫步而行。到底是不敢去見師父、師娘呢，還是不敢親眼見到小師妹和林師弟現下的情狀，可也說不上來，自己找尋藉口拖延，似乎挨得一刻便好一刻。突然之間，一個極熟悉的聲音鑽進耳中：「小林子，你到底陪不陪我去喝酒？」

令狐冲登時胸口熱血上湧，腦中一陣暈眩。他千里迢迢的來到福建，為的就是想聽到這聲音，想見到這聲音主人的臉龐。可是此刻當真聽見了，卻不敢轉過頭去。霎時之間，竟似泥塑木彫般呆住了，淚水湧到眼眶之中，望出來模糊一片。

只這麼一個稱呼，這麼一句話，便知小師妹跟林師弟親熱異常。

只聽林平之道：「我沒功夫。師父交下來的功課，我還沒練熟呢。」岳靈珊道：「這三招劍法容易得緊。你陪我喝了酒，我就教你其中的竅門，好不好呢？」林平之道：「師父、師娘吩咐，要咱們這幾天別在城裏胡亂行走，以免招惹是非。我說呢，咱們還是回去罷。」岳靈珊道：「難道街上逛一逛也不許麼？我就沒見到甚麼武林人物。再說，就是有江湖豪客到來，咱們跟他河水不犯井水，又怕甚麼了？」兩人說著漸漸走遠。

令狐冲慢慢轉過身來，只見岳靈珊苗條的背影在左，林平之高高的背影在右，二人並肩而行。岳靈珊穿件湖綠衫子，翠綠裙子。林平之穿的是件淡黃色長袍。兩人衣履鮮潔，單看背影，便是一雙才貌相當的璧人。令狐冲胸口便如有甚麼東西塞住了，幾乎氣也透不過來。他和岳靈珊一別數月，雖然思念不絕，但今日一見，才知對她相愛之深。他手按劍柄，恨不得抽出劍來，就此橫頸自刎。突然之間，眼前一黑，只覺天旋地轉，一交坐倒。

過了好一會，他定了定神，慢慢站起，腦中兀自暈眩，心想：「我是永遠不能跟他二人相見的了。徒自苦惱，復有何益？今晚我暗中去瞧一瞧師父師娘，留書告知，任我行重入江湖，要與華山派作對，此人武功奇高，要他兩位老人家千萬小心。我也不必留下名字，從此遠赴異域，再不踏入中原一步。」回到店中喚酒而飲。大醉之後，和衣倒在床上便睡。睡到中夜醒轉，越牆而出，逕往福威鏢局而去。鏢局建構宏偉，極是易認。但見鏢局中燈火盡熄，更無半點聲息，心想：「不知師父、師娘住在那裏？此刻當已睡了。」

便在此時，只見左邊牆頭人影一閃，一條黑影越牆而出，瞧身形是個女子，這女子向西南角上奔去，所使輕功正是本門身法。令狐冲提氣追將上去，瞧那背影，依稀便是岳靈珊，心想：「小師妹半夜三更卻到那裏去？」

但見岳靈珊挨在牆邊，快步而行，令狐冲好生奇怪，跟在她身後四五丈遠，腳步輕盈，沒讓她聽到半點聲音。福州城中街道縱橫，岳靈珊東一轉，西一彎，這條路顯是平素走慣了的，在岔路上從沒半分遲疑，奔出二里有餘，在一座石橋之側，轉入了一條小巷。

令狐冲飛身上屋，只見她走到小巷盡頭，縱身躍進一間大屋牆內。大屋黑門白牆，牆頭盤著一株老藤，屋內好幾處窗戶中都透出光來。

岳靈珊走到東邊廂房窗下，湊眼到窗縫中向內一張，突然吱吱吱的尖聲鬼叫。

令狐冲本來料想此處必是敵人所居，她是前來窺敵，突然聽到她尖聲叫了起來，大出意料之外，但一聽到窗內那人說話之聲，便即恍然。

窗內那人說道：「師姊，你想嚇死我麼？嚇死了變鬼，最多也不過和你一樣。」

岳靈珊笑道：「臭林子，死林子，你罵我是鬼，小心我把你心肝挖了出來。」林平之道：「不用你來挖，我自己挖給你看。」岳靈珊笑道：「好啊，你跟我說風話，我這就告訴娘去。」林平之笑道：「師娘要是問你，這句話我是甚麼時候說的，在甚麼地方說的，你怎生回答？」岳靈珊道：「我便說是今日午後，在練劍場上說的。你不用心練劍，卻儘跟我說這些閒話。」林平之道：「師娘一惱，定然把我關了起來，三個月不能見你的面。」岳靈珊道：「呸！我希罕麼？不見就不見！喂，臭林子，你還不開窗，幹甚麼啦？」

林平之長笑聲中，呀的一聲，兩扇木窗推開。岳靈珊縮身躲在一旁。林平之自言自語：「我還道是師姊來了，原來沒人。」作勢慢慢關窗。岳靈珊縱身從窗中跳了進去。

令狐冲蹲在屋角，聽著兩人一句句調笑，渾不知是否尚在人世，只盼一句也不聽見，偏偏每一句話都清清楚楚的鑽入耳來。但聽得廂房中兩人笑作一團。

窗子半掩，兩人的影子映上窗紙，兩個人頭相偎相倚，笑聲卻漸漸低了。

令狐冲輕輕嘆了口氣，正要掉頭離去。忽聽得岳靈珊說道：「這麼晚還不睡，幹甚麼來著？」林平之道：「我在等你啊。」岳靈珊笑道：「呸，說謊也不怕掉了大牙，你怎知我會來？」林平之道：「山人神機妙算，心血來潮，屈指一算，便知我的好師姊要大駕光臨。」岳靈珊道：「我知道啦，瞧你房中亂成這個樣子，定是又在找那部劍譜了，是不是？」

令狐冲已然走出幾步，突然聽到「劍譜」二字，心念一動，又回轉身來。只聽得林平之道：「幾個月來，這屋子也不知給我搜過幾遍了，連屋頂上瓦片也都一張張翻過了，就差著沒將牆上的磚頭拆下來瞧瞧……啊，師姊，這座老屋反正也沒甚麼用了，咱們真的將牆頭都拆開來瞧瞧，好不好？」岳靈珊道：「這是你林家的屋子，拆也好，不拆也好，你問我幹甚麼？」林平之道：「是林家的屋子，就得問你。」岳靈珊道：「為甚麼？」林平之道：「不問你問誰啊？難道你……你將來不姓……不姓我這個……哼……哼……嘻嘻。」

只聽得岳靈珊笑罵：「臭林子，死林子，你討我便宜是不是？」又聽得拍拍作響，顯是她在用手拍打林平之。

他二人在屋內調笑，令狐冲心如刀割，本想即行離去，但那辟邪劍譜卻與自己有莫大干係。林平之的父母臨死之時，有幾句遺言要自己帶給他們兒子，其時只有自己一人在側，由此便蒙了冤枉。偏生自己後來得風太師叔傳授，學會了獨孤九劍的神妙劍法，華山門中，人人都以為自己吞沒了辟邪劍譜，連素來知心的小師妹也大加懷疑。平心而論，此事原也怪不得旁人，自己上思過崖那日，還曾與師娘對過劍來，便擋不住那「無雙無對，寧氏一劍」，可是在崖上住得數月，突然劍術大進，而這劍法又與本門劍法大不相同，若不是自己得了別派的劍法秘笈，怎能如此？而這別派的劍法秘笈，若不是林家的辟邪劍譜，又會是甚麼？

他身處嫌疑之地，只因答允風太師叔決不洩漏他的行跡，實是有口難辯。中夜自思，師父所以將自己逐出門牆，處事如此決絕，雖說由於自己與魔教妖人交結，但另一重要原因，多半認定自己吞沒辟邪劍譜，行止卑汙，不容再列於華山派門下。此刻聽到岳、林二人談及劍譜，雖然他二人親暱調笑，也當強忍心酸，聽個水落石出。

只聽得岳靈珊道：「你已找了幾個月，既然找不到，劍譜自然不在這兒了，還拆牆幹甚麼？大師哥……大師哥隨口一句話，你也作得真的？」令狐冲又是心中一痛：「她居然還叫我『大師哥』！」林平之道：「大師哥傳我爹爹遺言，說道向陽巷老宅中的祖先遺物，不可妄自翻看。我想那部劍譜，縱然是大師哥借了去，暫不歸還……」令狐冲黯然冷笑，心道：「你倒說得客氣，不說我吞沒，卻說是借了去暫不歸還，哼哼，那也不用如此委婉其詞。」只聽林平之接著道：「但想『向陽巷老宅』這五個字，卻不是大師哥所能編造得出的，定是我爹爹媽媽的遺言。大師哥和我家素不相識，又從未來過福州，不會知道福州有個向陽巷，更不會知道我林家祖先的老宅是在向陽巷。即是福州本地人，知道的也不多。」

岳靈珊道：「就算確是你爹爹媽媽的遺言，那又怎樣？」

林平之道：「大師哥轉述我爹爹的遺言，又提到『翻看』兩字，那自不會翻看甚麼四書五經，或是甚麼陳年爛帳，想來想去，必定與劍譜有關。師姊，我想爹爹遺言中既然提到向陽巷老宅，即使劍譜早已不在，在這裏當也能發現一些端倪。」

岳靈珊道：「那也說得是。這些日子來，我見你總是精神不濟，晚上又不肯在鏢局子裏睡，定要回到這裏，我不放心，因此過來瞧瞧。原來你白天練劍，又要強打精神陪我，晚間卻在這裏掏窩子。」

林平之淡淡一笑，隨即嘆了口氣，道：「想我爹爹媽媽死得好慘，我倘若找到劍譜，能以林家祖傳劍法手刃仇人，方得慰爹爹媽媽在天之靈。」

岳靈珊道：「不知大師哥此刻在那裏？我能見到他就好了，定要代你向他索還劍譜。他劍法早已練得高明之極，這劍譜也當物歸原主啦。我說，小林子，你乘早死了這條心，不用在這舊房子裏東翻西尋啦。就沒這劍譜，練成了我爹爹的紫霞神功，也報得了仇。」

林平之道：「這個自然。只是我爹爹媽媽生前遭人折磨侮辱，又死得這等慘，如若能以我林家劍法報仇，才真正是給爹娘出了這口氣。再說，本門紫霞神功向來不輕傳弟子，我入門最遲，縱然恩師、師娘看顧，眾位師兄、師姊也都不服，定要說……定要說……」

岳靈珊道：「定要說甚麼啊？」

林平之道：「說我跟你好未必是真心，只不過瞧在紫霞神功的面上，討恩師、師娘的歡心。」岳靈珊道：「呸！旁人愛怎麼說，讓他們說去。只要我知道你是真心就行啦。」林平之笑道：「你怎知道我是真心？」岳靈珊拍的一聲，不知在他肩頭還是背上重重打了一下，啐道：「我知道你是假情假意，是狼心狗肺！」

林平之笑道：「好啦，來了這麼久，該回去啦，我送你回鏢局子。要是給師父、師娘知道了，那可糟糕。」岳靈珊道：「你趕我回去，是不是？你趕我，我就走。誰要你送了？」語氣甚是不悅。令狐冲知她這時定是撅起了小嘴，輕嗔薄怒，自是另有一番繫人心處。

林平之道：「師父說道，魔教前任教主任我行重現江湖，聽說已到了福建境內，此人武功深不可測，心狠手辣。你深夜獨行，如果不巧遇上了他，那……那怎麼辦？」

令狐冲心道：「原來此事師父已知道了。是了，我在仙霞嶺這麼一鬧，人人都說是任我行復出，師父豈有不聽到訊息之理？我也不用寫那一封信了。」

岳靈珊道：「哼，你送我回去，如果不巧遇上了他，難道你便能殺了他，拿住他？」

林平之道：「你明知我武功不行，又來取笑？我自然對付不了他，但只須跟你在一起，就是要死，也死在一塊。」

岳靈珊柔聲道：「小林子，我不是說你武功不行。你這般用功苦練，將來一定比我強。其實除了劍法還不怎麼熟，要是真打，我可還真不是你對手。」

林平之輕輕一笑，說道：「除非你用左手使劍，或許咱們還能比比。」

岳靈珊道：「我幫你找找看。你對家裏的東西看得熟了，見怪不怪，或許我能見到些甚麼惹眼的東西。」林平之道：「好啊，你就瞧瞧這裏又有甚麼古怪。」

接著便聽得開抽屜、拉桌子的聲音。過了半晌，岳靈珊道：「這裏甚麼都平常得緊。你家裏可有甚麼異乎尋常的地方？」林平之沉吟一會，道：「異乎尋常的地方？沒有。」岳靈珊道：「你家的練武場在那裏？」林平之道：「也沒甚麼練武場。我曾祖父創辦鏢局子後，便搬到鏢局去住。我祖父、父親，都是在鏢局子練的功夫。再說，我爹爹遺言中有『翻看』二字，練武場中也沒甚麼可翻看的。」岳靈珊道：「對啦，咱們到你家的書房去瞧瞧。」林平之道：「我們是保鏢世家，只有帳房，沒有書房。帳房可也是在鏢局子裏。」

岳靈珊道：「那可真難找了。在這座屋子中，有甚麼可以翻看的。」

林平之道：「我琢磨大師哥的那句話，他說我爹爹命我不可翻看祖宗的遺物，其實多半是句反話，叫我去翻看這老宅中祖宗的遺物。但這裏有甚麼東西好翻看呢？想來想去，只有我曾祖的一些佛經了。」岳靈珊跳將起來，拍手道：「佛經！那好得很啊。達摩老祖是武學之祖，佛經中藏有劍譜，可沒甚麼希奇。」

令狐冲聽到岳靈珊這般說，精神為之一振，心道：「林師弟如能在佛經中找到了那部劍譜，可就好了，免得他們再疑心是我吞沒了。」

卻聽得林平之道：「我早翻過啦。不但是翻一遍兩遍，也不是十遍八遍，只怕一百遍也翻過了。我還去買了金剛經、法華經、心經、楞伽經來和曾祖父遺下的佛經逐字對照，確是一個字也不錯。那些佛經，便是尋常的佛經。」岳靈珊道：「那就沒甚麼可翻的了。」她沉吟半晌，突然說道：「佛經的夾層之中，你可找過沒有？」

林平之一怔，說道：「夾層？我可沒想到。咱們這便去瞧瞧。」

二人各持一隻燭台，手拉手的從廂房中出來，走向後院。令狐冲在屋面上跟去，眼見燭光從一間間房子的窗戶中透出來，最後到了西北角一間房中。令狐冲跟著過去，輕輕縱下院子，湊眼窗縫向內張望。只見裏面是座佛堂。居中懸著一幅水墨畫，畫的是達摩老祖背面，自是描寫他面壁九年的情狀。佛堂靠西有個極舊的蒲團，桌上放著木魚、鐘磬，還有一疊佛經。令狐冲心想：「這位創辦福威鏢局的林老前輩，當年威名遠震，手下傷過的綠林大盜定然不少，想來到得晚年，在這裏懺悔生平的殺業。」想像一位叱咤江湖的英雄豪傑，白髮蒼蒼之時，坐在這間陰沉沉的佛堂中敲木魚唸經，那心境可著實寂寞淒涼。

岳靈珊取過一部佛經，道：「咱們把經書拆了開來，查一查夾層中可有物事。如果查不到，再將經書重行釘好便是。你說好不好？」林平之道：「好！」拿起一本佛經，拉斷了釘書的絲線，將書頁平攤開來，查看夾層之中可有字跡。

岳靈珊拆開另一本佛經，一張張拿起來在燭光前映照。

令狐冲瞧著她背影，但見她皓腕如玉，左手上仍是戴著那隻銀鐲子，有時臉龐微側，與林平之四目交投，相對便是一笑，又去查看書頁，也不知是燭光照射，還是她臉頰暈紅，但見半邊俏臉，當真艷若春桃。令狐冲悄立窗外，卻是瞧得癡了。

二人拆了一本又一本，堪堪便要將桌上十二本佛經拆完，突然之間，令狐冲聽得背後輕輕一響。他身子一縮，回頭過來，只見兩條人影從南邊屋面上欺將過來，互打手勢，躍入院子，落地無聲。二人隨即都湊眼窗縫，向內張望。

過了好一會，聽得岳靈珊道：「都拆完啦，甚麼都沒有。」語氣甚是失望，忽然又道：「小林子，我想到啦，咱們去打盆水來。」聲音轉得頗為興奮。林平之問道：「幹甚麼？」岳靈珊道：「我小時候曾聽爹爹說過個故事，說有一種草，浸了酸液出來，用來寫字，乾了後字跡便即隱沒，但如浸濕了，字跡卻又重現。」

令狐冲心中一酸，記得師父說這個故事時，岳靈珊還只八九歲，自己卻有十七八歲了。當年舊事，霎時間湧上心來，記得那天和她去捉蟋蟀來打架，自己把最大最壯的蟋蟀讓了給她，偏偏還是她的輸了。她哭個不休，自己哄了她很久，她才回嗔作喜，兩個人同去請師父講故事。念及這些往事，淚水又湧到眼眶之中。

只聽林平之道：「對，不妨試一試。」轉身出來，岳靈珊道：「我和你同去。」

兩人手拉手的出來。躲在窗後的那二人屏息不動。過了一會，林平之和岳靈珊各捧了一盆水，走進佛堂，將七八張佛經的散頁浸在水中。林平之迫不及待的將一頁佛經提了起來，在燭光前一照，不見有甚麼字跡。兩人試了二十餘頁，沒發見絲毫異狀。

林平之嘆了口氣，道：「不用試啦，沒寫上別的字。」

他剛說了這兩句話，躲在窗外那二人悄沒聲的繞到門口，推門而入。林平之喝道：「甚麼人？」那二人直撲進門，勢疾如風。林平之舉手待要招架，脅下已被人一指點中。岳靈珊長劍只拔出一半，敵人兩隻手指已向她眼中插去，岳靈珊只得放脫劍柄，舉手上擋。那人右手連抓三下，都是指向她咽喉。岳靈珊大駭，退得兩步，背脊已靠在供桌邊上，無法再退。那人左手向她天靈蓋劈落，岳靈珊雙掌上格，不料那人這一掌乃是虛招，右手點出，岳靈珊左腰中指，斜倚在供桌之上，無法動彈。

這一切令狐冲全看在眼裏，見林岳二人一時並無性命之憂，心想不忙出手相救，且看敵人是甚麼來頭。只見這二人在佛堂中東張西望，一人提起地下蒲團，撕成兩半，另一人拍的一掌，將木魚劈成了七八片。林平之和岳靈珊既不能言，亦不能動，見到這二人掌力如刀，撕蒲團，碎木魚，顯然便是來找尋那辟邪劍譜，均想：「怎沒想到劍譜或許藏在蒲團和木魚之中。」但見蒲團和木魚中並沒藏有物事，心下均是一喜。

那二人都是五十來歲年紀，一個禿頭，另一個卻滿頭白髮。二人行動迅疾，頃刻之間，便將佛堂中供桌等物一一劈碎；直至無物可碎，兩人目光都向那幅達摩老祖畫像瞧去。禿頭老者左手伸出，便去抓那畫像。白髮老者伸手一格，喝道：「且慢，你瞧他的手指！」

令狐冲、林平之、岳靈珊三人的目光都向畫像瞧去，但見圖中達摩左手放在背後，似是揑著一個劍訣，右手食指指向屋頂。禿頭老者問道：「他手指有甚麼古怪？」白髮老者道：「不知道！且試試看。」身子縱起，雙掌對準了圖中達摩食指所指之處，擊向屋頂。

蓬的一聲，泥沙灰塵簌簌而落。禿頭老者道：「那有甚麼……」只說了四個字，一團紅色的物事從屋頂洞中飄了下來，卻是一件和尚所穿的袈裟。

白髮老者伸手接住，在燭光下一照，喜道：「在……在這裏了。」他大喜若狂，聲音也發顫了。禿頭老者道：「怎麼？」白髮老者道：「你自己瞧。」

令狐冲凝目瞧去，只見袈裟之上隱隱似寫滿了無數小字。

禿頭老者道：「這難道便是辟邪劍譜？」白髮老者道：「十之八九，該是劍譜。哈哈，咱兄弟二人今日立此大功。兄弟，收了起來罷。」禿頭老者喜得嘴也合不攏來，將袈裟小心摺好，放入懷中，左手向林岳二人指了指，道：「斃了嗎？」

令狐冲手持劍柄，只待白髮老者一露殺害林岳二人之意，立時搶入，先將這兩名老者殺了。那知那白髮老者說道：「劍譜既已得手，不必跟華山派結下深仇，讓他們去罷。」兩人並肩走出佛堂，越牆而出。

令狐冲也即躍出牆外，跟隨其後。兩名老者腳步十分迅疾。令狐冲生怕在黑暗之中走失了二人，加快腳步，和二人相距不過三丈。

兩名老者奔行甚急，令狐冲便也加快腳步。突然之間，兩名老者倏地站住，轉過身來，眼前寒光一閃，令狐冲只覺右肩、右臂一陣劇痛，竟已被對方雙刀同時砍中。兩人這一下突然站定，突然轉身，突然出刀，來得當真便如雷轟電閃一般。

令狐冲只是內力渾厚，劍法高明，這等臨敵應變的奇技怪招，卻和第一流高手還差著這麼一大截，對方驀地裏出招，別說拔劍招架，連手指也不及碰到劍柄，便已受重傷。

兩名老者的刀法快極，一招既已得手，第二刀跟著砍到。令狐冲大駭之下，急忙向後躍出，幸好他內力奇厚，這倒退一躍，已在兩丈之外，跟著又是一縱，又躍出了兩丈。兩名老者見他重傷之下，倒躍仍如此快捷，也吃了一驚，當即撲將上來。

令狐冲轉身便奔，肩頭臂上初中刀時還不怎麼疼痛，此時卻痛得幾欲暈倒，心想：「這二人盜去的袈裟，上面所寫的多半便是辟邪劍譜。我身蒙不白之冤，說甚麼也要奪了回來，去還給林師弟。」當下強忍疼痛，伸手去拔長劍。

一拔之下，長劍只出鞘一半，竟爾拔不出來，右臂中刀之後，力氣半點也無法使出。耳聽得腦後風響，敵人鋼刀砍到，當即提氣向前急躍，左手用力一扯，拉斷了腰帶，這才將長劍握在手中，使勁一抖，將劍鞘摔在地下。堪堪轉身，但覺寒氣撲面，雙刀同時砍到。

他又倒躍一步。其時天色將明，但天明之前一刻最是黑暗，除了刀光閃閃之外，睜眼不見一物。他所學的獨孤九劍，要旨是看到敵人招數的破綻所在，乘虛而入，此時敵人的身法招式全然無法看到，劍法便使不出來。只覺左臂又是一痛，被敵人刀鋒劃了一道口子，只得斜向長街急衝出去，左手握劍，將拳頭按住右肩傷口，以免流血過多，不支倒地。

兩名老者追了一陣，眼見他腳步極快，追趕不上，好在劍法秘譜已然奪到，不願多生枝節，當即停步不追，轉身回去。令狐冲叫道：「喂，大膽賊子，偷了東西想逃嗎？」反而轉身追來。兩名老者大怒，又即轉身，揮刀向他砍去。令狐冲不和他們正面交鋒，返身又逃，心下暗暗禱祝：「有人提一盞燈籠過來，那就好了。」奔得幾步，靈機一動，躍上屋頂，四下一望，見左前方一間屋中有燈光透出，當即向燈光處奔去。兩名老者卻又停步不追。

令狐冲俯身拿起兩張瓦片，向二人投了過去，喝道：「你們盜了林家的辟邪劍譜，一個禿頭，一個白髮，便逃到天涯海角，武林好漢也要拿到你們，碎屍萬段。」拍刺刺一聲響，兩張瓦片在大街青石板上跌得粉碎。

兩名老者聽他叫出「辟邪劍譜」的名稱，當即上屋向他追去。

令狐冲只覺腳下發軟，力氣越來越弱，猛提一口氣，向燈光處狂奔一陣，突然間一個踉蹌，從屋面上摔了下來，急忙一個「鯉魚打挺」，翻身站起，靠牆而立。

兩名老者輕輕躍下，分從左右掩上。禿頭老者獰笑道：「老子放你一條生路，你偏生不走。」令狐冲見他禿頭上油光晶亮，心頭一凜：「原來天亮了。」笑道：「兩位是那一家那一派的，為甚麼定要殺我而甘心？」

白髮老者單刀一舉，向令狐冲頭頂疾劈而下。

令狐冲劍交右手，輕輕一刺，劍尖便刺入了他咽喉。

禿頭老者大吃一驚，舞刀直撲而前。令狐冲一劍削出，正中其腕，連刀帶手，一齊切了下來，劍尖隨即指住他喉頭，喝道：「你二人到底是甚麼門道，說了出來，饒你一命。」禿頭老者嘿嘿一笑，跟著淒然道：「我兄弟橫行江湖，罕逢敵手，今日死在尊駕劍下，佩服佩服，只是不知尊駕高姓大名，我死了……死了也是個胡塗鬼。」

令狐冲見他雖斷了一手，仍是氣概昂然，敬重他是條漢子，說道：「在下被迫自保，其實和兩位素不相識，失手傷人，可對不住了。那件袈裟，閣下交了給我，咱們就此別過。」

禿頭老者森然道：「禿鷹豈是投降之人？」左手一翻，一柄匕首插入自己心窩。

令狐冲心道：「這人寧死不屈，倒是個人物。」俯身去他懷中掏那件袈裟。只覺一陣頭暈，知道是失血過多，於是撕下衣襟，胡亂紮住肩頭和臂上的傷口，這才在禿頭老者懷中將袈裟取了出來。

這時又覺一陣頭暈，當即吸了幾口氣，辨明方向，逕向林平之那向陽巷老宅走去。走出數十丈，已感難以支持，心想：「我若倒了下來，不但性命不保，死後人家還道我是偷了辟邪劍譜，贓物在身，死後還是落了汚名。」當下強自支撐，終於走進了向陽巷。

但林家大門緊閉，林平之和岳靈珊又被人點倒，無人開門，要他此刻躍牆入內，卻無論如何無此力氣，只得打了幾下門，跟著出腳往大門上踢去。

這一腳大門沒踢開，一下震盪，暈了過去。

待得醒轉，只覺身臥在床，一睜眼，便見到岳不羣夫婦站在床前，令狐冲大喜，叫道：「師父，師娘……我……我……」心情激動，淚水不禁滾滾而下，掙扎著坐起身來。岳不羣不答，只問：「卻是怎麼回事？」令狐冲道：「小師妹呢？她……她平安無事嗎？」岳夫人道：「沒事！你……你怎麼到了福州？」語音中充滿了關懷之意，眼眶卻不禁紅了。

令狐冲道：「林師弟的辟邪劍譜，給兩個老頭兒奪了去，我殺了那二人，搶了回來。那兩人……那兩人多半是魔教中的好手。」一摸懷中，那件袈裟已然不見，忙問：「那……那件袈裟呢？」岳夫人問道：「那是甚麼？」令狐冲道：「袈裟上寫得有字，多半便是林家的辟邪劍譜。」岳夫人道：「那麼這是平之的物事，該當由他收管。」令狐冲道：「正是。師娘，你和師父都好？眾位師弟師妹也都好？」

岳夫人眼眶紅了，舉起衣袖拭了拭眼淚，道：「大家都好。」

令狐冲道：「我怎麼到了這裏？是師父、師娘救我回來的麼？」岳夫人道：「我今兒早晨到平之的向陽巷老宅去，在門外見你暈在地下。」令狐冲「嗯」了一聲，道：「幸虧師娘到來，否則如果給魔教的妖人先見到，孩兒就沒命了。」他知師娘定是早起不見了女兒，便趕到向陽巷去找尋，只是這件事不便跟自己說起。

岳不羣道：「你說殺了兩名魔教妖人，怎知他們是魔教的？」令狐冲道：「弟子南來，一路上遇到不少魔教中人，跟他們動了幾次手。這兩個老頭兒武功怪異，顯然不是我正派中人。」心下暗暗喜歡：「我奪回了林師弟的辟邪劍譜，師父、師娘、小師妹便不會再對我生疑；而我殺了這兩名魔教妖人，師父當也不再怪我和魔教勾結了。」

那知岳不羣臉色鐵青，哼了一聲，厲聲道：「你到這時還在胡說八道！難道我便如此容易受騙麼？」令狐冲大驚，忙道：「弟子決不敢欺瞞師父。」岳不羣森然道：「誰是你師父了？岳某早跟你脫卻了師徒名份。」

令狐冲從床上滾下地來，雙膝跪地，磕頭道：「弟子做錯了不少事，願領師父重責，只是……只是逐出門牆的責罰，務請師父收回成命。」

岳不羣向旁避開，不受他的大禮，冷冷的道：「魔教任教主的小姐對你青眼有加，你早已跟他們勾結在一起，還要我這師父幹甚麼？」令狐冲奇道：「魔教任教主的小姐？師父這話不知從何說起？雖然聽說那任……任我行有個女兒，可是弟子從來沒見過。」

岳夫人道：「冲兒，到了此刻，你又何必再說謊？」嘆了口氣，道：「那位任小姐召集江湖上旁門左道之士，在山東五霸岡上給你醫病，那天我們又不是沒去……」

令狐冲大為駭異，顫聲道：「五霸岡上那位姑娘，她……她……盈盈……她是任教主的女兒？」岳夫人道：「你起來說話。」令狐冲慢慢站起，心下一片茫然，喃喃的道：「她……她是任教主之女？這……這真是從何說起？」

岳夫人怫然不悅，道：「為甚麼對著師父、師娘，你還要說謊？」

岳不羣怒道：「誰是他師父、師娘了？」伸手在桌上重重一擊，拍的一聲響，桌角登時掉下了一塊。

令狐冲惶恐道：「弟子決不敢欺騙師父、師娘……」

岳不羣厲聲道：「岳某當初有眼無珠，收容了你這無恥小兒，實是愧對天下英豪。你是不是要我長此負這污名？你再叫一聲『師父、師娘』，我立時便將你斃了！」怒喝時臉上紫氣忽現，實是惱怒已極。

令狐冲應道：「是！」伸手扶著床緣，臉上全無血色，身子搖搖欲墜，說道：「他們給我治傷療病，那是有的。可是……可是誰也沒跟我說過，她……便是任教主的女兒。」岳夫人道：「你聰明伶俐，何等機警，怎會猜想不到？她一個年紀輕輕的姑娘，只這麼一句話，便調動了三山五嶽的左道之士，個個爭著來給你治病。除了魔教的任小姐，又誰能有這樣的天大面子？」令狐冲道：「弟……我……我當時只道她是一位年老婆婆。」岳夫人道：「她易容改裝了麼？」令狐冲道：「沒有，只不過……只不過我當時一直沒見到她臉。」

岳不羣「哈」的一聲笑了出來，臉上卻無半分笑意。

岳夫人嘆了口氣，道：「冲兒，你年紀大了，性格兒也變了。我的說話，你再也不放在心上啦。」令狐冲道：「師……師……我對你老人家的說話，可……可……可真不……」他想要說「我對你老人家的說話，可真不敢違背」，但事實俱在，師父、師娘一再命他不可與魔教中人結交，他和盈盈、向問天、任我行這些人的干係，又豈僅是「結交」而已？

岳夫人又道：「就算那個任教主的女兒對你好，你為了活命，讓她召人給你治病，或者說情有可原……」岳不羣怒道：「甚麼情有可原？為了活命，那就可以無所不為麼？」他平時對這位師妹兼夫人向來彬彬有禮，當真是相敬如賓，但今日卻一再疾言厲色，打斷她的話頭，可見實是怒不可遏。岳夫人明白丈夫的心情，也不和他計較，繼續說道：「但你為甚麼又和魔教那個大魔頭向問天勾結在一起，殺害了不少我正派同道？你雙手染滿了正教人士的鮮血，你……你快快走罷！」

令狐冲背上一陣冰冷，想起那日在涼亭之中，深谷之前，和向問天並肩迎敵，確有不少正教中人因自己而死，雖說當其時惡鬥之際，自己若不殺人，便是被殺，委實出於無奈，可是這大筆血債，總是算在自己身上了。

岳夫人道：「在五霸岡下，你又與魔教的任小姐聯手，殺害了好幾個少林派和崑崙派弟子。冲兒，我從前視你有如我的親兒，但事到如今，你……你師娘無能，可再沒法子庇護你了。」說到這裏，兩行淚水從面頰上直流下來。

令狐冲黯然道：「孩兒的確是做錯了事，罪不可赦。但一身做事一身當，決不能讓華山派的名頭蒙污。請兩位老人家大開法堂，邀集各家各派的英雄與會，將孩兒當場處決，以正華山派的門規便是。」

岳不羣長嘆一聲，說道：「令狐師傅，你今日倘若仍是我華山派門下弟子，此舉原也使得。你性命雖亡，我華山派清名得保，你我師徒之情尚在。可是我早已傳書天下，將你逐出門牆。你此後的所作所為，與我華山派何涉？我又有甚麼身分來處置你？嘿嘿，正邪勢不兩立，下次你再為非作歹，撞在我的手裏，妖孽奸賊，人人得而誅之，那就容你不得了。」

正說到這裏，房外一人叫道：「師父、師娘。」卻是勞德諾。岳不羣問道：「怎麼？」勞德諾道：「外面有人拜訪師父、師娘，說道是嵩山派的鍾鎮，還有他的兩個師弟。」岳不羣道：「九曲劍鍾鎮，他也來福建了嗎？好，我便出來。」逕自出房。

岳夫人向令狐冲瞧了一眼，眼色中充滿了柔情，似是叫他稍待，回頭尚有說話，跟著走了出去。

令狐冲自幼對師娘便如與母親無異，見她對自己愛憐，心中懊悔已極，尋思：「種種情事，總是怪我行事任性，是非善惡，不辨別清楚。向大哥明明不是正人君子，我怎地不問情由，上前便幫他打架？我一死不足惜，可教師父、師娘沒臉見人。華山派門中出了這樣一個不肖弟子，連眾師弟、師妹們也都臉上少了光采。」

又想：「原來盈盈是任教主的女兒，怪不得老頭子、祖千秋他們對她如此尊崇。她隨口一句話，便將許多江湖豪士充軍到東海荒島，終身不得回歸中原。唉，我原該想到才是。武林之中，除了魔教的大頭腦，又有誰能有這等權勢？可是她和我在一起之時，扭扭捏捏，嬌羞靦腆，比之小師妹尚且勝了三分，又怎想得到她竟會是魔教中的大人物？然而那時任教主尚給東方不敗囚在西湖底下，他的女兒又怎會有偌大權勢？」

正自思湧如潮，起伏不定，忽聽得腳步聲細碎，一人閃進房來，正是他日思夜想、念茲在茲的小師妹。令狐冲叫道：「小師妹！你……」下面的話便接不下去了。岳靈珊道：「大師哥，快……快離開這兒，嵩山派的人找你晦氣來啦。」語氣甚是焦急。

令狐冲只一見到她，天大的事也都置之腦後，甚麼嵩山派不嵩山派，壓根兒便沒放在心上，雙眼怔怔的瞧她，一時甜、酸、苦、辣，諸般滋味盡皆湧向心頭。

岳靈珊見他目不轉睛的望著自己，臉上微微一紅，說道：「有個甚麼姓鍾的，帶著兩個師弟，說你殺了他們嵩山派的人，一直追尋到這兒來。」

令狐冲一呆，茫然道：「我殺了嵩山派的人？沒有啊。」

突然間砰的一聲，房門推開，岳不羣怒容滿臉走了進來，厲聲道：「令狐冲，你幹的好事！你殺了嵩山派屬下的武林前輩，卻說是魔教妖人，欺瞞於我。」令狐冲奇道：「弟……我……我殺了嵩山派屬下的武林前輩？我……我沒有……」

岳不羣怒道：「『白頭仙翁』卜沉，『禿鷹』沙天江，這兩人可是你殺的？」

令狐冲聽到這二人的外號，記起那禿頂老者自殺之時，曾說過「禿鷹豈是投降之人」這句話，那麼另一個白髮老者，便是甚麼「白頭仙翁」卜沉了，便道：「一個白頭髮的老人，一個禿頭老者，那確是我殺的。我……我可不知他們是嵩山派門下。他們使的是單刀，全不是嵩山派武功。」岳不羣神色愈是嚴峻，問道：「那麼這兩個人，確是你殺的？」令狐冲道：

「正是。」

岳靈珊道：「爹，那個白頭髮和那禿頂的老頭兒……」岳不羣喝道：「出去！誰叫你進來的？我在這裏說話，要你插甚麼嘴？」岳靈珊低下了頭，慢慢走到房門口。

令狐冲心下一陣淒涼，一陣喜歡：「師妹雖和林師弟要好，畢竟對我仍有情誼。她干冒父親申斥，前來向我示警，要我儘速避禍。」

岳不羣冷笑道：「五嶽劍派各派的武功，你都明白麼？這卜沙二人出於嵩山派的旁枝，你心存不規，不知用甚麼卑鄙手段害死了他們，卻將血跡帶到了向陽巷平之的老宅。嵩山派一查，便跟著查到了這裏。眼下嵩山派的鍾師兄便在外面，向我要人，你有甚麼話說？」

岳夫人走進房來，說道：「他們又沒親眼見到是冲兒殺的？單憑幾行血跡，也不能認定是咱們鏢局中人殺的。咱們給他們推個一乾二淨，那便是了。」

岳不羣怒道：「師妹，到了這時候，你還要包庇這無惡不作的無賴子。我堂堂華山派掌門，豈能為了這小畜生而說謊？你……你……咱們這麼幹，非搞到身敗名裂不可。」

令狐冲這幾年來，常想師父、師娘是師兄妹而結成眷屬，自己若能和小師妹也有這麼一天，那真是萬事俱足，更無他求，此刻見師父對師娘說話，竟如此的聲色俱厲，心中忽想：「倘若小師妹是我妻子，她要幹甚麼，我便由得她幹甚麼，是好事也罷，是壞事也罷，我決不會有半點拂逆她的意願。她便要我去幹十惡不赦的大壞事，我也不會皺一皺眉頭。」

岳不羣雙目盯在令狐冲臉上，忽然見他臉露溫柔微笑，目光含情，射向站在房門口的女兒，怒喝：「小畜生，在這當兒，你心中還在打壞主意麼？」

岳不羣這一聲大喝，登時教令狐冲從胡思亂想中醒覺過來，一抬頭，只見師父臉上紫氣隱隱，手掌提起，便要往自己頭頂擊落，突然間感到一股說不出的歡喜，只覺在這世上委實苦澀無味之極，今日死在師父掌底，那是痛痛快快的解脫，尤其小師妹在旁，看著自己被他父親一掌劈死，更是自己全心所企求之事。他微微一笑，目光向岳靈珊瞧去，只待師父揮掌打落。

但覺腦頂風生，岳不羣右掌劈將下來，卻聽得岳夫人叫道：「使不得！」手指便往丈夫後腦「玉枕穴」上點去。他二人自幼同門學藝，相互拆招，已然熟極而流，岳夫人這一指所點之處，乃是致命要穴，岳不羣自然而然回掌拆格。岳夫人已閃身擋在令狐冲身前。

岳不羣臉色鐵青，怒道：「你……你幹甚麼？」岳夫人急叫：「冲兒，快走！快走！」令狐冲搖頭道：「我不走，師父要殺我，便殺好了。我是罪有應得。」岳夫人頓足道：「有我在這裏，他殺不了你的，快走，走得遠遠的，永遠別再回來。」

岳不羣道：「哼，他一走了之，外面廳上嵩山派那三人，咱們又如何對付？」

令狐冲心道：「原來師父擔心應付不了鍾鎮他們，我可須先得去替他打發了。」朗聲說道：「好，我去見見他們。」說著大踏步往外走去，岳夫人叫道：「去不得，他們會殺了你的。」但令狐冲走得極快，立時已衝入了大廳。

果見嵩山派的九曲劍鍾鎮、神鞭鄧八公、錦毛獅高克新三人大剌剌的坐在西首賓位。令狐冲往對面的太師椅中一坐，冷冷的道：「你們三個，到這裏幹甚麼來了？」

此刻令狐冲身上穿著店小二衣衫，除去虬髯，與廿八鋪客店中夜間相逢時的參將模樣已全不相同。鍾鎮等三人突然見到這樣一個滿身血跡的市井少年如此無禮，都是勃然大怒。高克新喝道：「你是甚麼東西？」令狐冲笑道：「你們三個，是甚麼南北？」高克新一怔，心想：「怎叫做『是甚麼南北』？」但想那定然不是甚麼好話，怒道：「快去請岳先生出來！憑你也配跟我們說話？」

這時岳不羣、岳夫人、岳靈珊以及華山派眾弟子都已到了屏門之後，聽著令狐冲跟這三人對答。岳靈珊聽他問「你們三個是甚麼南北？」忍不住好笑，但知眼前這三人都是嵩山派好手，大師哥殺了他們的人，又對他們如此無禮，待會定要動手，未免凶多吉少，而父親、母親勢難插手相助，可不知如何是好，心中一發愁，便笑不出來。

令狐冲道：「岳先生是誰？啊，你說的是華山派掌門。我正來尋他的晦氣。嵩山派有兩個不肖之徒，一個叫甚麼白頭妖翁卜沉，一個叫禿梟沙天江，已經給我殺了。聽說嵩山派還有三個傢伙，躲在福威鏢局之中。我要岳先生交出人來，岳先生卻是不肯。氣死我也，氣死我也！」跟著縱聲大叫：「岳先生，嵩山派有三個無聊傢伙，一個叫爛鐵劍鍾鎮，一個叫小鬼鄧八婆，還有一個癩皮貓高克新。請你快快交出人來，我要跟他們算帳。你想包庇他們，那可不成！你們五嶽劍派，同氣連枝，我可不賣這個帳。」

岳不羣等聽了，無不駭然，均知他如此叫嚷，是要表明華山派與殺人之事無關。可是嵩山派這三人成名已久，那九曲劍鍾鎮更是了得。聽他所嚷的言語，顯已知道鍾鎮等三人的來歷。那日夜戰，他打敗劍宗封不平，刺瞎十五名江湖好手雙眼，劍法確是非同小可，但他此刻受傷極重，只怕再站立一會便會倒下，何以這等膽大妄為，貿然上前挑戰？

高克新大怒躍起，長劍出鞘，便要向令狐冲刺出。鍾鎮舉手攔住，向令狐冲問道：「尊駕是誰？」

令狐冲道：「哈哈，我認得你，你卻不認得我。你們嵩山派想將五嶽劍派合而為一，由你嵩山吞併其餘四派。你們三個南北來到福建，一來是要搶奪林家的辟邪劍譜，二來是要戕害華山、恆山各派的重要人物。種種陰謀，可全給我知悉了。嘿嘿，好笑啊好笑！」

岳不羣和岳夫人對瞧了一眼，均想：「他這話倒未必全是無稽之談。」

鍾鎮臉有驚疑之色，問道：「尊駕是那一派的人物？」

令狐冲道：「我大廟不收，小廟不受，是個無主孤魂，荒山野鬼，決不會來搶你們嵩山派的生意，你這可放心了罷？哈哈，哈哈。」笑聲中充滿了淒涼之意。

鍾鎮道：「尊駕既非華山派人物，咱們可不能騷擾了岳先生，這就借步到外面說話。」這幾句話語調平淡，但目露兇光，充滿了殺機，顯是令狐冲揭了他的底，已決心誅卻。他對岳不羣畢竟有所忌憚，不敢在福威鏢局中拔劍殺人，要將令狐冲引到鏢局之外再行動手。

這句話正合令狐冲心意，大聲叫道：「岳先生，你今後可得多加提防。魔教教主任我行復出，此人身有吸星大法，專吸旁人內力，他說要跟華山派為難。還有，嵩山派想併吞你華山派。你是彬彬君子，人家的狼心狗肺，卻不可不防。」他此番來到福州，為的便是要向師父說這幾句話，說罷便即大踏步出門。鍾鎮等跟了出來。

令狐冲邁步走出福威鏢局，只見一羣尼姑、婦女站在大門外，正是恆山派那批女弟子。

儀和與鄭萼二人手持拜盒，走在最前，當是到鏢局來拜會岳不羣和岳夫人。令狐冲一怔，急忙轉頭，不讓她們見到，但已跟儀和她們打了個照面，好在儀琳遠遠在後，沒見到他面目。

鍾鎮等三人出來時，儀和與鄭萼卻認得他們，不禁一怔，同時停住了腳步。

令狐冲心想：「恒山派弟子既知我師父在此，自當前來拜會，有我師父、師娘照料，她們也不會吃虧了。」他不願給儀琳見到，斜刺裏便欲溜走。

鍾鎮、鄧八公、高克新同時兵刃出手，攔在他面前，喝道：「你還想逃嗎？」

令狐冲笑道：「我沒兵器，怎生打法？」

這時岳不羣、岳夫人和華山派眾弟子都來到門前，要看令狐冲如何對付鍾鎮等三人。岳靈珊拔劍出鞘，叫道：「大……」想將長劍擲過去給他。岳不羣左手兩指伸出，搭在她劍刃之上，搖了搖頭。岳靈珊急道：「爹！」岳不羣又搖了搖頭。

這一切全瞧在令狐冲眼裏，心中大慰：「小師妹對我，畢竟還有昔日之情。」

突然之間，好幾人齊聲驚呼。

令狐冲情知必是有人偷襲，不及回頭，立即向前急縱而出。他內力奇厚，這一躍既高且速，但饒是如此，只覺腦後生風，一劍在背後直劈而下，剛才這一躍只須慢得刹那，又或是力道不足，躍得近了半尺，身子已給人劈成兩半，當真凶險已極。

他站定後立即回頭，但聽得一聲呼叱，白光閃動。恒山派女弟子同時出手。七人一隊，分成三隊，七柄長劍指住一人，將鍾鎮等三人分別圍住。這一下拔劍、移步、圍敵、出招，動作也是迅捷無比，加之身法輕盈，姿式美觀，顯是習練有素的陣法。每柄長劍劍尖指住對方一處要害，頭、喉、胸、腹、腰、背、脅，每人身上七處要害，均被一柄長劍指住。陣法既成，七名女弟子便不再動。

適才出手向令狐冲偷襲的，便是鍾鎮。聽得令狐冲的言語對嵩山派甚是不利，當即乘其不備，忽施殺手，意欲儘速滅口，以免他多嘴多舌，更增岳不羣的疑心。他出手固是極毒，卻還是讓對方避了開去，而恆山派眾女弟子劍陣一成，他武功雖強，可也半點動彈不得，四肢百骸，只須那裏動上一動，料想便有一柄劍刺將過來。

岳不羣、岳夫人等不知恆山派與鍾鎮等在廿八鋪中曾有一番過節，突見雙方動手，都大為驚奇，眼見恆山派眾女弟子所結劍陣甚是奇妙，二十一人分成三堆，除了衣袖衫角在風中飄動之外，二十一柄長劍寒光閃閃，竟是紋絲不動，其中卻蘊藏著無限殺機。

令狐冲但見恆山劍陣凝式不動，七柄劍既攻敵，復自守，七劍連環，絕無破綻可尋，宛然有獨孤九劍「以無招破有招」之妙詣，氣喘吁吁的喝采：「妙極！這劍陣精采之至！」

鍾鎮眼見受制，當即哈哈一笑，說道：「大家是自己人，開甚麼玩笑？我認輸了，好不好？」噹的一聲，擲劍下地。圍住他的七人以儀和為首，見對方擲劍認輸，當即長劍一抖，收了轉去，其餘六人跟著收劍。不料鍾鎮左足足尖在地下長劍劍身上一點，那劍猛地跳起。鍾鎮手指間一碰劍柄，劍鋒如電，驀地刺出。

儀和「啊」的一聲驚呼，右臂中劍，手中長劍嗆啷落地。鍾鎮長笑聲中，寒光連閃，恆山派眾弟子紛紛受傷。這麼一亂，其餘兩個劍陣中的十四名女弟子心神稍分，鄧八公和高克新同時乘隙發動，登時兵刃相交，錚錚之聲大作。

令狐冲搶起儀和掉在地下的長劍，揮劍擊出。但聽得嗆啷，啊，嘿，幾下聲響，高克新手腕被擊，長劍落地。鄧八公的軟鞭倒了轉來，圈在自己頭頸之中。鍾鎮手腕被劍背擊中，退了幾步，長劍總算還握在手中，但整條手臂已然酸軟無力。

兩個少女同時尖聲叫了起來，一個叫：「吳將軍！」一個叫：「令狐大哥！」叫「吳將軍」的是鄭萼。適才令狐冲擊退三人所使手法，與在廿八鋪客店中對付這三人時所用劍招一模一樣，連高克新茫然失措、鄧八公險些窒息、鍾鎮又驚又怒的神情也殊無二致。鄭萼心思機敏，當日曾見令狐冲如此出招，他容貌衣飾雖已大變，還是立即認了出來。另一個叫「令狐大哥」的卻是儀琳。她本來和儀真、儀質等六位師姊結成劍陣，圍住了鄧八公。每人全神貫注，雙目盯住敵人，絕不斜視，目中所見，只是他身上一處要害，視頭則只見其頭，視胸則只見其胸，連敵人別處肢體都無法瞧見，自然更加無法見到旁人，直至劍陣散開，她才見到令狐冲。睽別經年，陡然相遇，儀琳全身大震，險此暈去。

令狐冲真相既顯，眼見已無法隱瞞，笑道：「你奶奶的，你這三個傢伙太也不識好歹，恒山派眾位師太饒了你們一命，你們居然恩將仇報。本將軍可實在太瞧著不順眼了。我……我……」說到這裏，突然腦中暈眩，眼前發黑，咕咚倒地。

儀琳搶上扶起，急叫：「令狐大哥，令狐大哥！」只見他肩頭、臂上血如泉湧，急忙捲起他衣袖，取出本門治傷靈藥白雲熊膽丸塞入他口中。鄭萼、儀真等取過天香斷續膠，替他搽上傷口。恒山派眾女弟子個個感念他救援之德，當日若不是他出手相救，人人都已死於非命，不但慘死，說不定還會受賊子汚辱，是以遞藥的遞藥，抹血的抹血，包紮的包紮，便在這長街之上盡心救治。天下女子遇到這等緊急事態，自不免嘰嘰喳喳，七嘴八舌，圍住了議論不休。恆山派眾女弟子雖是武學之士，卻也難免，或發嘆息，或示關心，或問何人傷我將軍，或曰兇手狠毒無情，言語紛紜，且雜「阿彌陀佛」之聲。

華山派眾人見到這等情景，盡皆詫異。

岳不羣心想：「恆山派向來戒律精嚴，這些女弟子卻不知如何，竟給令狐冲這無行浪子迷得七顛八倒，竟在眾目睽睽之下，不避男女之嫌，叫大哥的叫大哥，呼將軍的呼將軍。這小賊幾時又做過將軍了？當真昏天黑地，一塌胡塗。怎地恆山派的前輩也不管管？」

鍾鎮向兩名師弟打個手勢，三人各挺兵刃，向令狐冲衝去。三人均知此人不除，後患無窮，何況兩番失手在他劍底，乘他突然昏迷，正是誅卻此人的良機。

儀和一聲呼嘯，立時便有十四名女弟子排成一列，長劍飛舞，將鍾鎮三人擋住。這些女弟子各別武功並不甚高，但一結成陣，攻者攻，守者守，十四人便擋得住四五名一流高手。

岳不羣初時原有替雙方調解之意，只是種種事端，皆大出意料之外，既不知雙方何以結怨，又對嵩山、恆山雙方均生反感，心想暫且袖手旁觀，靜待其變。但見恆山派十四名女弟子守得極是嚴密，鍾鎮等連連變招，始終無法攻近。高克新一個大意，攻得太前，反給儀清在大腿上刺了一劍，傷勢雖然不重，卻也已鮮血淋漓，甚是狼狽。

令狐冲迷迷糊糊之中，聽得兵刃相交聲叮噹不絕，眼睜一線，見到儀琳臉上神色焦慮，口中喃喃唸佛：「眾生被困厄，無量苦遍身，觀音妙智力，能救世間苦……」他心下感激，站了起來，低聲道：「小師妹，多謝你，將劍給我。」儀琳道：「你……你別……別……」

令狐冲微微一笑，從她手中接過劍來，左手扶著她肩頭，搖搖晃晃的走出去。儀琳本來擔心他傷勢，但一覺自己肩頭正承擔著他身子重量，登時勇氣大增，全身力氣都運上右肩。

令狐冲從幾名女弟子身旁走過去，第一劍揮出，高克新長劍落地，第二劍揮出，鄧八公軟鞭繞頸，第三劍噹的一聲，擊在鍾鎮的劍刃之上。鍾鎮知他劍法奇幻，自己決非其敵，但見他站立不定，正好憑內力將他兵刃震飛，雙劍相交，當即在劍上運足了內勁，猛覺自身內力急瀉外洩，竟然收束不住。原來令狐冲的吸星大法在不知不覺間功力日深，不須肌膚相觸，只要對方運勁攻來，內力便會通過兵刃而傳入他體內。

鍾鎮大驚之下，急收長劍，跟著立即刺出。令狐冲見到他脅下空門大開，本來只須順勢一劍，即可制其死命，但手臂酸軟，力不從心，只得橫劍擋格。雙劍相交，鍾鎮又是內力急瀉，心跳不已，驚怒交集之下，鼓起平生之力，長劍疾刺，劍到中途，陡然轉向，劍尖竟刺向令狐冲身旁儀琳的胸口。

這一招虛虛實實，後著甚多，極是陰狠，令狐冲如橫劍去救，他便迴劍刺其小腹，如若不救，則這一劍真的刺中了儀琳，也要教令狐冲心神大亂，便可乘機猛下殺手。

眾人驚呼聲中，眼見劍尖已及儀琳胸口衣衫，令狐冲的長劍驀地翻過，壓上他劍刃。鍾鎮的長劍突然在半空中膠住不動，用力前送，劍尖竟無法向前推出分毫，劍刃卻向上緩緩弓起，同時內力急傾而出。總算他見機極快，急忙撤劍，向後躍出，可是前力已失，後力未繼，身在半空，突然軟癱，重重的直躂下來。這一下躂得如此狼狽，渾似個不會絲毫武功的常人。他雙手支地，慢慢爬起，但身子只起得一半，又側身摔倒。

鄧八公和高克新忙搶過將他扶起，齊問：「師哥，怎麼了？」鍾鎮雙目盯住在令狐冲臉上，隨即想起，數十年前便已威震武林的魔教教主任我行，決不能是這樣一個二十餘歲的青年，說道：「你是任我行的弟……弟子，會使吸星……吸星妖法！」高克新驚道：「師哥，你的內力給他吸去了？」鍾鎮道：「正是！」但身子一挺，又覺內力漸增。原來令狐冲所習吸星大法修為未深，又不是有意要吸他內力，只是鍾鎮突覺內勁傾瀉而出，惶怖之下，以致摔得狼狽不堪。

鄧八公低聲道：「咱們去罷，日後再找回這場子。」鍾鎮將手一揮，對著令狐冲大聲道：「魔教妖人，你使這等陰毒絕倫的妖法，那是與天下英雄為敵。姓鍾的今日不是你對手，可是我正教的千千萬萬好漢，決不會屈服於你妖法的淫威之下。」說著轉過身來，向岳不羣拱了拱手，說道：「岳先生，這個魔教妖人，跟閣下沒甚麼淵源罷？」

岳不羣哼了一聲，並不答話。

鍾鎮在他面前也不敢如何放肆，說道：「真相若何，終當大白，後會有期。」帶著鄧高二人，逕自走了。

岳不羣從大門的階石走了下來，森然道：「令狐冲，你好，原來你學了任我行的吸星妖法。」令狐冲確是學了任我行這一項功夫，雖是無意中學得，但事實如此，卻也無從置辯。

岳不羣厲聲道：「我問你，是也不是？」令狐冲道：「是！」

岳不羣厲聲道：「你習此妖法，更是正教中人的公敵。今日你身上有傷，我不來乘人之危。第二次見面，不是我殺了你，便是你殺了我。」側身向眾弟子道：「這人是你們的死敵，那一個對他再有昔日的同門之情，那便自絕於正教門下。大家聽到了沒有？」眾弟子齊聲應道：「是！」岳不羣見女兒嘴唇動了一下，想說甚麼話，說道：「珊兒，你雖是我的女兒，卻也並不例外，你聽到了沒有？」岳靈珊低聲道：「聽到了。」

令狐冲本已衰弱不堪，聽了這幾句話，更覺雙膝無力，噹的一聲，長劍落地，身子慢慢垂了下去。

儀和站在他身旁，伸臂托在他右脅之下，說道：「岳師伯，這中間必有誤會，你沒查問明白，便如此絕情，那可忒也魯莽了。」岳不羣道：「有甚麼誤會？」儀和道：「我恆山派眾人為魔教妖人所辱，全仗這位令狐吳將軍援手。他倘若是魔教教下，怎麼會來幫我們去和魔教為敵？」她聽儀琳叫他「令狐大哥」，岳不羣又叫「令狐冲」，自己卻只知他是「吳將軍」，只好兩個名字一起叫了。

岳不羣道：「魔教妖人鬼計多端，你們可別上了他的當。貴派眾位南來，是那一位師太為首？」他想這些年輕的尼姑、姑娘們定是為令狐冲的花言巧語所惑，只有見識廣博的前輩師太，方能識破他的奸計。

儀和淒然道：「師伯定靜師太，不幸為魔教妖人所害。」

岳不羣和岳夫人都「啊」的一聲，甚感驚惋。

便在此時，長街彼端一個中年尼姑快步奔來，說道：「白雲庵信鴿有書傳到。」走到儀和面前，從懷中掏出一個小小竹筒，雙手遞將過去。

儀和接過，拔開竹筒一端的木塞，倒出一個布捲，展開一看，驚叫：「啊喲，不好！」恆山派眾弟子聽得白雲庵有書信到來，早就紛紛圍攏，見儀和神色驚惶，忙問：「怎麼？」「師父信上說甚麼？」「甚麼事不好？」儀和道：「師妹你瞧。」將布捲遞給儀清。

儀清接了過來，朗聲讀道：「余與定逸師妹，被困龍泉鑄劍谷。」又道：「這是掌門師尊的……的血書。她老人家怎地到了龍泉？」

儀真道：「咱們快去！」儀清道：「卻不知敵人是誰？」儀和道：「管他是甚麼凶神惡煞，咱們急速趕去。便是要死，也和師父死在一起。」

儀清心想：「師父和師叔的武功何等了得，尚且被困，咱們這些人趕去，多半也無濟於事。」拿著血書，走到岳不羣身前，躬身說道：「岳師伯，我們掌門師尊來信，說道：『被困於龍泉鑄劍谷。』請師伯念在五嶽劍派同氣連枝之誼，設法相救。」

岳不羣接過書信，看了一眼，沉吟道：「尊師和定逸師太怎地會去浙南？她二位武功卓絕，怎麼會被敵人所困，這可奇了？這通書信，可是尊師的親筆麼？」儀清道：「確是我師父親筆。只怕她老人家已受了傷，倉卒之際，蘸血書寫。」岳不羣道：「不知敵人是誰？」儀清道：「多半是魔教中人，否則敝派也沒甚麼仇敵。」岳不羣斜眼向令狐冲瞧去，緩緩的道：「說不定是魔教妖人假造書信，誘你們去自投羅網。妖人鬼計層出不窮，不可不防。」

儀和朗聲叫道：「師尊有難，事情急如星火，咱們快去救援要緊。儀清師妹，咱們速速趕去，岳師伯沒空，多求也是無用。」儀真也道：「不錯，倘若遲到了一刻，那可是千古之恨。」恆山派見岳不羣推三阻四，不顧義氣，都是心頭有氣。

儀琳道：「令狐大哥，你且在福州養傷，我們去救了師父、師伯回來，再來探你。」令狐冲大聲道：「大膽毛賊又在害人，本將軍豈能袖手旁觀？大夥兒一同前去救人便了。」儀琳道：「你身受重傷，怎能趕路？」令狐冲道：「本將軍為國捐軀，馬革裹屍，何足道哉？去，去，快去。」

恆山眾弟子本來全無救師尊脫險的把握，有令狐冲同去，膽子便大了不少，登時都臉現喜色。儀真道：「那可多謝你了。我們去找坐騎給你乘坐。」

令狐冲道：「大家都騎馬！出陣打仗，不騎馬成甚麼樣子？走啊，走啊。」他眼見師父如此絕情，心下氣苦，狂氣便又發作。

儀清向岳不羣、岳夫人躬身說道：「晚輩等告辭。」儀和氣忿忿的道：「這種人跟他客氣甚麼？徒然多費時刻，哼，全無義氣，浪得虛名！」儀清喝道：「師姊，別多說啦！」

岳不羣笑了笑，只當沒聽見。

勞德諾閃身而出，喝道：「你嘴裏不乾不淨的說些甚麼？我五嶽劍派本來同氣連枝，一派有事，四派共救。可是你們和令狐冲這魔教妖人勾結在一起，行事鬼鬼祟祟，我師父自要考慮周詳。你們先得把令狐冲這妖人殺了，表明清白。否則我華山派可不能跟你恆山派同流合污。」

儀和大怒，踏上一步，手按劍柄，朗聲問道：「你說甚麼『同流合污』？」勞德諾道：「你們跟魔教勾勾搭搭，那便是同流合污了。」儀和怒道：「這位令狐大俠見義勇為，急人之難，那才是真正的大英雄、大丈夫，那像你們這種人，自居豪傑，其實卻是見死不救、臨難苟免的偽君子！」

岳不羣外號「君子劍」，華山門下最忌的便是「偽君子」這三字。勞德諾聽她言語中顯在譏諷師父，刷的一聲，長劍出鞘，直指儀和的咽喉。這一招正是華山劍法中的妙著「有鳳來儀」。儀和沒料到他竟會突然出手，不及拔劍招架，劍尖已及其喉，一聲驚呼。跟著寒光閃動，七柄長劍已齊向勞德諾刺到。

勞德諾忙迴劍招架，可是只架開刺向胸膛的一劍，嗤嗤聲響，恆山派的六柄長劍，已在他衣衫上劃了六道口子，每一道口子都有一尺來長。總算恆山派弟子並沒想取他性命，每一劍都是及身而止，只鄭萼功夫較淺，出劍輕重拿捏不準，劃破他右臂袖子之後，劍尖又刺傷了他右臂肌膚。勞德諾大驚，急向後躍，拍的一聲，懷中掉下一本冊子。

日光照耀下，人人瞧得清楚，只見冊子上寫著「紫霞秘笈」四字。

勞德諾臉色大變，急欲上前搶還。令狐冲叫道：「阻住他！」儀和這時已拔劍在手，刷刷刷連刺三劍。勞德諾舉劍架開，卻進不得一步。

岳靈珊道：「爹，這本秘笈，怎地在二師哥身上？」

令狐冲大聲道：「勞德諾，六師弟是你害死的，是不是？」

那日華山絕頂上六弟子陸大有被害，「紫霞秘笈」失蹤，始終是一絕大疑團，不料此刻恆山女弟子割斷了勞德諾衣衫的帶子，又劃破了他口袋，這本華山派鎮山之寶的內功秘笈竟掉了出來。

勞德諾道：「胡說八道！」突然間矮身疾衝，闖入了一條小胡同中，飛奔而去。

令狐冲憤極，發足追去，只奔出幾步，便一晃倒地。儀琳和鄭蕚忙奔過去扶起。

岳靈珊將冊子拾了起來，交給父親，道：「爹，原來是給二師哥偷了去的。」

岳不羣臉色鐵青，接過來一看，果然便是本派歷祖相傳的內功秘笈，幸喜書頁完整，未遭損壞，恨恨的道：「都是你不好，拿了去做人情。」

儀和口舌上不肯饒人，大聲道：「這才叫做同流合污呢！」

于嫂走到令狐冲跟前，問道：「令狐大俠，覺得怎樣？」令狐冲咬牙道：「我師弟給這奸賊害死了，可惜追他不上。」見岳不羣及眾弟子轉身入內，掩上了鏢局大門，心想：「師父的大弟子學了魔教陰毒武功，二弟子又是個戕害同門、偷盜秘本的惡賊，難怪他老人家氣惱！」說道：「尊師被困，事不宜遲，咱們火速去救人要緊。勞德諾這惡賊，遲早會撞在我手裏。」于嫂道：「你身上有傷，如此……如此……唉，我不會說……」她是傭婦出身，此時在恆山派中身分已然不低，武功也自不弱，但知識有限，不知如何向他表示感激才好。

令狐冲道：「咱們快去騾馬市上，見馬便買。」掏出懷中金銀，交給于嫂。

但市上買不夠馬匹，身量較輕的女弟子便二人共騎，出福州北門，向北飛馳。奔出十餘里，只見一片草地上有數十匹馬放牧，看守的是六七名兵卒，當是軍營中的官馬。令狐冲道：「去把馬搶過來！」于嫂忙道：「這是軍馬，只怕不妥。」令狐冲道：「救人要緊，皇帝的御馬也搶了，管他甚麼妥不妥。」儀清道：「得罪了官府，只怕……」令狐冲大聲道：「救師父要緊，還是守王法要緊？去他奶奶的官府不官府！我吳將軍就是官府。

將軍要馬，小兵敢不奉號令嗎？」儀和道：「正是。」令狐冲叫道：「把這些兵卒點倒了，拉了馬走。」儀清道：「拉十二匹就夠了。」令狐冲叫道：「盡數拉了來！」

他呼號喝令，自有一番威嚴。自從定靜師太逝世後，恆山派弟子悽悽惶惶，六神無主，聽令狐冲這麼一喝，眾人便拍馬衝前，隨手點倒幾名牧馬的兵卒，將幾十匹馬都拉了過來。

那些兵卒從未見過如此無法無天的尼姑，只叫得一兩句「幹甚麼？」「開甚麼玩笑？」已摔在地下，動彈不得。

眾弟子搶到馬匹，嘻嘻哈哈，嘰嘰喳喳，大是興奮。大家貪新鮮，都躍到官馬之上，疾馳一陣。中午時分，來到一處市鎮上打尖。

鎮民見一羣女尼姑帶了大批馬匹，其中卻混著一個男人，無不大為詫異。

吃過素餐粉條，儀清取錢會帳，低聲道：「令狐師兄，咱們帶的錢不夠了。」適才在騾馬市上買馬，眾人救師心切，那有心情討價還價，已將銀兩使了個乾淨，只剩下些銅錢。令狐冲道：「鄭師妹，你和于嫂牽一匹馬去賣了，官馬卻不能賣。」鄭萼答應了，牽了馬和于嫂到市上去賣。眾弟子掩嘴偷笑，均想：「于嫂倒也罷了，鄭萼這樣嬌滴滴的一個小姑娘，居然在市上賣馬，倒也希罕得很。」但鄭萼聰明伶俐，能說會道，來到福建沒多日，天下最難講的福建話居然已給她學會了幾百句，不久便賣了馬，拿了錢來付帳。

傍晚時分，在山坡上遙遙望見一座大鎮，屋宇鱗比，至少有七八百戶人家。眾人到鎮上吃了飯，將賣馬錢會了鈔，已沒剩下多少。鄭萼興高采烈，笑道：「明兒咱們再賣一匹。」令狐冲低聲道：「你到街上打聽打聽，這鎮上最有錢的財主是誰，最壞的壞人是誰。」

鄭萼點點頭，拉了秦絹同去，過了小半個時辰，回來說道：「本鎮只有一個大財主，姓白，外號叫做白剝皮，又開當鋪，又開米行。這人外號叫做白剝皮，想來為人也好不了。」令狐冲笑道：「今兒晚上，咱們去跟他化緣。」鄭萼道：「這種人最是小氣，只怕化不到甚麼錢米。」令狐冲微笑不語，隔了一會，說道：「大夥兒上路罷。」

眾人眼見天色已黑，但想師父有難，原該不辭辛勞，連夜趕路的為是，當即出鎮向北。行不數里，令狐冲道：「行了，咱們便在這裏歇歇。」眾人依言在一條小溪邊坐地休息。

令狐冲閉目養神，過了大半個時辰，睜開眼來，向于嫂和儀和道：「你們兩位各帶六位師妹，到白剝皮家去化緣，鄭師妹帶路。」于嫂和儀和等心中奇怪，但還是答應了。

令狐冲道：「至少得化五百兩銀子，最好是二千兩。」儀和大聲道：「啊喲，那能化到這麼多？」令狐冲道：「小小二千兩銀子，本將軍還不瞧在眼裏呢。二千兩，咱們自己使一千，餘下一千分了給鎮上窮人。」眾人這才恍然大悟，面面相覷。儀和道：「你是……是要咱們劫富濟貧？」令狐冲道：「劫是不劫的，咱們是化富濟貧。咱們幾十個人，身邊湊起來也沒幾兩銀子，那是窮得到了姥姥家啦。不請富家大舉布施，來周濟咱們這些貧民，怎得了龍泉鑄劍谷哪？」

眾人聽到「龍泉鑄劍谷」五字，更無他慮，都道：「這就化緣去！」

令狐冲道：「這種化緣，恐怕你們從來沒化過，法子有點兒小小不同。你們臉上用帕子蒙了起來，跟白剝皮化緣之時，也不用開口，見到金子銀子，隨手化了過來便是。」鄭萼笑道：「要是他不肯呢？」令狐冲道：「那就太也不識抬舉了。恆山派門下英傑，都是武林中非同小可之士，旁人便用八人大轎來請，輕易也請不到你們上門化緣，是不是？白剝皮只不過是一個小小鎮上的土豪劣紳，在武林中有甚麼名堂位份？居然有十五位恆山派高手登門造訪，大駕光臨，那不是給他臉上貼金麼？他倘若當真瞧你們不起，那也不妨跟他動手過招，比劃比劃。且看是白剝皮的武功厲害，還是咱們恆山派鄭師妹的拳腳了得。」

他這麼一說，眾人都笑了起來。羣弟子中幾個老成持重的如儀清等人，心下隱隱覺得不妥，暗想恆山派戒律精嚴，戒偷戒盜，這等化緣，未免犯戒。但儀和、鄭蕚等已快步而去，那些心下不以為然的，也已來不及再說甚麼。

令狐冲一回頭，只見儀琳一雙妙目正注視著自己，微笑道：「小師妹，你說不對麼？」儀琳避開他的眼光，低聲道：「我不知道。你說該這麼做，我……我想總是不錯的。」令狐冲道：「那日我想吃西瓜，你不也曾去田裏化了一個來嗎？」

儀琳臉上一紅，想起了當日和他在曠野共處的那段時光，便在此時，天際一個流星拖著一條長長的尾巴，閃爍而過。令狐冲道：「你記不記得心中許願的事？」儀琳低聲道：「怎麼不記得？」她轉過頭來，說道：「令狐大哥，這樣許願真的很靈。」令狐冲道：「是嗎？你許了個甚麼願？」

儀琳低頭不語，心中想：「我許過幾千幾百個願，盼望能再見你，終於又見到你了。」

突然遠遠傳來馬蹄聲響，一騎馬自南疾馳而來，正是來自于嫂、儀和她們一十五人的去路，但她們去時並未乘馬，難道出了甚麼事？眾人都站了起來，向馬蹄聲來處眺望。

只聽得一個女子聲音叫道：「令狐冲，令狐冲！」令狐冲心頭大震，那正是岳靈珊的聲音，叫道：「小師妹，我在這裏！」儀琳身子一顫，臉色蒼白，退開了一步。

黑暗中一騎白馬急速奔來，奔到離眾人數丈處，那馬一聲長嘶，人立起來，這才停住，顯是岳靈珊突然勒馬。令狐冲見她來得倉卒，暗覺不妙，叫道：「小師妹！師父、師母沒事嗎？」岳靈珊騎在馬上，月光斜照，雖只見到她半邊臉龐，卻也見到她鐵青著臉，只聽她大聲道：「誰是你的師父、師母？我爹爹媽媽，跟你又有甚麼相干？」

令狐冲胸口猶如給人重重打了一拳，身子晃了晃，本來岳不羣對他十分嚴厲，但岳夫人和岳靈珊始終顧念舊情，沒令他難堪，此刻聽她如此說，不禁淒然道：「是，我已給逐出華山派門牆，無福再叫師父、師娘了。」岳靈珊道：「你既知不能叫，又掛在嘴上幹甚麼？」令狐冲垂頭不語，心如刀割。

岳靈珊哼了一聲，縱馬上前數步，說道：「拿來！」伸出了右手。令狐冲有氣沒力的道：「甚麼？」岳靈珊道：「到這時候還在裝腔作勢，能瞞得了我麼？」突然提高嗓子，叫道：「拿來！」令狐冲搖頭道：「我不明白。你要甚麼？」岳靈珊道：「要甚麼？要林家的辟邪劍譜！」令狐冲大奇，道：「辟邪劍譜？你怎會向我要？」

岳靈珊冷笑道：「不問你要，卻問誰要？那件袈裟，是誰從林家老宅中搶去的？」令狐冲道：「是嵩山派的兩個傢伙，一個叫甚麼『白頭仙翁』卜沉，一個叫『禿鷹』沙天江。」岳靈珊道：「這姓卜姓沙的兩個傢伙，是誰殺的？」令狐冲道：「是我。」岳靈珊道：「那件袈裟，又是誰拿了？」令狐冲道：「是我。」岳靈珊道：「那麼拿來！」

令狐冲道：「我受傷暈倒，蒙師……師……蒙你母親所救。此後這件袈裟，便不在我身上。」岳靈珊仰起頭來，打個哈哈，聲音中卻無半分笑意，說道：「依你說來，倒是我娘吞沒了？這等卑鄙無恥的話，虧你說得出口！」令狐冲道：「我決沒說是你母親吞沒。老天在上，令狐冲心中，可沒半分對你母親不敬之意。我只是說……只是說……」岳靈珊道：「甚麼？」令狐冲道：「你母親見到這件袈裟，得知是林家之物，自然交給了林師弟。」

岳靈珊冷冷的道：「我娘怎會來搜你身上之物？就算要交還林師弟，是你拚命奪來的物事，哼哼，你醒過來後，自己不會交還麼？怎會不讓你做這個人情？」

令狐冲心道：「此言有理。難道這袈裟又給人偷去了？」心中一急，背上登時出了一身冷汗，說道：「既是如此，其中必有別情。」將衣衫抖了抖，說道：「我全身衣物，俱在此處，你如不信，儘可搜搜。」

岳靈珊又是一聲冷笑，說道：「你這人精靈古怪，拿了人家的物事，難道會藏在自己身上？再說，你手下這許多尼姑和尚、不三不四的女人，那一個不會代你收藏？」

岳靈珊如此審犯人般對付令狐冲，恆山派羣弟子早已俱都忿忿不平，待聽她如此說，登時有幾人齊聲叫了出來：「胡說八道！」「甚麼叫做不三不四的女人！」「這裏有甚麼和尚了？」「你自己才不三不四！」

岳靈珊手持劍柄，大聲道：「你們是佛門弟子，糾纏著一個大男人，跟他日夜不離，那還不是不三不四？呸！好不要臉！」

恆山羣弟子大怒，刷刷刷之聲不絕，七八人都拔出了長劍。

岳靈珊一按劍上簧扣，刷的一聲，長劍出鞘，叫道：「你們要倚多為勝，殺人滅口，儘管上來！岳姑娘怕了你們，也不是華山門下弟子了！」

令狐冲左手一揮，止住恆山羣弟子，嘆道：「你始終見疑，我也無法可想。勞德諾呢？你怎不去問問他？他既會偷紫霞秘笈，說不定這件袈裟也是給他偷去了？」岳靈珊大聲道：「你要我去問勞德諾是不是？」令狐冲道：「正是！」岳靈珊喝道：「好，那你上來取我性命便是！你精通林家的辟邪劍法，我本來就不是你的對手！」令狐冲奇道：「我……我怎會傷你？」岳靈珊道：「你要我去問勞德諾，你不殺了我，我怎能去陰世見著他？」

令狐冲又驚又喜，說道：「勞德諾他……他給師……師……給你爹爹殺了？」他知勞德諾帶藝投師，華山門下除了自己之外，要數他武功最強，若非岳不羣親自動手，旁人也除不了他。此人害死陸大有，自己恨之入骨，聽說已死，實是一件大喜事。

岳靈珊冷笑道：「大丈夫一身做事一身當，你殺了勞德諾，又為何不認？」令狐冲奇道：「你說是我殺的？倘若真是我殺的，卻何必不認？此人害死六師弟，早就死有餘辜，我恨不得親手殺了他。」

岳靈珊大聲道：「那你為甚麼又害死八師哥？他可沒得罪你啊，你……你好狠心！」

令狐冲更是大吃一驚，顫聲道：「八師弟跟我向來很好，我……我怎會殺他？」岳靈珊道：「你……你自從跟魔教妖人勾結之後，行為反常，誰又知道你為甚麼……為甚麼要殺八師哥，你……你……」說到這裏，不禁垂下淚來。令狐冲踏上一步，說道：「小師妹，你可別胡亂猜想。八師弟他年紀輕輕，和人無冤無仇，別說是我，誰都不會忍心加害於他。」岳靈珊柳眉突然上豎，厲聲道：「那你又為甚麼忍心殺害小林子？」

令狐冲大驚失色，道：「林師弟……他……他也死了？」岳靈珊道：「現下是還沒死，你一劍沒砍死他，可是……可是誰也不知他……他……能不能好。」說到這裏，嗚咽起來。令狐冲舒了口氣，問道：「他受傷很重，是嗎？他自然知道是誰砍他的。他怎麼說？」岳靈珊道：「世上又有誰像你這般狡猾？你在他背後砍他，他……他背後又沒生眼睛。」

令狐冲心頭酸苦，氣不可遏，拔出腰間長劍，一提內力，運勁於臂，呼的一聲，擲了出去。那劍平平飛出，削向一株徑長尺許的大烏柏樹，劍刃攔腰而過，將那大樹居中截斷。半截大樹搖搖晃晃的摔將下來，砰的一聲大響，地下飛沙走石，塵土四濺。

岳靈珊見到這等威勢，情不自禁的勒馬退了兩步，說道：「怎麼？你學會了魔教妖法，武功厲害，在我面前顯威風麼？」

令狐冲搖頭道：「我如要殺林師弟，不用在他背後動手，更不會一劍砍他不死。」

岳靈珊道：「誰知道你心中打甚麼鬼主意了？哼，定然是八師哥見到你的惡行，你這才殺他滅口，還將他面目剁得稀爛，便如你對付二……勞德諾一般。」

令狐冲沉住了氣，情知這中間定有一件自己眼下猜想不透的大陰謀，問道：「勞德諾的面目，也給人剁得稀爛了？」岳靈珊道：「是你親手幹下的好事，難道自己不知道？卻來問我！」令狐冲道：「華山派門下，更有何人受到損傷？」岳靈珊道：「你殺了兩個，傷了一個，這還不夠麼？」

令狐冲聽她這般說，知道華山派中並無旁人受到傷害，心下略寬，尋思：「這是誰下的毒手？」突然之間心中一涼，想起任我行在杭州孤山梅莊所說的話來，他說自己倘若不允加入魔教，便要將華山派盡數屠滅，莫非他已來到福州，起始向華山派下手？急道：「你……你快快回去，稟告你爹爹、媽媽，恐怕……恐怕是魔教的大魔頭來對華山派痛下毒手了。」

岳靈珊扁了扁嘴，冷笑道：「不錯，確是魔教的大魔頭在對我華山派痛下毒手。不過這個大魔頭，以前卻是華山派的。這才叫做養虎貽患，恩將仇報！」

令狐冲只有苦笑，心想：「我答應去龍泉相救定閒、定逸兩位師太，可是我師父、師娘他們又面臨大難，這可如何是好？倘若真是任我行施虐，我自然也決不是他敵手，但恩師、師娘有難，縱然我趕去徒然送死，無濟於事，也當和他們同生共死。事有輕重，情有親疏，恆山派的事，只好讓她們自己先行料理了。要是能阻擋了任我行，當再趕去龍泉赴援。」他心意已決，說道：「今日自離福州之後，我跟恆山派的這些師姊們一直在一起，怎麼分身去殺八師弟、勞德諾？你不妨問問她們。」

岳靈珊道：「哼，我問她們？她們跟你同流合污，難道不會跟你圓謊麼？」

恆山眾弟子一聽，又有七八個叫嚷起來。幾個出家人言語還算客氣，那些俗家弟子卻罵得甚是尖刻。

岳靈珊勒馬退開幾步，說道：「令狐冲，小林子受傷極重，昏迷之中仍是掛念劍譜，你如還有半點人性，便該將劍譜還了給他。否則……否則……」令狐冲道：「你瞧我真是如此卑鄙無恥之人麼？」岳靈珊怒道：「你若不卑鄙無恥，天下再沒卑鄙無恥之人了！」

儀琳在旁聽著二人對答之言，心中十分激動，這時再也忍不住，說道：「岳姑娘，令狐大哥對你好得很。他心中對你實在是真心誠意，你為甚麼這樣兇的罵他？」岳靈珊冷笑道：「他對我好不好，你是出家人，又怎麼知道了？」儀琳突然感到一陣驕傲，只覺得令狐冲受人冤枉誣衊，自己縱然百死，也要為他辯白，至於佛門中的清規戒律，日後師父如何責備，一時全都置之腦後，當即朗聲說道：「是令狐大哥親口跟我說的。」岳靈珊道：「哼，他連這種事也對你說。他……他就想對我好，這才出手加害林師弟。」

令狐冲嘆了口氣，說道：「儀琳師妹，不用多說了。貴派的天香斷續膠和白雲熊膽丸治傷大有靈效，請你給一點我師……給一點岳姑娘，讓她帶去救人治傷。」

岳靈珊一抖馬頭，轉身而去，說道：「你一劍斬他不死，還想再使毒藥麼？我才不上你的當。令狐冲，小林子倘若好不了，我……我……」說到這裏，語音已轉成了哭聲，急抽馬鞭，疾馳向南。

令狐冲聽著蹄聲漸遠，心中一片酸苦。

秦絹道：「這女人這等潑辣，讓她那個小林子死了最好。」儀真道：「秦師妹，咱們身在佛門，慈悲為懷，這位姑娘雖然不是，卻也不可咒人死亡。」

令狐冲心念一動，道：「儀真師妹，我有一事相求，想請你辛苦一趟。」儀真道：「令狐師兄但有所命，自當遵依。」令狐冲道：「不敢。那個姓林之人，是我的同門師弟，據那位岳姑娘說受傷甚重。我想貴派的金創藥靈驗無比……」儀真道：「你要我送藥去給他，是不是？好，我這就回福州城去，儀靈師妹，你陪我同去。」令狐冲拱手道：「有勞兩位師妹大駕。」儀真道：「令狐師兄一直跟咱們在一起，怎會去殺人了？這等冤枉人，我們也須向岳師伯分說分說。」

令狐冲搖頭苦笑，心想師父只當我已然投入魔教麾下，無所不為，無惡不作，那還能信你們的話？眼見儀真、儀靈二人馳馬而去，心想：「她們對我的事如此熱心，我倘若撇下她們，回去福州，此心何安？何況定閒師太她們確是為敵所困，而任我行是否來到福州，我卻一無所知……」見秦絹過去拾起斬斷大樹的長劍，給他插入腰間劍鞘，忽然想起：「我說若要殺死林平之，何必背後斬他？又豈會一劍斬他不死？倘若下手之人是任我行，他更怎麼一劍斬他不死？那定然是另有其人了。只須不是任我行，我師父怕他何來？」

想到此節，心下登時一寬，只聽得遠處蹄聲隱隱，聽那馬匹的數目，當是于嫂她們化緣回來了。果然過不多時，一十五騎馬奔到跟前。于嫂說道：「令狐少俠，咱們化……化了不少金銀，可使不了……使不了這許多。黑夜之中，也不能分些去救濟貧苦。」儀和道：「這當兒去龍泉要緊。濟貧的事，慢慢再辦不遲。」轉頭向儀清道：「剛才道上遇到了個年輕女子，你們見到沒有？也不知是甚麼來頭，卻跟我們動上了手。」

令狐冲驚道：「跟你們動上了手？」儀和道：「是啊。黑暗之中，這女子騎馬衝來，一見到我們，便罵甚麼不三不四的尼姑，甚麼也不怕醜。」令狐冲暗暗叫苦，忙問：「她受傷重不重？」儀和奇道：「咦，你怎知她受了傷？」令狐冲心想：「她如此罵你們，你又是這等火爆霹靂的脾氣，她一個對你們一十五人，豈有不受傷的？」又問：「她傷在那裏？」

儀和道：「我先問她，為甚麼素不相識，一開口就罵人？她說：『哼，我才識得你們呢。你們是恆山派中一羣不守清規的尼姑。』我說：『甚麼不守清規？胡說八道，你嘴裏放乾淨些。』她馬鞭一揚，不再理我，喝道：『讓開！』我伸手抓住了她馬鞭，也喝道：『讓開！』這樣便動起手來啦。」

于嫂道：「她拔劍出手，咱們便瞧出她是華山派的，黑暗之中當時看不清面貌，後來認出好像便是岳先生的小姐。我急忙喝阻，可是她手臂上已中了兩處劍傷，卻也不怎麼重。」

儀和笑道：「我可早認出來啦。他們華山派在福州城中，對令狐師兄好生無禮，咱們恆山派有難，又是袖手不理，我有心要她吃些苦頭。」鄭蕚道：「儀和師姊對這岳姑娘確是手下留情，那一招『金針渡劫』砍中了她左膀，只輕輕一劃，便收了轉來，若是真打哪，還不卸下了她一條手臂。」

令狐冲心想一波未平，一波又起，小師妹心高氣傲，素來不肯認輸，今晚這一戰定然認為是畢生奇恥大辱，多半還要怪在自己頭上。一切都是運數使然，那也無可如何，好在她受傷不重，料想當無大礙。

鄭蕚早瞧出令狐冲對這岳姑娘關心殊甚，說道：「咱們倘若早知她是令狐師兄的師妹，就讓她罵上幾句也沒甚麼，偏生黑暗之中，甚麼也瞧不清楚。日後見到，倒要好生向她陪罪才是。」儀和氣忿忿的道：「陪甚麼罪？咱們又沒得罪她，是她一開口就罵人。走遍天下，也沒這個道理。」

令狐冲道：「幾位化到了緣，咱們走罷。那白剝皮怎樣？」他心中難過，不願再提岳靈珊之事，便岔開了話題。

儀和等人說起化緣之事，大為興奮，登時滔滔不絕，還道：「平時向財主化緣，要化一兩二兩銀子也為難得緊，今晚卻一化便是幾千兩。」鄭蕚笑道：「那白剝皮躺在地下，又哭又嚷，說道幾十年心血，一夜之間便化為流水。」秦絹笑道：「誰叫他姓白呢？他去剝人家的皮，搜刮財物，到頭來還是白白的一場空。」

眾人笑了一陣，但不久便想起師伯、師父她們被困，心情又沉重起來。

令狐冲道：「咱們盤纏有了著落，這就趕路罷！」

二十五　聞訊

——

幾碗酒一下肚，一個寒酸落拓的莫大先生突然顯得逸興遄飛，連連呼酒，只是他酒量和令狐冲差得甚遠，再喝得幾碗後，已然滿臉通紅。

一行人縱馬疾馳，每天只睡一兩個時辰，沿途毫無躭擱，數日後便到了浙南龍泉。令狐冲給卜沉和沙天江二人砍傷，流血雖多，畢竟只是皮肉之傷。他內力渾厚，兼之內服外敷恆山派的治傷靈藥，到得浙江境內時已好了大半。

眾弟子心下焦急，甫入浙境便即打聽鑄劍谷的所在，但沿途鄉人均無所知。到得龍泉城內，見鑄刀鑄劍鋪甚多，可是向每家刀劍鋪打聽，竟無一個鐵匠知道鑄劍谷的所在。眾人大急，再問可見到兩位年老尼姑，有沒聽到附近有人爭鬥打架。眾鐵匠都說並沒聽到有甚麼人打架，至於尼姑，那是常常見到的，城西水月庵中便有好幾個尼姑，卻也不怎麼老。

眾人問明水月庵的所在，當即馳馬前往，到得庵前，只見庵門緊閉。

鄭萼上前打門，半天也無人出來。儀和見鄭萼又打了一會門，沒聽見庵中有絲毫聲音，不耐再等，便即拔劍出鞘，越牆而入。儀清跟著躍進。儀和道：「你瞧，這是甚麼？」指著地下。只見院子中有七八枚亮晶晶的劍頭，顯是被人用利器削下來的。儀和叫道：「庵裏有人麼？」尋向後殿。儀清拔閂開門，讓令狐冲和眾人進來。她拾起一枚劍頭，交給令狐冲道：「令狐師兄，這裏有人動過手。」

令狐冲接過劍頭，見斷截處極是光滑，問道：「定閒、定逸兩位師伯，使的可是寶劍麼？」儀清道：「她二位老人家都不使寶劍。我師父曾道，只須劍法練得到了家，便是木劍竹劍，也能克敵制勝。她老人家又道，寶刀寶劍太過霸道，稍有失手，便取人性命，殘人肢體……」令狐冲沉吟道：「那麼這不是兩位師伯削斷的？」儀清點了點頭。

只聽得儀和在後殿叫道：「這裏又有劍頭。」眾人跟著走向後殿，見殿堂中地下桌上，到處積了灰塵。天下尼庵佛堂，必定灑掃十分乾淨，這等塵封土積，至少也有數日無人居住了。令狐冲等又來到庵後院子，只見好幾株樹木被利器劈斷，檢視斷截之處，當也已歷時多日。後門洞開，門板飛出在數丈之外，似是被人踢開。

後門外一條小徑通向羣山，走出十餘丈後，便分為兩條岔路。

儀清叫道：「大夥兒分頭找找，且看有無異狀。」過不多時，秦絹在右首的岔路上叫了起來：「這裏有一枚袖箭。」又有一人跟著叫道：「鐵錐！有一枚鐵錐。」眼見這條小路通入一片丘嶺起伏的羣山，眾人當即向前疾馳，沿途不時見到暗器和斷折的刀劍。

突然之間，儀清「啊」的一聲叫了出來，從草叢中拾起一柄長劍，向令狐冲道：「本門的兵器！」令狐冲道：「定閒、定逸兩位師太和人相鬥，定是向這裏過去。」眾人皆知掌門人和定逸師太定是鬥不過敵人，從這裏逃了下去，令狐冲這麼說，不過措詞冠冕些而已。眼見一路上散滿了兵刃暗器，料想這一場爭鬥定然十分慘烈，事隔多日，不知是否還來得及相救。眾人憂心忡忡，發足急奔。

山路越走越險，盤旋而上，繞入了後山。行得數里，遍地皆是亂石，已無道路可循。恆山派中武功較低的弟子儀琳、秦絹等已然墮後。

又走一陣，山中更無道路，亦不再見有暗器等物指示方向。

眾人正沒做理會處，突見左側山後有濃煙升起。令狐冲道：「咱們快到那邊瞧瞧。」疾向該處奔去。但見濃煙越升越高，繞過一處山坡後，眼前好大一個山谷，谷中烈燄騰空，柴草燒得劈啪作響。令狐冲隱身石後，回身揮手，叫儀和等人不可作聲。

便在此時，聽得一個蒼老的男子聲音叫道：「定閒、定逸，今日送你們一起上西方極樂世界，得證正果，不須多謝我們啦。」令狐冲心中一喜：「兩位師太並未遭難，幸喜沒有來遲。」又有一個男子聲音叫道：「東方教主好好勸你們歸降投誠，你們偏偏固執不聽，自今而後，武林中可再沒恆山一派了。」先前那人叫道：「你們可怨不得我日月神教心狠手辣，只好怪自己頑固，累得許多年輕弟子枉自送了性命，實在可惜。哈哈，哈哈！」

眼見谷中火頭越燒越旺，顯是定閒、定逸兩位師太已被困在火中，令狐冲執劍在手，提一口氣，長聲叫道：「大膽魔教賊子，竟敢向恆山派眾位師太為難。五嶽劍派的高手們四方來援，賊子們還不投降？」口中叫嚷，向山谷衝了下去。

一到谷底，便是柴草阻路，枯枝乾草堆得兩三丈高，令狐冲更不思索，湧身從火堆中跳將進去。幸好火圈之中的柴草燃著的還不甚多，他搶前幾步，見有兩座石窯，卻不見有人，便叫：「定閒、定逸兩位師太，恆山派的救兵來啦！」

這時儀和、儀清、于嫂等眾弟子也在火圈外縱聲大呼，大叫：「師父、師伯，弟子們都到了。」跟著敵人呼叱之聲大作：「一起都宰了！」「都是恆山派的尼姑！」「虛張聲勢，甚麼五嶽劍派的高手。」隨即兵刃相交，恆山派眾弟子和敵人交上了手。

只見窯洞口中一個高大的人影鑽了出來，滿身血跡，正是定逸師太，手執長劍，當門而立，雖然衣衫破爛，臉有血汚，但這麼一站，仍是神威凜凜，絲毫不失一代高手的氣派。

她一見令狐冲，怔了一怔，道：「你……你是……」令狐冲道：「弟子令狐冲。」定逸師太道：「我正識得你是令狐冲……」她在衡山羣玉院外，曾隔窗見過令狐冲一面。令狐冲道：「弟子開路，請眾位一齊衝殺出去。」俯身拾起一根長條樹枝，挑動燃著的柴草。定逸師太道：「你已投入魔教……」

便在此時，只聽得一人喝道：「甚麼人在這裏搗亂！」刀光閃動，一柄鋼刀在火光中劈將下來。令狐冲眼見火勢甚烈，情勢危急，而定逸師太對自己大有見疑之意，竟然不肯隨己衝出，當此情勢，只有快刀斬亂麻，大開殺戒，方能救得眾人脫險，當即退了一步。那人一刀不中，第二刀又復砍下。令狐冲長劍削出，嗤的一聲響，將他右臂連刀一齊斬落。卻聽得外邊一個女子尖聲慘叫，當是恆山派女弟子遭了毒手。

令狐冲一驚，急從火圈中躍出，但見山坡上東一團、西一堆，數百人已鬥得甚急。恆山派羣弟子七人一隊，組成劍陣與敵人相抗，但也有許多人落了單，不及組成劍陣，便已與敵人接戰。組成劍陣的即使未佔上風，一時之間也是無礙，但各自為戰的凶險百出，已有兩名女弟子在這頃刻之間屍橫就地。

令狐冲雙目向戰場掃了一圈，見儀琳和秦絹二人背靠背的正和三名漢子相鬥。他提氣急衝過去，猛見青光閃動，一柄長劍疾刺而至。令狐冲長劍挺出，刺向那人咽喉，登即了帳。幾個起落，已奔到儀琳之前，一劍刺入一名漢子背心，又一劍從另一名漢子脅下通入。第三名漢子舉起鋼鞭，正要往秦絹頭頂砸下，令狐冲長劍反迎上去，將他一條手臂齊肩卸落。

儀琳臉色慘白，露出一絲笑容，說道：「阿彌陀佛，令狐大哥。」

令狐冲眼見于嫂被兩名好手攻得甚急，縱身過去，刷刷兩劍，一中小腹、一斷右腕，敵方兩名好手一死一傷；回過身來，長劍到處，三名正和儀和、儀清劇鬥的漢子在慘呼聲中倒地不起。

只聽得一個蒼老的聲音叫道：「合力料理他，先殺了這廝。」三條灰影應聲撲至，三劍齊出，分指令狐冲的咽喉、胸口和小腹。這三劍劍招精奇，勢道凌厲，實是第一流好手的劍法。令狐冲吃了一驚，心道：「這是嵩山派劍法！難道他們竟是嵩山派的？」

他心念只這麼一動，敵人三柄長劍的劍尖已逼近他三處要害。令狐冲運起「獨孤九劍」中「破劍式」要訣，長劍圈轉，將敵人攻來的三劍一齊化解了，劍意未盡，又將敵人逼得退開了兩步，只見左首是個胖大漢子，四十來歲年紀，頦下一部短鬚。居中是個乾瘦的老者，皮色黝黑，雙目炯炯生光。他不及瞧第三人，斜身竄出，反手刷刷兩劍，刺倒了兩名正在夾攻鄭蕚的敵人。那三人大聲吼叫，追了上來。令狐冲已打定主意：「這三人劍法甚高，一時三刻打發不了。纏鬥一久，恆山門下損傷必多。」他提起內力，足下絲毫不停，東刺一招，西削一劍，長劍到處，必有一名敵人受傷倒地，甚或中劍身亡。

那三名高手大呼追來，可是和他始終相差丈許，追趕不及。只一盞茶功夫，已有三十餘名敵人死傷在令狐冲劍下，果真是當者披靡，無人能擋得住他的一招一式。敵方頃刻間損折了三十餘人，強弱之勢登時逆轉。令狐冲每殺傷得幾名敵人，恆山派女弟子便有數人緩出手來，轉去相助同門，原是以寡敵眾，反過來漸漸轉為以強凌弱，越來越佔上風。

令狐冲心想今日這一戰性命相搏，決計不能有絲毫容情，若不在極短時刻內殺退敵人，火勢漸旺，困在石窯中的定閒師太等人便無法脫險。他奔行如飛，忽而直衝，忽而斜進，足跡所到之處，丈許內的敵人無一得能倖免，過不多時，又有二十餘人倒地。

定逸站在窯頂高處，眼見令狐冲如此神出鬼沒的殺傷敵人，劍法之奇，直是生平從所未見，歡喜之餘，亦復駭然。

餘下敵人尚有四五十名，眼見令狐冲如鬼如魅，直非人力所能抵擋，驀地裏發一聲喊，有二十餘人向樹叢中逃了進去。令狐冲再殺數人，其餘各人更無鬥志，也即逃個乾乾淨淨。只有那三名高手仍是在他身後追逐，但相距漸遠，顯然也已大有怯意。

令狐冲立定腳步，轉過身來，喝道：「你們是嵩山派的，是不是？」

那三人急向後躍。一個高大漢子喝道：「閣下何人？」

令狐冲不答，向于嫂等人叫道：「趕快撥開火路救人。」眾弟子砍下樹枝，撲打燃著的柴草。儀和等幾名弟子已躍進火圈。枯枝乾草一經著火，再也撲打不熄，但十餘人合力撲打下，火圈中已開了個缺口，儀和等人從窯中扶了幾名奄奄一息的尼姑出來。

令狐冲問道：「定閒師太怎樣了？」只聽得一個蒼老的女子聲音說道：「有勞掛懷！」一個中等身材的老尼從火圈中緩步而出。她月白色的衣衫上既無血跡，亦無塵土，手中不持兵刃，只左手拿著一串念珠，面目慈祥，神定氣閒。令狐冲大為詫異，心想：「這位定閒師太竟然如此鎮定，身當大難，卻沒半分失態，當真名不虛傳。」當即躬身行禮，說道：「拜見師太。」定閒師太合什回禮，卻道：「有人偷襲，小心了。」

令狐冲應道：「是！」竟不回身，反手揮劍，擋開了那胖大漢子刺過來的一劍，說道：「弟子赴援來遲，請師太恕罪。」噹噹連聲，又擋開背後刺來的兩劍。

這時火圈中又有十餘名尼姑出來，更有人背負著屍體。定逸師太大踏步走出，厲聲罵道：「無恥奸徒，這等狼子野心……」她袍角著火，正向上延燒，她卻置之不理。于嫂過去替她撲熄。令狐冲道：「兩位師太無恙，實是萬千之喜。」

身後嗤嗤風響，三柄長劍同時刺到，令狐冲此刻不但劍法精奇，內功之強也已當世少有匹敵，聽到金刃劈風之聲，內力感應，自然而然知道敵招來路，長劍揮出，反刺敵人手腕。那三人武功極高，急閃避過，但那高大漢子的手背還是被劃了一道口子，鮮血涔涔。

令狐冲道：「兩位師太，嵩山派是五嶽劍派之首，和恆山派同氣連枝，何以忽施偷襲，實令人大惑不解。」

定逸師太問道：「師姊呢？她怎麼沒來？」秦絹哭道：「師……師父為奸人圍攻，力戰身……身亡……」定逸師太悲憤交集，罵道：「好賊子！」踏步上前，可是只走得兩步，身子一晃，便即坐倒，口中鮮血狂噴。

嵩山派三名高手接連變招，始終奈何不了令狐冲分毫，眼見他背向己方，反手持劍，劍招已神妙難測，倘若轉過身來，更怎能是他之敵？三人暗暗叫苦，只想脫身逃走。

令狐冲轉過身來，刷刷數劍急攻，劍招之出，對左首敵人攻其左側，對右首敵人攻其右側，逼得三人越擠越緊。他一柄長劍將三人圈住，連攻一十八劍，那三人擋了一十八招，竟無餘裕能還得一手。三人所使均是嵩山派的精妙劍法，但在「獨孤九劍」的攻擊之下，全無還手餘地。令狐冲有心逼得他們施展本門劍法，再也無可抵賴，眼見三人滿臉都是汗水，神情猙獰可怖，但劍法卻並無散亂，顯然每人數十年的修為，均是大非尋常。

定閒師太說道：「阿彌陀佛，善哉善哉！趙師兄、張師兄、司馬師兄，我恆山派和貴派無怨無仇，三位何以如此苦苦相逼，竟要縱火將我燒成焦炭？貧尼不明，倒要請教。」

那嵩山派三名好手正是姓趙、姓張、姓司馬。三人極少在江湖上走動，只道自己身分十分隱秘，本已給令狐冲迫得手忙腳亂，忽聽定閒師太叫了姓氏出來，都是一驚。嗆啷、嗆啷兩響，兩人手腕中劍，長劍落地。令狐冲劍尖指在那姓趙矮小老者喉頭，喝道：「撒劍！」那老者長嘆一聲，說道：「天下居然有這等武功，這等劍法！趙某人栽在閣下劍底，卻也不算冤枉。」手腕一振，內力到處，手中長劍斷為七八截，掉在地下。

令狐冲退開幾步，儀和等七人各出長劍，圍住三人。

定閒師太緩緩的道：「貴派意欲將五嶽劍派合而為一，併成一個五嶽派。貧尼以恒山派傳世數百年，不敢由貧尼手中而絕，拒卻了貴派的倡議。此事本來儘可從長計議，何以各位竟冒充魔教，痛下毒手，要將我恒山派盡數誅滅。如此行事，那不是太霸道了些嗎？」

定逸師太怒道：「師姊跟他們多說甚麼？一概殺了，免留後患，咳……咳……」她咳得幾聲，又大口吐血。

那姓司馬的高大漢子道：「我們是奉命差遣，內中詳情，一概不知……」那姓趙老者怒道：「任他們要殺要剮便了，你多說甚麼？」那姓司馬的被他這麼一喝，便不再說，臉上頗有慚愧之意。

定閒師太說道：「三位三十年前橫行冀北，後來突然銷聲匿跡。貧尼還道三位已然大徹大悟，痛改前非，卻不料暗中投入嵩山派，另有圖謀。唉，嵩山派左掌門一代高人，卻收羅了許多左道……這許多江湖異士，和同道中人為難，真是居心……唉，令人大惑不解。」她雖當此大變，仍不願出言傷人，說話自覺稍有過份，便即轉口，長嘆一聲，問道：「我師姊定靜師太，也是傷在貴派之手嗎？」

那姓司馬的先前言語中露了怯意，急欲挽回顏面，大聲道：「不錯，那是鍾師弟……」那姓趙老者「嘿」的一聲，向他怒目而視。那姓司馬的才知失言，兀自說道：「事已如此，還隱瞞甚麼？左掌門命我們分兵兩路，各赴浙閩幹事。」

定閒師太道：「阿彌陀佛，阿彌陀佛。左掌門已然身為五嶽劍派盟主，位望何等尊崇，何必定要歸併五派，由一人出任掌門？如此大動干戈，傷殘同道，豈不為天下英雄所笑？」定逸師太厲聲道：「師姊，賊子野心，貪得無厭……你……」定閒師太揮了揮手，向那三人說道：「天網恢恢，疏而不漏。多行不義，必遭惡報。你們去罷！相煩三位奉告左掌門，恆山派從此不再奉左掌門號令。敝派雖然都是孱弱女子，卻也決計不屈於強暴。左掌門併派之議，恆山派恕不奉命。」

儀和叫道：「師伯，他們……他們好惡毒……」定閒師太道：「撤了劍陣！」儀和應道：「是！」長劍一舉，七人收劍退開。

這三名嵩山派好手萬料不到居然這麼容易便獲釋放，不禁心生感激，向定閒師太躬身行禮，轉身飛奔而去。那姓趙的老者奔出數丈，停步回身，朗聲道：「請問這位劍法通神的少俠尊姓大名。在下今日栽了，不敢存報仇之望，卻想得知是栽在那一位英雄的劍底。」

令狐冲笑道：「本將軍泉州府參將吳天德便是！來將通名。」

那老者明知他說的是假話，長嘆一聲，轉頭而去。

其時火頭越燒越旺，嵩山派死傷的人眾橫七豎八的躺在地下。十餘名傷勢較輕的慢慢爬起走開，重傷的臥於血泊之中，眼見火勢便要燒到，無力相避，有的便大聲呼救。

定閒師太道：「這事不與他們相干，皆因左掌門一念之差而起。于嫂、儀清，便救他們一救。」一眾人知道掌門人素來慈悲，不敢違拗，當下分別去檢視嵩山派中死傷之輩，只要尚有氣息的，便扶在一旁，取藥給之敷治。

定閒師太舉首向南，淚水滾滾而下，叫道：「師姊！」身子晃了兩下，向前直摔下去。眾人大驚，搶上扶起，只見她口中一道道鮮血流出，而定逸師太傷勢亦重。眾弟子十分惶急，不知如何是好，一齊望著令狐冲，要聽他的主意。

令狐冲道：「快給兩位師太服用傷藥。受傷的先裹傷止血。此處火氣仍烈，大夥兒到那邊休息。請幾位師姊師妹去找些野果或甚麼吃的。」眾人應命，分頭辦事。鄭蕚、秦絹用水壺裝了山水，服侍定閒、定逸以及受傷的眾位同門喝水服藥。

龍泉一戰，恆山派弟子死了三十七人。眾弟子想起定靜師太和戰死了的師姊師妹，盡皆傷感，突然有人放聲大哭，餘人也都哭了起來。霎時之間，山谷充滿了一片悲號之聲。

定逸師太厲聲喝道：「死的已經死了，怎地如此想不開？大家平時學佛誦經，為的便是參悟這『生死』兩字，一副臭皮囊，又有甚麼好留戀的？」眾弟子素知這位師太性如烈火，誰也不敢拗她之意，當下便收了哭聲，但許多人兀是抽噎不止。定逸師太又道：「師姊到底如何遭難？蕚兒，你口齒清楚些，給掌門人稟告明白。」

鄭萼應道：「是。」站起身來，將如何仙霞嶺中伏，得令狐冲援手，如何廿八鋪為敵人迷藥迷倒被擒，如何定靜師太為嵩山派鍾鎮所脅，又受蒙面人圍攻，幸得令狐冲趕到殺退，而定靜師太終於傷重圓寂等情，一一說了。

定逸師太道：「這就是了。嵩山派的賊子冒充魔教，脅迫師姊贊同併教之議。哼，用心好毒。倘若你們皆為嵩山派所擒，師姊便欲不允，那也不可得了。」她說到後來，已是氣力不繼，聲音漸漸微弱，喘息了一會，又道：「師姊在仙霞嶺遭到圍攻，便知敵人不是易與之輩，信鴿傳書，要我們率眾來援，不料……不料……這件事，也是落在敵人算中。」

定閒師太座下的二弟子儀文說道：「師叔，你請歇歇，弟子來述說咱們遇敵的經過。」定逸師太怒道：「有甚麼經過？水月庵中敵人夜襲，乒乒乓乓的一直打到今日。」儀文道：「是。」仍是簡單敘述數日來遇敵的情景。

原來當晚嵩山派大舉來襲，各人也都蒙面，冒充是魔教的教眾。恆山派倉卒受攻，當時大有覆沒之虞，幸好水月庵也是武林一脈，庵中藏得五柄龍泉寶劍，住持清曉師太在危急中將寶劍分交定閒、定逸等禦敵。龍泉寶劍削鐵如泥，既將敵人兵刃削斷了不少，又傷了不少敵人，這才且戰且退，逃到了這山谷之中。清曉師太卻因護友殉難。這山谷舊產精鐵，數百年前原是鑄劍之所，後來精鐵採完，鑄劍爐搬往別處，只剩下幾座昔日煉焦的石窯。也幸得這幾座石窯，恆山派才支持多日，未遭大難。嵩山派久攻不下，堆積柴草，使起火攻毒計，倘若令狐冲等來遲半日，眾人勢難倖免了。

定逸師太不耐煩去聽儀文述說往事，雙目瞪著令狐冲，突然說道：「你……你很好啊。

你師父為甚麼將你逐出門牆？說你和魔教勾結？」令狐冲道：「弟子交遊不慎，確是結識了幾個魔教中的人物。」定逸師太哼了一聲，道：「像嵩山派這樣狼子野心，卻比魔教更加不如了。哼，正教中人，就一定比魔教好些嗎？」

儀和道：「令狐師兄，我不敢說你師父的是非。可是他……他明知我派有難，卻袖手旁觀，這中間……這中間……說不定他早已贊成嵩山派的併派之議了。」

令狐冲心中一動，覺得這話也未嘗無理，但他自幼崇仰恩師，心中決不敢對他存絲毫不敬的念頭，說道：「我恩師也不是袖手旁觀，多半他老人家另有要事在身……這個……」

定閒師太一直在閉目養神，這時緩緩睜開眼來，說道：「敝派數遭大難，均蒙令狐少俠援手，這番大恩大德……」令狐冲忙道：「弟子稍效微勞，師伯之言，弟子可萬不敢當。」定閒師太搖了搖頭，道：「少俠何必過謙？岳師兄不能分身，派他大弟子前來效力，那也是一樣。儀和，可不能胡言亂語，對尊長無禮。」儀和躬身道：「是，弟子不敢了。不過……不過令狐師兄已被逐出華山派，岳師伯早已不要他了。他也不是岳師伯派來的。」定閒師太微微一笑，道：「你就是不服氣，定要辯個明白。」

儀和忽然嘆了口氣，說道：「令狐師兄若是女子，那就好了。」定閒師太問道：「為甚麼？」儀和道：「他已被逐出華山，無所歸依，如是女子，便可改入我派。他和我們共歷患難，已是自己人一樣……」定逸師太喝道：「胡說八道，你年紀越大，說話越像個孩子。」定閒師太微微一笑，道：「岳師兄一時誤會，將來辨明真相，自會將令狐少俠重收門戶。嵩山派圖謀之心，不會就此便息，華山派也正要倚仗令狐少俠呢。就算他不回華山，以他這樣的胸懷武功，就是自行創門立派，也非難事。」

鄭蕚道：「掌門師叔說得真對。令狐師兄，華山派這些人都對你這麼兇，你就來自創一個……創一個『令狐派』給他們瞧瞧。哼，難道非回華山派不可，好希罕麼？」令狐冲臉現苦笑，道：「師伯獎飾之言，弟子何以克當？但願恩師日後能原恕弟子過失，得許重入門牆，弟子便更無他求了。」秦絹道：「你更無他求？你小師妹呢？」

令狐冲搖了搖頭，岔開話頭，說道：「一眾殉難的師姊遺體，咱們是就地安葬呢，還是火化後將骨灰運回恒山？」

定閒師太道：「都火化了罷！」她雖對世事看得透徹，但見這許多屍體橫臥地下，都是多年相隨自己的好弟子，說這句話時，聲音也不免哽咽了。眾弟子又有好幾人哭了出來。

有些弟子已死數日，有的屍體還遠在數十丈外。眾弟子搬移同門屍身之時，無不痛罵嵩山派掌門左冷禪居心險惡，手段毒辣。

待諸事就緒，天色已黑，當晚眾人便在荒山間露宿一宵。次晨眾弟子背負了定閒師太、定逸師太，以及受傷的同門，到了龍泉城內，改行水道，僱了七艘烏篷船，向北進發。

令狐冲生怕嵩山派又再在水上偷襲，隨著眾人北上。恒山派既有兩位長輩同行，令狐冲深自收斂，再也不敢和眾弟子胡說八道了。定閒師太、定逸師太等受傷本來頗為不輕，幸好恒山派治傷丸散極具神效，過錢塘江後，便已脫險境。恒山派此次元氣大傷，不願途中再生事端，儘量避開江湖人物，到得長江邊上，便即另行僱船，溯江西上。如此緩緩行去，預擬到得漢口後，受傷眾人便會好得十之六七，那時再捨舟登陸，折向北行，回歸恒山。

這一日來到鄱陽湖畔，舟泊九江口。其時所乘江船甚大，數十人分乘兩船。令狐冲晚間在後梢和梢公水手同宿。睡到半夜，忽聽得江岸之上有人輕輕擊掌，擊了三下，停得一停，又擊三下。跟著西首一艘船上也有人擊掌三響，停得一停，再擊三下。擊掌聲本來極輕，但令狐冲內力既厚，耳音隨之極好，一聞異聲，立即從睡夢中醒覺，知是江湖上人物相互招呼的訊號。這些日來，他隨時隨刻注視水面上的動靜，防人襲擊，尋思：「不妨前去瞧瞧，若和恒山派無關，那是最好，否則暗中便料理了，免得驚動定閒師太她們。」

凝目往西首的船隻上瞧去，果見一條黑影從數丈外躍起，到了岸上，輕功卻也平平。令狐冲輕輕一縱，悄沒聲息的上岸，繞到東首排在江邊的一列大油簍之後，掩將過去，只聽一人說道：「那船上的尼姑，果然是恒山派的。」另一人道：「你說怎麼辦？」

令狐冲慢慢欺近，星月微光之下，只見一人滿臉鬍子，另一人臉形又長又尖，不但是瓜子臉，而且是張葵花子臉。只聽這尖臉漢子說道：「單憑咱們白蛟幫，人數雖多，武功可及不上人家，明著動手是不成的。」那鬍子道：「誰說明著動手了？這些尼姑武功雖強，水上的玩藝卻未必成。明兒咱們駕船掇了下去，到得大江上，跳下水去鑿穿了她們坐船，還不一一的手到擒來？」那尖臉漢子喜道：「此計大妙。咱哥兒立此大功，九江白蛟幫的萬兒，從此在江湖上可響得很啦。不過我還是有一件事擔心。」那鬍子道：「擔心甚麼？」

那尖臉的道：「他們五嶽劍派結盟，說甚麼五嶽劍派，同氣連枝。要是給莫大先生得知了，來尋咱們晦氣，白蛟幫可吃不了要兜著走啦。」那鬍子道：「哼，這幾年來咱們受衡山派的氣，可也受得夠啦。這一次咱們倘若不替朋友們出一番死力，下次有事之時，朋友們也不會出力相幫。這番大事幹成後，說不定衡山派也會鬧個全軍覆沒，又怕莫大先生作甚？」那尖臉的道：「好，就是這個主意。咱們去招集人手，可得揀水性兒好的。」

令狐冲一竄而出，反轉劍柄，在那尖臉的後腦一撞，那人登時暈了過去。那鬍子揮拳打來，令狐冲劍柄探出，登的一聲，正中他左邊太陽穴。那鬍子如陀螺般轉了幾轉身，一交坐倒。令狐冲橫過長劍，削下兩隻大油簍的蓋子，提起二人，分別塞入了油簍。油簍中裝滿了菜油，每一簍裝三百斤，原是要次日裝船，運往下游去的。這二人一浸入油簍，登時油過口鼻，冷油一激，便即醒轉，骨嘟骨嘟的大口呑油。

忽然背後有人說道：「令狐少俠，勿傷他們性命。」正是定閒師太的聲音。

令狐冲微微一驚，心想：「定閒師太何時到了身後，我竟沒知曉。」當下鬆開按在二人頭上的雙手，說道：「是！」那二人頭上一鬆，便欲躍出。令狐冲笑道：「別動！」伸劍在二人頭頂一擊，又將二人迫入了油簍。那二人屈膝而蹲，菜油及頸，雙眼難睜，竟不知何以會處此狼狽境地。

只見一條灰影從船上躍將過來，卻是定逸師太，問道：「師姊，捉到了小毛賊麼？」定閒師太道：「是九江白蛟幫的兩位堂主，令狐少俠跟他們開開玩笑。」她轉頭向那鬍子道：「閣下姓易還是姓齊？史幫主可好？」那鬍子正是姓易，奇道：「我……我姓易，你怎麼知道？咱們史幫主很好啊。」定閒微笑道：「白蛟幫易堂主、齊堂主，江湖上人稱『長江雙飛魚』，鼎鼎大名，老尼早已如雷貫耳。」

定閒師太心細如髮，雖然平時極少出庵，但於江湖上各門各派的人物，無一不是瞭如指掌，否則怎能認出嵩山派中那三名為首高手？以這姓易的翳子，這姓齊的尖臉漢子而論，在武林中只是第三四流人物，但她一見到兩人容貌，便猜到了他們的身分來歷。

那尖臉漢子甚是得意，說道：「如雷貫耳，那可不敢。」令狐冲手上一用力，用劍刃將他腦袋壓入了油中，又再鬆手，笑道：「我是久仰大名，如油貫耳。」那漢子怒道：「你……你……」想要破口罵人，卻又不敢。令狐冲道：「我問一句，你們就老老實實答一句，若有絲毫隱瞞，叫你『長江雙飛魚』變成一對『油浸死泥鰍』。」說著將那翳子也按在油中浸了一下。那翳子先自有備，沒吞油入肚，但菜油從鼻孔中灌入，卻也說不出的難受。

定閒和定逸忍不住微笑，均想：「這年輕人十分胡鬧頑皮。但這倒也不失為逼供的好法子。」

令狐冲問道：「你們白蛟幫幾時跟嵩山派勾結了？是誰叫你們來跟恆山派為難的？」那翳子道：「和嵩山派勾結？這可奇了。嵩山派英雄，咱們一位也不識啊。」令狐冲道：「啊哈！第一句話你就沒老實回答。叫你喝油喝一個飽！」挺劍平按其頂，將他按入油中。這翳子雖非一流好手，武功亦不甚弱，但令狐冲渾厚的內力自長劍傳到，便如千斤之重的大石壓在他頭頂，絲毫動彈不得。菜油沒其口鼻，露出了雙眼，骨碌碌的轉動，甚是狼狽。

令狐冲向那尖臉漢子道：「你快說！你想做長江飛魚呢，還是想做油浸泥鰍？」

那姓齊的道：「遇上了你這位英雄，想不做油浸泥鰍，可也辦不到了。不過易大哥可沒說謊，咱們確是不識得嵩山派的人物。再說，嵩山派和恆山派結盟，武林中人所共知。嵩山派怎麼叫咱們白蛟幫來跟……貴派過不去？」

令狐冲鬆開長劍，放了那姓易的抬起頭來，又問：「你說明兒要在長江之中，鑿沉恆山派的座船，用心如此險惡，恆山派到底甚麼地方得罪你們了？」

定逸師太後到，本不知令狐冲何以如此對待這兩名漢子，聽他一說，登時勃然大怒，喝道：「好賊子，想在長江中淹死我們啊。」她恆山派門下十之八九是北方女子，全都不會水性，大江之中倘若坐船沉沒，勢不免葬身魚腹，想起來當真不寒而慄。

那姓易的生怕令狐冲再將他腦袋按入油中，搶先答道：「恆山派跟我們白蛟幫本來無怨無仇。我們只是九江碼頭上一個小小幫會，又有甚麼能耐跟恆山派眾位師太結下樑子。只不過……只不過我想大家都是佛門一脈，貴派向西而去，多半是前去應援。因此……這個……我們不自量力，起下了歹心，下次是再也不敢了。」

令狐冲越聽越胡塗，問道：「甚麼叫做佛門一脈，西去赴甚麼援？說得不清不楚，莫名其妙！」那姓易的道：「是，是！少林派雖不是五嶽劍派之一，但我們想和尚尼姑都是一家人……」定逸師太喝道：「胡說！」那姓易的吃了一驚，自然而然的身子一縮，吞了一大口油，膩住了口，說不出話來。定逸師太忍住了笑，向那尖臉漢子道：「你來說。」

那姓齊的道：「是，是！有一個『萬里獨行』田伯光，不知師太是否和他相熟？」

定逸師太大怒，心想這「萬里獨行」田伯光是江湖上惡名昭彰的採花淫賊，我如何會和他相熟？這廝竟敢問出這句話來，當真是莫大的侮辱，右手一揚，便要往他頂門拍落。

定閒師太伸手一攔，道：「師妹勿怒。這二位在油中躭得久了，腦筋不大清楚。且別和他們一般見識。」問那姓齊的道：「田伯光怎麼了？」那姓齊的道：「『萬里獨行』田伯光田大爺，跟我們史幫主是好朋友。早幾日田大爺……」定逸師太怒道：「甚麼田大爺？這等惡行昭彰的賊子，早就該將他殺了。你們反和他結交，足見白蛟幫就不是好人。」那姓齊的道：「是，是，是。我們不是……不是好人。」定逸師太問道：「我們只問你，白蛟幫何以要和恆山派為難，又牽扯上田伯光甚麼了？」田伯光曾對她弟子儀琳非禮，定逸師太一直未能殺之洩憤，心下頗以為恥，雅不願旁人提及此人名字。

那姓齊的道：「是，是。大夥兒要救任大小姐出來，生怕正教中人幫和尚的忙，因此我哥兒倆豬油蒙了心，打起了胡塗主意，這就想對貴派下手……」

定逸師太更是摸不著半點頭腦，嘆道：「師姊，這兩個渾人，還是你來問罷。」

定閒師太微微一笑，問道：「任大小姐，可便是日月神教前教主的大小姐嗎？」

令狐冲心頭一震：「他們說的是盈盈？」登時臉上變色，手心出汗。

那姓齊的道：「是。田大爺……不，那田……田伯光前些時來到九江，在我白蛟幫總舵跟史幫主喝酒，說道預期十二月十五，大夥兒要大鬧少林寺，去救任大小姐出來。」

定逸師太忍不住插嘴道：「大鬧少林寺？你們又有多大能耐，敢去太歲頭上動土？」

那姓齊的道：「是，是。我們自然是不成。」

定閒師太道：「那田伯光腳程最快，由他來往聯絡傳訊，是不是？這件事，到底是誰在從中主持？」

那姓易的說道：「大家一聽得任大小姐給少林寺的賊……不，少林寺的和尚扣住了，不約而同，都說要去救人，也沒甚麼人主持。大夥兒想起任大小姐的恩義，都說，便是為任大小姐粉身碎骨，也是甘願。」

一時之間，令狐冲心中起了無數疑團：「他們說的任大小姐，到底是不是便是盈盈？她怎麼會給少林寺的僧人扣住？她小小年紀，平素有甚麼恩義待人？為何這許多人一聽到她有難的訊息，便會奮不顧身的去相救？」

定閒師太道：「你們怕我恆山派去相助少林派，因此要將我們坐船鑿沉，是不是？」那姓齊的道：「是，我們想和尚尼姑……這個那個……」定逸師太怒道：「甚麼這個那個？」那姓齊的忙道：「是，是。這個……那個……小人不敢多說。小人沒說甚麼……」

定閒師太道：「十二月十五之前，你們白蛟幫也要去少林寺？」姓易姓齊二人齊聲道：「這可得聽史幫主號令。」姓齊的又道：「既然大夥兒都去，我們白蛟幫總也不能落在人家後面。」定閒師太問道：「大夥兒？到底有那些大夥兒？」那姓齊的道：「那田……田伯光說，浙西海沙幫、山東黑風會、湘西排教……」一口氣說了江湖上三十來個大大小小幫會的名字。此人武功平平，幫會門派的名稱倒記得挺熟。定逸師太皺眉道：「都是些不務正業的旁門左道人物，人數雖多，也未必是少林派的對手。」

令狐冲聽那姓齊的所說人名中，有天河幫幫主「銀髯蛟」黃伯流，長鯨島島主司馬大，還有幾人，也都是當日在五霸岡上會過的，心下更無懷疑，他們所要救的定然便是盈盈，斗然得到她的訊息，甚是歡喜，但想到她為少林派所扣押，而她曾殺過好幾名少林弟子，又不禁擔憂，問道：「少林派為甚麼要扣住這位……這位任大小姐？」那姓齊的道：「這可不知道了。多半是少林派的和尚們吃飽了飯沒事幹，故意找些事來跟大夥兒為難。」

定閒師太道：「請二位回去拜上貴幫主，便說恆山派定閒、定逸和這位朋友路過九江，沒來拜會史幫主，多有失禮，請史幫主包涵則個。我們明日乘船西行，請二位大度包容，別再派人來鑿沉我們的船隻。」她說一句，二人便說一句：「不敢。」

定閒師太向令狐冲道：「月白風清，少俠慢慢領略江岸夜景。恕貧尼不奉陪了。」攜了定逸之手，緩步回舟。

令狐冲知她有意相避，好讓自己對這二人仔細再加盤問，但一時之間，心亂如麻，竟想不出更有甚麼話要問，在岸邊走來走去，又悄立良久，只見半鉤月亮映在江心，大江滾滾東去，月光顫動不已，猛然想起：「今日已是十一月下旬。他們下月十五要去少林寺，為時已然無多。少林派方證、方生兩位大師待我甚好。這些人為救盈盈而去，勢必和少林派大動干戈，不論誰勝誰敗，雙方損折必多。我何不趕在頭裏，求方證方丈將盈盈放出，將一場血光大災化於無形，豈不甚好？」

又想：「定閒、定逸兩位師太傷勢已痊愈了大半。定閒師太外表瞧來和尋常老尼無異，其實所知既博，見識又極高超，實是武林中一位了不起的高人。由她率眾北歸，只要不再遇到嵩山派這樣的大批強敵，該不會有甚麼應付不了的危難。只是我怎生向她們告辭才好？」這些日來，和這些尼姑、姑娘們共歷患難。眾人對他既恭敬，又親切，於他被逐出師門、為小師妹所棄之事，雖然從不提及，但神情之間，顯然猶似她們自身遭此不幸一般。華山眾同門中，除陸大有外，反而無人待他如此親厚，突然要中途分手，頗感難以啟齒。

只聽得腳步聲細碎，兩人緩緩走近，卻是儀琳和鄭萼，走到離令狐冲二三丈外，叫了聲：「令狐大哥。」便停住了腳步。令狐冲迎將上去，說道：「你們也給驚醒了？」儀琳道：「令狐大哥，掌門師伯吩咐我們來跟你說……」推了推鄭萼，道：「你跟他說。」鄭萼道：「掌門師叔要你說的。」儀琳道：「你說也是一樣。」

鄭萼說道：「令狐大哥，掌門師叔說道，大恩不言謝，今後你不論有甚麼事，恆山派都供你驅策。你如要去少林寺救那位任大小姐，大家自當盡力效命。」

令狐冲大奇，心想：「我又沒說要去相救盈盈，怎地定閒師太卻恁地說？啊喲，是了！羣雄在五霸岡上聚會，設法為我治病，那都是瞧在盈盈的份上。此事鬧得沸沸揚揚，連這兩個不成材的『長江雙飛魚』都知道，定閒師太焉有不知？」想及此事，不由得臉上一紅。

鄭萼又道：「掌門師叔說道，此事最好不要硬來。她老人家和定逸師叔兩位，此刻已過江去了，要趕赴少林寺，去向方丈大師求情放人，請令狐大哥帶同我們，緩緩前去。」

令狐冲聽了這番話，登時呆了，半晌說不出話來，舉目向長江中眺望，果見一葉小舟，掛起了一張小小白帆，正自向北航去，心中又是感激，又覺慚愧，心想：「兩位師太是佛門中有道大德，又是武林高人。她們肯親身去向少林派求情，原是再好不過，比之我這浪跡江湖、素行不端的一介無名小卒，面子是大上百倍了。多半方證方丈能瞧著二位師太的金面，肯放了盈盈。」一想到此處，心下登時一寬。

回過頭來，只見那姓易、姓齊的兀自在油簍子中探頭探腦，不敢爬將出來，心想這二人一片熱心，為的是去救盈盈，自己可將他們得罪了，頗覺過意不去，邁步上前，拱了拱手，說道：「在下一時魯莽，得罪了白蛟幫『長江雙飛魚』兩位英雄，實因事先未知其中緣由，還請恕罪。」說著深深一揖。

「長江雙飛魚」突然見他前倨後恭，大感詫異，急忙抱拳還禮，這一手忙腳亂，無數菜油飛濺出來，濺得令狐冲身上點點滴滴的都是油跡。

令狐冲微笑著點了點頭，向儀琳和鄭萼道：「咱們走罷！」回到舟中，恆山派眾弟子竟絕口不提此事，連儀和、秦絹這些素來事事好奇之人，居然也不向他問一句話，自是定閒師太臨去時已然囑咐，免得令他尷尬。令狐冲暗自感激，但見到好幾名女弟子似笑非笑的臉色，卻又不免頗為狼狽，尋思：「她們這副模樣，心中可咬定盈盈是我的情人了。其實我和盈盈之間清清白白，並無甚麼逾規越禮之事。但她們不問，我又如何辯白？」眼見秦絹眼中閃著狡獪的光芒，忍不住道：「完全不是這麼一回事，你……你們可別胡思亂想。」

秦絹笑道：「我胡思亂想甚麼了？」令狐冲臉上一紅，道：「我猜也猜得到。」秦絹笑道：「猜到甚麼？」令狐冲還未答話，儀和道：「秦師妹，別多說了，掌門師伯吩咐的話，你忘了嗎？」秦絹抿嘴笑道：「是，是，我沒忘記。」

令狐冲轉過頭來，避開她眼光，只見儀琳坐在船艙一角，臉色蒼白，神情卻甚為冷漠，不禁心中一動：「她心中在想甚麼？為甚麼她不和我說話？」怔怔的瞧著她，忽然想到那日在衡山城外，自己受傷之後，她抱了自己在曠野中奔跑時的臉色。那時她又是關切，又是激動，渾不是眼前這般百事不理的模樣。為甚麼？為甚麼？

儀和忽道：「令狐師兄！」令狐冲沒聽見，沒有答應。儀和大聲又叫：「令狐師兄！」令狐冲一驚，回過頭道：「嗯，怎麼？」儀和道：「掌門師伯說道，明日咱們或是改行陸道，或是仍走水路，悉聽令狐師兄的意思。」

令狐冲心中只盼改行陸道，及早得知盈盈的訊息，但斜眼一睨，只見儀琳長長的睫毛下閃動著淚水，一副楚楚可憐的模樣，說道：「掌門師太叫咱們緩緩行去，那麼還是仍舊坐船罷。諒來那白蛟幫也不敢對咱們怎地。」秦絹笑道：「你放心得下嗎？」令狐冲臉上微微一紅，尚未作答，儀和喝道：「秦師妹，小孩兒家，少說幾句行不行？」秦絹笑道：「行！有甚麼不行？阿彌陀佛，我可不大放心。」

次晨舟向西行，令狐冲命舟子將船靠近岸旁航行，以防白蛟幫來襲，但直至湖北境內，一直沒有動靜。此後數日之中，令狐冲也不和恆山弟子多說閒話，每逢晚間停泊，便獨自一人上岸飲酒，喝得醺醺而歸。

這一日舟過夏口，折而向北，溯漢水而上，傍晚停泊在小鎮鷄鳴渡旁。他又上岸去，在一家冷酒鋪中喝了幾碗酒，忽想：「小師妹的傷不知好了沒有？儀真、儀靈兩位師姊送去恆山靈藥，想來必可治好她的劍傷。林師弟的傷勢又不知如何？倘若林師弟竟致傷重不治，她又怎樣？」想到這裏，心下不禁一驚，尋思：「令狐冲啊令狐冲，你直是個卑鄙小人！你雖盼小師妹早日痊愈，內心卻又似在盼望林師弟傷重而死？難道林師弟死了，小師妹便會嫁你不成？」自覺無聊，連盡了三碗酒，又想：「勞德諾和八師弟不知是誰殺的？那人為甚麼又去暗算林師弟？師父、師娘不知近來若何？」

端起酒碗，又是一飲而盡，小店之中無下酒物，隨手抓起幾粒鹹水花生，抛入口中，忽聽背後有人嘆了口氣，說道：「唉！天下男子，十九薄倖。」

令狐冲轉過面來，向說話之人瞧去，搖晃的燭光之下，但見小酒店中除了自己之外，便只店角落裏一張板桌旁有人伏案而臥。板桌上放了酒壺、酒杯，那人衣衫襤褸，形狀猥瑣，不像是如此吐屬文雅之人。當下令狐冲也不理會，又喝了一碗酒，只聽得背後那聲音又道：「人家為了你，給幽禁在不見天日之處。自己卻整天在脂粉堆中廝混，小姑娘也好，光頭尼姑也好，老太婆也好，照單全收。唉，可嘆啊可嘆。」

令狐冲知他說的是自己，卻不回頭，尋思：「這人是誰？他說『人家為了你，給幽禁在不見天日之處』，說的是盈盈嗎？為甚麼盈盈是為了我而給人幽禁？」只聽那人又道：「不相干之輩，倒是多管閒事，說要去拚了性命，將人救將出來。偏生你要做頭子，我也要做頭子，人還沒救，自己夥裏已打得昏天黑地。唉，這江湖上的事，老子可真沒眼瞧的了。」

令狐冲拿著酒碗，走過去坐在那人對面，說道：「在下多事不明，要請老兄指教。」

那人仍然伏在桌上，並不抬頭，說道：「唉，有多少風流，便有多少罪孽。恆山派的姑娘、尼姑們，這番可當真糟糕之極了。」

令狐冲更是心驚，站起身來，深深一揖，說道：「令狐冲拜見前輩，還望賜予指點。」突然見到那人凳腳旁放著一把胡琴，琴身深黃，久經年月，心念一動，已知此人是誰，當即拜了下去，說道：「晚輩令狐冲，有幸拜見衡山莫師伯，適才多有失禮。」

那人抬起頭來，雙目如電，冷冷的在令狐冲臉上一掃，正是衡山派掌門「瀟湘夜雨」莫大先生。他哼了一聲，說道：「師伯之稱，可不敢當。令狐大俠，這些日來可快活哪！」

令狐冲躬身道：「莫師伯明鑒，弟子奉定閒師伯之命，隨同恆山派諸位師姊師妹前赴少林。弟子雖然無知，卻決不敢對恆山師姊妹們有絲毫失禮。」莫大先生嘆了口氣，道：「請坐！唉，你怎不知江湖上人言紛紛，眾口鑠金？」令狐冲苦笑道：「晚輩行事狂妄，不知檢點，連本門也不能容，江湖上的閒言閒語，卻也顧不得這許多了。」

莫大先生冷笑道：「你自己甘負浪子之名，旁人自也不來理你。可是恆山派數百年的清譽，竟敗壞在你的手裏，你也毫不動心嗎？江湖上傳說紛紜，說你一個大男人，混在恆山派一羣姑娘和尼姑中間。別說幾十位黃花閨女的名聲給你損了，甚至連……連那幾位苦守戒律的老師太，也給人作為笑柄，這……這可太不成話了。」

令狐冲退開兩步，手按劍柄，說道：「不知是誰造謠，說這些無恥荒唐的言語，請莫師伯告知。」

莫大先生道：「你想去殺了他們嗎？江湖上說這些話的，沒有一萬，也有八千，你殺得乾淨麼？哼，人家都羨慕你艷福齊天，那又有甚麼不好了？」

令狐冲頹然坐下，心道：「我做事總是不顧前，不顧後，但求自己問心無愧，卻沒想到累了恆山派眾位上下。這……這便如何是好？」

莫大先生嘆了口氣，溫言道：「這五日裏，每天晚上，我都曾到你船上窺探……」令狐冲「啊」的一聲，心想：「莫師伯接連五晚來船窺探，我竟半點不知，可算是十分無能。」

莫大先生續道：「我見你每晚總是在後梢和衣而臥，別說對恆山眾弟子並無分毫無禮的行為，連閒話也不說一句。令狐世兄，你不但不是無行浪子，實是一位守禮君子。對著滿船妙齡尼姑，如花少女，你竟絕不動心，不僅是一晚不動心，而且是數十晚始終如一。似你這般男子漢、大丈夫，當真是古今罕有，我莫大好生佩服。」大拇指一翹，右手握拳，在桌上重重一擊，說道：「來來來，我莫大敬你一杯。」說著便提起酒壺斟酒。

令狐冲道：「莫師伯之言，倒教小姪好生惶恐。小姪品行不端，以致不容於師門，但恆山派同道的師妹，卻如何可以得罪？」莫大先生呵呵笑道：「光明磊落，這才是男兒漢的本色。我莫大如年輕二十歲，教我晚晚陪著這許多姑娘，要像你這般守身如玉，那就辦不到。難得啊難得！來，乾了！」兩人舉碗一飲而盡，相對大笑。

令狐冲見莫大先生形貌落拓，衣飾寒酸，那裏像是一位威震江湖的一派掌門？偶爾眼光一掃，鋒銳如刀，但這霸悍之色一露即隱，又成為一個久困風塵的潦倒漢子，心想：「恆山掌門定閒師太慈祥平和，泰山掌門天門道長威嚴厚重，嵩山掌門左冷禪陰鷙險刻，我恩師是位彬彬君子，這位莫師伯外表猥瑣平庸，似是個市井小人。但五嶽劍派的五位掌門人，其實個個是十分深沉多智之人。我令狐冲草包一個，可和他們差得遠了。」

莫大先生道：「我在湖南，聽到你和恆山派的尼姑混在一起，甚是詫異，心想定閒師太是何等樣人物，怎容門下做出這等事來？後來聽得白蛟幫的人說起你們行蹤，便趕了下來。令狐老弟，你在衡山羣玉院中胡鬧，我莫大當時認定你是個儇薄少年。你後來助我劉正風師弟，我心中對你生了好感，只想趕將上來，善言相勸，不料卻見到後一輩英俠之中，竟有你老弟這樣了不起的少年英雄。很好，很好！來來來，咱們同乾三杯！」說著叫店小二添酒，和令狐冲對飲。

幾碗酒一下肚，一個寒酸落拓的莫大先生突然顯得逸興遄飛，連連呼酒，只是他酒量和令狐冲差得甚遠，喝得幾碗後，已是滿臉通紅，說道：「令狐老弟，我知你最喜喝酒。莫大無以為敬，只好陪你多喝幾碗。嘿嘿，武林之中，莫大肯陪他喝酒的，卻也沒有幾人。那日嵩山大會，座上有個大嵩陽手費彬。此人飛揚跋扈，不可一世，莫大越瞧越不順眼，當時便一滴不飲。此人居然還口出不遜之言，他臭妹子的，你說可不可惱？」

令狐冲笑道：「是啊，這種人不自量力，橫行霸道，終究沒好下場。」

莫大先生道：「後來聽說此人突然失了蹤，下落不明，不知到了何處，倒也奇怪。」

令狐冲心想，那日在衡山城外，莫大先生施展神妙劍法殺了費彬，他當日明明見到自己在旁，此刻卻又如此說，自是不願留下了形跡，便道：「嵩山派門下行事令人莫測高深，這費彬嘛，說不定是在嵩山那一處山洞之中隱居了起來，正在勤練劍法，也未可知。」

莫大先生眼中閃出一絲狡獪的光芒，微微一笑，拍案叫道：「原來如此，若不是老弟提醒，我可想破了腦袋，也想不通其中緣由。」喝了一口酒，問道：「令狐老弟，你到底何以和恆山派的人混在一起？魔教的任大小姐對你情深一往，你可千萬不能辜負她啊。」

令狐冲臉上一紅，說道：「莫師伯明鑒，小姪情場失意，於這男女之事，可早已瞧得淡了。」一想起了小師妹岳靈珊，胸口一酸，眼眶不由得紅了，突然哈哈一笑，朗聲說道：「小姪本想看破紅塵，出家為僧，便怕出家人戒律太嚴，不准飲酒，這才沒去做和尚。哈哈，哈哈。」雖是大笑，笑聲中畢竟大有淒涼之意。過了一會，便敘述如何遇到定靜、定閒、定逸三位師太的經過，說到自己如何出手援救，每次都只輕描淡寫的隨口帶過。

莫大先生靜靜聽完，瞪著酒壺呆呆出神，過了半晌，才道：「左冷禪意欲吞併四派，聯成一個大派，企圖和少林、武當兩大宗派鼎足而三，分庭抗禮。他這密謀由來已久，雖然深藏不露，我卻早已瞧出了些端倪。操他奶奶的，他不許我劉師弟金盆洗手，暗助華山劍宗去和岳先生爭奪掌門之位，歸根結底，都是為此。只是沒想到他居然如此膽大妄為，竟敢對恆山派明目張膽的下手。」

令狐冲道：「他倒也不是明目張膽，原本是假冒魔教，要逼得恆山派無可奈何之下，不得不答允併派之議。」

莫大先生點頭道：「不錯。他下一步棋子，當是去對付泰山派天門道長了。哼，魔教雖毒，卻也未必毒得過左冷禪。令狐兄弟，你現下已不在華山派門下，閒雲野鶴，無拘無束，也不必管他甚麼正教魔教。我勸你和尚倒也不必做，也不用為此傷心，儘管去將那位任大小姐救了出來，娶她為妻便是。別人不來喝你的喜酒，我莫大偏來喝你三杯。他媽的，怕他個鳥？」他有時出言甚是文雅，有時卻又夾幾句粗俗俚語，說他是一派掌門，也真有些不像。

令狐冲心想：「他只道我情場失意乃是為了盈盈，但小師妹之事，也不便跟他提起。」便問：「莫師伯，到底少林派為甚麼要拘留任小姐？」

莫大先生張大了口，雙眼直視，臉上充滿了驚奇之狀，道：「少林派為甚麼要拘留任小姐？你是當真不知，還是明知故問？江湖上眾人皆知，你……你……還問甚麼？」

令狐冲道：「過去數月之中，小姪為人囚禁，江湖上之事一無所聞。那任小姐曾殺過少林派四名弟子，原也是從小姪身上而起，只不知後來怎地失手，竟為少林派所擒？」

莫大先生道：「如此說來，你是真的不明白其中原委了。你身中奇異內傷，無藥可治，聽說旁門左道中有數千人聚集五霸岡，為了討好這位任大小姐而來治你的傷，結果卻人人束手無策，是也不是？」令狐冲道：「正是。」莫大先生道：「這件事轟傳江湖，都說令狐冲這小子不知幾生修來的福氣，居然得到黑木崖聖姑任大小姐的垂青，就算這場病醫不好，也是不枉的了。」令狐冲道：「莫師伯取笑了。」心想：「老頭子、祖千秋他們雖然是一番好意，畢竟行事太過魯莽，這等張揚其事，難怪盈盈生氣。」

莫大先生問道：「你後來怎地卻好了？是修習了少林派的『易筋經』神功，是不是？」

令狐冲道：「不是。少林派方丈方證大師慈悲為懷，不念舊惡，答允傳授少林派無上內功。只是小姪不願改投少林派，而這門少林神功又不能傳授派外之人，只好辜負了方丈大師的一番美意。」莫大先生道：「少林派是武林中的泰山北斗。你其時已被逐出華山門牆，正好改投少林。那是千載難逢的機緣，卻為何連自己性命也不顧了？」令狐冲道：「小姪自幼蒙恩師、師娘收留，養育之恩，粉身難報，只盼日後恩師能許小姪改過自新，重列門牆，決不願貪生怕死，另投別派。」

莫大先生點頭道：「這也有理。如此說來，你的內傷得愈，那是由於另一樁機緣了。」令狐冲道：「正是。其實小姪的內傷也沒完全治好。」

莫大先生凝視著他，說道：「少林派和你向來並無淵源，佛門中人雖說慈悲為懷，卻也不能隨便傳人以本門的無上神功。方證大師答應以『易筋經』相授，你當真不知是甚麼緣故嗎？」令狐冲道：「小姪確是不知，還望莫師伯示知。」

莫大先生道：「好！江湖上都說，那日黑木崖任大小姐親身背負了你，來到少林寺中，求見方丈，說道只須方丈救了你的性命，她便任由少林寺處置，要殺要剮，絕不皺眉。」

令狐冲「啊」的一聲，跳了起來，將桌上一大碗酒都帶翻了，全身登時出了一陣冷汗，手足發抖，顫聲道：「這……這……這……」腦海中一片混亂，想起當時自己身子一日弱似一日，一晚睡夢之中，聽到盈盈哭泣甚哀，說道：「你一天比一天瘦，我……我……」說得誠摯無比，自己心中感激，狂吐鮮血，就此人事不知。待得清醒，已是在少林寺的一間斗室之中，方生大師已費了無數心力為己施救。自己一直不知如何會到少林寺中，又不知盈盈到了何處，原來竟是她捨命相救，不由得熱淚盈眶，跟著兩道眼淚撲簌簌的直流下來。

莫大先生嘆道：「這位任大小姐雖然出身魔教，但待你的至誠至情，卻令人好生相敬。少林派中，辛國樑、易國梓、黃國柏、覺月禪師四名大弟子命喪她手。她去到少林，自無生還之望，但為了救你，她……她是全不顧己了。方證大師不願就此殺她，卻也不能放她，因此將她囚禁在少林寺後的山洞之中。任大小姐屬下那許多三山五嶽之輩，自然都要去救她出來。聽說這幾個月來，少林寺沒一天安寧，擒到的人，少說也有一百來人了。」

令狐冲心情激盪，良久不能平息，過了好一會，才問：「莫師伯，你剛才說，大家爭著要做頭子，自己夥裏已打得昏天黑地，那是怎麼一會事？」

莫大先生嘆了口氣，道：「這些旁門左道的人物，平日除了聽從任大小姐的號令之外，個個狂妄自大，好勇鬥狠，誰也不肯服誰。這次上少林寺救人，大家知道少林寺是天下武學的祖宗，事情很是棘手，何況單獨去闖寺的，個個有去無回。因此上大家說要廣集人手，結盟而往。既然結盟，便須有個盟主。聽說這些日子來為了爭奪盟主之位，許多人動上了手，死的死，傷的傷，著實損折了不少人。令狐老弟，我看只有你急速趕去，才能制得住他們。你說甚麼話，那是誰也不敢違拗的，哈哈，哈哈！」

莫大先生這麼一笑，令狐冲登時滿臉通紅，情知他這番話不錯，但羣豪服了自己，只不過是瞧在盈盈的面上，而盈盈日後知道，一定要大發脾氣，突然間心念一動：「盈盈對我情意深重，可是她臉皮子薄，最怕旁人笑話於她，說她對我落花有意，而我卻流水無情。我要報答她這番厚意，務須教江湖上好漢眾口紛傳，說道令狐冲對任大小姐一往情深，為了她性命也不要了。我須孤身去闖少林，能救得出她來，那是最好，倘若救不出，也要鬧得眾所周知。」說道：「恆山派的定閒、定逸兩位師伯上少林寺去，便是向少林方丈求情，請他放了這位任小姐出來，以免釀成一場大動干戈的流血浩劫。」

莫大先生點頭道：「怪不得，怪不得！我一直奇怪，定閒師太如此老成持重之人，怎麼會放心由你陪伴她門下的姑娘、尼姑，自己卻另行他往，原來是為你作說客去了。」

令狐冲道：「莫師伯，小姪既知此事，著急得了不得，恨不得插翅飛去少林寺，瞧瞧兩位師太求情的結果如何。只是恆山派這些師姊妹都是女流之輩，倘若途中遇上了甚麼意外，可又難處。」

莫大先生道：「你儘管去好了！」令狐冲喜道：「我先去不妨？」莫大先生不答，拿起倚在板凳旁的胡琴，咿咿呀呀的拉了起來。

令狐冲知道他既這麼說，那便是答應照料恒山派一眾弟子了，這位莫師伯武功識見，俱皆非凡，不論他明保還是暗護，恒山派自可無虞，當即躬身行禮，說道：「深感大德。」

莫大先生笑道：「五嶽劍派，同氣連枝。我幫恒山派的忙，要你來謝甚麼？那位任大小姐得知，只怕要喝醋了。」

令狐冲道：「小姪告辭。恒山派眾位師姊妹，相煩莫師伯代為知照。」說著直衝出店。一凝步，向江中望去，只見坐船的窗中透出燈光，倒映在漢水之中，一條黃光，緩緩閃動。身後小酒店中，莫大先生的琴聲漸趨低沉，靜夜聽來，甚是淒清。

二十六 圍寺

兩日之後，羣豪來到少室山上、少林寺外，少說也有五六千人眾。大旗招展，數百面大皮鼓同時擂起，蓬蓬之聲，當真驚天動地。

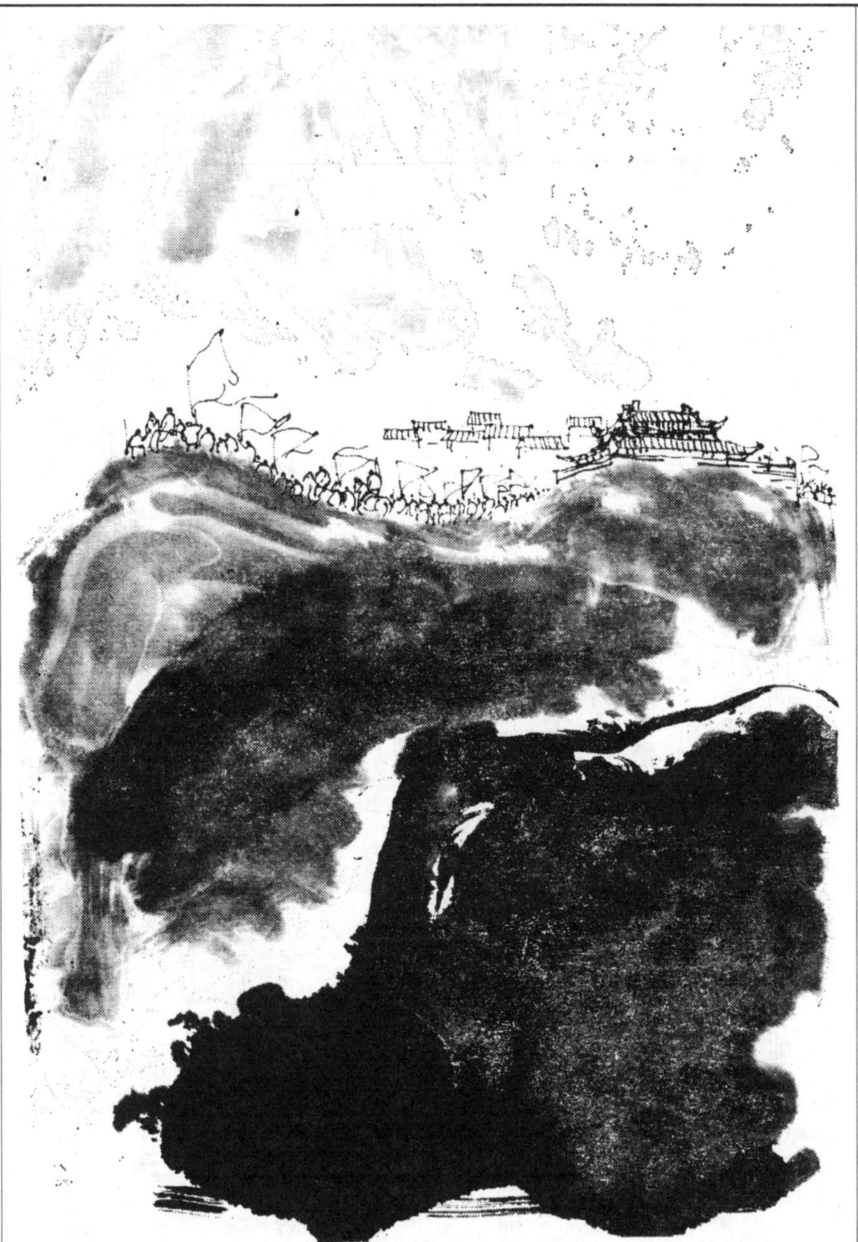

令狐冲向北疾行，天明時到了一座大鎮，走進一家飯店。湖北最出名的點心是豆皮，以豆粉製成粉皮，裹以菜餚，甚是可口。令狐冲連盡三大碟，付帳出門。

只見迎面走來一羣漢子，其中一人又矮又胖，赫然便是「黃河老祖」之一的老頭子。令狐冲心中大喜，大聲叫道：「老頭子！你好啊。」

老頭子一見是他，登時臉上神色尷尬之極，遲疑半晌，刷的一聲，抽出了大刀。

令狐冲又向前迎了一步，說道：「祖千秋……」只說了三個字，老頭子舉刀便向他砍將過來，可是這一刀雖然力勁勢沉，準頭卻是奇差，和令狐冲肩頭差著一尺有餘，呼的一聲，直削了下去。令狐冲嚇了一跳，向後躍開，叫道：「老先生，我……我是令狐冲！」

老頭子叫道：「我當然知道你是令狐冲。眾位朋友聽了，聖姑當日曾有令諭，不論那一人見到令狐冲，務須將他殺了，聖姑自當重重酬謝。這句話，大夥兒可都知道麼？」

眾人轟然道：「咱們都知道的。」眾人話雖如此，但大家你瞧瞧我，我瞧瞧你，臉上神情甚是古怪，並無一人拔刀刃動手，有些人甚至笑嘻嘻地，似覺十分有趣。

令狐冲臉上一紅，想起那日盈盈要老頭子等傳言江湖，務須將自己殺了，她是既盼自己再不離開她身邊，又要羣豪知道，她任大小姐決非癡戀令狐冲，反而恨他入骨。此後多經變故，早將當時這句話忘了，此刻聽老頭子這麼說，才想起她這號令尚未通傳取消。

當時老頭子等傳言出去，羣豪已然不信，待得她為救令狐冲之命，甘心赴少林寺就死，這事由少林寺俗家弟子洩漏了出來，登時轟動江湖。人人固讚她情深義重，卻也不免好笑，覺得這位大小姐太也要強好勝，明明愛煞了人家，卻又不認，拚命掩飾，不免欲蓋彌彰。這件事不但盈盈屬下那些左道旁門的好漢知之甚詳，連正派中人也多有所聞，日常閒談，往往引為笑柄。此刻羣豪突然見到令狐冲出現，驚喜交集之下，卻也有些不知所措。

老頭子道：「令狐公子，聖姑有令，叫我們將你殺了。但你武功甚高，適才我這一刀砍你不中，承你手下留情，沒取我性命，足感盛情。眾位朋友，大家親眼目睹，咱們決不是不肯殺令狐公子，實在是殺他不了，我老頭子不行，當然你們也都不行的了。是不是？」

眾人哈哈大笑，都道：「正是！」一人道：「適才咱們一場驚心動魄的惡鬥，雙方打得筋疲力盡，誰也殺不了誰，只好不打。大夥兒再不妨鬥鬥酒去。倘若有那一位英雄好漢，能灌得令狐公子醉死了，日後見到聖姑，也好有個交代。」羣豪捧腹狂笑，都道：「妙極，妙極！」又一人笑道：「聖姑只要咱們殺了令狐公子，可沒規定非用刀子不可。用上好美酒灌得醉死了他，那也是可以啊。這叫做不能力敵，便當智取。」

羣豪歡呼大叫，簇擁著令狐冲上了當地最大的一間酒樓，四十餘人坐滿了六張桌子。幾個人敲枱拍凳，大呼：「酒來！」

令狐冲一坐定後，便問：「聖姑到底怎樣啦？這可急死我了。」

羣豪聽他關心盈盈，盡皆大喜。

老頭子道：「大夥兒定了十二月十五，同上少林寺去接聖姑出寺。這些日子來，卻為了誰做盟主之事，大家爭鬧不休，大傷和氣。令狐公子駕到，那是再好不過了。這盟主若不是你當，更有誰當？倘若別人當了，就算接了聖姑出來，她老人家也必不開心。」

一個白鬚老者笑道：「是啊。只要由令狐公子主持全局，縱然一時遇上阻難，接不到聖姑，她老人家只須得知訊息，心下也是歡喜得緊。這盟主一席，天造地設，是由令狐公子來當的了。」

令狐冲道：「是誰當盟主，那是小事一件，只須救得聖姑出來，在下便是粉身碎骨，也所甘願。」這幾句話倒不是隨口胡謅，他感激盈盈為己捨身，若要他為盈盈而死，那是一往無前，決不用想上一想。不過如在平日，這念頭在自己心頭思量也就是了，不用向人宣之於口，此刻卻要拚命顯得多情多義，好叫旁人不去笑話盈盈。

羣豪一聽，更是心下大慰，覺得聖姑看中此人，眼光委實不錯。

那白髮老者笑道：「原來令狐公子果然是位有情有義的英雄，倘若是如江湖上所訛傳那般，說道令狐公子置身事外，全不理會，可教眾人心涼了。」

令狐冲道：「這幾個月來，在下失手身陷牢籠，江湖上的事情一概不知。但日夜思念聖姑，想得頭髮也白了。來來來，在下敬眾位朋友一杯，多謝各位為聖姑出力。」說著站起身來，舉杯一飲而盡。羣豪也都乾了。

令狐冲道：「老先生，你說許多朋友在爭盟主之位，大傷和氣，事不宜遲，咱們便須立即趕去勸止。」老頭子道：「正是。祖千秋和夜貓子都已趕去了。我們也正要去。」令狐冲道：「不知大夥兒都在那裏？」老頭子道：「都在黃保坪聚會。」令狐冲道：「黃保坪？」那白鬚老者道：「那是在襄陽以西的荊山之中。」

令狐冲道：「咱們快些吃飯喝酒，立即去黃保坪。咱們已鬥了三日三夜酒，各位費盡心機，始終灌不死令狐冲，日後見到聖姑，已大可交代了。」

羣豪大笑，都道：「令狐公子酒量如海，只怕再鬥三日三夜，也奈何不了你。」

令狐冲和老頭子並肩而行，問道：「令愛的病，可大好了？」老頭子道：「多承公子關懷，她雖沒怎麼好，幸喜也沒怎麼壞。」令狐冲心中一直有個疑團，眼見餘人在身後相距數丈，便問：「眾位朋友都說聖姑於各位有大恩德。在下委實不明其中原因，聖姑小小年紀，怎能廣施恩德於這許多江湖朋友？」老頭子問道：「公子真的不知其中緣由？」令狐冲搖頭道：「不知。」老頭子道：「公子不是外人，原本不須相瞞，只是大家向聖姑立過誓，不能洩漏此中機密。請公子恕罪。」令狐冲點頭道：「既不便說，還是不說的好。」老頭子道：「日後由聖姑親口向公子說，那不是好得多麼？」令狐冲道：「但願此日越早到來越好。」

羣豪在路上又遇到了兩批好漢，也都是去黃保坪的，三夥人相聚，已有一百餘人。

羣豪趕到黃保坪時已是深夜，羣雄聚會處是在黃保坪以西的荒野。還在里許之外，便已聽到人聲嘈雜，有人粗聲喝罵，有人尖聲叫嚷。令狐冲加快腳步奔去，月光之下，只見羣山圍繞的一塊草坪上，黑壓壓地聚集著無數人眾，一眼望去，少說也有千餘人。

只聽有人大聲說道：「盟主，盟主，既然稱得這個『主』字，自然只好一人來當。你們六個人都要當，那還成甚麼盟主？」

另一人道：「我們六個人便是一個人，一個人便是六個人。你們都聽我六兄弟的號令，我六兄弟便是盟主了。你再囉裏囉唆，先將你撕成四塊再說。」令狐冲不用眼見其人，便知是「桃谷六仙」之一，但他六兄弟說話聲音都差不多，卻分辨不出是六人中的那一個。

先前那人給他一嚇，登時不敢再說。但羣雄對「桃谷六仙」顯然心中不服，有的在遠處叫罵，有的躲在黑暗中大聲嘻笑，更有人投擲石塊泥沙，亂成一團。

桃葉仙大聲嚷道：「是誰向老子投擲石塊？」黑暗中有人道：「是你老子。」桃花仙怒道：「甚麼？你是我哥哥的老子，也就是我的老子了？」有人說道：「那也未必！」登時數百人齊聲轟笑。桃花仙道：「為甚麼未必？」另一人道：「這個我也不知道。我只生一個兒子。」桃根仙道：「你只生一個兒子，跟我有甚麼相干？」又一個粗嗓子的大聲笑道：「跟你沒相干，多半跟你兄弟相干了。」桃幹仙道：「難道跟我相干麼？」先一人笑道：「那得看相貌像不像。」桃實仙道：「你說跟我的相貌有些相像，出來瞧瞧。」那人笑道：「有甚麼好瞧的，你自己照鏡子好了！」

突然之間，四條人影迅捷異常的縱起，一撲向前，將那人從黑暗中抓了出來。這人又高又大，足足有二百來斤，給桃谷四仙抓住了四肢，竟絲毫動彈不得。四人將他抓到月光底下一照。桃實仙道：「不像我，我那有這樣難看？老三，只怕有些像你。」桃枝仙道：「呸，我就比你難看嗎？天下英雄在此，不妨請大夥兒品評品評。」

羣雄早就見到桃谷六仙都是五官不正，面貌醜陋，要說那一個更好看些，這番品評功夫可也真著實不易，這時眼見那大漢給四仙抓在手中，頃刻之間便會給撕成了四塊，人人慄慄危懼，誰也笑不出來。

令狐冲知道桃谷六仙的脾氣，一個不對，便會將這大漢撕了，朗聲說道：「桃谷六仙，讓我令狐冲來品評品評如何？」說著緩步從暗處走了出來。

羣雄一聽到「令狐冲」三字，登時聳動，千餘對目光都注集在他身上。

令狐冲卻目不轉睛的凝視著桃谷四仙，唯恐他們一時興起，登時便將這大漢撕裂，說道：「你們將這位朋友放下，我才瞧得清楚。」桃谷四仙當即將他放下。

這條大漢身材雄偉已極，站在當地，便如一座鐵塔相似。他適才死裏逃生，已然嚇得魂不附體，臉如死灰，身子簌簌發抖。他明知如此當眾發抖，實非英雄行徑，可是全身自己要抖，卻也勉強不來，要想說幾句撐門面之言，只顫聲道：「我……我……我……」

令狐冲見他嚇得厲害，但此人五官倒也端正，向桃谷六仙道：「六位桃兄，你們的相貌和這位朋友全然不像，可比他俊美得多了。桃根仙骨格清奇、桃幹仙身材魁偉、桃枝仙四肢修長、桃葉仙眉清目秀、桃花仙呢……這個……這個目如朗星，桃實仙精神飽滿，任誰一見到，立刻都知是六位行俠仗義的玉面英雄，英俊少……這個英俊中年。」

羣雄聽了，盡皆大笑。桃谷六仙更是大為高興。

老頭子吃過這六兄弟的苦頭，知道他們極不好惹，跟著湊趣，說道：「依在下之見，環顧天下英雄，武功高的固多，說到相貌，那是誰也比不上桃谷六仙了。」

羣豪跟著起轟，有的說：「豈僅俊美而已，簡直是風流瀟灑。前無古人，後無來者。」有的說：「潘安退避三舍，宋玉甘拜下風。」有的說：「武林中從第一到第六的美男子，自當算他們六位。令狐公子最多排到第七。」

桃谷六仙不知眾人取笑自己，還道是真心稱讚，更加笑得合不攏嘴。桃枝仙道：「我媽當年說咱六個是醜八怪，原來說得不對。」有人笑道：「當然不對了，你們只有六個人，怎能成為醜八怪？」有人輕聲道：「加上他們爹娘……」一句話沒說完，便給人掩住了嘴巴。

老頭子大聲道：「眾位朋友，大夥兒運氣不小。令狐公子正要單槍匹馬，獨闖少林，去接聖姑出來，道上遇到了我們，聽說大夥兒在此，便過來和大家商議商議。說到相貌之美，自然要算桃谷六仙……」羣雄一聽，又都轟笑。老頭子連連搖手，在眾人大笑聲中繼續說道：「可是這闖少林、接聖姑的大事，和相貌如何，干係也不太大。以在下之見，咱們公奉令狐公子為盟主，請他主持全局，發號施令，大夥兒一體凜遵，眾位意下如何？」

羣雄人人都知聖姑是為了令狐冲而陷身少林，令狐冲武功卓絕，當日在河南和向問天聯手，大戰各路英雄，此事早已轟動江湖，但即令他手無縛鷄之力，瞧在聖姑面上，也當奉他為主，是以聽到老頭子的話，當即歡聲雷動，許多人都鼓掌叫好。

桃花仙突然怪聲道：「咱們去救任大小姐，救了她出來，是不是給令狐冲做老婆？」

羣雄對任大小姐十分尊敬，雖覺桃花仙這話沒錯，卻誰也不敢公然稱是。令狐冲更十分尷尬，只好默不作聲。

桃葉仙道：「他又得老婆，又做盟主，那可太過便宜他了。我們去幫他救老婆，盟主卻要我們六兄弟來做。」桃根仙道：「正是！除非他本事強過我們，卻又當別論。」

驀地裏桃根、桃幹、桃枝、桃實四仙一齊動手，將令狐冲四肢抓住，提在空中。他四人出手實在太快，事先又無半點朕兆，說抓便抓，令狐冲竟然閃避不及。

羣雄齊聲驚呼：「使不得，快放手！」

桃葉仙笑道：「大家放心，我們決不傷他性命，只要他答應讓我們六兄弟做盟主……」一句話沒說完，桃根、桃幹、桃枝、桃實四仙忽地齊聲怪叫，忙不迭的將令狐沖拋下，嚷道：「啊喲，你……你使甚麼妖法？」

原來令狐沖手足分別被四人抓住，也真怕四人傻頭傻腦，甚麼怪事都做得出來，別要真的將自己撕了，當即運起吸星大法。桃谷四仙只覺內力源源從掌心中外洩，越是運功相抗，內力奔瀉得越快，驚駭之下，立即撒手。令狐沖腰背一挺，穩穩站直。

桃葉仙忙問：「怎麼？」桃根仙、桃實仙齊道：「這……這令狐沖的功夫好奇怪，咱們可抓他不住。」桃幹仙道：「不是抓他不住，而是忽然之間，不想抓他了。」羣雄歡呼之聲大作，都道：「桃谷六仙，你們這次可服了麼？」桃根仙道：「令狐沖是我們六兄弟的好朋友，令狐沖就是桃谷六仙，桃谷六仙就是令狐沖。令狐沖來當盟主，就等如是桃谷六仙當盟主，那有甚麼不服？」桃花仙道：「天下那有自己不服自己之理？你們問得太笨了。」

羣雄見桃谷六仙的神情，料想適才抓住令狐沖時暗中已吃了虧，只是死要面子，不肯承認，雖不明其中緣由，卻都嘻笑歡呼。

令狐沖道：「眾位朋友，咱們這次去迎接聖姑，並相救失陷在少林寺中的許多朋友。少林寺乃武林中的泰山北斗，少林七十二絕技數百年來馳名天下，任何門派都不能與之抗衡。但咱們人多勢眾，除了這裏已有千餘位英雄之外，尚有不少好漢前來。咱們的武功就算不及少林寺僧俗弟子，十個打一個，總也打贏了。」

眾人轟叫：「對，對！難道少林寺的和尚真有三頭六臂不成？」

令狐沖又道：「可是少林寺的大師們雖留住了聖姑，卻也沒有為難於她。寺中大師都是有道的高僧，慈悲為懷，令人好生相敬。咱們縱然將少林寺毀了，只怕江湖上的好漢要說我們倚多為勝，不是英雄所為。因此依在下之見，咱們須得先禮後兵，如能說得少林寺讓了一步，對聖姑和其他朋友們不再留難，免得一場爭鬥，都是再好不過。」

祖千秋道：「令狐公子之言，正合我意，倘若當真動手，雙方死傷必多。」桃枝仙道：「令狐公子之言，卻不合我意。雙方如不動手，死傷必少，那還有甚麼趣味？」祖千秋道：「咱們既奉令狐公子為盟主，他發號施令，大夥兒自當聽從。」桃根仙道：「不錯，這發號施令之事，還是由我們桃谷六仙來幹好了。」

羣雄聽他六兄弟儘是無理取鬧，阻撓正事，都不由得發惱，許多人手按刀柄，只待令狐沖稍有示意，便要將這六人亂刀分屍，他六人武功再高，終究擋不住數十人刀劍齊施。

祖千秋道：「盟主是幹甚麼的？那自然是發號施令的了。他如不發號施令，那還叫甚麼盟主？這個『主』字，便是發號施令之意。」

桃花仙道：「既是如此，便單叫他一個『盟』字，少了那『主』字便了。」桃葉仙搖頭道：「單叫一個『盟』字，多麼別扭。」桃幹仙道：「依我的高見，單是一個『盟』字既然別扭，便可拆將開來，稱他為『明血』！」桃枝仙叫道：「錯了，錯了！『盟』字拆開來，下面不是『血』字，比『血』字少了一撇。那是甚麼字？」

桃谷六仙都不識那器皿的「皿」字，羣雄任由他們出醜，無人出聲指點。

桃幹仙道：「少了一些，也還是血。好比我割你一刀，割得深，出的血多，固然是血，倘若我顧念手足之情，割得很輕，出的血甚少，雖然少了些，那仍然是血。」桃枝仙怒道：「你割我一刀，就算割得輕，也不是顧念手足之情了。你為甚麼要割我一刀？」桃幹仙道：「我可沒有割，我手裏也沒有刀。」桃花仙道：「如果你手裏有刀呢？」

羣雄聽他們越扯越遠，不禁怒喝：「安靜些，大家聽盟主的號令。」

桃枝仙道：「他號令便號令好了，又何必安靜？」

令狐冲提高嗓子說道：「眾位朋友，屈指算來，離十二月十五還有十七日，大夥兒動身慢慢行去，到得嵩山，時候也差不多了。咱們這次可不是秘密行事，乃是大張旗鼓而去。明日咱們去買布製旗，寫明『天下英雄齊赴少林恭迎聖姑』的字樣，再多買些皮鼓，一路敲擊前往，好教少林的僧俗弟子們聽到，先自心驚膽戰。」

這些左道豪客十之八九是好事之徒，聽他說要如此大鬧，都是不勝之喜，歡呼聲響震山谷。其中也有若干老成穩重之輩，但見大夥都喜胡鬧，也只有不置可否、捋鬚微笑而已。

次日清晨，令狐冲請祖千秋、計無施、老頭子三人去趕製旗幟，採辦皮鼓。到得中午時分，已寫就了數十面白布大旗，皮鼓卻只買到兩面。令狐冲道：「咱們便即起程，沿路經過城鎮，不停添購便是。」

當即有人擂起鼓來，羣豪齊聲吶喊，列隊向北進發。

令狐冲見過恆山派弟子在仙霞嶺上受人襲擊的情形，當下與計無施等商議，派出七個幫會，兩幫在前作為前哨，兩幫左護，兩幫右衛，另有一幫殿後接應，餘人則是中軍大隊；又派漢水的神烏幫來回傳遞消息。神烏幫是本地幫會，自鄂北以至豫南皆是其勢力範圍，若有風吹草動，自能儘早得悉。羣豪見他分派井井有條，除桃谷六仙外，盡皆悅服凜遵。

行了數日，沿途不斷有豪士來聚。旗幟皮鼓，越置越多，蓬蓬皮鼓聲中，二千餘人喧譁叫嚷，湧向少林。

這日將到武當山腳下。令狐冲道：「武當派是武林中的第二大派，聲勢之盛，僅次於少林。咱們這次去迎接聖姑，連少林派也不想得罪，自然更不想得罪武當派了。咱們還是避道而行，以示對武當派掌門人冲虛道長尊重之意。不知諸位意下如何？」老頭子道：「令狐公子怎麼說，便怎麼行。咱們只須接到聖姑，那便心滿意足，原不必旁生枝節，多樹強敵。倘若接不到聖姑，就算將武當山踏平了，又有個屁用？」

令狐冲道：「如此甚好！便請傳下令去，偃旗息鼓，折向東行。」

當下羣豪改道東行。這日正行之際，迎面有人騎了一頭毛驢過來，驢後隨著兩名鄉農，一個挑著一擔菜，另一個挑著一擔山柴。毛驢背上騎著個老者，彎著背不住咳嗽，一身衣服上打滿了補釘。羣豪人數眾多，手持兵刃，一路上大呼小叫，聲勢甚壯，道上行人見到，早就避在一旁。但這三人竟如視而不見，向羣豪直衝過來。

桃根仙罵道：「幹甚麼的？」伸手一推，那毛驢一聲長嘶，摔了出去，喀喇幾聲，腿骨折斷。驢背上老者摔倒在地，哼哼唧唧的半天爬不起來。

令狐冲好生過意不去，當即縱身過去扶起，說道：「真對不起。老丈，可摔痛了嗎？」

那老者哼哼唧唧，說道：「這……這……這算甚麼？我窮漢……」

兩名鄉農放下肩頭擔子，站在大路正中，雙手扠腰，滿臉怒色。挑菜的漢子氣喘吁吁的道：「這裏是武當山腳下，你們是甚麼人，膽敢在這裏出手打人？」桃根仙道：「武當山腳下，那便怎地？」那漢子道：「武當山腳下，人人都會武功。你們外路人到這裏來撒野，當真是不知死活，自討苦吃。」

羣豪見這二人面黃肌瘦，都是五十來歲年紀，這挑菜的說話中氣不足，居然自稱會武，登時有數十人大笑起來。

桃花仙笑道：「你也會武功？」那漢子道：「武當山腳下，三歲孩兒也會打拳，五歲孩子就會使劍，那有甚麼希奇？」桃花仙指著那挑柴漢子，笑道：「他呢？他會不會使劍？」挑柴的漢子道：「我……我……小時候學過幾個月，有幾十年沒練，這功夫……咳咳，可都擱下了。」挑菜的道：「武當派武功天下第一，只要學過幾個月，你就不是對手。」桃葉仙笑道：「那麼你練幾手給我們瞧瞧。」

挑柴漢子道：「練甚麼？你們又看不懂。」羣豪轟然大笑，都道：「不懂也得瞧瞧。」挑柴漢子道：「唉，既然如此，我便練幾手，只不知是否還記得全？那一位借把劍來。」

當下便有一人笑著遞了把劍過去。那漢子接了過來，走到乾硬的稻田中，東刺一劍、西劈一劍的練了起來，使得三四下，忽然忘記了，搔頭凝思，又使了幾招。

羣豪見他使得全然不成章法，身手又笨拙之極，無不捧腹大笑。

那挑菜漢子道：「有甚麼好笑？讓我來練練，借把劍來。」接了長劍在手，便即亂劈亂刺，出手極快，猶如發瘋一般，更引人狂笑不已。

令狐冲初時也是負手微笑，但看到十幾招時，不禁漸覺訝異，這兩個漢子的劍招一個遲緩，一個迅捷，可是劍法中破綻之少，實所罕見。二人的姿式固是難看之極，但劍招古樸渾厚，劍上的威力似乎只發揮得一二成，其餘的卻是蓄勢以待，深藏不露，當即跨上幾步，拱手說道：「今日拜見兩位前輩，得睹高招，實是不勝榮幸。」語氣甚是誠懇。

兩名漢子收起長劍。那挑柴的瞪眼道：「你這小子，你看得懂我們的劍法麼？」令狐冲道：「不敢說懂。兩位劍法博大精深，這個『懂』字，那裏說得上？武當派劍法馳名天下，果然令人歎為觀止。」那挑菜漢子道：「你這小子，叫甚麼名字？」

令狐冲還未答話，羣豪中已有好幾人叫了起來：「甚麼小子不小子的？」「這位是我們的盟主，令狐公子。」「鄉巴佬，你說話客氣些！」

挑柴漢子側頭道：「令狐瓜子？不叫阿貓阿狗，卻叫甚麼瓜子花生，名字難聽得緊。」令狐冲抱拳道：「令狐冲今日得見武當神劍，甚是佩服，他日自當上山叩見冲虛道長，謹致仰慕之誠。兩位尊姓大名，可能示知嗎？」挑柴漢子向地下吐了口濃痰，說道：「你們這許多人，嘩啦嘩啦的，打鑼打鼓，可是大出喪嗎？」

令狐冲情知這兩人必是武當派高手，當下恭恭敬敬的躬身說道：「我們有一位朋友，給拘留在少林寺中，我們是去求懇方證方丈，請他老人家慈悲開釋。」挑菜漢子道：「原來不是大出喪！可是你們打壞了我伯伯的驢子，賠不賠錢？」

令狐冲順手牽過三匹駿馬，說道：「這三匹馬，自然不及前輩的驢子了，只好請前輩將就騎騎。晚輩們不知前輩駕到，大有衝撞，還請恕罪。」說著將三匹馬送將過去。

羣豪見令狐冲神態越來越謙恭，絕非故意做作，無不大感詫異。

挑菜漢子道：「你既知我們的劍法了得，想不想比上一比？」令狐冲道：「晚輩不是兩位的敵手。」挑柴漢子道：「你不想比，我倒想比比。」歪歪斜斜的一劍，向令狐冲刺來。令狐冲見他這一劍籠罩自己上身九處要害，的是精妙。叫道：「好劍法！」拔出長劍，反刺過去。那漢子向著空處亂刺一劍。令狐冲長劍迴轉，也削在空處。兩人連出七八劍，每一劍都刺在空處，雙劍未曾一交。但那挑柴漢子卻一步又一步的倒退。

那挑菜漢子叫道：「瓜子花生，果然有點門道。」提起劍來一陣亂刺亂削，剎那間接連劈了二十來劍。每一劍都不是劈向令狐冲，劍鋒所及，和他身子差著七八尺。

令狐冲提起長劍，有時向挑柴漢子虛點一式，有時向挑菜漢子空刺一招，劍刃離他們身子也均有七八尺。但兩人一見他出招，便神情緊迫，或跳躍閃避，或舞劍急擋。

羣豪都看得呆了，令狐冲的劍刃明明離他們還有老大一截，他出劍之時又無半點勁風，決非以無形劍氣之類攻人，為何這兩人如此避擋唯恐不及？看到此時，羣豪都已知這兩人乃是身負深湛武功的高手。他們出招攻擊之時雖仍一個呆滯，一個顛狂，但當閃避招架之際，身手卻輕靈沉穩，兼而有之，同時全神貫注，不再有半分惹笑的做作。

忽聽得兩名漢子齊聲呼嘯，劍法大變，挑柴漢長劍大開大闔，勢道雄渾，挑菜漢疾趨疾退，劍尖上幻出點點寒星。令狐冲手中長劍劍尖微微上斜，竟不再動，一雙目光有時向挑柴漢瞪視，有時向挑菜漢斜睨。他目光到處，兩漢便即變招，或大呼倒退，或轉攻為守。

計無施、老頭子、祖千秋等武功高強之士，已漸漸瞧出端倪，發覺兩個漢子所閃避衛護的，必是令狐冲目光所及之處，也正是他二人身上的要穴。

只見挑柴漢舉劍相砍，令狐冲目光射他小腹處的「商曲穴」，那漢子一劍沒使老，當即迴過，擋在自己「商曲穴」上。這時挑菜漢挺劍向令狐冲作勢連刺，令狐冲目光看到他左頸「天鼎穴」處，那漢子急忙低頭，長劍砍在地下，深入稻田硬泥，倒似令狐冲的雙眼能發射暗器，他說甚麼也不讓對方目光和自己「天鼎穴」相對。

兩名漢子又使了一會劍，全身大汗淋漓，頃刻間衣褲都汗濕了。

那騎驢的老頭一直在旁觀看，一言不發，這時突然咳嗽一聲，說道：「佩服，佩服，你們退下吧！」兩名漢子齊聲應道：「是！」但令狐冲的目光還是盤旋往復，不離二人身上要穴。二人一面舞劍，一面倒退，始終擺脫不了令狐冲的目光。那老頭道：「好劍法！令狐公子，讓老漢領教高招。」令狐冲道：「不敢當！」轉過頭來，向那老者抱拳行禮。

那兩名漢子至此方始擺脫了令狐冲目光的羈絆，同時向後縱出，便如兩頭大鳥一般，穩穩的飛出數丈之外。羣豪忍不住齊聲喝采，他二人劍法如何，難以領會，但這一下倒縱，躍距之遠，身法之美，誰都知道乃是上乘功夫。

那老者道：「令狐公子劍底留情，若是真打，你二人身上早已千孔百創，豈能讓你們將一路劍法從容使完？快來謝過了。」

兩名漢子飛身過來，一躬到地。挑菜漢子說道：「今日方知天外有天，人上有人。公子高招，世所罕見，適才間言語無禮，公子恕罪。」令狐冲拱手還禮，說道：「武當劍法，的是神妙。兩位的劍招一陰一陽，一剛一柔，可是太極劍法嗎？」挑菜漢道：「卻教公子見笑了。我們使的是『兩儀劍法』，劍分陰陽，未能混而為一。」令狐冲道：「在下在旁觀看，勉強能辨別一些劍法中的精微。要是當真出手相鬥，也未必便能乘隙而進。」

那老頭道：「公子何必過謙？公子目光到處，正是兩儀劍法每一招的弱點所在。唉，這路劍法……這路劍法……」不住搖頭，說道：「五十餘年前，武當派有兩位道長，在這路兩儀劍法上花了數十年心血，自覺劍法中有陰有陽，亦剛亦柔，唉！」長長一聲嘆息，顯然是說：「那知遇到劍術高手，還是不堪一擊。」

令狐冲恭恭敬敬的道：「這兩位大叔劍術已如此精妙，武當派冲虛道長和其餘高手，自必更是令人難窺堂奧。晚輩和眾位朋友這次路過武當山腳下，只因身有要事，未克上山拜見冲虛道長，甚為失禮。此事一了，自當上真武觀來，向真武大帝與冲虛道長磕頭。」令狐冲為人本來狂傲，但適才見二人劍法剛柔並濟，內中實有不少神奇之作，雖然找到了其中的破綻，但天下任何招式均有破綻，因之心下的確好生佩服，料想這老者定是武當派中的一流高手，因之這幾句話說得甚是誠摯。

那老者點頭道：「年紀輕輕，身負絕藝而不驕，也當真難得。令狐公子，你曾得華山風清揚前輩的親傳嗎？」令狐冲心頭一驚：「他目光好生厲害，竟然知道我所學的來歷。我雖不能吐露風太師叔的行跡，但他既直言相詢，可不能撒謊不認。」說道：「晚輩有幸，曾學得風太師叔劍術的一些皮毛。」這句話模稜兩可，並不直認曾得風清揚親手傳劍。

那老者微笑道：「皮毛，皮毛！嘿嘿，風前輩劍術的皮毛，便已如此了得麼？」從挑柴漢手中接過長劍，握在左手，說道：「我便領教一些風老前輩劍術的皮毛。」

令狐冲道：「晚輩如何敢與前輩動手？」

那老者又微微一笑，身子緩緩右轉，左手持劍向上提起，劍身橫於胸前，左右雙掌掌心相對，如抱圓球。令狐冲見他長劍未出，已然蓄勢無窮，當下凝神注視。那老者左手劍緩緩向前劃出，成一弧形。令狐冲只覺一股森森寒氣，直逼過來，若不還招，已勢所不能，說道：「得罪了！」看不出他劍法中破綻所在，只得虛點一劍。突然之間，那老者劍交右手，寒光一閃，向令狐冲頸中劃出。這一下快速無倫，旁觀羣豪都情不自禁的叫出聲來。但他如此奮起一擊，令狐冲已看到他脅下是個破綻，長劍刺出，逕指他脅下「淵腋穴」。

那老者長劍豎立，噹的一聲響，雙劍相交，兩人都退開了一步。令狐冲但覺對方劍上有股綿勁，震得自己右臂隱隱發麻。那老者「咦」的一聲，臉上微現驚異之色。

那老者又是劍交左手，在身前劃了兩個圓圈。令狐冲見他劍勁連綿，護住全身，竟無半分空隙，暗暗驚異：「我從未見過誰的招式之中，竟能如此毫無破綻。他若以此相攻，那可如何破法？任我行前輩劍法或許比這位老先生更強，但每一招中難免仍有破綻。難道一人使劍，竟可全無破綻？」心下生了怯意，不由得額頭滲出汗珠。

那老者右手揑著劍訣，左手劍不住抖動，突然平刺，劍尖急顫，看不出攻向何處。

他這一招中籠罩了令狐冲上盤七大要穴，但就因這一搶攻，令狐冲已瞧出了他身上三處破綻，這些破綻不用盡攻，只攻一處已足制死命，登時心中一寬：「他守禦時全無破綻，攻擊之時，畢竟仍然有隙可乘。」當下長劍平平淡淡的指向對方左眉。那老者倘若繼續挺劍前刺，左額必先中劍，待他劍尖再刺中令狐冲時，已然遲了一步。

那老者劍招未曾使老，已然圈轉。突然之間，令狐冲眼前出現了幾個白色光圈，大圈小圈，正圈斜圈，閃爍不已。他眼睛一花，當即迴劍向對方劍圈斜攻。噹的一響，雙劍再交，令狐冲只感手臂一陣酸麻。

那老者劍上所幻的光圈越來越多，過不多時，他全身已隱在無數光圈之中，光圈一個未消，另一個再生，長劍雖使得極快，卻聽不到絲毫金刃劈風之聲，足見劍勁之柔韌已達於化境。這時令狐冲已瞧不出他劍法中的空隙，只覺似有千百柄長劍護住了他全身。那老者純採守勢，端的是絕無破綻。可是這座劍鋒所組成的堡壘卻能移動，千百個光圈猶如浪潮一般，緩緩湧來。那老者並非一招一招的相攻，而是以數十招劍法混成的守勢，同時化為攻勢。令狐冲無法抵禦，只得退步相避。

他退一步，光圈便逼進一步，頃刻之間，令狐冲已連退了七八步。

羣豪眼見盟主戰況不利，已落下風，屏息而觀，手心中都揑了把冷汗。

桃根仙忽道：「那是甚麼劍法？這是小孩子亂畫圈兒，我也會畫。」桃花仙道：「我來畫圈，定然比他畫得還要圓。」桃枝仙道：「令狐兄弟，你不用害怕，倘若你打輸了，我們把這老兒撕成四塊，給你出氣。」桃葉仙道：「此言差之極矣，第一，他是令狐盟主，不是令狐兄弟。第二，你又怎知道他害怕？」桃枝仙道：「令狐冲雖然做了盟主，年紀總還是比我小，難道一當盟主，便成為令狐哥哥、令狐伯伯、令狐爺爺、令狐老太爺了？」

這時令狐冲又再倒退，羣豪都十分焦急，耳聽得桃谷六仙在一旁胡言亂語，更增惱怒。

令狐沖再退一步，波的一聲，左足踏入了一個小水坑，心念一動：「風太師叔當日諄諄教導，說道天下武術千變萬化，神而明之，存乎一心，不論對方的招式如何精妙，只要是有招，便有破綻。獨孤大俠傳下來的這路劍法，所以能打遍天下無敵手，便在能從敵招之中瞧出破綻。眼前這位前輩的劍法圓轉如意，竟無半分破綻，可是我瞧不出破綻，未必便真無破綻，只是我瞧不出而已。」

他又退幾步，凝視對方劍光所幻的無數圓圈，驀地心想：「說不定這圓圈的中心，便是破綻。但若不是破綻，我一劍刺入，給他長劍這麼一絞，手臂便登時斷了。」又想：「幸好他如此攻逼，只能漸進，當真要傷我性命，卻也不易。但我一味退避，終究是輸了。此仗一敗，大夥兒心虛氣餒，那裏還能去闖少林，救盈盈？」想到盈盈對自己情深義重，為她斷送一條手臂，又有何妨？內心深處，竟覺得為她斷送一條手臂，乃是十分快慰之事，又覺自己負她良多，須得為她受到甚麼重大傷殘，方能稍報深恩。

言念及此，內心深處，倒似渴望對方能將自己一條手臂斬斷，當下手臂一伸，長劍便從老者的劍光圈中刺了進去。

噹的一聲大響，令狐沖只感胸口劇烈一震，氣血翻湧，一隻手臂卻仍然完好。

那老者退開兩步，收劍而立，臉上神色古怪，既有驚詫之意，亦有慚愧之色，更帶著幾分惋惜之情，隔了良久，才道：「令狐公子劍法高明，膽識過人，佩服，佩服！」

令狐沖此時方知，適才如此冒險一擊，果然是找到了對方劍法的弱點所在，只是那老者劍法實在太高，光圈中心本是最凶險之處，他居然練得將破綻藏於其中，天下成千成萬劍客之中，只怕難得有一個膽敢以身犯險。他一趕而成，心下暗叫：「僥倖，僥倖！」只覺得一道道汗水從背脊流下，當即躬身道：「前輩劍法通神，承蒙指教，晚輩得益非淺。」這句話倒不是尋常的客套，這一戰於他武功的進益確是大有好處，令他得知敵人招數中之最強處，竟然便是最弱處，最強處都能擊破，其餘自是迎刃而解了。

高手比劍，一招而決。那老者既見令狐冲敢於從自己劍光圈中揮刃直入，以後也就不必再比。他向令狐冲凝視半晌，說道：「令狐公子，老朽有幾句話，要跟你說。」令狐冲道：「是，恭聆前輩教誨。」那老者將長劍交給挑菜漢子，往東走去。令狐冲將長劍拋在地下，跟隨其後。

到得一棵大樹之旁，和羣豪已相去數十丈，雖可互相望見，話聲卻已傳不過去。那老者在樹蔭下坐了下來，指著樹旁一塊圓石，道：「請坐下說話。」待令狐冲坐好，緩緩說道：「令狐公子，年輕一輩人物之中，如你這般人才武功，那是少有得很了。」

令狐冲道：「不敢。晚輩行為不端，聲名狼藉，不容於師門，怎配承前輩如此見重？」

那老者道：「我輩武人，行事當求光明磊落，無愧於心。你的所作所為，雖然有時狂放大膽，不拘習俗，卻不失為大丈夫的行徑。我暗中派人打聽，並沒查到你甚麼真正的劣跡。江湖上的流言蜚語，未足為憑。」

令狐冲聽他如此為自己分辯，句句都打進了心坎之中，不由得好生感激，又想：「這位前輩在武當派中必定位居尊要，否則怎會暗中派人查察我的為人行事。」

那老者又道：「少年人鋒芒太露，也在所難免。岳先生外貌謙和，度量卻嫌不廣……」

令狐冲當即站起，說道：「恩師待晚輩情若父母，晚輩不敢聞師之過。」

那老者微微一笑，說道：「你不忘本，那便更好。老朽失言。」忽然間臉色鄭重，問道：「你習這『吸星大法』有多久了？」

令狐冲道：「晚輩於半年前無意中習得，當初修習，實不知是『吸星大法』。」

那老者點頭道：「這就是了！你我適才三次兵刃相交，我內力為你所吸，但我察覺你尚不善運用這項為禍人間的妖法。老朽有一言相勸，不知少俠能聽否？」令狐冲大是惶恐，躬身道：「前輩金石良言，晚輩自當凜遵。」那老者道：「這吸星妖法臨敵交戰，雖然威力奇大，可是於修習者本身卻亦大大有害，功行越深，為害越烈。少俠如能臨崖勒馬，盡棄所學妖術，自然最好不過，否則也當從此停止修習。」

令狐冲當日在孤山梅莊，便曾聽任我行言道，習了「吸星大法」後有極大後患，要自己答允參與魔教，才將化解之法相傳，其時自己曾予堅拒，此刻聽這老者如此說，更信所言非虛，說道：「前輩指教，晚輩決不敢忘。晚輩明知此術不正，也曾立意決不用以害人，只是身上既有此術，縱想不用，亦不可得。」

那老者點頭道：「據我所聞，確是如此。有一件事，要少俠行來，恐怕甚難，但英雄豪傑，須當為人之所不能為。少林寺有一項絕藝『易筋經』，少俠想來曾聽見過。」

令狐冲道：「正是。聽說這是武林中至高無上的內功，即是少林派當今第一輩的高僧大師，也有未蒙傳授的。」

那老者道：「少俠這番率人前往少林，只怕此事不易善罷，不論那一邊得勝，雙方都將損折無數高手，實非武林之福。老朽不才，願意居間說項，請少林方丈慈悲為懷，將『易筋經』傳於少俠，而少俠則向眾人善為開導，就此散去，將一場大禍消弭於無形。少俠以為如何？」令狐冲道：「然則被少林寺所拘的任氏小姐卻又如何？」那老者道：「任小姐殺害少林弟子四人，又在江湖上興風作浪，為害人間。方證大師將她幽禁，決不是為了報復本派私怨，實是出於為江湖同道造福的菩薩心腸。少俠如此人品武功，豈無名門淑女為配？何必拋捨不下這個魔教妖女，以致壞了聲名，自毀前程？」

令狐冲道：「受人之恩，必當以報。前輩美意，晚輩衷心感激，卻不敢奉命。」

那老者嘆了口氣，搖頭道：「少年人溺於美色，脂粉陷阱，原是難以自拔。」

令狐冲躬身道：「晚輩告辭。」

那老者道：「且慢。老朽和華山派雖少往來，但岳先生多少也要給老朽一點面子，你若依我所勸，老朽與少林寺方丈一同拍胸口擔保，叫你重回華山派中。你信不信得過我？」

令狐冲不由得心動，重歸華山原是他最大的心願，這老者武功如此了得，聽他言語，必是武當派中一位響噹噹的前輩腳色，他說可和方證方丈一同擔保，相信必能辦成此事。師父向來十分顧全同道的交誼，少林、武當是當今武林中最大的兩個門派，這兩派的頭面人物出來說項，師父極難不賣這個面子。師父對自己向來情同父子，這次所以傳書武林，將自己逐出門牆，自是因自己與向問天、盈盈等人結交，令師父無顏以對正派同道，但既有少林、武當兩大掌門人出面，師父自然有了最好的交代。但自己回歸華山，日夕和小師妹相見，卻難道任由盈盈在少林寺後山陰寒的山洞之中受苦？想到此處，登時胸口熱血上湧，說道：「晚輩若不能將任小姐救出少林寺，枉自為人。此事不論成敗若何，晚輩若還留得命在，必當上武當山真武觀來，向冲虛道長和前輩叩謝。」

那老者嘆了口氣，說道：「你不以性命為重，不以師門為重，不以聲名前程為重，一意孤行，便是為了這個魔教妖女。將來她若對你負心，反臉害你，你也不怕後悔嗎？」

令狐冲道：「晚輩這條性命，是任小姐救的，將這條命還報了她，又有何足惜？」

那老者點頭道：「好，那你就去罷！」

令狐冲又躬身行禮，轉身回向羣豪，說道：「走罷！」

桃實仙道：「那老頭兒跟你比劍，怎麼沒分勝敗，便不比了？」適才二人比劍，確是勝敗未分，只是那老者情知不敵，便即罷手，旁觀眾人都瞧不出其中關竅所在。

令狐冲道：「這位前輩劍法極高，再鬥下去，我也必佔不到便宜，不如不打了。」

桃實仙道：「你這就笨得很了。既然不分勝敗，再打下去你就一定勝了。」令狐冲笑道：「那也不見得。」桃實仙道：「怎麼不見得？這老頭兒的年紀比你大得多，力氣當然沒你大，時候一長，自然是你佔上風。」令狐冲還沒回答，只聽桃根仙道：「為甚麼年紀大的，力氣一定不大？」令狐冲登時省悟，桃谷六仙之中，桃根仙是大哥，桃實仙是六弟，桃實仙說年紀大的力氣不大，桃根仙便不答應。

桃幹仙道：「如果年紀越小，力氣越大，那麼三歲孩兒力氣最大了？」桃花仙道：「這話不對，三歲孩兒力氣最大這個『最』字，可用錯了，兩歲孩兒比他力氣更大。」桃幹仙道：「你也錯了，一歲孩兒比兩歲孩兒力氣又要大些。」桃葉仙道：「還沒出娘胎的胎兒，力氣最大。」

羣豪一路向北，到得河南境內，突然有兩批豪士分從東西來會，共有二千餘人，這麼一來，總數已在四千以上。這四千餘人晚上睡覺倒還罷了，不論草地樹林、荒山野嶺，都可倒頭便睡，這吃飯喝酒卻是極大麻煩。接連數日，都是將沿途城鎮上的飯鋪酒店，吃喝得鍋鑊俱爛，桌椅皆碎。羣豪酒不醉，飯不飽，惱起上來，自是將一干飯鋪酒店打得落花流水。

令狐冲眼見這些江湖豪客兇橫暴戾，卻也皆是義氣極重的直性漢子，一旦少林寺不允釋放盈盈，雙方展開血戰，勢必慘不忍睹。他連日都在等待定閒、定逸兩位師太的回音，只盼憑著她二人的金面，方證方丈釋放盈盈，就可免去一場大廝殺的浩劫。屈指算來，距十二月十五日只差三日，離少林寺也已不過一百多里，卻始終沒得兩位師太的回音。

這番江湖羣豪北攻少林，大張旗鼓而來，早已遠近知聞，對方卻一直沒任何動靜，倒似有恃無恐一般。令狐冲和祖千秋、計無施等人談起，均也頗感憂慮。

這晚羣豪在一片曠野上露宿，四周都布了巡哨，以防敵人晚間突來偷襲。寒風凜冽，鉛雲低垂，似乎要下大雪。方圓數里的平野上，到處燒起了一堆堆柴火。這些豪士並無軍令部勒，烏合之眾，聚在一起，但聽得唱歌吆喝之聲，震動四野。更有人揮刀比劍，鬥拳摔角，吵嚷成一片。

令狐冲心想：「最好不讓這些人真的到少林寺去。我何不先去向方證、方生兩位大師相求？要是能接盈盈出來，豈不是天大的喜事？」想到此處，全身一熱，但轉念又想：「但若少林僧眾對我一人動手，將我擒住甚或殺死，我死不足惜，但無人主持大局，羣豪勢必亂成一團，盈盈固然救不出來，這數千位血性朋友，說不定都會葬身於少室山上。我憑了一時血氣之勇而誤此大事，如何對得住眾人？」

站起身來，放眼四望，但見一個個火堆烈燄上騰，火堆旁人頭湧湧，心想：「他們不負盈盈，我也不能負了他們。」

兩日之後，羣豪來到少室山上、少林寺外。這兩日中，又有大批豪士來會。當日在五霸岡上聚會的豪傑如黃伯流、司馬大、藍鳳凰等盡皆到來，九江白蛟幫史幫主帶著「長江雙飛魚」也到了，還有許許多多是令狐冲從未見過的，少說也有五六千人眾。數百面大皮鼓同時擂起，蓬蓬之聲，當真驚天動地。

羣豪擂鼓良久，不見有一名僧人出來。令狐冲道：「止鼓！」號令傳下，鼓聲漸輕，終於慢慢止歇。令狐冲提一口氣，朗聲說道：「晚輩令狐冲，會同江湖上一眾朋友，前來拜訪少林寺方丈。敬請賜予接見。」這幾句話以充沛內力傳送出去，聲聞數里。

但寺中寂無聲息，竟無半點回音。令狐冲又說了一遍，仍是無人應對。

令狐冲道：「請祖兄奉上拜帖。」

祖千秋道：「是。」持了事先預備好的拜盒，中藏自令狐冲以下羣豪首領的名帖，來到少林寺大門之前，在門上輕叩數下，傾聽寺中寂無聲息，在門上輕輕一推，大門並未上閂，應手而開，向內望去，空蕩蕩地並無一人。他不敢擅自進內，回身向令狐冲稟報。

令狐冲武功雖高，處事卻無閱歷，更無統率羣豪之才，遇到這等大出意料之外的情境，實不知如何是好，一時呆在當地，說不出話來。

桃根仙叫道：「廟裏的和尚都逃光了？咱們快衝進去，見到光頭的便殺。」桃幹仙道：「你說和尚都逃光了，那裏還有光頭的人給你來殺？」桃根仙道：「尼姑不是光頭的嗎？」桃花仙道：「和尚廟裏，怎麼會有尼姑？」桃根仙指著游迅，說道：「這個人既不是和尚，也不是尼姑，卻是光頭。」桃幹仙道：「你為甚麼要殺他？」

計無施道：「咱們進去瞧瞧如何？」令狐冲道：「甚好，請計兄、老兄、祖兄、黃幫主四位陪同在下，進寺察看。請各位傳下令去，約束屬下弟兄，不得我的號令，誰也不許輕舉妄動，不得對少林僧人有任何無禮的言行，亦不可毀損少室山上的一草一木。」桃枝仙道：「當真拔一根草也不可以嗎？」

令狐冲心下焦慮，掛念盈盈不知如何，大踏步向寺中走去。計無施等四人跟隨其後。進得山門，走上一道石級，過前院，經前殿，來到大雄寶殿，但見如來佛寶相莊嚴，地下和桌上卻都積了一層薄薄的灰塵。祖千秋道：「難道寺中僧人當真都逃光了？」令狐冲道：「祖兄別說這個『逃』字。」

五個人靜了下來，側耳傾聽，所聽到的只是廟外數千豪傑的喧譁，廟中卻無半點聲息。

計無施低聲道：「得防少林僧布下機關埋伏，暗算咱們。」令狐冲心想：「方證方丈、方生大師都是有道高僧，怎會行使詭計？但咱們這些旁門左道大舉來攻，少林僧跟我們鬥智不鬥力，也非奇事。」眼見偌大一座少林寺竟無一個人影，心底隱隱感到一陣極大的恐懼，不知他們將如何對付盈盈。

五人眼觀四路，耳聽八方，一步步向內走去，穿過兩重院子，到得後殿，突然之間，令狐冲和計無施同時停步，打個手勢。老頭子等一齊止步。令狐冲向西北角的一間廂房一指，輕輕掩將過去。老頭子等跟著過去。隨即聽到廂房中傳出一聲極輕的呻吟。

令狐冲走到廂房之前，拔劍在手，伸手在房門上一推，身子側在一旁，以防房中發出暗器。那房門呀的一聲開了，房中又是一聲低呻。令狐冲探頭向房中看時，不由得大吃一驚，只見兩位老尼躺在地下，側面向外的正是定逸師太，眼見她臉無血色，雙目緊閉，似已氣絕身亡。他一個箭步搶了進去。祖千秋叫道：「盟主，小心！」跟著進內。令狐冲繞過躺在地下的定逸師太身子，去看另一人時，果然便是恆山掌門定閒師太。

令狐冲俯身叫道：「師太，師太。」定閒師太緩緩張開眼來，初時神色呆滯，但隨即目光中閃過一絲喜色，嘴唇動了幾動，卻發不出聲音。

令狐冲身子俯得更低，說道：「是晚輩令狐冲。」

定閒師太嘴唇又動了幾下，發出幾下極低的聲音，令狐冲只聽到她說：「你……你……你……」眼見她傷勢十分沉重，一時不知如何才好。定閒師太運了口氣，說道：「你……你答允我……」令狐冲忙道：「是，是。師太但有所命，令狐冲縱然粉身碎骨，也當為師太辦到。」一想到兩位師太為了自己，只怕要雙雙命喪少林寺中，不由得淚水直滾而下。

定閒師太低聲說道：「你……你一定能答允……答允我？」令狐冲道：「一定能夠答允！」定閒師太眼中又閃過一道喜悅的光芒，說道：「你……你答允接掌……接掌恆山派門戶……」說了這幾個字，已是上氣不接下氣。

令狐冲大吃一驚，說道：「晚輩是男子之身，不能作貴派掌門。不過師太放心，貴派不論有何艱巨危難，晚輩自當盡力擔當。」

定閒師太緩緩搖了搖頭，說道：「不，不是。我……我傳你令狐冲，為恆山派……恆山派掌門人，你若……你若不答應，我死……死不瞑目。」

祖千秋等四人站在令狐冲身後，面面相覷，均覺定閒師太這遺命太也匪夷所思。

令狐冲心神大亂，只覺這實在是件天大的難事，但眼見定閒師太命在頃刻，心頭熱血上湧，說道：「好，晚輩答應師太便是。」

定閒師太嘴角露出微笑，低聲道：「多……多謝！恆山派門下數百弟……弟子，今後都要累……累你令狐少俠了。」

令狐冲又驚又怒，又是傷心，說道：「少林寺如此不講情理，何以竟對兩位師太痛下毒手，晚輩……」只見定閒師太將頭一側，閉上了眼睛。令狐冲大驚，伸手去探她鼻息時，已然氣絕。他心中傷痛，回身去摸了摸定逸師太的手，著手冰涼，已死去多時，心中一陣憤激難過，忍不住痛哭失聲。

老頭子道：「令狐公子，咱們必當為兩位師太報仇。少林寺的禿驢逃得一個不賸，咱們一把火將少林寺燒了。」令狐冲悲憤填膺，拍腿道：「正是！咱們一把火將少林寺燒了。」

計無施忙道：「不行！不行！倘若聖姑仍然囚在寺中，豈不燒死了她？」令狐冲登時恍然，背上出了一陣冷汗，說道：「我魯莽胡塗，若不是計兄提醒，險些誤了大事。眼前該當如何？」計無施道：「少林寺千房百舍，咱們五人難以遍查，請盟主傳下號令，召喚二百位弟兄進寺搜查。」令狐冲道：「對，便請計兄出去召人。」計無施道：「是！」轉身出外。祖千秋叫道：「可千萬別讓桃谷六怪進來。」

令狐冲將兩位師太的屍身扶起，放在禪床之上，跪下磕了幾個頭，心下默祝：「弟子必當盡力，為兩位師太報仇雪恨，光大恆山派門戶，以慰師太在天之靈。」站起身來，察看二人屍身上的傷痕，不見有何創傷，亦無血跡，卻不便揭開二人衣衫詳查，料想是中了少林派高手的內功掌力，受內傷而亡。

只聽得腳步聲響，二百名豪士湧將進來，分往各處查察。

忽聽得門外有人說道：「令狐冲不讓我們進來，我們偏要進來，他又有甚麼法子？」正是桃枝仙的聲音。令狐冲眉頭一皺，裝作沒有聽見。只聽桃幹仙道：「來到名聞天下的少林寺，不進來逛逛，豈不冤枉？」桃葉仙道：「進了少林寺，沒見到名聞天下的少林和尚，那更加冤枉。」桃枝仙道：「見不到少林寺和尚，便不能跟名聞天下的少林派武功較量較量，那可冤枉透頂，無以復加了。」桃花仙道：「大名鼎鼎的少林寺中，居然看不到一個和尚，真是奇哉怪也。」桃實仙道：「沒一個和尚，倒也不奇，奇在卻有兩個尼姑。」桃根仙道：「有兩個尼姑，倒也不奇，奇在兩個尼姑不但是老的，而且是死的。」六兄弟各說各的，走向後院。

令狐冲和祖千秋、老頭子、黃伯流三人走出廂房，帶上了房門。但見羣豪此來彼往，在少林寺中到處搜查。過得一會，便有人不斷來報，說道寺中和尚固然沒有一個，就是廚子雜工，也都不知去向。有人報道：寺中藏經、簿籍、用具都已移去，連碗盞也沒一隻。有人報道：寺中柴米油鹽，空無所有，連菜園中所種的蔬菜也拔得乾乾淨淨。

令狐冲每聽一人稟報，心頭便低沉一分，尋思：「少林寺僧人布置得如此周詳，甚至青菜也不留下一條，自然早將盈盈移往別處。天下如此之大，卻到那裏去找？」

不到一個時辰，二百名豪士已將少林寺的千房百舍都搜了個遍，即令神像座底，匾額背後，也都查過了，便一張紙片也沒找到。有人得意洋洋的說道：「少林派是武林中第一名門大派，一聽到咱們來到，竟然逃之夭夭，那是千百年來從所未有之事。」有人說道：「咱們這一下大顯威風，從此武林中人，再也不敢小覷了咱們。」有人卻道：「趕跑少林寺和尚固然威風，可是聖姑呢？咱們是來接聖姑，卻不是來趕和尚的。」羣豪均覺有理，有的垂頭喪氣，有的望著令狐冲聽他示下。

令狐冲道：「此事大出意料之外，誰也想不到少林僧人竟會捨寺而去。眼前之事如何辦理，在下可沒了主意。一人計短，二人計長，還請眾位各抒高見。」

黃伯流道：「依屬下之見，找聖姑難，找少林僧易。少林寺僧眾不下千人，這些人總不會躲將起來，永不露面。咱們找到了少林僧，著落在他們身上，說出聖姑芳駕的所在。」祖千秋道：「黃幫主之言不錯。咱們便住在這少林寺中，難道少林派弟子竟會捨得這千百年的基業，任由咱們佔住？只要他們想來奪回此寺，便可向他們打聽聖姑的下落了。」有人道：「打聽聖姑的下落？他們又怎肯說？」老頭子道：「所謂打聽，只是說得客氣些而已，其實便是逼供。所以啊，咱們見到少林僧，須得只擒不殺，但教能捉得十個八個來，還怕他們不說嗎？」又一人道：「要是這些和尚倔強到底，偏偏不說，那又如何？」

老頭子道：「那倒容易。請藍教主放些神龍、神物在他們身上，怕他們不吐露真相？」

眾人點頭稱是。大家均知所謂「藍教主的神龍、神物」，便是五毒教教主藍鳳凰的毒蛇、毒蟲，這些毒物放在人身，咬齧起來，可比任何苦刑都更厲害。藍鳳凰微微一笑，說道：「少林寺和尚久經修練，我的神龍、神物制他們不了，也未可知。」

令狐冲卻想：「如此濫施刑罰，倒也不必。咱們卻只管儘量捉拿少林僧人，捉到一百個後，以百換一，他們總得釋放盈盈了。」

突然間一個粗魯的聲音說道：「這半天沒吃肉，可餓壞我了。偏生廟裏沒和尚，否則捉個細皮白肉的和尚蒸他一蒸，倒也妙得很！」說話之人身材高大，正是「漠北雙熊」中的大個子白熊。羣豪知他和另一個和尚黑熊都愛吃人肉，他這幾句話雖然聽來令人作嘔，但來到少室山上已有好幾個時辰，無飲無食，均感飢渴，有的肚子中已咕咕咕的響了起來。

黃伯流道：「少林派使的是堅甚麼清甚麼之計。」祖千秋道：「堅壁清野。」黃伯流道：「正是。他們盼望咱們在寺中挨不住，就此乖乖的退下山去，天下那有這麼容易的事？」

令狐冲道：「不知黃幫主有甚麼高見？」黃伯流道：「咱們一面派遣兄弟，下山打探少林僧的去向，一面派人採辦糧食，大夥兒便在寺中守……甚麼待兔，以便大和尚們自投……自投甚麼網。」這位黃幫主愛用成語，只是不大記得清楚，用起來也往往並不貼切。

令狐冲道：「這個甚是。便請黃幫主傳下令去，派遣五百位精明幹練的弟兄們下山，打聽到少林僧眾的下落。採購糧食之事，也請黃幫主一手辦理。」黃伯流答應了，轉身出去。

藍鳳凰笑道：「黃幫主可得趕著辦，要不然白熊、黑熊兩位餓得狠了，甚麼東西都會吃下肚去。」黃伯流笑道：「老朽理會得。但漠北雙熊就算餓癟了肚子，也不敢碰藍教主的一根手指頭兒。」

祖千秋道：「寺中和尚是走清光的了，請各位朋友辛苦一番，再到各處瞧瞧，且看有何異狀，說不定能找到甚麼線索。」羣豪轟然答應，又到各處察看。

令狐冲坐在大雄寶殿的一個蒲團之上，眼見如來佛像寶相莊嚴，臉上一副憐憫慈悲的神情，心想：「方證方丈果然是有道高僧，得知我們大舉而來，寧可自墮少林派威名，也不願率眾出戰，終於避開了這場大殺戮、大流血的浩劫。但他們何以又將定逸、定閒兩位師太害死？料想害死兩位師太的，多半是寺中的兇悍僧人，決非出於方丈大師之意。我當體念方證大師的善意，不可去找少林僧人為難，須得另行設法相救盈盈才是。」

突然之間，一陣朔風從門中直捲進來，吹得神座前的帷子揚了起來，風勢猛烈，香爐中的香灰飛得滿殿都是。令狐冲步到殿口，只見天上密雲如鉛，北風甚緊，心想：「這早晚便要下大雪了。」心中剛轉過這個念頭，半空已有一片片雪花飄下，又忖：「天寒地凍，不知盈盈身上可有寒衣？少林派人多勢眾，部署又如此周密。咱們這些人都是一勇之夫，要想救盈盈出來，只怕是千難萬難了。」負手背後，在殿前長廊上走來走去，一片片細碎的雪花飄在頭上、臉上、衣上、手上，迅即融化。

又想：「定閒師太臨死之時，受傷雖重，神智仍很清醒，絲毫無迷亂之象，她卻何以要我去當恆山派的掌門？恆山派門下沒一個男人，聽說上一輩的掌門人也都是女尼，我一個大男人怎能當恆山派掌門？這話傳將出去，豈不教江湖上好漢都笑掉了下巴？哼，我既已答允了她，大丈夫豈能食言？我行我素，旁人恥笑，又理他怎地？」想到此處，胸中豪氣頓生。

忽聽得半山隱隱傳來一陣喊聲，過不多時，寺外的羣豪都喧譁起來。令狐冲心頭一驚，搶出寺門，只見黃伯流滿臉鮮血，奔將過來，肩上中了一枝箭，箭桿兀自不住顫動，叫道：「盟主，敵……敵人把守了下山的道路，咱們這……這可是自投那個網了。」令狐冲驚道：「是少林寺僧人嗎？」黃伯流道：「不是和尚，是俗家人，他奶奶的，咱們下山沒夠三里，便給一陣急箭射了回來，死了十幾名弟兄，傷的怕有七八十人，那真是全軍覆沒了。」

只見數百人狼狽退回，中箭的著實不少。羣豪喊聲如雷，都要衝下去決一死戰。

令狐冲又問：「敵人是甚麼門派，黃幫主可瞧出些端倪麼？」

黃伯流道：「我們沒能跟敵人近鬥，他奶奶的，弓箭厲害得很，還沒瞧清楚這些王八蛋的模樣，一枝枝箭便射了過來。當真是遠交近攻，箭無虛發。」

祖千秋道：「看來少林派是故意布下陷阱，乃是個甕中捉鼈之計。」老頭子道：「甚麼甕中捉鼈？豈不自長敵人志氣，滅自己威風？這是個……這是個誘敵深入之計。」祖千秋道：「好，就算是誘敵深入，咱們來都來了，還有甚麼可說的？這些和尚要將咱們都活生生的餓死在這少室山上。」

白熊大聲叫道：「那一個跟我衝下去殺了這些王八蛋？」登時有千餘人轟然答應。

令狐冲道：「且慢！對方弓箭了得，咱們須得想個對付之策，免得枉自損傷。」計無施道：「這和尚廟中別的沒有，蒲團倒有數千個之多。」這一言提醒了眾人，都道：「當作盾牌，當真是再好不過。」當下便有數百人衝入寺中，搬了許多蒲團出來。

令狐冲叫道：「以此擋箭，大夥兒便衝下山去。」計無施道：「盟主，下山之後在何處聚會，以後作何打算，如何設法搭救聖姑，現下都須先作安排。」令狐冲道：「正是。你瞧我臨事毫無主張，那裏能作甚麼盟主？我想下山之後，大夥兒暫且散歸原地，各自分別訪查聖姑的下落，互通聲氣，再定救援之策。」

計無施道：「那也只好如此。」當即將令狐冲之意大聲說了。

那吃人肉的和尚黑熊叫道：「少林寺的禿驢們如此可惡，大夥兒把這鬼廟一把火燒了，再衝下去，跟他們拚個死活。」他自己也是和尚，但罵人「禿驢」，卻也毫無避忌。羣豪轟然叫好。令狐冲連連搖手，說道：「聖姑眼下還受他們所制，大家可魯莽不得，免得聖姑吃了眼前虧。」眾人一想不錯，都道：「好，那就便宜了他們。」

令狐冲道：「計兄，如何分批衝殺，請你分派。」

計無施見令狐冲確無統率羣豪以應巨變之才，便也當仁不讓，朗聲說道：「眾位朋友聽了，盟主有令，大夥兒分為八路下山，東南西北四路，東南、西南、東北、西北又是四路。咱們只求突圍而出，卻也不須多所殺傷。」當下分派各幫各派，從那一方下山，每一路或五六百人，或七八百人不等。

計無施道：「正南方是上山的大路，想必敵人最多，盟主，咱們先從正南下山，牽制敵人，好讓其餘各路兄弟從容突圍。」令狐冲拔劍在手，也不持蒲團，大踏步便向山下奔去。

羣豪齊聲吶喊，分從八方衝下山去。上山的道路本無八條之多，眾人奔躍而前，初時還分八路，到後來漫山遍野，蜂湧而下。

令狐冲奔出數里，便聽得幾聲鑼響，前面樹林中一陣箭雨，急射而至。他使開獨孤九劍中的「破箭式」，撥挑拍打，將迎面射來的羽箭一一撥開，腳下絲毫不停，向前衝去。

忽聽得身後有人「啊」的一聲，卻是藍鳳凰左腿、左肩同時中箭，倒在地下。令狐冲急忙轉身，將她扶起，說道：「我護著你下山。」藍鳳凰道：「你別管我，你……你……自己下山要緊。」這時羽箭仍如飛蝗般攢射而至，令狐冲信手揮灑，盡數擋開，卻見四下裏羣豪紛紛中箭倒地。

令狐冲左手攬住了藍鳳凰，向山下奔去，羽箭射來，便揮劍撥開。只覺來箭勢道勁急，發箭之人都是武功高強，來箭又是極密，以致羣豪手中雖有蒲團，卻也難以盡數擋開，中箭之人越來越多。令狐冲一時拿不定主意，該當衝下山去，還是回去接應眾人。

計無施叫道：「盟主，敵人弓箭厲害，弟兄們衝不下去，傷亡已眾，還是叫大夥兒暫且退回，再作計較。」

令狐冲早知敗勢已成，若給對方衝殺上來，更加不可收拾，當下縱聲叫道：「大夥兒退回少林寺！大夥兒退回少林寺！」他內力充沛，這一叫喊，雖在數千人高呼酣戰之時，仍是四處皆聞。計無施、祖千秋等數十人齊聲呼喚：「盟主有令，大夥兒退回少林寺。」

羣豪聽得呼聲，陸續退回。

少林寺前但聞一片咒罵聲、呻吟聲、叫喚聲，地下東一灘，西一片，盡是鮮血。計無施傳下號令，命八百名完好無傷之人分為八隊，守住了八方，以防敵人衝擊。來到少林寺的數千人眾，其中約有半數分屬門派幫會，各有統屬，還守規矩號令，其餘二千餘人卻皆是烏合之眾，這一仗敗了下來，更是亂成一團，各說各的，誰都不知下一步該當如何。

令狐冲道：「大夥兒快去替受傷的弟兄們敷藥救治。」心想：「可惜恆山派的女弟子們不在山上，缺了治傷的靈藥。」又想：「倘若恆山派眾人在此，是幫我呢，還是幫他們正教各派？嗯，兩位師太被害，恆山派眾弟子一定幫我。」

耳聽得羣豪仍是喧擾不已，不由得心亂如麻，倘若是他獨自一人被困山上，早已衝了下去，死也好，活也好，也不放在心上，但自己是這羣人的首領，這數千人的生死安危，全在自己一念之間，偏生束手無策，這可真為難了。

眼見天色將暮，突然間山腰裏擂起鼓來，喊聲大作。令狐冲拔出長劍，搶到路口。羣豪也是各執兵刃，要和敵人決一死戰。只聽得鼓聲越敲越響，敵人卻並不衝上。

過了一會，鼓聲同時止歇，羣豪紛紛論議：「鼓聲停了，要上來了。」「衝上來倒好，便殺他們一個落花流水，免得在這裏等死。」「他奶奶的，這些王八蛋便是要咱們在這裏餓死、渴死。」「龜兒子不上來，咱們便衝下去。」「只要衝得下去，那還用你多說？」

計無施悄聲對令狐冲道：「咱們今晚要是不能脫困，再餓得一日一晚，大夥兒可無力再戰了。」令狐冲道：「不錯。咱們挑選二三百位武功高強的朋友開路，黑夜中敵人射箭沒準頭，只消打亂了敵人的陣腳，大家便可一湧而下。」計無施道：「也只有如此。」

便在此時，山腰裏鼓聲響起，跟著便有百餘名頭纏白布之人衝上山來。羣豪大聲呼喝，湧上去接戰。但攻上來的這一百餘人只鬥得片刻，一聲呼哨，便都退下山去。羣豪放下兵刃休息。跟著鼓聲又起，另有一批頭纏白布之人攻上山來，殺了一陣，又即退去。敵人雖退，擂鼓聲、吶喊聲此伏彼起，始終不息。

計無施道：「盟主，敵人使的顯是疲兵之計，要擾得咱們難以休息。」令狐冲道：「正是。請計兄安排。」計無施傳下令去，若再有敵人衝上，只由把守山口的數百人接戰，餘人只管休息，不可理會。祖千秋道：「在下倒有個計較，咱們選定三百名好手，等到半夜，敵人再來進攻，這三百人便乘勢衝下。一入敵陣混戰，王八羔子們便不能放箭，大夥兒就乘勢下山。為今之計，只有先攪得天下大亂，才能乘亂脫身。」令狐冲道：「極好，請祖兄去分別挑選，囑咐眾朋友，只待勢頭一亂，便即猛衝。」

不到半個時辰，祖千秋回報三百人已挑選定當，都是江湖上的一流好手，以此精銳奮力下衝，敵人縱有數千人列隊攔阻，也未必擋得住這三百頭猛虎。令狐冲精神一振，跟著祖千秋走到西首山邊，只見那三百人一行，排得整整齊齊，便道：「眾位請坐下稍息，待到天色全黑，大夥兒下去決個死戰。」羣豪轟然答應。

這時候雪下得更大了，雪花一大片一大片的飄將下來，地下已積了薄薄的一層，羣豪頭上、衣上都飄滿了雪花。寺中所有水缸固已倒得滴水不存，連水井也都用泥土填滿。各人抓起地下積雪，捏成一團，送入口中解渴。天色越來越黑，到後來即是兩人相對，面目也已模糊。祖千秋道：「幸好今晚下雪，否則剛好十五，月光可亮得很呢。」

突然之間，四下裏萬籟無聲。少林寺寺內寺外聚集豪士數千之眾，少室山自山腰以至山腳，正教中人至少也有二三千人，竟不約而同的誰都沒有出聲，便有人想說話的，也為這寂靜的氣氛所懾，話到嘴邊都縮了回去。似乎只聽到雪花落在樹葉和叢草之上，發出輕柔異常的聲音。令狐冲心中忽想：「小師妹這時候不知在幹甚麼？」

驀地裏山腰間傳上來一陣嗚嗚嗚的號角聲，跟著四面八方喊聲大作。這一次敵人似是乘黑全力進攻，再不如適才那般虛張聲勢。

令狐冲長劍一揮，低聲道：「衝！」向西北方的山道搶先奔下，計無施、祖千秋、田伯光、漠北雙熊，以及那三百名精選的豪士跟著衝了下去。

三百餘人一路衝下，前途均無阻攔。奔出里許後，祖千秋取出一枚大炮仗，晃火摺點燃了，砰的一聲響，射入半空，跟著火光一閃，拍的一聲巨響，炸了開來。這是通知山上羣豪的訊號，寺中羣豪也即殺出。

令狐冲正奔之際，然覺腳底一痛，踹著了一枚尖釘，心知不妙，急忙提氣上躍，落在一株樹上，只聽得祖千秋等紛紛叫了起來：「啊喲，不好，地下有鬼！」各人腳底都踹到了聳起的尖釘，有的尖釘直穿過腳背，痛不可當。數十人繼續奮勇下衝，突然啊啊大叫，跌入一個大陷坑中，樹叢中伸出十幾枝長槍，往坑中戳去，一時慘呼之聲，響遍山野。

計無施叫道：「盟主快傳號令，退回山上！」

令狐冲眼見這等情勢，顯然正教門派在山下布滿了陷阱，若再貿然下衝，非全軍覆沒不可，當即縱聲高叫道：「大夥兒退回少林寺！大夥兒退回少林寺！」

他從一株樹頂躍到另一株樹頂，將到陷坑之邊，長劍下掠，刺倒了三名長槍手，縱身下地，落在一名長槍手身邊，料想此人立足處必無尖釘，霎時間刺倒了七八人。其餘的長槍手發一聲喊，四下退走。落在陷坑中的四十餘人才一一躍起，但已有十餘人喪身坑中。羣豪望出去漆黑一片，地下雖有積雪反光，卻不知何處布有陷阱，各人垂頭喪氣，一跛一拐的回到山上，幸好敵人並不乘勢來追。

羣豪回入寺中，在燈燭光下檢視傷勢，十人中倒有九人的足底給刺得鮮血淋漓，人人破口大罵，顯然對方這幾個時辰中擂鼓吶喊，乃是遮掩在山腰裏挖坑布釘的聲音。這些鐵釘長達一尺，有七寸埋在土中，三寸露在地面，釘頭十分尖利，若是滿山都布滿了，怕不有數十萬枚？這許多利釘當然是事先預備好了的，敵人如此處心積慮，羣豪中凡是稍有見識的，思之無不駭然。

計無施將令狐冲拉在一邊，悄聲說道：「令狐公子，大夥兒要一齊全身而退，勢已萬萬不能。咱們日思夜想，只是盼望救聖姑脫險，這件大事，只好請公子獨力承擔了。」

令狐冲驚道：「你……你……是甚麼意思？」

計無施道：「我自然知道公子義薄雲天，決不肯捨眾獨行。但人人在此就義，將來由誰來為大夥兒報此大仇？聖姑困於苦獄，又有誰去救她重出生天？」

令狐冲嘿嘿一笑，說道：「原來計兄要我獨自下山逃命，此事再也休提。大夥兒死就死了，又怎能理會得這許多？世人有誰不死？咱們一起死了，聖姑困在獄中，將來也就死了。正教門派今日雖然得勝，過得數十年，他們還不是一個個都死了？勝負之分，也不過早死遲死之別而已。」

計無施眼見勸他不聽，情知多說也是無用，但如今晚不乘黑逃走，明日天一亮，敵人大舉來攻，那可再也沒有脫身之機了，不由得攤手長嘆。

忽聽得幾個人嘻嘻哈哈的大笑，越笑越是歡暢。羣豪大敗之餘，坐困寺中，性命便在旦夕之間，居然還有人笑得這麼開心，令狐冲和計無施一聽，便知是桃谷六仙，均想：「世上也只有這六個怪物，死到臨頭，還能如此嘻笑。」

只聽桃谷六仙中一人說道：「天下竟有這樣的傻子！把好好一雙腳，踏到鐵釘上去，哈哈哈，真笑死我也。」另一人道：「你們這些笨蛋，定是要試試到底腳板厲害，還是鐵釘了得，哈哈，鐵釘穿足，味道可舒服得很罷？」又一人笑道：「你們要嘗嘗鐵釘穿足的滋味，何不用個大鐵鎚，將鐵釘從腳背上自己鎚下去？哈哈哈，嘿嘿嘿，呵呵呵。」六兄弟笑得上氣不接下氣，似乎天下滑稽之事，莫過於此。

羣豪被鐵釘穿足的，本已痛得叫苦連天，偏生有如此不識趣之人在旁嘲笑，無不破口大罵。可是和桃谷六仙對罵，那是艱難無比之事，每一句話他都要和你辯個明白。你罵他「直娘賊」，他就問你為甚麼是「直娘」而不是「彎娘」；你罵他「王八蛋」，他就苦苦追問為何不是「王七蛋、王九蛋」，而定要「王八蛋」。

一時殿上嘈聲四起，有人抄起兵刃，便要動手。

令狐冲眼見事情鬧得不可收拾，突然叫道：「咦，這是甚麼東西？有趣啊有趣，古怪之極了！」桃谷六仙一聽，一齊奔了過來，問道：「甚麼東西如此有趣？」令狐冲道：「我瞧見六隻老鼠咬住一隻貓，從這裏奔了過去。」桃谷六仙大喜，都道：「老鼠咬貓，我們可從來沒有見過。走向那裏去了？」令狐冲隨手一指，道：「向那邊過去了。」桃根仙拉住他手腕，道：「去，去！大夥兒都去瞧瞧。」羣豪知道令狐冲繞彎兒罵他們是六隻老鼠，他們居然信以為真，都縱聲大笑。桃谷六仙卻簇擁著令狐冲，逕向後殿奔去。

令狐冲笑道：「咦！那不是嗎？」桃實仙道：「我怎地沒瞧見？」令狐冲有意將他們遠遠引開，免得和羣豪爭鬧相鬥，當下信手亂指，七人越走越遠。

桃幹仙砰的一聲，推開一間偏殿之門，裏面黑漆漆地一無所見。令狐冲笑道：「啊喲，六隻老鼠抬了一隻大貓，鑽進洞裏去啦。」桃根仙道：「你可別騙人。」晃亮火摺，但見房中空盪盪地一無所有，只一尊菩薩石像面壁而坐。

桃根仙過去點燃了供桌上的油燈，說道：「那裏有洞？咱把老鼠趕出來。」拿了油燈四下照看，卻一個洞穴也沒有。

桃枝仙道：「只怕是在菩薩的背後？」桃幹仙道：「菩薩的背後，就是咱們七人，難道咱們是老鼠麼？」桃枝仙道：「菩薩對著牆壁，他的背後，就是前面。」桃幹仙道：「你明明說錯了，偏不承認！背後怎麼會就是前面？」桃花仙道：「是背後也好，前面也好，咱們拉開來瞧瞧。」桃葉仙、桃實仙齊道：「正是。」三人伸手便去拉動石像。

令狐冲叫道：「使不得，這是達摩老祖。」他知達摩老祖乃少林寺的祖師，少林寺武學領袖羣倫，歷千餘年而不衰，便是自達摩老祖一脈相承。達摩當年曾面壁九年，終於大徹大悟，因此寺中所供奉的達摩像，也是面向牆壁。達摩老祖又是中土禪宗之祖，不論在武林或在佛教，地位均甚尊崇。此番來到少林寺，羣豪均遵從他的告誡，對寺中各物並無損毀，這達摩老祖的石像，決不可對之稍有輕侮。

但桃花仙等野性已發，那去理會令狐冲的呼喚，三人一齊使勁，力逾千斤，只聽得軋軋連聲，已將達摩石像扳了轉來。突然之間，七人齊聲大叫，只見眼前一塊鐵板緩緩升起，露出了一個大洞。鐵板的機括日久生鏽，糾結甚固，在桃花仙等三人的大力拉扯之下，發出嘰嘰格格之聲，聞之耳刺牙酸。

桃枝仙叫道：「果然有個洞！」桃根仙道：「去瞧瞧六隻老鼠抬貓。」頭一低，已從洞中鑽了進去。桃幹仙等五人誰肯落後，紛紛鑽進。洞內似乎極大，六人進去之後，但聽得腳步之聲。但片刻之間，六人哇哇叫喊，又奔了出來。桃枝仙叫道：「裏面黑漆漆地，深不見底。」桃葉仙道：「既是黑漆漆地，又怎知一定很深？說不定再走幾步，便到了盡頭呢。」桃枝仙道：「你既知再走幾步便到盡頭，幹麼不再走幾步，以便知道盡頭所在？」桃葉仙道：「我說的是『說不定』，卻不是『一定』。『說不定』與『一定』之間，大有分別。」桃枝仙道：「你既知是『說不定』，又何必多說？」桃根仙道：「吵甚麼？快點兩根火把，進去瞧瞧。」桃實仙道：「為甚麼只點兩根，點三根不可以麼？」桃花仙道：「既然點得三根，為甚麼便點不得四根？」

六人口中不停，手下卻也十分迅捷，頃刻間已扳下桌腿，點起四根火把，六人你爭我奪，搶了火把，鑽入洞中。

令狐冲尋思：「瞧這模樣，分明是少林寺的一條秘密地道。當日我在孤山梅莊被困，也是經過一條長長的地道。看來盈盈便是囚在其中。」思念及此，一顆心怦怦大跳，當即鑽入洞中，加快腳步，追上桃谷六仙。這地道甚是寬敞，與梅莊地道的狹隘潮濕全然不同，只是洞中霉氣甚重，呼吸不暢。

桃實仙道：「那六隻老鼠還是不見？只怕不是鑽到這洞裏來的。咱們回去吧，到別的地方找找。」桃幹仙道：「到了盡頭再回去，也還不遲。」

六人又行一陣，突然間呼的一聲響，半空中一根禪杖當頭直擊下來。桃花仙走在最前，急忙後躍，重重撞在桃實仙胸前。只見一名僧人手執禪杖，迅速閃入右邊山壁之中。桃花仙大怒，喝道：「你奶奶的，賊禿驢，卻躲在這裏暗算老爺。」伸手往山壁中抓去，呼的一聲響，左邊山壁中又有一條禪杖擊了出來。這一杖將桃花仙的退路盡數封死，他無可退避，只得向前縱出，左足剛落地，右側又有一條禪杖飛出。

這時令狐冲已看得清楚，使禪杖的並非活人，乃是機括操縱的鐵人，只是裝置得極妙，只要有人踏中了地下機括，便有禪杖擊出，而且進退呼應，每一杖都是極精妙厲害之著。桃花仙抽出短鐵棒擋架，噹的一聲大響，短鐵棒登時給震得脫手飛出。

桃花仙叫聲「啊喲」，著地滾倒，又有一柄鐵禪杖摟頭擊落。桃根仙、桃枝仙各抽短鐵棒，搶過去相救兄弟，雙棒齊上，這才擋住。但一杖甫過，二杖又至，桃幹仙、桃葉仙、桃實仙三人撲將進去。五根短鐵棒使開，與兩壁不斷擊到的禪杖鬥了起來。

使禪杖的鐵和尚雖是死物，但當時裝置之人卻是心思機靈之極的大匠，若非本人身具少林絕藝，便是有少林高僧在旁指點，是以這些鐵和尚每一杖擊出，盡屬妙著，更有一樁極厲害處，鐵和尚的手臂和禪杖均係鑌鐵所鑄，近百斤的重量再加機括牽引，下擊力道之強，不遜大力高手。桃谷六仙武功雖強，可是短鐵棒實在太短，難以擋架禪杖的撞擊。六兄弟叫苦連天，只想退出，後路呼呼風響，盡是禪杖影子，但每向前踏出一步，又增添了幾個鐵和尚參與夾擊。

令狐冲眼見勢危，又看出這些鐵和尚招數固然極精，每一招中均具極大破綻，當即抽出長劍，刺向兩個鐵和尚的手腕，噹噹兩聲，劍尖都刺中鐵和尚的手腕穴道，火花微濺，長劍卻彈了轉來。便在此時，猛聽得桃根仙一聲大叫，已被禪杖擊中，倒在地下。令狐冲本已心下驚惶，這一來神智更亂，眼見禪杖晃動，想也不想，又是兩劍刺出，錚錚兩聲，仍是刺中了鐵和尚的要害，但這兩下劍術中的至精至妙之著，只刮去了鐵和尚胸口和小腹上的一些鐵鏽，頭頂風響，一杖罩將下來。令狐冲大驚，踏前閃避，左前方又有一杖擊到。

驀地裏眼前一黑，接著甚麼也看不到了。原來桃谷六仙攜入四根火把，搶前接戰鐵和尚時都拋在地下，這些火把是燃著的桌腳，橫持在手時可以燒著，一拋落地，不久便即熄滅。令狐冲搶上之時，已有三根火把熄滅，避得幾杖時連第四根火把也熄滅了。他目不見物，登時手足無措，接著左肩一陣劇痛，俯跌了下去，但聽得「啊喲！」「哼！」「我的媽啊！」喊叫連連，桃谷六仙一一都被擊倒。

令狐冲俯伏在地，只聽得背後呼呼風響，盡是禪杖掃掠之聲，便如身在夢魘之中，心下惶怖已達極點，卻是全然的無能為力。但不久風聲漸輕，嘰嘰格格之聲不絕，似是各個鐵和尚回歸了原位。

忽然間眼前一亮，有人叫道：「令狐公子，你在這裏麼？」令狐冲大喜，叫道：「我……我在這裏……」伏在地下，不敢稍動，腳步聲響，幾個人走了進來，聽得計無施「咦」的一聲，甚是驚奇。令狐冲道：「別……別過來……機關……機關厲害得緊。」

計無施等久候令狐冲不歸，心下掛念，十餘人一路尋將過來，在達摩堂中發現了地道的入口，眼見令狐冲和桃谷六仙橫臥於地，身上盡是鮮血，無不駭然。祖千秋叫道：「令狐公子，你怎麼了？」令狐冲道：「站住別動，一動便觸發了機關。」祖千秋道：「是！我用軟鞭拖你們出來可好？」令狐冲道：「最好不過！」祖千秋軟鞭甩出，捲住桃枝仙的左足，將他著地拖出。

桃枝仙躺在地道的最外處，祖千秋將他拉了出來，這才用軟鞭捲住令狐冲右足，叫聲：「得罪了！」又將他拉出。如此陸續將餘下桃谷五仙都拉了出來，並未觸動機括，那些裝在兩壁的鐵和尚也就沒再躍出傷人。

令狐冲搖搖晃晃的站起，忙去察看桃谷六仙。六人肩頭、背上都被禪杖擊傷，幸好六人皮粗肉厚，又以深厚內力相抗，受的都只是皮肉之傷。

桃根仙便即吹牛：「這些鐵做的和尚好生厲害，可都教桃谷六仙給破了。」桃花仙覺得不便盡居其功，說道：「令狐公子也有一點功勞，只不過功勞及不上我六兄弟而已。」令狐冲強忍肩頭疼痛，笑道：「這個自然，誰又及得上桃谷六仙了？」

祖千秋問道：「令狐公子，到底是怎麼一會事？」令狐冲將情形簡略說了，說道：「多半聖姑便給囚在其內。咱們怎生想個計較，將這些鐵和尚破了？」祖千秋向桃谷六仙瞧了一眼，道：「原來鐵和尚還沒破去。」

桃幹仙道：「要破鐵和尚，又有何難？我們只不過一時還不想出手而已。」桃實仙道：「是啊，桃谷六仙所到之處，無堅不摧，無敵不克。」計無施道：「不知這些鐵和尚到底怎樣厲害法，請桃谷六仙再衝進去引動機括，讓大夥兒開開眼界如何？」

桃谷六仙適才吃過苦頭，那肯再上前去領略那禪杖飛舞、無處可避的困境。桃幹仙道：「眾位，貓捉老鼠，大家都見過了，可是老鼠咬貓，有人見過沒有？」桃葉仙道：「我們七個人，適才便見了，當真是大開眼界，從來沒見過。」他六兄弟另有一項絕技，遇上難題無法對答，便即顧左右而言他，扯開話題。

令狐冲道：「請那一位去搬幾塊大石來，都須一二百斤的。」當下便有三人出外，搬了三塊大石進來，都是少林寺庭院中的假山石筍。令狐冲端起一塊，運起內力，著地滾去。只聽得轟隆隆一聲響，引發機括，兩壁軋軋連聲，鐵和尚一個個閃將出來，眼前杖影晃動，呼呼風聲不絕，一柄柄鐵杖橫掃豎擊，過了良久，一個個鐵和尚才縮回石壁。

羣豪只瞧得目眩神馳，撟舌不下。

計無施道：「公子，這些鐵和尚有機括牽引，機括之力有時而盡，須得以絞盤絞緊機簧鐵鏈，鐵人方能再動。只須再用大石滾動幾次，機簧力道一盡，鐵和尚便不能動了。」

令狐冲急於要救盈盈脫險，說道：「我看鐵和尚出杖之勢毫不緩慢，不知要再舞幾次，機簧力道方盡，再試得七八次，天也亮了。那一位兄長有寶刀寶劍，請借來一用。」

當即有人越眾而前，拔刀出鞘，道：「盟主，在下這口兵刃頗為鋒利。」令狐冲見那人高鼻深目，頦下一部黃鬚，似是西域人氏。接過那口刀來，果然冷氣森森，大非尋常，說道：「多謝了！要借兄長寶刀，去削鐵人，若有損傷莫怪。」那人笑道：「為接聖姑，大夥兒性命尚且不惜，刀劍是身外之物，何足道哉。」

令狐冲點點頭，向前踏出。桃谷六仙齊叫：「小心！」令狐冲又踏出兩步，呼的一聲，一柄禪杖當頭擊下。這招式他已是第三次見到，毫不思索的舉刀一揮，嗤的一聲，鐵和尚右腕應聲而斷，鐵手和鐵杖掉在地下。令狐冲讚道：「好寶刀！」

他初時尚恐這口刀不夠鋒利，不能一舉削斷鐵和尚的手腕，待見此刀削鐵如泥，登時精神大振，刷刷兩聲，又已削斷了兩隻鐵和尚的手腕。他以刀作劍，所使的全是「獨孤九劍」中的招數。鐵和尚不絕從兩壁進攻，但手腕一斷，禪杖跌落，兩隻手臂雖仍上下左右的不絕揮舞，但既無禪杖，也就全無威脅之力了。令狐冲眼見越向前行，鐵和尚所出的招數越是精妙，心下暗暗佩服，但畢竟是鐵鑄的死物，一招既出，破綻大露，手腕一斷之後，機括雖仍不住作響，卻全成廢物了。

羣豪高舉火把跟隨，替他照明，削斷了百餘隻鐵手之後，石壁中再無鐵和尚躍出。有人一數，鐵和尚共是一百零八名。羣豪在地道中齊聲歡呼，震得人人耳中嗡嗡作響。

令狐冲亟盼及早見到盈盈，接過一個火把，搶前而行，一路上小心翼翼，生恐又觸上甚麼機關，地道不住向下傾斜，越走越低，直行出三里外，地道通入了幾個天生的洞穴，始終沒再遇到甚麼機關陷阱。突然之間，前面透過來淡淡的光芒，令狐冲快步搶前，一步踏出，足底一軟，竟是踏在一層積雪之上，同時一陣清新的寒氣灌入胸臆，身子竟然已在空處。他四下一望，黑沉沉的夜色之中，大雪紛飛飄落，跟著聽得淙淙水響，卻是處身在一條山溪之畔。霎時之間，心下好生失望，原來這地道並非通向囚禁盈盈之處。

卻聽計無施在身後說道：「大家傳下話去，千萬別出聲，多半咱們已在少室山下。」令狐冲問道：「難道咱們已然脫險？」計無施道：「公子，隆冬之際，山上的溪流不會有水，看來咱們通過地道，已到了山腳。」祖千秋喜道：「是了，咱們誤打誤撞，找到了少林寺的秘密地道。」

令狐冲驚喜交集，將寶刀還給了那西域豪士，說道：「那就快快傳話進去，要大夥兒從地道中出來。」

計無施命眾人散開探路，再命數十人遠遠守住地道的出口，以防敵人陡然來攻，倘若地道的前後都給堵死，未及出來的兄弟可就生生困死了。

過不多時，已有探路的人回報，確是到了少室山山腳，處身之所是在後山，抬頭可以望到山頂的寺院。羣豪此時未曾脫險，誰也不敢大聲說話。從地道中出來的豪士漸漸增多，跟著連傷者和死者的屍體也都抬了出來。

羣豪死裏逃生，雖不縱聲歡呼，但竊竊私議，無不喜形於色。

漠北雙熊中的黑熊說道：「盟主，那些王八羔子只道咱們仍在寺中，不如就去攻他們的屁股，斬斷王八蛋的尾巴，也好出一口胸中惡氣。」桃幹仙插口道：「王八蛋有尾巴嗎？」

令狐冲道：「咱們來到少林寺是為迎接聖姑，聖姑既然接不到，當再繼續尋訪，不必多所殺傷。」白熊道：「哼，好歹我要捉幾個王八蛋來吃了，否則給他們欺負得太過厲害。」

令狐冲道：「請各位傳下號令，大夥兒分別散去，遇到正教門下，最好不要打鬥動粗。有誰聽到聖姑的消息，務須廣為傳布。我令狐冲有生之日，不論經歷多大艱險，定要助聖姑脫困。寺中的兄弟可都出來了麼？」

計無施走到地道出口之處，向內叫了幾聲，隔了半晌，又叫了幾聲，裏面無人答應，這才回報：「都出來了！」

令狐冲童心忽起，說道：「咱們一齊大叫三聲，好教正教中人嚇一大跳。」

祖千秋笑道：「妙極！大夥兒跟著盟主齊聲大叫。」

令狐冲運起內力叫道：「大家跟著呼叫，一、二、三！『喂，我們下山來啦！』」數千人跟著齊聲大叫：「喂，我們下山來啦！」令狐冲又叫：「你們便在山上賞雪罷！」羣豪跟著大叫：「你們便在山上賞雪罷！」令狐冲再叫：「青山不改，綠水長流，後會有期。」羣豪也都大叫：「青山不改，綠水長流，後會有期。」令狐冲笑道：「走罷！」

忽然有人大聲叫道：「你們這批烏龜兒子王八蛋，去你奶奶的祖宗十八代。」羣豪跟著大叫：「你們這批烏龜兒子王八蛋，去你奶奶的祖宗十八代！」這等粗俗下流的罵人之聲，由數千人齊聲喊了出來，聲震山谷，當真是前所未有。

令狐冲大聲叫道：「好啦，不用叫了，大夥兒走罷！」

羣豪喊得興起，跟著又叫：「好啦，不用叫了，大夥兒走罷！」

眾人叫嚷了一陣，眼見半山裏並無動靜，天色漸明，便紛紛告別散去。

令狐冲心想：「眼前第一件大事，是要找到盈盈的所在，其次是須得查明定閒、定逸兩位師太是何人所害，要辦這兩件大事，該去何處才是？」腦海中忽然閃過一個念頭：「少林僧和正教中人已知我們都下了少室山，既然圍殲不成，自然都會回入少林寺去。說不定他們將盈盈帶在身邊。辦此二事，須回少林。」又想：「要混入少林寺中，人越少越好，可不能讓計無施他們同行。」

當下向計無施、老頭子、祖千秋、藍鳳凰、黃伯流等一干人作別，說道：「大家分頭努力，迎到聖姑之後，再行歡聚痛飲。」計無施問道：「公子，你要到那裏去？」令狐冲道：「請恕小弟眼下不便明言，日後自當詳告。」

眾人不敢多問，當下施禮作別。

二十七

三戰

方證大師掌法變幻莫測，每一掌擊出，甫到中途，已變為好幾個方位。

任我行的掌法卻單純質樸，出掌收掌之際，似乎顯得頗為窒滯生硬。

令狐冲竄入樹林，隨即縱身上樹，藏身在枝葉濃密之處，過了好半晌，耳聽得羣豪喧譁聲漸歇，終於寂然無聲，料想各人已然散去，當下緩步回向地道的出口處，果然已無一人。出口處隱藏在兩塊大石之後，長草掩映，不知內情之人即使到了其旁，亦決不會發現。

他回入地道，快步前行，回到達摩堂中，只聽得前殿隱隱已有人聲，想來正教中人行事持重，緩緩查將過來，只怕中了陷阱機關。令狐冲凝力雙臂，將達摩石像慢慢推回原處，尋思：「該去那裏偷聽正教領袖人物議事，設法查知囚禁盈盈的所在？少林寺中千房百舍，可不知他們將在那一間屋子中聚會。」

想起當日方生大師引著自己去見方丈，依稀記得方丈禪房的所在，當即奔出達摩堂，逕向後行。少林寺中房舍實在太多，奔了一陣，始終找不到方丈的禪房。耳聽得腳步聲響，外邊有十餘人走近，他處身之所是座偏殿，殿上懸著一面金字木匾，寫著「清涼境界」四字，四顧無處可以藏身，縱身便鑽入了木匾之後。

腳步聲漸近，有七八人走進殿來。一人說道：「這些邪魔外道本事也真不小，咱們四下裏圍得鐵桶也似，居然還是給他們逃了下山。」另一人道：「看來少室山上有甚麼地道秘徑通向山下，否則他們怎麼逃得出去？」又一人道：「地道秘徑是決計沒有的。小僧在少林寺出家二十餘年，可從來沒聽過有甚麼秘密的下山路徑。」先前那人道：「既然說是秘徑，自不會有多少人知道啦。」那少林僧道：「就算小僧不知，難道我們當家方丈也不知道？寺中若有此秘徑地道，敝寺方丈事先自會知照各派首領，怎能容這些邪魔外道從容脫身？」

忽聽得一人大聲喝道：「甚麼人？給我出來！」

令狐冲大吃一驚：「原來我蹤跡給他們發見了？」正想縱身躍出，忽聽得東側的木匾之後傳出哈哈一笑，一人說道：「老子透了口大氣，吹落了幾片灰塵，居然給你們見到了。眼光倒厲害得很哪！」聲音清亮，正是向問天的口音。

令狐冲又驚又喜，心道：「原來向大哥早就躲在這兒，他屏息之技甚是了得，我在這裏多時，卻沒聽出來。若不是灰塵跌落，諒來這些人也決不會知覺……」

便在這心念電轉之際，忽聽得嗒嗒兩聲，東西兩側忽有一人躍下，跟著有三人齊聲呼喝：「甚……」「你……」「幹……」這三人的呼喝聲都只吐得一個字，隨即啞了。

令狐冲忍不住探頭出去，只見大殿中兩條黑影飛舞，一人是向問天，另一人身材高大，卻是任我行。這兩人出掌無聲，每一出掌，殿下便有一人倒下，頃刻之間，殿中便倒下了八人，其中五人俯伏不動，三人仰面向天，都是雙目圓睜，神情可怖，臉上肌肉一動不動，顯然均已被任、向二人一掌擊斃。任我行雙手在身側一擦，說道：「盈兒，下來罷！」

西首木匾中一人飄然而落，身形婀娜，正是多日不見的盈盈。

令狐冲腦中一陣暈眩，但見她身穿一身粗布衣衫，容色憔悴。他正想躍下相見，任我行向著他藏身處搖了搖手。令狐冲尋思：「他們先到，我藏身木匾之後，他們自然都見到了。任老先生叫我不可出來，卻是何意？」但刹那之間，便明白了任我行的用意。

只見殿門中幾個人快步搶進，一瞥之下，見到了師父師娘岳不羣夫婦和少林方丈方證大師，其餘尚有不少人眾。他不敢多看，立即縮頭匾後，一顆心劇烈跳動，心想：「盈盈他們陷身重圍，我……我縱然粉身碎骨，也要救她脫險。」

只聽得方證大師說道：「阿彌陀佛！三位施主好厲害的掌力。女施主既已離去少林，卻何以去而復回？這兩位想必是黑木崖的高手了，恕老衲眼生，無緣識荊。」

向問天道：「這位是日月神教任教主，在下向問天。」

他二人的名頭當真響亮已極，向問天這兩句話一出口，便有數人輕輕「咦」的一聲。

方證說道：「原來是任教主和向左使，當真久仰大名。兩位光臨，有何見教？」

任我行道：「老夫不問世事已久，江湖上的後起之秀，都不識得了，不知這幾位小朋友都是些甚麼人。」

方證道：「待老衲替兩位引見。這一位是武當派掌門道長，道號上冲下虛。」

一個蒼老的聲音說道：「貧道年紀或許比任先生大著幾歲，但執掌武當門戶，確是任先生退隱之後的事。後起是後起，這個『秀』字，可不敢當了，呵呵。」

令狐冲一聽他聲音，心想：「這位武當掌門道長口音好熟。」隨即恍然：「啊喲！我在武當山下遇到三人，一個挑柴，一個挑菜，另一位騎驢的老先生，劍法精妙無比，原來竟然便是武當派掌門。」霎時間心頭湧起了一陣自得之情，手心中微微出汗。武當派和少林派齊名數百年，一柔一剛，各擅勝場。冲虛道長劍法之精，向來眾所推崇。他突然得知自己居然曾戰勝冲虛道長，實是意外之喜。

卻聽任我行道：「這位左大掌門，咱們以前是會過的。左師傅，近年來你的『大嵩陽神掌』又精進不少了罷？」令狐冲又是微微一驚：「原來嵩山派掌門左師伯也到了。」只聽一個冷峻的聲音道：「聽說任先生為屬下所困，蟄居多年，此番復出，實是可喜可賀。在下的『大嵩陽神掌』已有十多年未用，只怕倒有一半忘記了。」任我行笑道：「江湖上那可寂寞得很啊。老夫一隱，就沒一人能和左兄對掌，可嘆啊可嘆。」左冷禪道：「江湖上武功與任先生相埒的，數亦不少。只是如方證大師、冲虛道長這些有德之士，決不會無緣無故的來教訓在下就是了。」任我行道：「很好。幾時有空，要再試試你的新招。」左冷禪道：「自當奉陪。」聽他二人對答，顯然以前曾有一場劇鬥，誰勝誰敗，從言語中卻聽不出來。

方證大師道：「這位是泰山派掌門天門道長，這位是華山派掌門岳先生，這位岳夫人，便是當年的寧女俠，任先生想必知聞。」

任我行道：「華山派寧女俠我是知道的，岳甚麼先生，可沒聽見過。」

令狐冲心下不快：「我師父成名在師娘之先，他倘若二人都不知，那也罷了，卻決無只知寧女俠、不知岳先生之理。他被困西湖湖底，也不過是近十年之事，那時我師父早就名滿天下。顯然他是在故意向我師父招惹。」

岳不羣淡然道：「晚生賤名，原不足以辱任先生清聽。」任我行道：「岳先生，我向你打聽一個人，不知可知他下落。聽說此人從前是你華山派門下。」岳不羣道：「任先生要問的是誰？」任我行道：「此人武功極高，人品又是世所罕有。有些睜眼瞎子妒忌於他，將他排擠，我姓任的卻和他一見如故，一心一意要將我這個寶貝女兒許配給他……」

令狐冲聽他說到這裏，心中怦怦亂跳，隱隱覺得即將有件十分為難之事出現。

只聽任我行續道：「這個年輕人有情有義，聽說我這個寶貝女兒給囚在少林寺中，便率領了數千位英雄豪傑，來到少林寺迎妻。只是一轉眼間卻不知了去向，我做泰山的心下焦急之極，因此上要向你打聽打聽。」

岳不羣仰天哈哈一笑，說道：「任先生神通廣大，怎地連自己的好女婿也弄得不見了？任先生所說的少年，便是敝派棄徒令狐冲這小賊麼？」

任我行笑道：「明明是珠玉，你卻當是瓦礫。老弟的眼光，可也當真差勁得很了。我說的這少年，正是令狐冲。哈哈，你罵他是小賊，不是罵我為老賊麼？」

岳不羣正色道：「這小賊行止不端，貪戀女色，為了一個女子，竟然鼓動江湖上一批旁門左道，狐羣狗黨，來到天下武學之源的少林寺大肆搗亂，若不是嵩山左師兄安排巧計，這千年古剎倘若給他們燒成了白地，豈不是萬死莫贖的大罪？這小賊昔年曾在華山派門下，在下有失教誨，思之汗顏無地。」

向問天接口道：「岳先生此言差矣！令狐兄弟來到少林，只是迎接任姑娘，決無妄施搗亂之心。你且瞧瞧，這許多朋友們在少林寺中一日一夜，可曾損毀了一草一木？連白米也沒吃一粒，清水也沒喝一口。」

忽然有人說道：「這些豬朋狗友們一來，少林寺中反而多了些東西。」

令狐冲聽這人聲音尖銳，辨出是青城派掌門余滄海，心道：「這人也來了。」

向問天道：「請問余觀主，少林寺多了些甚麼？」

余滄海道：「牛矢馬溺，遍地黃白之物。」當下便有幾個人笑了起來。

令狐冲心下微感歉仄：「我只約束眾兄弟不可損壞物事，卻沒想到叮囑他們不得隨地便溺。這些粗人拉開褲子便撒，可污穢了這清淨佛地。」
方證大師道：「令狐公子率領眾人來到少林，老衲終日憂心忡忡，唯恐眼前出現火光燭天的慘狀。但眾位朋友於少林物事不損毫末，定是令狐公子菩薩心腸，極力約束所致，合寺上下，無不感激。日後見到令狐公子，自當親謝。余觀主戲謔之言，向先生不必介意。」
向問天讚道：「究竟人家是有道高僧，氣度胸襟，何等不凡？與甚麼偽君子、甚麼真小人，那是全然不同了。」
方證又道：「老衲卻有一事不明，恆山派的兩位師太，何以竟會在敝寺圓寂？」
盈盈「啊」的一聲尖叫，顫聲道：「甚……甚麼？定閒、定逸兩……兩位師太死了？」
方證道：「正是。她兩位的遺體在寺中發見，推想她兩位圓寂之時，正是眾位江湖朋友進入敝寺的時刻。難道令狐公子未及約束屬下，以致兩位師太眾寡不敵，命喪於斯麼？阿彌陀佛，阿彌陀佛。」跟著一聲長嘆。
盈盈道：「這……這可真奇了。那日小女子在貴寺後殿與兩位師太相見，蒙方丈大師慈悲，說道瞧在兩位師太面上，放小女子離寺……」
令狐冲心下又是感激，又是難過：「兩位師太向方丈求情，原來方丈果真是放了盈盈出去，她二位卻在這裏送了性命。那是為了我和盈盈而死。到底害死她們的兇手是誰？我非為她們報仇不可。」
只聽盈盈道：「這些日子來，不少江湖上的朋友，為了想救小女子脫身，前來少林寺滋擾，給少林派擒住了一百多人。方丈大師慈悲為懷，說道要向他們說十天法，盼望能消解他們的戾氣，然後盡數釋放。但小女子被禁已久，可以先行離去。」

令狐冲心道：「這位方證大師當真是個大大的好人，只不過未免有些迂腐。盈盈手下那些江湖豪客，又怎能聽你說十天法，便即化除了戾氣？」

只聽盈盈續道：「小女子感激無已，拜謝了方丈大師後，隨同兩位師太離開少室山，第三日上，便聽說令狐……令狐公子率領江湖上朋友，到少林寺來迎接小女子。定閒師太言道：須得兼程前往，截住眾人，以免驚擾了少林寺的眾位高僧。這天晚上，我們又遇上了一位江湖朋友，他說眾人從四面八方分道而來，定十二月十五聚集少林。兩位師太便即計議，說道江湖豪士龍蛇混雜，而且來自四方，未必都聽令狐公子的號令。當下定閒師太吩咐小女子趕著去和他……和令狐公子相見，請眾人立即散去。兩位師太則重上少林，要在方丈大師座下效一臂之力，維護佛門福地的清淨。」

她娓娓說來，聲音清脆，吐屬優雅，說到兩位師太時，帶著幾分傷感之意，說到「令狐公子」之時，卻又掩不住靦腆之情。令狐冲在木匾之後聽著，不由得心情一陣陣激盪。

方證道：「阿彌陀佛！兩位師太一番好意，老衲感激之至。少林寺有難的訊息一傳出，正教各門派的同道，不論識與不識，齊來援手，敝派實不知如何報答才好。幸得雙方未曾大動干戈，免去了一場浩劫。唉，兩位師太妙悟佛法，慈悲有德，我佛門中少了兩位高人，可惜，可嘆。」

盈盈又道：「小女子和兩位師太分手之後，當天晚上便受嵩山派劫持，寡不敵眾，為左先生的門下所擒，又給囚禁了數日，待得爹爹和向叔叔將我救出，眾位江湖上的朋友卻已進了少林寺。向叔叔和我父女三人，來到少林寺還不到半個時辰，既不知眾人如何離去，更不知兩位師太的死訊。」

方證說道：「如此說來，兩位師太不是任先生和向左使所害了。」盈盈道：「兩位師太於小女子有相救的大德，小女子只有感恩圖報。倘若我爹爹和向叔叔遇上了兩位師太，雙方言語失和，小女子定當從中調解，決不會不加勸阻。」方證道：「那也說得是。」

余滄海突然插口道：「魔教中人行徑與常人相反，常人是以德報德，奸邪之徒卻是恩將仇報。」向問天道：「奇怪，奇怪！余觀主是幾時入的日月神教？」余滄海怒道：「甚麼？誰說我入了魔教？」向問天道：「你說我神教中人恩將仇報。但福建福威鏢局林總鏢頭，當年救過你全家性命，每年又送你一萬兩銀子，你青城派卻反而害死了林總鏢頭。余觀主恩將仇報之名播於天下，無人不知。如此說來，余觀主必是我教的教友了。很好，很好，歡迎之至。」余滄海怒道：「胡說八道，亂放狗屁！」向問天道：「我說歡迎之至，乃是一番好意。余觀主卻罵我亂放狗屁，這不是恩將仇報，卻是甚麼？可見江山易改，本性難移，一個人一生一世恩將仇報，便在一言一動之中也流露了出來。」

方證怕他二人多作無謂的爭執，便道：「兩位師太到底是何人所害，咱們向令狐公子查詢，必可水落石出。但三位來到少林寺中，一出手便害了我正教門下八名弟子，卻不知又是何故？」任我行道：「老夫在江湖上獨來獨往，從無一人敢對老夫無禮。這八人對老夫大聲呼喝，叫老夫從藏身之處出來，豈不是死有餘辜？」方證道：「阿彌陀佛，原來只不過他八人呼喝了幾下，任先生就下此毒手，那豈不是太過了嗎？」

任我行哈哈一笑，說道：「方丈大師說是太過，就算太過好了。你對小女沒加留難，老夫很承你的情，本來是要謝謝你的，這一次不跟你多辯，道謝也免了，雙方就算扯直。」

方證道：「任先生既說扯直，就算扯直便了。只是三位來到敝寺，殺害八人，此事卻又如何了斷？」任我行道：「那又有甚麼了斷？我日月教教下徒眾甚多，你們有本事，儘管也去殺八人來抵數就是。」方證道：「阿彌陀佛。胡亂殺人，大增罪業。左施主，被害八人之中，有兩位是貴派門下的，你說該當如何？」

左冷禪尚未答話，任我行搶著道：「人是我殺的。為甚麼你去問旁人該當如何，卻不來問我？聽你口氣，你們似是恃著人多，想把我三人殺來抵命，是也不是？」

方證道：「豈敢？只是任先生復出，江湖上從此多事，只怕將有無數人命傷在任先生手下。老衲有意屈留三位在敝寺盤桓，誦經禮佛，教江湖上得以太平，三位意下如何？」

任我行仰天大笑，說道：「妙，妙，這主意甚是高明。」

方證續道：「令愛在敝寺後山駐足，本寺上下對她禮敬有加，供奉不敢有缺。老衲所以要屈留令愛，倒不在為本派已死弟子報仇。唉，冤冤相報，糾纏不已，豈是佛門弟子之所當為？少林派那幾名弟子死於令愛手下，也是前生的業報，只是……只是女施主殺業太重，動輒傷人，若在敝寺修心養性，於大家都有好處。」任我行笑道：「如此說來，方丈大師倒是一番美意了。」方證道：「正是。不過此事竟引得江湖上大起風波，卻又非老衲始料之所及了。再說，令愛當日背負令狐少俠來寺求救，言明只須老衲肯救令狐少俠的性命，她甘願為所殺本寺弟子抵命。老衲說道，抵命倒是不必，但須在少室山上幽居，不得老衲許可，不得擅自離山。她當即一口答允。任小姐，這話可是有的？」

盈盈低聲道：「不錯。」

令狐冲聽方證大師親口說及當日盈盈背負自己上山求救的情景，心下好生感激，此事雖然早已聽人說過，但從方證大師口中說出，而盈盈又直承其事，比之聞諸旁人之口，又自不同，不由得眼眶濕潤。

余滄海冷笑道：「倒是有情有義得緊。只可惜這令狐冲品行太差，當年在衡陽城中嫖妓宿娼，貧道親眼所見，卻是辜負任大小姐一番恩情了。」向問天笑問：「是余觀主在妓院中親眼目睹，並未看錯？」余滄海道：「當然，怎會看錯？」向問天低聲道：「余觀主，原來你常逛窯子，倒是在下的同道。你在那妓院裏的相好是誰？相貌可不錯罷？」

余滄海大怒，喝道：「放屁，放屁！」向問天道：「好臭，好臭！」

方證道：「任先生，你們三位便在少室山上隱居，大家化敵為友。只須你們三位不下少室山一步，老衲擔保無人敢來向三位招惹是非。從此樂享清淨，豈不是皆大歡喜？」

令狐冲聽方證大師說得十分誠摯，心想：「這位佛門高僧不通世務，當真迂得厲害。這三人殺人不眨眼，你想說得他們自願給拘禁在少室山上，可真異想天開之至了。」

任我行微笑道：「方丈的美意，想得面面俱到，在下原該遵命才是。」方證喜道：「那麼施主是願意留在少室山了？」任我行道：「不錯。」方證喜道：「老衲這就設齋款待，自今而後，三位是少林寺的嘉賓。」任我行道：「只不過我們最多只能留上三個時辰，再多就不行了。」方證大為失望，說道：「三個時辰？那有甚麼用？」任我行笑道：「在下本來也想多留數日，與諸位朋友盤桓，只不過在下的名字取得不好，這叫做無可如何。」

方證茫然道：「老衲這可不明白了。為甚麼與施主的大號有關？」

任我行道：「在下姓得不好，名字也取得不好。我既姓了個『任』，又叫作『我行』。早知如此，當年叫作『你行』，那就方便得多了。現下已叫作『我行』，只好任著我自己性子，喜歡走到那裏，就走到那裏。」

方證佛然道：「原來任先生是消遣老衲來著。」

任我行道：「不敢，不敢。老夫於當世高人之中，心中佩服的沒有幾個，數來數去只有三個半，大和尚算得是一位。還有三個半，是老夫不佩服的。」

他這幾句話說得甚是誠懇，絕無譏嘲之意。方證道：「阿彌陀佛，老衲可不敢當。」

令狐冲聽他說於當世高人之中，佩服三個半，不佩服三個半，甚是好奇，亟盼知道他所指的，除了方證之外更有何人。

只聽一個聲音洪亮之人問道：「任先生，你還佩服那幾位？」適才方證只替任我行等引見到岳不羣夫婦，雙方便即爭辯不休，餘人一直不及引見。令狐冲聽下面呼吸之聲，方證等一行共有十人，除了方證大師、師父、師娘、冲虛道長、左冷禪、天門道長、余滄海，此外尚有三人。這聲音洪亮之人，便不知是誰。

任我行笑道：「抱歉得很，閣下不在其內。」那人道：「在下如何敢與方證大師比肩？自然是任先生所不佩服了。」任我行道：「我不佩服的三個半人之中，你也不在其內。你再練三十年功夫，或許會讓我不佩服一下。」那人嘿然不語。

令狐冲心道：「原來要叫你不佩服，卻也不易。」

方證道：「任先生所言，倒是頗為新穎。」任我行道：「大和尚，你想不想知道我佩服的是誰，不佩服的又是誰？」方證道：「正要恭聆施主的高論。」任我行道：「大和尚，你精研易筋經，內功已臻化境，但心地慈祥，為人謙退，不像老夫這樣囂張，那是我向來佩服的。」方證道：「不敢當。」

任我行道：「不過在我所佩服的人中，大和尚的排名還不是第一。我所佩服的當世第一位武林人物，是篡了我日月神教教主之位的東方不敗。」

眾人都是「啊」一聲，顯然大出意料之外。令狐冲幸而將這個「啊」字忍住了，心想他為東方不敗所算，被囚多年，定然恨之入骨，那知竟然心中對之不勝佩服。

任我行道：「老夫武功既高，心思又是機敏無比，只道普天下已無抗手，不料竟會著了東方不敗的道兒，險些葬身湖底，永世不得翻身。東方不敗如此厲害的人物，老夫對他敢不佩服？」方證道：「那也說得是。」

任我行道：「第三位我所佩服的，乃是當今華山派的絕頂高手。」令狐冲又大出意料之外，他適才言語之中，對岳不羣不留半分情面，那知他內心竟會對之頗為佩服。

岳夫人道：「你不用說這等反語，譏刺於人。」

任我行笑道：「哈哈，岳夫人，你還道我說的是尊夫麼?他……他可差得遠了。我所佩服的，乃是劍術通神的風清揚風老先生。風老先生劍術比我高明得多，非老夫所及，我是衷心佩服，並無虛假。」

方證道：「岳先生，難道風老先生還在人世麼？」

岳不羣道：「風師叔於數十年前便已……便已歸隱，與本門始終不通消息。他老人家倘若尚在人世，那可真是本門的大幸。」

任我行冷笑道：「風老先生是劍宗，你是氣宗。華山派劍氣二宗勢不兩立。他老人家仍在人世，於你何幸之有？」

岳不羣給他這幾句搶白，默然不語。

令狐冲早就猜到風清揚是本派劍宗中的人物，此刻聽任我行一說，師父並不否認，那麼此事自是確然無疑。

任我行笑道：「你放心。風老先生是世外高人，你還道他希罕你這華山派掌門，會來搶你的寶座麼？」岳不羣道：「在下才德庸駑，若得風師叔耳提面命，真是天大的喜事。任先生，你可能指點一條明路，讓在下去拜見風師叔，華山門下，盡感大德。」說得甚是懇切。任我行道：「第一，我不知風老先生在那裏。第二，就算知道，也決不跟你說。明槍易躲，暗箭難防。真小人容易對付，偽君子可叫人頭痛得很。」岳不羣不再說話。

令狐冲心道：「我師父是彬彬君子，自不會跟任先生惡言相向。」

任我行側身過來，對著武當派掌門冲虛道長道：「老夫第四個佩服的，是牛鼻子老道。你武當派太極劍頗有獨到之妙，你老道卻潔身自愛，不去多管江湖上的閒事。只不過你不會教徒弟，武當門下沒甚麼傑出人材，等你牛鼻子鶴駕西歸，太極劍法的絕藝只怕要失傳。再說，你的太極劍法雖高，未必勝得過老夫，因此我只佩服你一半，算是半個。」

冲虛道人笑道：「能得任先生佩服一半，貧道已是臉上貼金，多謝了！」

任我行道：「不用客氣。」轉頭向左冷禪道：「左大掌門，你倒不必臉上含笑，肚裏生氣，你雖不屬我佩服之列，但在我不佩服的三個半高人之中，閣下卻居其首。」左冷禪笑道：「在下受寵若驚。」任我行道：「你武功了得，心計也深，很合老夫的脾胃。你想合併五嶽劍派，要與少林、武當鼎足而三，才高志大，也算了不起。可是你鬼鬼祟祟，安排下種種陰謀詭計，不是英雄豪傑的行徑，可教人十分的不佩服。」

左冷禪道：「在下所不佩服的當世三個半高人之中，閣下卻只算得半個。」

任我行道：「拾人牙慧，全無創見，因此你就不令人佩服了。你所學嵩山派武功雖精，卻全是前人所傳。依你的才具，只怕這些年中，也不見得有甚麼新招創出來。」

左冷禪哼了一聲，冷笑道：「閣下東拉西扯，是在拖延時辰呢，還是在等救兵？」

任我行冷笑道：「你說這話，是想倚多為勝，圍攻我們三人嗎？」

左冷禪道：「閣下來到少林，戕害良善，今日再想全身而退，可太把我們這些人不放在眼裏了。你說我們倚多為勝也好，不講武林規矩也好。你殺了我嵩山派門下弟子，眼放著左冷禪在此，今日要領教閣下高招。」

任我行向方證道：「方丈大師，這裏是少林寺呢，還是嵩山派的下院？」方證道：「施主明知故問了，這裏自然是少林寺。」任我行道：「然則此間事務，是少林方丈作主，還是嵩山派掌門作主？」方證道：「雖是老衲作主，但眾位朋友若有高見，老衲自當聽從。」

任我行仰天打了個哈哈，說道：「不錯，果然是高見，明知單打獨鬥是輸定了的，便要羣毆爛打。姓左的，你今日攔得住任我行，姓任的不用你動手，在你面前橫劍自刎。」

左冷禪冷冷的道：「我們這裏十個人，攔你或許攔不住，要殺你女兒，卻也不難。」

方證道：「阿彌陀佛，殺人可使不得。」

令狐冲心中怦怦亂跳，知道左冷禪所言確是實情，下面十人中，雖不知餘下三人是誰，但料想也必與方證、冲虛等身分相若，不是一派掌門，便是絕頂高手。任我行武功再強，最多不過全身而退。向問天是否能夠保命脫困，已是難言，盈盈是更加沒指望了。

任我行道：「那妙得很啊。左大掌門有個兒子，聽說武功差勁，殺起來挺容易。岳君子有個女兒。余觀主好像有幾個愛妾，還有三個小兒子。天門道長沒兒子女兒，心愛徒弟卻不少。莫大先生有老父、老母在堂。崑崙派乾坤一劍震山子有個一脈單傳的孫子。還有這位丐幫的解大幫主呢，向左使，解幫主世上有甚麼捨不得的人啊？」

令狐冲心道：「原來莫大師伯也到了。任先生其實不用方證大師引見，於對方十人不但均早知形貌，而且他們的身世眷屬也都已查得清清楚楚。」

向問天道：「聽說丐幫中的青蓮使者、白蓮使者兩位，雖然不姓解，卻都是解幫主的私生兒子。」任我行道：「你沒弄錯罷？咱們可別殺錯了好人？」向問天道：「錯不了，屬下已查問清楚。」任我行點頭道：「就算殺錯了，那也沒有法子，咱們殺他丐幫中三四十人，總有幾個殺對了的。」向問天道：「教主高見！」

他一提到各人的眷屬，左冷禪、解幫主等無不凜然，情知此人言下無虛，眾人攔他是攔不住的，若是殺了他的女兒，他必以毒辣手段相報，自己至親至愛之人，只怕個個難逃他的毒手，思之不寒而慄。一時殿中鴉雀無聲，人人臉上變色。

隔了半晌，方證說道：「冤冤相報，無有已時。任施主，我們決計不傷任大小姐，卻要屈三位大駕，在少室山居留十年。」

任我行道：「不行，我殺性已動，忍不住要將左大掌門的兒子、余觀主那幾個愛妾和兒子一併殺了。岳先生的令愛，更加不容她活在世上。」

令狐冲大驚，不知這個喜怒難測的大魔頭只不過危言聳聽，還是真的要大開殺戒。

冲虛道人說道：「任先生，咱們來打個賭，你瞧如何？」

任我行道：「老夫賭運不佳，打賭沒有把握，殺人卻有把握。殺高手沒有把握，殺高手的父母子女、大老婆小老婆卻挺有把握。」冲虛道人道：「那些人沒甚麼武功，殺之不算英雄。」任我行道：「雖然不算英雄，卻可教我的對頭一輩子傷心，老夫就開心得很了。」冲虛道人道：「你自己沒了女兒，也沒甚麼開心。沒有女兒，連女婿也沒有了。你女婿不免去做人家的女婿，你也不見得有甚麼光采。」任我行道：「沒有法子，沒有法子。我只好將他們一古腦兒都殺了，誰叫我女婿對不住我女兒呢？」

冲虛道人道：「這樣罷，我們不倚多為勝，你也不可胡亂殺人。大家公公平平，以武功決勝敗。你們三位，和我們之中的三個人比鬥三場，三戰兩勝。」

方證忙道：「是極，冲虛道兄高見大是不凡。點到為止，不傷人命。」

任我行道：「我們三人倘若敗了，便須在少室山上居留十年，不得下山，是也不是？」

冲虛道人道：「正是。要是三位勝了兩場，我們自然服輸，任由三位下山。這八名弟子也只好算是白死了。」

任我行道：「我心中對你牛鼻子有一半佩服，覺得你所說的話，也有一半道理。那你們這一方是那三位出場？由我挑選成不成？」

左冷禪道：「方丈大師是主，他是非下場不可的。老夫的武功擱下了十幾年，也想試上一試。至於第三場嗎？這場賭賽既是冲虛道長的主意，他終不成袖手旁觀，出個難題讓人家頂缸？只好讓他的太極劍法露上一露了。」他們這邊十人之中，雖然個個不是庸手，畢竟以方證大師、冲虛道人和他自己三人武功最高。他一口氣便舉了這三人出來，可說已立於不敗之地。盈盈不過十八九歲年紀，武功再高，修為也必有限，不論和那一位掌門相鬥，注定是要輸的。

岳不羣等一齊稱是。方證大師、冲虛道人、左冷禪三人是正教中的三大高手，任誰一人的武功都不見得會在任我行之下，比之向問天只怕尚可稍勝半籌，三戰兩勝，贏面佔了七八成，甚至三戰三勝，也是五五之數。各人所擔心的，只是怕擒不住任我行，給他逃下山去，以陰險毒辣手段戕害各人的家人弟子，只要是正大光明決戰，那就無所畏懼了。

任我行道：「三戰兩勝，這個不妥，咱們只比一場。你們挑一位出來，我們這裏也挑一人，乾乾脆脆只打一場了事。」

左冷禪道：「任兄，今日你們勢孤力單，處在下風。別說我們這裏十個人，已比你方多了三倍有餘，方丈大師一個號令出去，單是少林派一等一的高手，便有二三十位，其餘各派好手還不計在內。」任我行道：「因此你們要倚多為勝。」左冷禪道：「不錯，正是要倚多為勝。」任我行道：「不要臉之至。」左冷禪道：「無故殺人，才不要臉。」

任我行道：「殺人一定要有理由？左大掌門，你吃葷還是吃素？」左冷禪哼了一聲道：「在下殺人也殺，幹麼吃素？」任我行道：「你每殺一人，死者都是罪有應得的了？」左冷禪道：「這個自然。」任我行道：「你吃牛吃羊，牛羊又有甚麼罪？」

方證大師道：「阿彌陀佛，任施主這句話，大有菩薩心腸。」左冷禪道：「方證大師別上他的當。他將咱們這八個無辜喪命的弟子比作了牛羊。」任我行道：「蟲蟻牛羊，仙佛凡人，都是眾生。」方證又道：「是，是。阿彌陀佛。」

左冷禪道：「任兄，你一意遷延時刻，今日是不敢一戰的了？」

任我行突然一聲長嘯，只震得屋瓦俱響，供桌上的十二枝蠟燭一齊暗了下來，待他嘯聲止歇，燭光這才重明。眾人聽了他這一嘯聲，都是心頭怦怦而跳，臉上變色。

任我行道：「好，姓左的，咱們就比劃比劃。」左冷禪道：「大丈夫一言既出，駟馬難追。三戰兩勝，你們之中若有三個人輸了兩個，三人便都得在少室山停留十年。」

任我行道：「也罷！三戰兩勝，我們這一伙人中，若有三個人輸了兩個，我們三人便在少室山上停留十年。」

正教中人聽他受了左冷禪之激，居然答允下來，無不欣然色喜。

任我行道：「我就跟你再打一場，向左使鬥余矮子，我女兒女的鬥女的，便向寧女俠請教。」左冷禪道：「不行。我們這邊由那三人出場，由我們自己來推舉，豈能由你指定。」

任我行道：「一定要自己來選，不能由對方指定？」

左冷禪道：「正是。少林、武當兩大掌門，再加上區區在下。」任我行道：「憑你的聲望、地位和武功，又怎能和少林、武當兩大掌門相提並論？」左冷禪哼了一聲，說道：「在下自不敢和少林、武當兩大掌門相提並論，卻勉強可跟閣下鬥鬥。」

任我行哈哈大笑，說道：「方證大師，在下向你討教少林神拳，配得上嗎？」

方證道：「阿彌陀佛，老衲功夫荒疏已久，不是施主對手。只是老衲亟盼屈留大駕，只好拿幾根老骨頭來挨挨施主的拳腳。」

左冷禪見他竟向方證大師挑戰，固是擺明了輕視自己，心下卻是一喜，暗想：「我本來擔心你跟我鬥，讓向問天跟冲虛鬥，卻叫你女兒去鬥方證。冲虛道人若有疏虞，我又輸給了你，那就糟了。」當下不再多言，向旁退開了幾步。

餘人將地下的八具屍體搬在一旁，空出殿中的戰場。

任我行道：「方丈大師請。」雙袖一擺，抱拳為禮。方證合什還禮，說道：「施主請先發招。」任我行道：「在下使的是日月教正宗功夫，大師使的是少林派正宗武藝。咱們正對正宗，這一架原是要打的。」

余滄海道：「呸！你魔教是甚麼正宗了？也不怕醜！」任我行道：「方丈，讓我先殺了余矮子，再跟你鬥。」方證忙道：「不可。」知道此人出手如電，若是如雷霆般一擊，說不定余滄海真的給他殺了，當下更不躭擱，輕飄飄拍出一掌，叫道：「任施主，請接掌。」

這一掌招式尋常，但掌到中途，忽然微微搖晃，登時一掌變兩掌，兩掌變四掌，四掌變八掌。任我行脫口叫道：「千手如來掌！」知道只須遲得頃刻，他便八掌變十六掌，進而幻化為三十二掌，當即呼的一掌拍出，攻向方證右肩。方證左掌從右掌掌底穿出，仍是微微晃動，一變二、二變四的掌影飛舞。任我行身子躍起，呼呼還了兩掌。

令狐冲居高臨下，凝神細看，但見方證大師掌法變幻莫測，每一掌擊出，甫到中途，已變為好幾個方位，掌法如此奇幻，直是生平所未睹。任我行的掌法卻甚是質樸，出掌收掌，似乎顯得頗為窒滯生硬，但不論方證的掌法如何離奇莫測，一當任我行的掌力送到，他必隨之變招，看來兩人旗鼓相當，功力悉敵。

令狐冲拳腳功夫造詣甚淺，因之獨孤九劍中那「破掌式」一招，便也學不到家，既看不出對方拳腳中的破綻，便無法乘虛而入。這兩大高手所施展的乃當世最高深的掌法，他看得莫名其妙，渾不明其中精奧，尋思：「劍法上我可勝得冲虛道長，與任先生相鬥，也不輸於他。但遇到眼前這兩位的拳掌功夫，我只好以利劍一味搶攻。風太師叔說，我要練得二十年後，方可與當世高手一爭雄長，主要當是指『破掌式』那一招而言。」看了一會，只見任我行突然雙掌平平推出，方證大師連退三步，令狐冲一驚，暗叫：「啊喲，糟糕，方證大師要輸。」接著便見方證大師左掌劃了幾個圈子，右掌急拍，上拍下拍，左拍右拍，拍得幾拍，任我行便退了一步，再拍幾拍，任我行又退一步。令狐冲心道：「還好，還好！」

他輕吁一口氣，忽想：「為甚麼我見方證大師要輸，便即心驚，見他扳回，則覺寬慰？是了，方證大師是有道高僧，任教主畢竟是左道之士，我心中總還有善惡是非之念。」轉念又想：「可是任教主若輸，盈盈便須在少室山上囚禁十年，豈是我心中所願？」一時之間，連自己也不明白到底盼望誰勝誰敗，內心只隱隱覺得，任我行父女與向問天一入江湖，世上便即風波大作，但心中又想：「風波大作，又有甚麼不好？那不是很熱鬧麼？」

他眼光慢慢轉過去，只見盈盈倚在柱上，嬌怯怯地一副弱不禁風模樣，秀眉微蹙，若有深憂，突然間憐念大盛，心想：「我怎忍讓她在此再給囚禁十年？她怎經得起這般折磨？」想到她為了相救自己，甘願捨生，自己一生之中，師友厚待者雖也不少，可沒一個人竟能如此甘願把性命來交託給了自己。胸口熱血上湧，只覺別說盈盈不過是魔教教主的女兒，縱然她萬惡不赦、天下人皆欲殺之而甘心，自己寧可性命不在，也決計要維護她平安周全。

殿上的十一對目光，卻都注視著方證大師和任我行的掌法之上，心下無不讚嘆。左冷禪心想：「幸虧任老怪挑上了方證大師，否則他這似拙實巧的掌法，我便不知如何對付才好。本門的大嵩陽神掌與之相比，顯得招數太繁，變化太多，不如他這掌法的攻其一點，不及其餘。」向問天卻想：「少林派武功享名千載，果然非同小可。方證大師這『千手如來掌』掌法雖繁，功力不散，那真是千難萬難。倘若教我遇上了，只好跟他硬拚內力，掌法是比他不過的了。」岳不羣、余滄海等各人心中，也均以本身武功，與二人的掌法相印證。

任我行酣鬥良久，漸覺方證大師的掌法稍形緩慢，心中暗喜：「你掌法雖妙，終究年紀老了，難以持久。」當即急攻數掌，劈到第四掌時，猛覺收掌時右臂微微一麻，內力運轉，不甚舒暢，不由得大驚，知道這是自身內力的干擾，心想：「這老和尚所練的易筋經內功竟如此厲害，掌力沒和我掌力相交，卻已在剋制我的內力。」心知再鬥下去，對方深厚的內力發將出來，自己勢須處於下風，眼見方證大師左掌拍到，一聲呼喝，左掌迅捷無倫的迎了上去，拍的一聲響，雙掌相交，兩人各退了一步。

任我行只覺對方內力雖然柔和，卻是渾厚無比，自己使出了「吸星大法」，竟然吸不到他絲毫內力，心下更是驚訝。方證大師道：「善哉！善哉！」跟著右掌擊將過來。

任我行又出右掌與之相交。兩人身子一晃，任我行但覺全身氣血都是晃了一晃，當即疾退兩步，陡地轉身，右手已抓住了余滄海的胸口，左掌往他天靈蓋疾拍下去。

這一下兔起鶻落，實是誰都料想不到的奇變，眼見任我行與方證大師相鬥，情勢漸居不利，按理說他力求自保尚且不及，那知竟會轉身去攻擊余滄海。這一著變得太奇太快，不然余滄海也是一代武學宗匠，若與任我行相鬥，雖然最後必敗，卻決不致在一招之間便為他所擒。眾人「啊」的一聲，齊聲呼叫。

方證大師身子躍起，猶似飛鳥般撲到，雙掌齊出，擊向任我行後腦，這是武學中「圍魏救趙」之策，攻敵之不得不救，旨在逼得任我行撤回擊向余滄海頭頂之掌，反手擋架。眾高手見方證大師在這瞬息之間使出這一掌，都大為欽服，卻來不及喝采，知道余滄海這條性命是有救了。豈知任我行這一掌固是撤了回來，卻不反手擋架，一把便抓住了方證大師的「膻中穴」，跟著右手一指，點中了他心口。方證大師身子一軟，摔倒在地。

眾人大驚之下，紛紛呼喝，一齊擁了上去。

左冷禪突然飛身而上，發掌猛向任我行後心擊到。任我行反手回擊，喝道：「好，這是第二場。」左冷禪忽拳忽掌，忽指忽抓，片刻間已變了十來種招數。

任我行給他陡然一輪急攻，一時只能勉力守禦。他適才和方證大師相鬥，最後這三招雖是用智，卻也使盡了平生之力，否則以少林派掌門人如此深厚的內力，如何能讓他一把抓住「膻中穴」，一指點中了心口？這幾招全力以搏，實是孤注一擲。

任我行所以勝得方證大師，純是使詐。他算準了對方心懷慈悲，自己突向余滄海痛下殺手，一來餘人相距較遠，縱欲救援也是不及，二來各派掌門與余滄海無甚交情，決不會干冒大險，捨生相救，只有方證大師卻定會出手。當此情境之下，這位少林方丈唯有攻擊自己，以解余滄海之困，但他對方證大師擊來之掌偏又不擋不格，反拿對方要穴。這一著又是險到了極處。方證大師雙掌擊他後腦，不必擊實，掌風所及，便能使他腦漿迸裂。他反擒余滄海之時，便已拿自己性命來作此大賭，賭的是這位佛門高僧菩薩心腸，眼見雙掌可將自己後腦擊碎，便會收回掌力。但方證身在半空，雙掌擊出之後隨即全力收回，縱是絕頂高手，胸腹之間內力亦必不繼。他一拿一點，果然將方證大師點倒。只是方證渾厚的掌力所及，已掃得他後腦劇痛欲裂，一口丹田之氣竟然轉不上來。

冲虛道人忙扶起方證大師，拍開他被封的穴道，嘆道：「方丈師兄一念之仁，反遭奸人所算。」方證道：「阿彌陀佛。任施主心思機敏，鬥智不鬥力，老夫原是輸了的。」

岳不羣大聲道：「任先生行奸使詐，勝得毫不光明正大，非正人君子之所為。」向問天笑道：「我日月神教之中，也有正人君子麼？任教主若是正人君子，早就跟你同流合污了，還比試甚麼？」岳不羣為之語塞。

任我行背靠木柱，緩緩出掌，將左冷禪的拳腳一一擋開。左冷禪向來自負，若在平時，決不會當任我行力鬥少林派第一高手之後，又去向他索戰。明佔這等便宜，絕非一派宗師之所為，未免為人所不齒。但任我行適才點倒方證大師，純是利用對方一片好心，勝得奸詐之極，正教各人無不為之扼腕大怒。他奮不顧身的上前急攻，旁人均道他是激於義憤，已顧不到是否車輪戰。在左冷禪卻正是千載難逢的良機。

向問天見任我行一口氣始終緩不過來，搶到柱旁，說道：「左大掌門，你撿這便宜，可要臉麼？我來接你的。」左冷禪道：「待我打倒了這姓任的匹夫，再跟你鬥，老夫還怕你車輪戰麼？」呼的一拳，向任我行擊出。

任我行左手撩開，冷冷的道：「向兄弟，退開！」

向問天知道教主極是要強好勝，不敢違拗，說道：「好，我就暫且退開。只是這姓左的太也無恥，我踢他的屁股。」飛起一腳，便往左冷禪後臀踢去。

左冷禪怒道：「兩個打一個嗎？」斜身避讓。豈知向問天雖作飛腿之狀，這一腿竟沒踢出，只是右腳抬了起來，微微一動，乃是一招虛招。他見左冷禪上當，哈哈一笑，道：「孫子王八蛋才倚多為勝。」一縱向後，站在盈盈身旁。

左冷禪這麼一讓，攻向任我行的招數緩了一緩。高手對招，相差原只一線，任我行得此餘暇，深深吸一口氣，內息暢通，登時精神大振，砰砰砰三掌劈出。左冷禪奮力化解，心下暗暗吃驚：「這老兒十多年不見，功力大勝往昔，今日若要贏他，可須全力從事。」

兩人此番二度相逢，這一次相鬥，乃是在天下頂尖兒人物之前一決雌雄。兩人都將勝敗之數看得極重，可不像適才任我行和方證大師較量之時那樣和平。任我行一上來便使殺著，雙掌便如刀削斧劈一般；左冷禪忽拳忽掌，忽抓忽拿，更是極盡變化之能事。

兩人越鬥越快，令狐冲在木匾之後，瞧得眼也花了。他看任我行和方證大師相鬥，只不過看不懂二人的招式精妙所在，但此刻二人身形招式快極，竟連一拳一掌如何出，如何收，也都看不明白。他轉眼去看盈盈，只見她臉色雪白，雙眼長長的睫毛垂了下來，臉上卻無驚異或擔心的神態。向問天的臉色卻是忽喜忽憂，一時驚疑，一時惋惜，一時攢眉怒目，一時咬牙切齒，倒似比他親自決戰猶為要緊。令狐冲心想：「向大哥的見識自比盈盈高明得多，他如此著緊，只怕任先生這一仗很是難贏。」

慢慢斜眼過去，見到那邊廂師父和師娘並肩而立，其側是方證大師和冲虛道人。兩人身後一個是泰山派掌門天門道人，一個是衡山派掌門莫大先生。莫大先生來到殿中之後，始終未曾出過半分聲息，令狐冲一見到他瘦瘦小小的身子，胸中登時感到一陣溫暖，隨即心想：「儀琳師妹她們這羣恆山弟子沒了師父，可不知怎樣了。」青城派掌門余滄海獨個兒站在牆後，手按劍柄，滿臉怒色。站在西側的是一個滿頭白髮的乞丐，當是丐幫幫主解風。另一個穿一襲青衫，模樣頗為瀟灑，當是崑崙派掌門乾坤一劍震山子了。

這九個人乃當今正教中最強的好手，若不是九人都在全神貫注的觀戰，自己在木匾後藏身這麼久，雖然竭力屏氣凝息，多半還是早已給下面諸人發覺了。他暗想：「下面聚集著這許多高人，尤其有師父、師娘在內，而方證大師、武當掌門、莫大先生這三位，更是我十分尊敬的前輩。我在這裏偷聽他們說話，委實不敬之極，雖說是我先到而他們後至，但不論如何，總之是我在這裏竊聽，要是給他們發覺了，我可當真是無地自容了。」只盼任我行儘快再勝一場，三戰兩勝，便可帶著盈盈從容下山，一等方證大師他們退出後殿，自己便趕下山去和盈盈相會。

一想到和盈盈對面相晤，不由得胸口一熱，連耳根子也熱烘烘地，自忖：「自今而後，我真的要和盈盈結為夫妻嗎？她待我情深義重，可是我……可是我……」這些日子來，雖然時時想到盈盈，但每次念及，總是想到要報她相待之恩，要助她脫卻牢獄之災，要在江湖上大肆宣揚，是自己對她傾心，並非她對己有意，免得江湖豪士譏嘲於她，令她尷尬羞慚。每當盈盈的倩影在腦海中出現之時，心中卻並不感到喜悅不勝之情、溫馨無限之意，和他想到小師妹岳靈珊時纏綿溫柔的心意，大不相同，對於盈盈，內心深處竟似乎有些懼怕。

他和盈盈初遇，一直當她是個年老婆婆，心中對她有七分尊敬，三分感激；其後見她舉手殺人，指揮羣豪，尊敬之中不免摻雜了幾分懼怕，直至得知她對自己頗有情意，這幾分厭憎之心才漸漸淡了，及後得悉她為自己捨身少林，那更是深深感激。然而感激之意雖深，卻並無親近之念，只盼能報答她的恩情；聽到任我行說自己是他女婿，心底竟然頗感為難。這時見到她的麗色，只覺和她相距極遠極遠。

他向盈盈瞧了幾眼，不敢再看，只見向問天雙手握拳，兩目圓睜，順著他目光看任我行和左冷禪時，見左冷禪已縮在殿角，任我行一掌一掌的向他劈將過去，每一掌都似開山大斧一般，威勢驚人。左冷禪全然處於下風，雙臂出招極短，攻不到一尺便即縮回，顯似只守不攻。突然之間，任我行一聲大喝，雙掌疾向對方胸口推去。四掌相交，蓬的一聲大響，左冷禪背心撞在牆上，頭頂泥沙灰塵簌簌而落，四掌卻不分開。令狐冲只感到身子搖動，藏身的那張木匾似乎便要跌落。他一驚之下，便想：「左師伯這番可要糟了。他二人比拚內力，任先生使出『吸星大法』吸他內力，時刻一長，左師伯非輸不可。」

卻見左冷禪右掌一縮，竟以左手單掌抵禦對方掌力，右手伸出食中二指向任我行戳去。任我行一聲怪叫，急速躍開。左冷禪右手跟著點了過去。他連點三指，任我行連退三步。

方證大師、冲虛道長等均大為奇怪：「素聞任我行的『吸星大法』擅吸對方內力，何以適才他二人四掌相交，左冷禪竟安然無恙？難道他嵩山派的內功居然不怕吸星妖法？」

旁觀眾高手固覺驚異，任我行心下更是駭然。

十餘年前任我行左冷禪劇鬥，未曾使用「吸星大法」，已然佔到上風，眼見便可制住了左冷禪，突感心口奇痛，真力幾乎難以使用，心下驚駭無比，自知這是修練「吸星大法」的反擊之力，若在平時，自可靜坐運功，慢慢化解，但其時勁敵當前，如何有此餘裕？正徬徨無計之際，忽見左冷禪身後出現了兩人，是左冷禪的師弟托塔手丁勉和大陰陽手樂厚。任我行立即跳出圈子，哈哈一笑，說道：「說好單打獨鬥，原來你暗中伏有幫手，君子不吃眼前虧，咱們後會有期，今日爺爺可不奉陪了。」

左冷禪敗局已成，對方居然自願罷戰，自是求之不得，他也不敢討嘴頭上便宜，說甚麼「要人幫手的不是好漢」之類，只怕激惱了對方，再鬥下去，丁勉與樂厚又不便插手相助，自己一世英名不免付於流水，當即說道：「誰教你不多帶幾名魔教的幫手來？」

任我行冷笑一聲，轉身就走。

這一場拚鬥，面子上似是未分勝敗，但任左二人內心均知，自己的武功之中具有極大弱點，當日不輸，實乃僥倖，自此分別苦練。

尤其任我行更知「吸星大法」之中伏有莫大隱患，便似是附骨之疽一般。他以「吸星大法」吸取對手功力，但對手門派不同，功力有異，諸般雜派功力吸在自身，無法融而為一，作為己用，往往會出其不意的發作出來。他本身內力甚強，一覺異派內功作怪，立時將之壓服，從未遇過凶險，但這一次對手是極強高手，激鬥中自己內力消耗甚巨，用於壓制體內異派內力的便相應減弱，大敵當前之時，既有外患，復生內憂，自不免狼狽不堪。此後潛心思索，要揣摩出一個法門來制服體內的異派內功，心無二用，乃致聰明一世的梟雄，竟連變生肘腋亦不自知，終於為東方不敗所困。他在西湖湖底一囚十年，心無旁騖，這才悟出了壓制體內異派內功的妥善法門，修習這「吸星大法」才不致有慘遭反噬之危。

此番和左冷禪再度相逢，一時未能取勝，當即運出「吸星大法」，與對方手掌相交，豈知一吸之下，竟然發現對方內力空空如也，不知去向。任我行這一驚非同小可。對方內力凝聚，一吸不能吸到，那並不奇，適才便吸不到方證的內力，但在瞬息間竟將內力藏得無影無蹤，教他的「吸星大法」無力可吸，別說生平從所未遇，連做夢也沒想到過有這等奇事。

他又連吸了幾下，始終沒摸到左冷禪內力的半點邊兒，眼見左冷禪指法凌厲，於是退了三步，隨即變招，狂砍狠劈，威猛無儔。左冷禪改取守勢。兩人又鬥了二三十招，任我行左手一掌劈將出去，左冷禪無名指彈他手腕，右手食指戳向他左肋。任我行見他這一指勁力狠辣，心想：「難道你這一指之中，竟又沒有內力？」當下微微斜身，似是閃避，其實卻故意露出空門，讓他戳中胸肋，同時將「吸星神功」布於胸口，心想：「你有本事深藏內力，不讓我吸星大法吸到，但你以指攻我，指上若無內力，那麼刺在我身上只當是給我搔癢，但若有分毫內力，便非盡數給我吸來不可。」

便在心念電閃之際，噗的一聲響，左冷禪的手指已戳中他左胸「天池穴」。

旁觀眾人啊的一聲，齊聲呼叫。

左冷禪的手指在任我行的胸口微一停留。任我行立即全力運功，果然對方內力猶如河堤潰決，從自己「天池穴」中直湧進來。他心下大喜，加緊施為，吸取對方內力越快。

突然之間，他身子一晃，一步步的慢慢退開，一言不發的瞪視著左冷禪，身子發顫，手足不動，便如是給人封了穴道一般。

盈盈驚叫：「爹爹！」撲過去扶住，只覺他手上肌膚冰涼徹骨，轉頭道：「向叔叔！」向問天縱身上前，伸掌在任我行胸口推拿了幾下。任我行嘿的一聲，回過氣來，臉色鐵青，說道：「很好，這一著棋我倒沒料到。咱們再來比比。」

左冷禪緩緩搖了搖頭。

岳不羣道：「勝敗已分，還比甚麼？任先生適才難道不是給左掌門封了『天池穴』？」

任我行呸的一聲，喝道：「不錯，是我上了當，這一場算我輸便是。」

原來左冷禪適才這一招大是行險，他以修練了十餘年的「寒冰真氣」注於食指之上，拚著大耗內力，將計就計，便讓任我行吸了過去，不但讓他吸去，反而加催內力，急速注入對方穴道。這內力是至陰至寒之物，一瞬之間，任我行全身為之凍僵。左冷禪乘著他「吸星大法」一窒的頃刻之間，內力一催，就勢封住了他的穴道。穴道被封之舉，原只見於第二三流武林人物動手之時，高手過招，決不使用這一類平庸招式。左冷禪卻捨得大耗功力，竟以第二三流的手段制勝，這一招雖是使詐，但若無極厲害的內力，卻也決難辦到。

向問天知道左冷禪雖然得勝，但已大損真元，只怕非花上幾個月時光，無法復元，當即上前說道：「適才左掌門說過，你打倒了任教主之後，再來打倒我。現下便請動手。」

方證大師、冲虛道人等都看得明白，左冷禪自點中任我行之後，臉色慘白，始終不敢開聲說話，可見內力消耗之重，此刻二人倘若動手，不但左冷禪非敗不可，而且數招之間便會給向問天送了性命。但這一句話，左冷禪剛才確是說過了的，眼見向問天挑戰，難道是自食前言不成？

眾人正躊躇間，岳不羣道：「咱們說過，這三場比試，那一方由誰出馬，由該方自行決定，卻不能由對方指名索戰。這一句話，任教主是答應過了的，是不是？任教主是大英雄、大豪傑，說過了的話豈能不算？」

向問天冷笑道：「岳先生能言善辯，令人好生佩服，只不過和『君子』二字，未免有些不稱。這般東拉西扯，倒似個反覆無常的小人了。」

岳不羣淡淡的道：「自君子的眼中看出來，天下滔滔，皆是君子。自小人的眼中看來，世上無一而非小人。」

左冷禪慢慢挨了幾步，將背脊靠到柱上，以他此時的情狀，簡直要站立不倒也是十分為難，更不用說和人動手過招了。

武當掌門冲虛道人走上兩步，說道：「素聞向左使人稱『天王老子』，實有驚天動地的能耐。貧道忝居武當掌門，於正教諸派與貴教之爭，始終未能出甚麼力，常感慚愧，今日有幸，若能以『天王老子』為對手，實感榮寵。」

他武當掌門何等身分，對向問天說出這等話來，那是將對方看得極重了。向問天在情在理，實是難以推卻，便道：「恭敬不如從命。久仰冲虛道長的『太極劍法』天下無雙，在下捨命陪君子，只好獻醜。」抱拳行禮，退了兩步。冲虛道人寬袍大袖雙手一擺，躬身還禮。

兩人相對而立，凝目互視，一時卻均不拔劍。

任我行突然說道：「且慢！向兄弟，你且退下。」一伸手，從腰間拔出了長劍。

眾人盡皆駭然：「他已連鬥兩位高手，內力顯已大為耗損，竟然要連鬥三陣，再來接冲虛道長。」左冷禪更是驚詫，心想：「我苦練十多年的寒冰真氣傾注於他『天池穴』中，縱是武功高他十倍之人，只怕也得花三四個時辰，方能化解。難道此人一時三刻之間便又能與人動手？」眾人怎知此刻任我行丹田之中，猶似有數十把小刀在亂攢亂刺，他使盡了力氣，才將這幾句話說得平平穩穩，沒洩出半點痛楚之情。

冲虛道人微笑道：「任教主要賜教麼？咱們先前說過，雙方由那一位出手，由每一方自定，任教主若要賜教，原也不違咱們約定之議。只是貧道這個便宜，卻佔得太大了。」

任我行道：「在下拚鬥了兩位高手之餘，再與道長動手，未免小覷了武當派享譽數百年的神妙劍法，在下雖然狂妄，卻還不致於如此。」

冲虛道人心下甚喜，點頭道：「多謝了。」他一見到任我行拔劍，心下便大為躊躇，以車輪戰勝得任我行，說不上有何光采，但此仗若敗，武當派在武林中可無立足之地了，聽說不是他自己出戰，這才寬心。

任我行道：「冲虛道長在貴方是生力軍，我們這一邊也得出一個生力軍才是。」抬頭叫道：「令狐冲小兄弟，你下來罷！」

眾人大吃一驚，都順著他目光向頭頂的木匾望去。

令狐冲更為驚訝，一時手足無措，狼狽之極，當此情勢，無法再躲，只得湧身跳下，向方證大師跪倒在地，納頭便拜，說道：「小子擅闖寶剎，罪該萬死，謹領方丈責罰。」

方證呵呵笑道：「原來是令狐少俠。我聽得少俠呼吸勻淨，內力深厚，心下正在奇怪，不知是那一位高人光臨敝寺。請起，請起，行此大禮，可不敢當。」說著合什還禮。

令狐冲心想：「原來他早知我藏在匾後了。」

丐幫幫主解風忽道：「令狐冲，你來瞧瞧這幾個字。」

令狐冲站起身來，順著他手指向一根木柱後看去，見柱上刻著三行字。第一行是：「匾後有人。」第二行是：「我揪他下來。」第三行是：「且慢，此人內功亦正亦邪，未知是友是敵。」每一行都深入柱內，木質新露，自是方證大師和解風二人以指力在柱上所刻。

令狐冲甚是驚佩，心想：「方證大師從我極微弱的呼吸之中，能辨別我武功家數，真乃神人。」隨即抱拳躬身，團團行禮，說道：「眾位前輩來到殿上之時，小子心虛，未敢下來拜見，還望恕罪。」料想此刻師父的臉色定是難看之極，那敢和他目光相接？

解風笑道：「你作賊心虛，到少林寺偷甚麼來啦？」令狐冲道：「小子聞道任大小姐留居少林，斗膽前來接她出去。」解風笑道：「原來是偷老婆來著，哈哈，這不是賊膽心虛，這叫做色膽包天。」令狐冲正色道：「任大小姐有大恩於我，小子縱然為她粉身碎骨，亦所甘願。」解風嘆了口氣，說道：「可惜，可惜。好好一個年輕人，一生前途卻為女子所誤。你若不墮邪道，這華山派掌門的尊位，日後還會逃得出你的手掌麼？」

任我行大聲道：「華山掌門，有甚麼希罕？將來老夫一命歸天，日月神教教主之位，難道還逃得出我乘龍快婿的手掌麼？」

令狐冲吃了一驚，顫聲道：「不……不……不能……」

任我行笑道：「好啦。閒話少說。冲兒，你就領教一下這位武當掌門的神劍。冲虛道長的劍法以柔克剛，圓轉如意，世間罕有，可要小心了。」他改口稱他為「冲兒」，當真是將他當作女婿了。

令狐冲默察眼前局勢，雙方已各勝一場，這第三場的勝敗，將決定是否能救盈盈下山；自己曾和冲虛道人比過劍，劍法上可以勝得過他，要救盈盈，那是非出場不可，當下轉過身來，向冲虛道人跪倒在地，拜了幾拜。

冲虛道人忙伸手相扶，奇道：「何以行此大禮？」令狐冲道：「小子對道長好生相敬，迫於情勢，要向道長領教，心中不安。」冲虛道人哈哈一笑，道：「小兄弟忒也多禮了。」

令狐冲站起身來，任我行遞過長劍。令狐冲接劍在手，劍尖指地，側身站在下首。

冲虛道人舉目望著殿外天井中的天空，呆呆出神，心下盤算令狐冲的劍招。

眾人見他始終不動，似是入定一般，都覺十分奇怪。

過了良久，冲虛道人長吁一口氣，說道：「這一場不用比了，你們四位下山去罷。」此言一出，眾人盡皆駭然。令狐冲大喜，躬身行禮。解風道：「道長，你這話是甚麼意思？」冲虛道：「我想不出破解他的劍法之道，這一場比試，貧道認輸。」解風道：「兩位可還沒動手啊。」冲虛道：「數日之前，在武當山下，貧道曾和他拆過三百餘招，那次是我輸了。今日再比，貧道仍然要輸。」方證等都問：「有這等事？」冲虛道：「令狐小兄弟深得風清揚風前輩劍法真傳，貧道不是他的對手。」說著微微一笑，退在一旁。

任我行呵呵大笑，說道：「道長虛懷若谷，令人好生佩服。老夫本來只佩服你一半，現下可佩服你七分了。」說是七分，畢竟還沒十足。他向方證大師拱了拱手，說道：「方丈大師，咱們後會有期。」

令狐冲走到師父、師娘跟前，跪倒磕頭。岳不羣側身避開，冷冷的道：「可不敢當！」岳夫人心中一酸，淚水盈眶。令狐冲又過去向莫大先生行禮，知他不願旁人得悉兩人之間過去的交往，只磕了三個頭，卻不說話。

任我行一手牽了盈盈，一手牽了令狐冲，笑道：「走罷！」大踏步走向殿門。

解風、震山子、余滄海、天門道人等自知武功不及冲虛道人，既然冲虛自承非令狐冲之敵，他們心下雖將信將疑，卻也不敢貿然上前動手，自取其辱。

任我行正要出殿，忽聽得岳不羣喝道：「且慢！」任我行回頭道：「怎麼？」岳不羣道：「冲虛道長大賢不和小人計較，這第三場可還沒比。令狐冲，我來跟你比劃比劃。」

令狐冲大吃一驚，不由得全身皆顫，囁嚅道：「師父，我……我……怎能……」

岳不羣卻泰然自若，說道：「人家說你蒙本門前輩風師叔的指點，劍術已深得華山派神髓，看來我也已不是你的對手。雖然你已被逐出本門，但在江湖上揚名立萬，使的仍是本門劍法。我管教不善，使得正教中各位前輩，都為你這不肖少年嘔氣，倘若我不出手，難道讓別人來負此重任？我今天如不殺了你，你就將我殺了罷。」說到後來，已然聲色俱厲，刷的一聲，抽出長劍，喝道：「你我已無師徒之情，亮劍！」

令狐冲退了一步，道：「弟子不敢！」

岳不羣嗤的一劍，當胸平刺。令狐冲側身避過。岳不羣接著又刺出兩劍，令狐冲又避開了，長劍始終指地，並不出劍擋架。岳不羣道：「你已讓我三招，算得已盡了敬長之義，這就拔劍！」

任我行道：「冲兒，你再不還招，當真要將小命送在這兒不成？」

令狐冲應道：「是。」橫劍當胸。這場比試，是讓師父得勝呢，還是須得勝過師父？倘若故意容讓，輸了這一場，縱然自己身受重傷，也不打緊，可是任我行、向問天、盈盈三人卻得在少室山上苦受十年囚禁。方證大師固是有道高僧，但左冷禪和少林寺中其他僧眾，難保不對盈盈他們三人毒計陷害，說是囚禁十年，然是否得保性命，捱過這十年光陰，卻難說得很。若說不讓罷，自己自幼孤苦，得蒙師父、師娘教養成材，直與親生父母一般，大恩未報，又怎能當著天下英雄之前，將師父打敗，令他面目無光，聲名掃地？

便在他躊躇難決之際，岳不羣已急攻了二十餘招。令狐冲只以師父從前所授的華山劍法擋架，「獨孤九劍」每一劍都攻人要害，一出劍便是殺著，當下不敢使用。他自習得「獨孤九劍」之後，見識大進，加之內力渾厚之極，雖然使的只是尋常華山劍法，劍上所生的威力自然與疇昔大不相同。岳不羣連連催動劍力，始終攻不到他身前。

旁觀眾人見令狐冲如此使劍，自然均知他有意相讓。任我行和向問天相對瞧了一眼，都是深有憂色。兩人不約而同的想起，那日在杭州孤山梅莊，任我行邀令狐冲投身日月神教，許他擔當光明右使之位，日後還可出任教主，又允授他秘訣，用以化解「吸星大法」中異種內力反噬的惡果。但這年輕人絲毫不為所動，足見他對師門十分忠義。此刻更見他對舊日的師父師娘神色恭謹之極，直似岳不羣便要一劍將他刺死，也是心所甘願。他所使招式全是守勢，如此鬥下去焉有勝望？令狐冲顯然決計不肯勝過師父，更不肯當著這許多成名的英雄之前勝過師父。若不是他明知這一仗輸了之後，盈盈等三人便要在少室山囚禁，只怕拆不上十招，便已棄劍認輸了。任、向二人徬徨無計，相對又望了一眼，目光中便只三個字：「怎麼辦？」

任我行轉過頭來，向盈盈低聲道：「你到對面去。」盈盈明白父親的意思，他是怕令狐冲顧念昔日師門之恩，這一場比試要故意相讓，他叫自己到對面去，是要令狐冲見到自己之後，想到自己待他的情義，便會出力取勝。她輕輕嗯了一聲，卻不移動腳步。

過了片刻，任我行見令狐冲不住後退，更是焦急，又向盈盈道：「到前面去。」盈盈仍是不動，連「嗯」的那一聲也不答應。她心中在想：「我待你如何，你早已知道。你如以我為重，決意救我下山，你自會取勝。你如以師父為重，我便是拉住你衣袖哀哀求告，也是無用。我何必站到你的面前來提醒你？」深覺兩情相悅，貴乎自然，倘要自己有所示意之後，令狐冲再為自己打算，那可無味之極了。

令狐冲隨手揮灑，將師父攻來的劍招一一擋開，所使已不限於華山劍法。他若還擊，早能逼得岳不羣棄劍認輸，眼見師父劍招破綻大露，始終不出手攻擊。岳不羣早已明白他的心意，運起紫霞神功，將華山劍法發揮得淋漓盡致。他既知令狐冲不會還手，每一招便全是進手招數，不再顧及自己劍法中是否有破綻。這麼一來，劍法威力何止大了一倍。

旁觀眾人見岳不羣劍法精妙，又佔盡了便宜，卻始終無法刺中令狐冲；又見令狐冲出劍有時有招，有時無招，而無招之時，長劍似乎亂擋亂架，卻是曲盡其妙，輕描淡寫的便將岳不羣巧妙的劍招化解了，越看越是佩服，均想：「冲虛道長自承劍術不及，當非虛言。」

岳不羣久戰不下，心下焦躁，突然想起：「啊喲，不好！這小賊不願負那忘恩負義的惡名，卻如此跟我纏鬥。他雖不來傷我，卻總是叫我難以取勝。這裏在場的個個都是目光如炬的高手，便在此時，也早已瞧出這小賊是在故意讓我。我不斷的死纏爛打，成甚麼體統？那裏還像是一派掌門的模樣？這小賊是要逼我知難而退，自行認輸。」

他當即將紫霞神功都運到了劍上，呼的一劍，當頭直劈。令狐冲斜身閃開。岳不羣圈轉長劍，攔腰橫削。令狐冲縱身從劍上躍過。岳不羣長劍反撩，疾刺他後心，這一劍變招快極，令狐冲背後不生眼睛，勢在難以躲避。眾人「啊」的一聲，都叫了出來。

令狐冲身在半空，既已無處借勢再向前躍，回劍擋架也已不及，卻見他長劍挺出，拍在身前數尺外的木柱之上，這一借力，身子便已躍到了木柱之後，噗的一聲響，岳不羣長劍刺入木柱。劍刃柔韌，但他內勁所注，長劍竟穿柱而過，劍尖和令狐冲身子相距不過數寸。

眾人又都「啊」的一聲。這一聲叫喚，聲音中充滿了喜悅、欣慰和讚嘆之情，竟是人人都不禁為令狐冲歡喜，既佩服他這一下躲避巧妙之極，又慶幸岳不羣終於沒刺中他。

岳不羣施展平生絕技，連環三擊，仍然奈何不了令狐冲，又聽得眾人的叫喚，竟是都在同情對方，心下大是懊怒。

這「奪命連環三仙劍」是華山派劍宗的絕技，他氣宗弟子原本不知。當年兩宗自殘，劍宗弟子曾以此劍法殺了好幾名氣宗好手。當氣宗弟子將劍宗的弟子屠戮殆盡、奪得華山派掌門之後，氣宗好手仔細參詳這三式高招「奪命連環三仙劍」。諸人想起當日拚鬥時這三式連環的威力，心下猶有餘悸，參研之時，各人均說這三招劍法入了魔道，但求劍法精妙，卻忘了本派「以氣馭劍」的不易至理，大家嘴裏說得漂亮，心中卻無不佩服。

當岳不羣與令狐冲兩人出劍相鬥，岳夫人就已傷心欲涕，見丈夫突然使出這三招，心頭大震：「當年兩宗同門相殘，便因重氣功、重劍法的紛爭而起。他是華山氣宗的掌門弟子，在這時居然使用劍宗的絕技，倘若給外人識破了，豈不令人輕視齒冷？唉，他既用此招，自是迫不得已，其實他非冲兒敵手，早已昭然，又何必苦苦纏鬥？」有心上前勸阻，但此事關涉實在太大，並非單是本門一派之事，欲前又卻，手按劍柄，憂心如焚。

岳不羣右手一提，從柱中拔出了長劍。令狐冲站在柱後，並不轉出。岳不羣只盼他就此躲在木柱之後，不再出來應戰，算是怕了自己，也就顧全了自己的顏面。兩人相對而視。令狐冲低頭道：「弟子不是你老人家的敵手。咱們不用再比試了罷？」岳不羣哼了一聲。

任我行道：「他師徒兩人動手，無法分出勝敗。方丈大師，咱們這三場比試，雙方就算不勝不敗。老夫向你陪個罪，咱們就此別過如何？」

岳夫人暗自舒了口長氣，心道：「這一場比試，我們明明是輸了。任教主如此說，總算顧全到我們的面子，如此了事，那是再好不過。」

方證說道：「阿彌陀佛！任施主這等說，大家不傷和氣，足見高明，老衲自無異……」這個「議」字尚未出口，左冷禪忽道：「那麼我們便任由這四人下山，從此為害江湖，屠殺無辜？任由他們八隻手掌沾滿千千萬萬人的鮮血，任由他們殘殺天下良善？岳師兄以後還算不算是華山派掌門？」方證遲疑道：「這個……」

嗤的一聲響，岳不羣繞到柱後，挺劍向令狐冲刺去。

令狐冲閃身避過，數招之間，二人又鬥到了殿心。岳不羣快劍進擊，令狐冲或擋或避，又成了纏鬥悶戰之局。

再拆得二十餘招，任我行笑道：「這場比試，勝敗終究是會分的，且看誰先餓死，再打得七八天，相信便有分曉了。」

眾人覺得他這番話雖是誇張，但如此打法，只怕幾個時辰之內，也的確難有結果。

任我行心想：「這岳老兒倘若老起臉皮，如此胡纏下去，他是立於不敗之地，說甚麼也不會輸的。可是冲兒只須有一絲半分疏忽，那便糟了，久戰下去，可於咱們不利。須得以言語激他一激。」便道：「向兄弟，今日咱們來到少林寺中，當真是大開眼界。」

向問天道：「不錯。武林中頂兒尖兒的人物，盡集於此……」任我行道：「其中一位，更是了不起。」向問天道：「是那一位？」任我行道：「此人練就了一項神功，令人嘆為觀止。」向問天道：「是甚麼神功？」任我行道：「此人練的是金臉罩、鐵面皮神功。」向問天道：「屬下只聽過金鐘罩、鐵布衫，卻沒聽過金臉罩、鐵面皮。」任我行道：「人家金鐘罩、鐵布衫功夫是周身刀槍不入，此人的金臉罩、鐵面皮神功，卻只練硬一張臉皮。」向問天道：「這金臉罩、鐵面皮神功，不知是那一門那一派的功夫？」任我行道：「這功夫說來非同小可，乃是西嶽華山，華山派掌門人，江湖上鼎鼎大名的君子劍岳不羣岳先生所創。」向問天道：「素聞君子劍岳先生氣功蓋世，劍術無雙，果然不是浪得虛名之輩。這金臉罩、鐵面皮神功，將一張臉皮練得刀槍不入，不知有何用途？」任我行道：「這用處可說之不盡。我們不是華山派門下弟子，其中訣竅，難以了然。」向問天道：「岳先生創下這路神功，從此名揚江湖，永垂不朽的了。」任我行道：「這個自然。咱們以後遇上華山派的人物，對他們這路鐵面皮神功，可得千萬小心在意。」向問天道：「是，屬下牢記在心。」

他二人一搭一檔，便如說相聲一般，儘量的譏刺岳不羣。余滄海聽得嘻笑不絕，大為幸災樂禍。岳夫人一張粉臉脹得通紅。

岳不羣卻似一句話也沒聽進耳中。他一劍刺出，令狐冲向左閃避，岳不羣側身向右，長劍斜揮，突然回頭，劍鋒猛地倒刺，正是華山劍法中一招妙著，叫作「浪子回頭」。令狐冲舉劍擋格，岳不羣劍勢從半空中飛舞而下，卻是一招「蒼松迎客」。令狐冲揮劍擋開。

岳不羣刷刷兩劍，令狐冲一怔，急退兩步，不由得滿臉通紅，叫道：「師父！」岳不羣哼的一聲，又是一劍刺將過去，令狐冲再退了一步。

旁觀眾人見令狐冲神情忸怩，狼狽萬狀，都是大惑不解，均想：「他師父這三劍平平無奇，有甚麼了不起？何以竟使令狐冲難以抵擋？」

眾人自均不知，岳不羣所使的這三劍，乃是令狐冲和岳靈珊二人練劍時私下所創的「冲靈劍法」。當時令狐冲一片癡心，只盼日後能和小師妹共締鴛盟，岳靈珊對他也是極好。二人心中都有個孩子氣的念頭，覺得岳不羣夫婦所傳的武功，其餘同門都會，這一套「冲靈劍法」，天下卻只他二人會使，因此使到這套劍法時，內心都有絲絲甜意。

不料岳不羣竟在此時將這三招劍法使了出來，令狐冲登時手足無措，又是羞慚，又是傷心，心道：「小師妹對我早已情斷義絕，你卻使出這套劍法來，叫我觸景生情，心神大亂。你要殺我，便殺好了。」只覺活在世上了無意趣，不如一死了之，反而爽快。

岳不羣長劍跟著刺到，這一招卻是「弄玉吹簫」。令狐冲熟知此招，迷迷糊糊中順手擋架。岳不羣跟著使出下一式「蕭史乘龍」。這兩式相輔相成，姿式曼妙，尤其「蕭史乘龍」這一式，長劍夭矯飛舞，直如神龍破空一般，卻又瀟灑蘊藉，頗有仙氣。

相傳春秋之時，秦穆公有女，小字弄玉，最愛吹簫。有一青年男子蕭史，乘龍而至，奏簫之技精妙入神，前來教弄玉吹簫。秦穆公便將愛女許配他為妻。「乘龍快婿」這典故便由此而來。後來夫妻雙雙仙去，居於華山中峯。華山玉女峯有「引鳳亭」，中峯有玉女祠、玉女洞、玉女洗頭盆、梳妝台，皆由此傳說得名。這些所在，令狐冲和岳靈珊不知曾多少次並肩同遊，蕭史和弄玉這故事中的綢繆之意、逍遙之樂，也不知曾多少次繚繞在他二人心底。

此刻眼見岳不羣使出這招「蕭史乘龍」，令狐冲心下亂成一片，隨手擋架，只想：「師父為甚麼要使這一招？他要激得我神智錯亂，以便乘機殺我麼？」

只見岳不羣使完這一招後，又使一招「浪子回頭」，一招「蒼松迎客」，三招「冲靈劍法」，跟著又是一招「弄玉吹簫」，一招「蕭史乘龍」。高手比武，即令拚到千餘招以上，招式也不會重複，這一招既能為對方所化解，再使也必無用，反而令敵方熟知了自己的招式之後，乘隙而攻。岳不羣卻將這幾招第二次重使，旁觀眾人均是大惑不解。

令狐冲見岳不羣第二次「蕭史乘龍」使罷，又使出三招「冲靈劍法」時，突然之間，腦海中靈光一閃，登時恍然大悟：「原來師父是以劍法點醒我。只須我棄邪歸正，浪子回頭，便可重入華山門下。」

華山上有數株古松，枝葉向下伸展，有如張臂歡迎上山的遊客一樣，稱為「迎客松」。這招「蒼松迎客」，便是從這幾株古松的形狀上變化而出。他想：「師父是說，我若重歸華山門戶，不但同門歡迎，連山上的松樹也會歡迎我了。」驀地裏心頭大震：「師父是說，不但我可重入華山門戶，他還可將小師妹配我為妻。師父使那數招『冲靈劍法』，明明白白的說出了此意，只是我胡塗不懂，他才又使『弄玉吹簫』、『蕭史乘龍』這兩招。」

重歸華山和娶岳靈珊為妻，那是他心中兩個最大的願望，突然之間，師父當著天下高手之前，將這兩件事向他允諾了，雖非明言，但在這數招劍法之中，已說得明白無比。令狐冲素知師父最重然諾，說過的話決無反悔，他既答允自己重歸門戶，又將女兒許配自己為妻，那自是言出如山，一定會做到的事。霎時之間，喜悅之情充塞胸臆。

他自然知道岳靈珊和林平之情愛正濃，對自己不但已無愛心，且是大有恨意。但男女婚配，全憑父母之命，做兒女的不得自主，千百年來皆是如此。岳不羣既允將女兒許配於他，岳靈珊決計無可反抗。令狐冲心想：「我得重回華山門下，已是謝天謝地，更得與小師妹為偶，那實是喜從天降了。小師妹初時定然不樂，但我處處將順於她，日子久了，定然感於我的至誠，慢慢的回心轉意。」

他心下大喜，臉上自也笑逐顏開。岳不羣又是一招「浪子回頭」，一招「蒼松迎客」，兩招連綿而至。劍招漸急，若不可耐。令狐冲猛地裏省悟：「師父叫我浪子回頭，當然不是口說無憑，是要我立刻棄劍認輸，這才將我重行收入門下。我得返華山，再和小師妹成婚，人生又復何求？但盈盈、任教主、向大哥卻又如何？這場比試一輸，他們三人便得留在少室山上，說不定尚有殺身之禍。我貪圖一己歡樂，卻負人一至於斯，那還算是人麼？」言念及此，不由得背上出了一陣冷汗，眼中瞧出來也是模模糊糊，只見岳不羣長劍一橫，在他自己口邊掠過，跟著劍鋒便推將過來，正是一招「弄玉吹簫」。

令狐冲心中又是一動：「盈盈甘心為我而死，我竟可捨之不顧，天下負心薄倖之人，還有更比得上我令狐冲嗎？無論如何，我可不能負了盈盈對我的情義。」突然腦中一暈，只聽得錚的一聲響，一柄長劍落在地下。

旁觀眾人「啊」的一聲，叫了出來。

令狐冲身子晃了晃，睜開眼來，只見岳不羣正向後躍開，滿臉怒容，右腕上鮮血涔涔而下，再看自己長劍時，劍尖上鮮血點點滴滴的掉將下來。他大吃一驚，才知適才心神混亂之際，隨手擋架攻來的劍招，不知如何，竟使出了「獨孤九劍」中的劍法，刺中了岳不羣的右腕。他立即拋去長劍，跪倒在地，說道：「師父，弟子罪該萬死。」

岳不羣一腿飛出，正中他胸膛。這一腿力道好不凌厲，令狐冲登時身子飛起，身在半空之時，便只覺眼前一團漆黑，直挺挺的摔將下來，耳中隱約聽得砰的一聲，身子落地，卻已不覺疼痛，就此人事不知了。

二十八 積雪

——

岳靈珊道：「我要在這四個雪人身上寫幾個字。」拔出長劍，用劍尖在雪人上劃字。

也不知過了多少時候，令狐冲漸覺身上寒冷，慢慢睜開眼來，只覺得火光耀眼，又即閉上，聽得盈盈歡聲叫道：「你……你醒轉來啦！」

令狐冲再度睜眼，見盈盈一雙妙目正凝視著自己，滿臉都是喜色。令狐冲便欲坐起，盈盈搖手道：「躺著再歇一會兒。」令狐冲一看周遭情景，見處身在一個山洞之中，洞外生著一堆大火，這才記得是給師父踢了一腳，問道：「我師父、師娘呢？」

盈盈扁扁嘴道：「你還叫他作師父嗎？天下也沒這般不要臉的師父。你一味相讓，他卻不知好歹，終於弄得下不了台，還這麼狠心踢你一腿。震斷了他腿骨，才是活該。」

令狐冲驚道：「我師父斷了腿骨？」盈盈微笑道：「沒震死他是客氣的呢？爹爹說，你對吸星大法還不會用，否則也不會受傷。」令狐冲喃喃的道：「我刺傷了師父，又震斷了他腿骨，真是……真是……」盈盈道：「你懊悔嗎？」令狐冲心下惶愧已極，說道：「我實是大大的不該。當年若不是師父、師娘撫養我長大，說不定我早已死了，焉能得有今日？我恩將仇報，真是禽獸不如。」

盈盈道：「他幾次三番的痛下殺手，想要殺你。你如此忍讓，也算已報了師恩。像你這樣的人，到那裏都不會死，就算岳氏夫婦不養你，你在江湖上做小叫化，也決計死不了。他把你逐出華山，師徒間的情義早已斷了，還想他作甚？」說到這裏，慢慢放低了聲音，道：「冲哥，你為了我而得罪師父、師娘，我……我心裏……」說著低下了頭，暈紅雙頰。

令狐冲見她露出了小兒女的靦腆神態，洞外熊熊火光照在她臉上，直是明艷不可方物，不由得心中一蕩，伸出手去握住了她左手，嘆了口氣，不知說甚麼才好。

盈盈柔聲道：「你為甚麼嘆氣？你後悔識得我嗎？」令狐冲道：「沒有，沒有！我怎會後悔？你為了我，寧肯把性命送在少林寺裏，我以後粉身碎骨，也報不了你的大恩。」盈盈凝視他雙目，道：「你為甚麼說這等話？你直到現下，心中還是在將我當作外人。」

令狐冲內心一陣慚愧，在他心中，確然總是對她有一層隔膜，說道：「是我說錯了，自今而後，我要死心塌地的對你好。」這句話一出口，不禁想到：「小師妹呢？小師妹？難道我從此忘了小師妹？」

盈盈眼光中閃出喜悅的光芒，道：「冲哥，你這是真心話呢，還是哄我？」令狐冲當此之時，再也不自計及對岳靈珊銘心刻骨的相思，全心全意的道：「我若是哄你，教我天打雷劈，不得好死。」

盈盈的左手慢慢翻轉，也將令狐冲的手握住了，只覺一生之中，實以這一刻光陰最是難得，全身都暖烘烘地，一顆心卻又如在雲端飄浮，但願天長地久，永恆如此。過了良久，緩緩說道：「咱們武林中人，只怕是注定要不得好死的了。你日後倘若對我負心，我也不盼望你天打雷劈，我……我……我寧可親手一劍刺死了你。」

令狐冲心頭一震，萬料不到她竟會說出這一句話來，怔了一怔，笑道：「我這條命是你救的，早就歸於你了。你幾時要取，隨時來拿去便是。」盈盈微微一笑，道：「人家說你是個浮滑無行的浪子，果然說話這般油腔滑調，沒點正經。也不知是甚麼緣份，我就是……就是喜歡了你這個輕薄浪子。」令狐冲笑道：「我幾時對你輕薄過了？你這麼說我，我可要對你輕薄了。」說著坐起身來。

盈盈雙足一點，身子彈出數尺，沉著臉道：「我心中對你好，咱們可得規規矩矩的。你若當我是個水性女子，可以隨便欺我，那可看錯人了。」

令狐冲一本正經的道：「我怎敢當你是水性女子？你是一位年高德劭、不許我回頭瞧一眼的婆婆。」

盈盈噗哧一笑，想起初識令狐冲之時，他一直叫自己為「婆婆」，神態恭謹之極，不由得笑靨如花，坐了下來，卻和令狐冲隔著有三四尺遠。

令狐冲笑道：「你不許我對你輕薄，今後我仍是一直叫你婆婆好啦。」盈盈笑道：「好啊，乖孫子。」令狐冲道：「婆婆，我心中有……」盈盈道：「不許叫婆婆啦，待過得六十年，再叫不遲。」令狐冲道：「若是現下叫起，能一直叫你六十年，這一生可也不枉了。」

盈盈心神盪漾，尋思：「當真得能和他廝守六十年，便天上神仙，也是不如。」

令狐冲見到她的側面，鼻子微聳，長長睫毛低垂，容顏嬌嫩，臉色柔和，心想：「這樣美麗的姑娘，為甚麼江湖上成千成萬桀敖不馴的豪客，竟會對她又敬又畏，又甘心為她赴湯蹈火？」想要詢問，卻覺在這時候說這等話未免大煞風景，欲言又止。

盈盈道：「你想說甚麼話，儘管說好了。」令狐冲道：「我一直心中奇怪，為甚麼老頭子、祖千秋他們，會對你怕得這麼厲害。」盈盈嫣然一笑，說道：「我知道你若不問明白這件事，總是不放心。只怕在你心中，始終當我是個妖魔鬼怪。」令狐冲道：「不，不，我當你是位神通廣大的活神仙。」

盈盈微笑道：「你說不了三句話，便會胡說八道。其實你這人，也不見得真的是浮薄無行，只不過愛油嘴滑舌，以致大家說你是個浪蕩子弟。」令狐冲道：「我叫你作婆婆之時，可曾油嘴滑舌嗎？」盈盈道：「那你一輩子叫我作婆婆好了。」令狐冲道：「我要叫你一輩子，只不過不是叫婆婆。」

盈盈臉上浮起紅雲，心下甚甜，低聲道：「只盼你這句話，不是油嘴滑舌才好。」令狐冲道：「你怕我油嘴滑舌，這一輩子你給我煮飯，菜裏不放豬油豆油。」盈盈微笑道：「我可不會煮飯，連烤青蛙也烤焦了。」

令狐冲想起那日二人在荒郊溪畔烤蛙，只覺此時此刻，又回到了當日的情景，心中滿是纏綿之意。

盈盈低聲道：「只要你不怕我煮的焦飯，我便煮一輩子飯給你吃。」令狐冲道：「只要是你煮的，每日我便吃三大碗焦飯，卻又何妨？」盈盈輕輕的道：「你愛說笑，儘管說個夠好了。其實，你說話逗我歡喜，我也開心得很呢。」

兩人四目交投，半晌無語。隔了好一會，盈盈緩緩道：「我爹爹本是日月神教的教主，你是早知道的了。後來東方叔叔……不，東方不敗，我一直叫他叔叔，可叫慣了，他行使詭計，把爹爹囚禁起來，欺騙大家，說爹爹在外逝世，遺命要他接任教主。當時我年紀還小，東方不敗又機警狡猾，這件事做得不露半點破綻，我也就沒絲毫疑心。東方不敗為了掩人耳目，對我異乎尋常的優待客氣，我不論說甚麼，他從來沒一次駁回。因此我在教中，地位甚是尊榮。」令狐冲道：「那些江湖豪客，都是日月神教屬下的了？」盈盈道：「他們也不算正式的教眾，不過一向歸我教統屬，他們的首領也大都服過我教的『三尸腦神丹』。」

令狐冲哼了一聲。當日他在孤山梅莊，曾見魔教長老鮑大楚、秦偉邦等人一見任我行那幾顆火紅色的「三尸腦神丹」，登即嚇得魂不附體，想到當日情景，不由得眉頭微皺。

盈盈續道：「這『三尸腦神丹』服下之後，每年須服一次解藥，否則毒性發作，死得慘不堪言。東方不敗對那些江湖豪士十分嚴厲，小有不如他意，便扣住解藥不發，每次總是我去求情，討得解藥給了他們。」令狐冲道：「那你可是他們的救命恩人了。」

盈盈道：「也不是甚麼恩人。他們來向我磕頭求告，我可硬不了心腸，置之不理。原來這也是東方不敗掩人耳目之策，他是要使人人知道，他對我十分愛護尊重。這樣一來，自然再也無人懷疑他的教主之位是篡奪來的。」

令狐冲點頭道：「此人也當真工於心計。」盈盈道：「不過老是要我向東方不敗求情，實在太煩。再者，教裏的情形也跟以前大不相同了。人人見了東方不敗都要滿口諛詞，肉麻無比。前年春天，我叫師姪綠竹翁陪伴，出來遊山玩水，既免再管教中的閒事，也不必向東方不敗說那些無恥言語。想不到竟撞到了你。」她向令狐冲瞧了一眼，想起綠竹巷中初遇的情景，輕輕嘆息一聲，心中充滿了柔情。過了好一會，說道：「來到少林寺的這數千豪客，當然並非都曾服過我求來的解藥。但只要有一人受過我的恩惠，他的親人好友、門下弟子、所屬幫眾等等，自然也都承我的情了。再說，他們到少室山來，也未必真的是為了我，多半還是應令狐大俠的召喚，不敢不來。」說到這裏，抿嘴一笑。

令狐冲嘆道：「你跟著我沒甚麼好處，這油嘴滑舌的本事，倒也長進了三分。」

盈盈噗嗤一聲，笑了出來。她一生下地，日月神教中人人便當她公主一般，誰也不敢違拗她半點，待得年紀愈長，更是頤指氣使，要怎麼便怎麼，從無一人敢和她說一句笑話。此刻和令狐冲如此笑謔，當真是生平從無此樂。

過了一會，盈盈將頭轉向山壁，說道：「你率領眾人到少林寺來接我，我自然喜歡。那些人貧嘴貧舌，背後都說我……說我對你好，而你卻是個風流浪子，到處留情，壓根兒沒將我放在心上……」說到這裏，聲音漸漸低了下來，幽幽的道：「你這般大大的胡鬧一場，總算是給足了我面子，我……我就算死了，也不枉擔了這個虛名。」

令狐冲道：「你負我到少林寺求醫，我當時一點也不知道，後來又給關在西湖底下，待得脫困而出，又遇上了恆山派的事。好容易得悉情由，再來接你，已累你受了不少苦啦。」

盈盈道：「我在少林寺後山，也沒受甚麼苦。我獨居一間石屋，每隔十天，便有個老和尚給我送柴送米，除此之外，甚麼人也沒見過。直到定閒、定逸兩位師太來到少林，方丈要我去相見，才知道他沒傳你易筋經。我發覺上了當，生氣得很，便罵那老和尚。定閒師太勸我不用著急，說你平安無恙，又說是你求她二位師太來向少林方丈求情的。」

令狐冲道：「你聽她這麼說，才不罵方丈大師了？」

盈盈道：「少林寺的方丈聽我罵他，只是微笑，也不生氣，說道：『女施主，老衲當日要令狐少俠歸入少林門下，算是我的弟子，老衲便可將本門易筋經內功相授，助他驅除體內的異種真氣。但他堅決不允，老衲也是無法相強。再說，你當日揹負他上山之時，奄奄一息，下山時內傷雖然未愈，卻已能步履如常，少林寺對他總也不無微功。』我想這話也有道理，便說：『那你為甚麼留我在山上？出家人不打誑語，那不是騙人麼？』」

令狐冲道：「是啊，他們可不該瞞著你。」盈盈道：「這老和尚說起來卻又是一片道理。他說留我在少室山，是盼望以佛法化去我的甚麼暴戾之氣，當真胡說八道之至。」令狐冲道：「是啊，你又有甚麼暴戾之氣了？」盈盈道：「你不用說好話討我喜歡。我暴戾之氣當然是有的，不但有，而且相當不少。不過你放心，我不會對你發作。」令狐冲道：「承你另眼相看，那可多謝了。」

盈盈道：「當時我對老和尚說：『你年紀這麼大了，欺侮我們年紀小的，也不怕醜。』老和尚道：『那日你自願在少林寺捨身，以換令狐少俠這條性命。我們雖沒治愈令狐少俠，可也沒要了你的性命。聽恆山派兩位師太說，令狐少俠近來在江湖上著實做了不少行俠仗義之事，老衲也代他歡喜。衝著恆山兩位師太的金面，你這就下山去罷。』他還答應釋放我百餘名江湖朋友，我很承他的情，向他拜了幾拜。就這麼著，我跟恆山派兩位師太下山來了。後來在山下遇到一個叫甚麼萬里獨行田伯光的，說你已率領了數千人到少林寺來接我。兩位師太言道：少林寺有難，她們不能袖手。於是和我分手，要我來阻止你。不料兩位心地慈祥的前輩，竟會死在少林寺中。」說著長長的嘆了口氣。

令狐冲嘆道：「不知是誰下的毒手。兩位師太身上並無傷痕，連如何喪命也不知道。」

盈盈道：「怎麼沒傷痕？我和爹爹、向叔叔在寺中見到兩位師太的屍身，我曾解開她們衣服察看，見到二人心口都有一粒針孔大的紅點，是被人用鋼針刺死的。」

令狐冲「啊」的一聲，跳了起來，道：「毒針？武林之中，有誰是使毒針的？」

盈盈搖頭道：「爹爹和向叔叔見聞極廣，可是他們也不知道。爹爹說，這針並非毒針，其實是件兵刃，刺人要害，致人死命，只是刺入定閒師太心口那一針略略偏斜了些。」令狐冲道：「是了。我見到定閒師太之時，她還沒斷氣。這針既是當心刺入，那就並非暗算，而是正面交鋒。那麼害死兩位師太的，定是武功絕頂的高手。」盈盈道：「我爹爹也這麼說。既有了這條線索，要找到兇手，想亦不難。」

令狐冲伸掌在山洞的洞壁上用力一拍，大聲道：「盈盈，我二人有生之年，定當為兩位師太報仇雪恨。」盈盈道：「正是。」

令狐冲扶著石壁坐起身來，但覺四肢運動如常，胸口也不疼痛，竟似沒受過傷一般，說道：「這可奇了，我師父踢了我這一腿，好似沒傷到我甚麼。」

盈盈道：「我爹爹說，你已吸到不少別人的內力，內功高出你師父甚遠。只因你不肯運力和你師父相抗，這才受傷，但有深厚內功護體，受傷甚輕。向叔叔給你推拿了幾次，激發你自身的內力療傷，很快就好了。只是你師父的腿骨居然會斷，那可奇怪得很。爹爹想了半天，難以索解。」令狐冲道：「我內力既強，師父這一腿踢來，我內力反震，害得他老人家折斷腿骨，為甚麼奇怪？」盈盈道：「不是的。爹爹說，吸自外人的內力雖可護體，但必須自加運用，方能傷人，比之自己練成的內力，畢竟還是遜了一籌。」

令狐冲道：「原來如此。」他不大明白其中道理，也就不去多想，只是想到害得師父受傷，更當著天下眾高手之前失盡了面子，實是負咎良深。

一時之間，兩人相對默然，偶然聽到洞外柴火燃燒時的輕微爆裂之聲，但見洞外大雪飄揚，比在少室山上之時，雪下得更大了。

突然之間，令狐冲聽得山洞外西首有幾下呼吸粗重之聲，當即凝神傾聽，盈盈內功不及他，沒聽到聲息，見了他的神情，便問：「聽到了甚麼？」令狐冲道：「剛才我聽到一陣喘氣聲，有人來了。但喘聲急促，那人武功低微，不足為慮。」又問：「你爹爹呢？」

盈盈道：「爹爹和向叔叔說出去溜躂溜躂。」說這句話時，臉上一紅，知道父親故意避開，好讓令狐冲醒轉之後，和她細敘離情。

令狐冲又聽到了幾下喘息，道：「咱們出去瞧瞧。」兩人走出洞來，見向任二人踏在雪地裏的足印已給新雪遮了一半。令狐冲指著那兩行足印道：「喘息聲正是從那邊傳來。」

兩人順著足跡，行了十餘丈，轉過山坳，突見雪地之中，任我行和向問天並肩而立，卻一動也不動。兩人吃了一驚，同時搶過去。

盈盈叫道：「爹！」伸手去拉任我行的左手，剛和父親的肌膚相接，全身便是一震，只覺一股冷入骨髓的寒氣，從他手上直透過來，驚叫：「爹，你……你怎麼……」一句話沒說完，已全身戰慄，牙關震得格格作響，心中卻已明白，父親中了左冷禪的「寒冰真氣」後，一直強自抑制，此刻終於鎮壓不住，寒氣發作了出來，向問天是在竭力助她父親抵擋。任我行在少林寺中如何被左冷禪以詭計封住穴道，下山之後，曾向她簡略說過。

令狐冲卻尚未明白，白雪的反光之下，只見任向二人臉色極是凝重，跟著任我行又重重喘了幾口氣，才知適才所聞的喘息聲是他所發。但見盈盈身子戰抖，當即伸手去握她左手，立覺一陣寒氣鑽入了體內。他登時恍然，任我行中了敵人的陰寒內力，正在全力散發，於是依照西湖底鐵板上所刻散功之法，將鑽進體內的寒氣緩緩化去。

任我行得他相助，心中登時一寬，向問天和盈盈的內功和他所習並非一路，只能助他抗寒，卻不能化散。他自己全力運功，以免全身凍結為冰，已再無餘力散發寒氣，堅持既久，越來越覺吃力。令狐冲這運功之法卻是釜底抽薪，將「寒冰真氣」從他體內一絲絲的抽將出來，散之於外。

四人手牽手的站在雪地之中，便如僵硬了一般。大雪紛紛落在四人頭上臉上，漸漸將四人的頭髮、眼睛、鼻子、衣服都蓋了起來。

令狐冲一面運功，心下暗自奇怪：「怎地雪花落在臉上，竟不消融？」他不知左冷禪所練的「寒冰真氣」厲害之極，散發出來的寒氣遠比冰雪寒冷。此時他四人只臟腑血液才保有暖氣，肌膚之冷，已若堅冰，雪花落在身上，竟絲毫不融，比之落在地下還積得更快。

過了良久良久，天色漸明，大雪還是不斷落下。令狐冲擔心盈盈嬌女弱質，受不起這寒氣長期侵襲，只是任我行體內的寒毒並未去盡，雖然喘息之聲已不再聞，卻不知此時是否便可罷手，罷手之後是否另有他變。他拿不定主意，只好繼續助他散功，好在從盈盈的手掌中覺到，她肌膚雖冷，身子卻早已不再顫抖，自己掌心察覺到她手掌上脈搏微微跳動。這時他雙眼上早已積了數寸白雪，只隱隱覺到天色已明，卻甚麼也看不到了。當下不住加強運功，只盼及早為任我行化盡體內的陰寒之氣。

又過良久，忽然東北角上遠遠傳來馬蹄聲，漸奔漸近，聽得出是一騎前，一騎後，跟著聽得一人大聲呼叫：「師妹，師妹，你聽我說。」

令狐冲雙耳外雖堆滿了白雪，仍聽得分明，正是師父岳不羣的聲音。兩騎不住馳近，又聽得岳不羣叫道：「你不明白其中緣由，便亂發脾氣，你聽我說啊。」跟著聽得岳夫人叫道：「我自己不高興，關你甚麼事了？又有甚麼好說？」聽兩人叫喚和馬匹奔跑之聲，是岳夫人乘馬在前，岳不羣乘馬在後追趕。

令狐冲甚是奇怪：「師娘生了好大的氣，不知師父如何得罪了她。」

但聽得岳夫人那乘馬筆直奔來，突然間她「咦」的一聲，跟著坐騎噓哩哩一聲長嘶，想必是她突然勒馬止步，那馬人立了起來。不多時岳不羣縱馬趕到，說道：「師妹，你瞧這四個雪人堆得很像，是不是？」岳夫人哼的一聲，似是餘怒未息，跟著自言自語：「在這曠野之中，怎麼有人堆了這四個雪人？」

令狐冲剛想：「這曠野間有甚麼雪人？」隨即明白：「我們四人全身堆滿了白雪，臃腫不堪，以致師父、師娘把我們當作了雪人。」師父、師娘便在眼前，情勢尷尬，但這件事卻實在好笑之極。跟著卻又慄慄危懼：「師父一發覺是我們四人，勢必一劍一個。他此刻要殺我們，那是用不著花半分力氣。」

岳不羣道：「雪地裏沒足印，這四個雪人堆了有好幾天啦。師妹，你瞧，似乎三個是男的，一個是女的。」岳夫人道：「我看也差不多，又有甚麼男女之別了？」一聲吆喝，催馬欲行。岳不羣道：「師妹，你性子這麼急！這裏左右無人，咱們從長計議，豈不是好？」岳夫人道：「甚麼性急性緩？我自回華山去。你愛討好左冷禪，你獨自上嵩山去罷。」

岳不羣道：「誰說我愛討好左冷禪了？我好端端的華山派掌門不做，幹麼要向嵩山派低頭？」岳夫人道：「是啊！我便是不明白，你為甚麼要向左冷禪低首下心，聽他指使？雖說他是五嶽劍派盟主，可也管不著我華山派的事。五個劍派合而為一，武林中還有華山派的字號嗎？當年師父將華山派掌門之位傳給你，曾說甚麼話來？」岳不羣道：「恩師要我發揚光大華山一派的門戶。」岳夫人道：「是啊。你若答應了左冷禪，將華山派歸入了嵩山，怎對得住泉下的恩師？常言道得好：寧為鷄口，毋為牛後。華山派雖小，咱們儘可自立門戶，不必去依附旁人。」

岳不羣嘆了口氣，道：「師妹，恆山派定閒、定逸兩位師太武功，和咱二人相較，誰高誰下？」岳夫人道：「沒比過，我看也差不多。你問這個又幹甚麼了？」岳不羣道：「我也看是差不多，這兩位師太在少林寺中喪身，顯然是給左冷禪害的。」

令狐冲心頭一震，他本來也早疑心是左冷禪作的手腳，否則別人也沒這麼好的功夫。少林、武當兩派掌門武功雖高，但均是有道之士，決不會幹這害人的勾當。嵩山派數次圍攻恆山三尼不成，這次定是左冷禪親自出手。任我行這等厲害的武功，尚且敗在左冷禪手下，恆山派兩位師太自然非他之敵。

岳夫人道：「是左冷禪害的，那又如何？你如拿到了證據，便當邀集正教中的英雄，齊向左冷禪問罪，替兩位師太伸冤雪恨才是。」岳不羣道：「一來沒有證據，二來又是強弱不敵。」

岳夫人道：「甚麼強弱不敵？咱們把少林派方證方丈、武當派冲虛道長兩位都請了出來主持公道，左冷禪又敢怎麼樣了？」岳不羣道：「就只怕方證方丈他們還沒請到，咱夫妻已如恒山派那兩位師太一樣了。」岳夫人道：「你說左冷禪下手將咱二人害了？哼，咱們既在武林立足，那又顧得了這許多？前怕虎，後怕狼的，還能在江湖上混麼？」

令狐冲暗暗佩服：「師娘雖是女流之輩，豪氣尤勝鬚眉。」

岳不羣道：「咱二人死不足惜，可又有甚麼好處？左冷禪暗中下手，咱二人死得不明不白，結果他還不是開山立派，創成了那五嶽派？說不定他還會揑造個難聽的罪名，加在咱們頭上呢。」岳夫人沉吟不語。岳不羣又道：「咱夫婦一死，華山門下的羣弟子盡成了左冷禪刀下魚肉，那裏還有反抗的餘地？不管怎樣，咱們總得給珊兒想想。」

岳夫人唔了一聲，似已給丈夫說得心動，隔了一會，才道：「嗯，咱們那就暫且不揭破左冷禪的陰謀，依你的話，面子上跟他客客氣氣的敷衍，待機而動。」

岳不羣道：「你肯答應這樣，那就很好。平之那家傳的『辟邪劍譜』，偏偏又給令狐冲這小賊吞沒了，倘若他肯還給平之，我華山羣弟子大家學上一學，又何懼於左冷禪的欺壓？我華山派又怎致如此朝不保夕、難以自存？」

岳夫人道：「你怎麼仍在疑心冲兒劍術大進，是由於吞沒了平兒家傳的辟邪劍譜？少林寺中這一戰，方證大師、冲虛道長這等高人，都說他的精妙劍法是得自風師叔的真傳。雖然風師叔是劍宗，終究還是咱們華山派的。冲兒跟魔教妖邪結交，果然是大大不對，但無論如何，咱們再不能冤枉他吞沒了辟邪劍譜。倘若方證大師與冲虛道長的話你仍然信不過，天下還有誰的話可信？」

令狐冲聽師娘如此為自己分說，心中感激之極，忍不住便想撲出去抱住她。突然之間，他頭上震動了幾下，正是有人伸掌在他頭頂拍擊，心道：「不好，咱們的行藏給識破了。任教主寒毒尚未去盡，師父、師娘又再向我動手，那便如何是好？」只覺得盈盈手上傳過來的內力跟著劇震數下，料想任我行也是心神不定。但頭頂給人這麼輕輕拍了幾下後，便不再有甚麼動靜。

只聽得岳夫人道：「昨天你和冲兒動手，連使『浪子回頭』、『蒼松迎客』、『弄玉吹簫』、『蕭史乘龍』這四招，那是甚麼意思？」岳不羣嘿嘿一笑，道：「這小賊人品雖然不端，畢竟是你我親手教養長大，眼看他誤入歧途，實在可惜，只要他浪子回頭，我便許他重歸華山門戶。」岳夫人道：「這意思我理會得。可是另外兩招呢？」岳不羣道：「你心中早已知道，又何必問我？」岳夫人道：「倘若冲兒肯棄邪歸正，你就答允將珊兒許配他為妻，是不是？」岳不羣道：「不錯。」岳夫人道：「你這樣向他示意，是一時的權宜之計呢，還是確有此意？」

岳不羣不語。令狐冲又感到頭頂有人輕輕敲擊，當即明白，岳不羣是一面沉思，一面伸手在雪人的頭上輕拍，倒不是識破了他四人。

只聽岳不羣道：「大丈夫言出如山，我既答允了他，自無反悔之理。」岳夫人道：「他對那魔教妖女十分迷戀，你豈有不知？」岳不羣道：「不，他對那妖女感激則有之，迷戀卻未必。平日他對珊兒那般情景，和對那妖女大不相同，難道你瞧不出來？」岳夫人道：「我自然也瞧出了。你說他對珊兒仍然並未忘情？」岳不羣道：「豈但並未忘情，簡直是……簡直是相思入骨。他一明白了我那幾招劍招的用意之後，你不見他那一股喜從天降、心花怒放的神氣？」岳夫人冷冷的道：「正因為如此，因此你是以珊兒為餌，要引他上鉤？要引得他為了珊兒之故，故意輸了給你？」

令狐冲雖積雪盈耳，仍聽得出師娘這幾句話中，充滿著憤怒和譏刺之意。這等語氣，他從來沒聽到曾出之於師娘之口。岳不羣夫婦向來視他如子，平素說話，在他面前亦無避忌。岳夫人性子較急，在家務細事上，偶爾和丈夫頂撞幾句，原屬常有，但遇上門戶弟子之事，她向來尊重丈夫的掌門身分，絕不違拗其意。此刻如此說法，足見她心中已是不滿之極。

岳不羣長嘆一聲，道：「原來連你也不能明白我的用意。我一己的得失榮辱事小，華山派的興衰成敗卻是事大。倘若我終能勸服令狐冲，令他重歸華山，那可是一舉四得，大大的美事。」岳夫人道：「甚麼一舉四得？」岳不羣道：「令狐冲劍法高強之極，遠勝於我。他是得自辟邪劍譜也好，是得自風師叔的傳授也好，他如重歸華山，我華山派聲威大振，名揚天下，這是第一樁大事。左冷禪吞併華山派的陰謀固然難以得逞，連泰山、恆山、衡山三派也得保全，這是第二樁大事。他重歸正教門下，令魔教不但去了一個得力臂助，反而多了一個大敵，正盛邪衰，這是第三樁大事。師妹，你說是不是呢？」

岳夫人道：「嗯，那第四樁呢？」岳不羣道：「這第四樁啊，我夫婦膝下無子，向來當冲兒是親生孩兒一般。他誤入歧途，我實在痛心非凡。我年紀已不小了，這世上的虛名，又何足道？只要他真能改邪歸正，咱們一家團圓，融融洩洩，豈不是天大的喜事？」

令狐冲聽到這裏，不由得心神激盪，「師父！師娘！」這兩聲，險些便叫出口來。

岳夫人道：「珊兒和平之情投意合，難道你忍心硬生生的將他二人拆開，令珊兒終身遺恨？」岳不羣道：「我這是為了珊兒好。」岳夫人道：「為珊兒好？平之勤勤懇懇，規規矩矩，有甚麼不好了？」岳不羣道：「平之雖然用功，可是和令狐冲相比，那是天差地遠了，這一輩子拍馬也追他不上。」岳夫人道：「武功強便是好丈夫嗎？我真盼冲兒能改邪歸正、重入本門。但他胡鬧任性、輕浮好酒，珊兒倘若嫁了他，勢必給他誤了終身。」

令狐冲心下慚愧，尋思：「師母說我『胡鬧任性，輕浮好酒』，這八字確是的評。可是倘若我真能娶小師妹為妻，難道我會辜負她嗎？不，萬萬不會！」

岳不羣又嘆了口氣，說道：「反正我枉費心機，這小賊陷溺已深，咱們這些話，也都是白說了。師妹，你還生我的氣麼？」

岳夫人不答，過了一會，問道：「你腿上痛得厲害麼？」岳不羣道：「那只是外傷，不打緊。咱們這就回華山去罷。」岳夫人「嗯」了一聲。但聽得二騎踏雪之聲，漸漸遠去。

令狐冲心亂如麻，反覆思念師父師娘適才的說話，竟爾忘了運功，突然一股寒氣從手心中湧來，不禁機伶伶的打個冷戰，只覺全身奇寒徹骨，急忙運功抵禦，一時運得急了，忽覺內息在左肩之處阻住，無法通過，他急忙提氣運功。可是他練這「吸星大法」，只是依據鐵板上所刻要訣，無師自通，種種細微精奧之處，未得明師指點，這時強行衝盪，內息反而岔得更加厲害，先是左臂漸漸僵硬，跟著麻木之感隨著經脈通至左脅、左腰，順而向下，整條左腿也麻木了，令狐冲惶急之下，張口大呼，卻發覺口唇也已無法動彈。

便在此時，馬蹄聲響，又有兩乘馬馳近。有人說道：「這裏蹄印雜亂，爹爹、媽媽曾在這裏停留。」正是岳靈珊的聲音。令狐冲又驚又喜：「怎地小師妹也來了？」聽得另一人道：「師父腿上有傷，別要出了岔子，咱們快隨著蹄印追去。」卻是林平之的聲音。令狐冲心道：「是了，雪地中蹄印清晰。小師妹和林師弟追尋師父、師娘，一路尋了過來。」

岳靈珊忽然叫道：「小林子，你瞧這四個雪人兒多好玩，手拉手的站成一排。」林平之道：「附近好像沒人家啊，怎地有人到這裏堆雪人玩兒？」岳靈珊笑道：「咱們也堆兩個雪人玩玩好不好？」林平之道：「好啊，堆一個男的，一個女的，也要手拉手的。」岳靈珊翻身下馬，捧起雪來便要堆砌。

林平之道：「咱們還是先去找尋師父、師娘要緊。找到他二位之後，慢慢再堆雪人玩不遲。」岳靈珊道：「你便是掃人家的興。爹爹腿上雖然受傷，騎在馬上便和不傷一般無異，有媽媽在旁，還怕有人得罪他們麼？他兩位雙劍縱橫江湖之時，你都還沒生下來呢。」林平之道：「話是不錯。不過師父、師娘還沒找到，咱們卻在這裏貪玩，總是心中不安。」岳靈珊道：「好罷，就聽你的。不過找到了爹媽，你可得陪我堆兩個挺好看的雪人。」林平之道：「這個自然。」

令狐冲心想：「我料他必定會說：『就像你這般好看。』又或是說：『要堆得像你這樣好看，可就難了。』不料他只說『這個自然』，就算了事。」轉念又想：「林師弟穩重厚實，那似我這般輕佻？小師妹倘若要我陪她堆雪人，便有天大的事，我也置之腦後了。偏生小師妹就服他的，雖然不願意，卻半點也不使小性兒，沒鬧別扭，那裏像她平時對我這樣？嗯，林師弟身子是大好了，不知那一劍是誰砍他的，小師妹卻把這筆帳算在我頭上。」
他全神貫注傾聽岳靈珊和林平之說話，忘了自身僵硬，這一來，正合了「吸星大法」行功的要訣：「無所用心，渾不著意。」左腿和左腰的麻木便漸漸減輕。
只聽得岳靈珊道：「好，雪人便不堆，我卻要在這四個雪人上寫幾個字。」刷的一聲，拔出了長劍。
令狐冲又是一驚：「她要用劍在我們四人身上亂劃亂刺，那可糟了。」要想出聲叫喚，揮手阻止，苦於口不能言，手不能動。但聽得嗤嗤幾聲輕響，她已用劍尖在向問天身外的積雪上劃字，一路劃將過來，劃到了令狐冲身上。幸好她劃得甚淺，沒破雪見衣，更沒傷到令狐冲的皮肉。令狐冲尋思：「不知她在我們身上寫了些甚麼字？」
只聽岳靈珊柔聲道：「你也來寫幾個字罷。」林平之道：「好！」接過劍來，也在四個雪人身上劃字，也是自右而左，至令狐冲身上而止。
令狐冲心道：「不知他又寫了甚麼字？」
只聽岳靈珊道：「對了，咱二人定要這樣。」良久良久，兩人默然無語。
令狐冲更是好奇，尋思：「一定要怎麼樣？只有他二人走了之後，任教主身上的寒毒去淨，我才能從積雪中掙出來看。啊喲不好，我身子一動，積雪跌落，他們在我身上刻的字可就毀了。倘若四人同時行動，更加一個字也無法見到。」
又過一會，忽聽得遠處隱隱傳來一陣馬蹄之聲，相隔尚遠，但顯是向這邊奔來。令狐冲聽蹄聲共有十餘騎之多，心道：「多半是本派其餘的師弟妹們來啦。」蹄聲漸近，但林岳二人似乎始終未曾在意。聽得那十餘騎從東北角上奔來，到得數里之外，有七八騎向西馳去，列成橫隊後才繼續馳近，顯然要兩翼包抄。令狐冲心道：「來人不懷好意！」

突然之間，岳靈珊驚呼：「啊喲，有人來啦！」蹄聲急響，十餘騎發力疾馳，隨即颼颼兩聲響，兩枝長箭射來，兩匹馬齊聲悲嘶，中箭倒地。令狐冲心道：「來人武功不弱，用意更是歹毒，先射死小師妹和林師弟的坐騎，教他們難以逃走。」

只聽得十餘人大笑吆喝，縱馬逼近。岳靈珊驚呼一聲，退了幾步。只聽一人笑道：「一個小弟弟，一個小妹妹，你們是那一家，那一派的門下啊？」林平之朗聲道：「在下華山門下林平之，這位是我師姊姓岳。眾位素不相識，何故射死了我們的坐騎？」那人笑道：「華山門下？嗯，你們師父，便是那個比劍敗給徒兒的，甚麼君子劍岳先生了？」

令狐冲心頭一痛：「此番羣豪聚集少林，我得罪師父，只是昨日之事，但頃刻間便天下皆知。我累得師父給旁人如此恥笑，當真罪孽深重。」

林平之道：「令狐冲素行不端，屢犯門規，早在一年之前，便已逐出了華山派門戶。」意思是說，師父雖然輸給了他，卻只是輸於外人，並非輸給本門弟子。

那人笑道：「這個小妞兒姓岳，是岳不羣的甚麼人？」岳靈珊怒道：「關你甚麼事了？你射死我的馬，賠我馬來。」那人笑道：「瞧她這副浪勁兒，多半是岳不羣的小老婆。」其餘十餘人轟然大笑起來。

令狐冲暗自吃驚：「此人吐屬粗鄙，絕非正派人物，只怕對小師妹不利。」

林平之道：「閣下是江湖前輩，何以說話如此不乾不淨？我師姊是我師父的千金。」

那人笑道：「原來是岳不羣的大小姐，當真是浪得虛名。」旁邊一人問道：「盧大哥，為甚麼浪得虛名？」那人道：「我曾聽人說，岳不羣的女兒相貌標緻，算是後一輩人物中的美女，一見之下，卻也不過如此。」另一人笑道：「這妞兒相貌稀鬆平常，卻是細皮白肉，脫光了瞧瞧，只怕不差。哈哈，哈哈！」十幾個人又都大笑，笑聲中充滿了淫穢之意。

岳靈珊、林平之、令狐冲聽到如此無禮的言語，盡皆怒不可遏。林平之拔出長劍，喝道：「你們再出無恥之言，林某誓死周旋。」

那人笑道：「你們瞧，這兩個奸夫淫婦，在雪人上寫了甚麼字啊？」

林平之大叫：「我跟你們拚了！」令狐冲只聽得嗤的一聲響，知是林平之挺劍刺出，跟著乒乒乓乓聲響，有人躍下馬來，跟他動上了手。隨即岳靈珊挺劍上前。七八名漢子同時叫道：「我來對付這妞兒。」一名漢子笑道：「大家別爭，誰也輪得到。」兵刃撞擊，岳靈珊也和敵人動上了手。猛聽一名漢子大聲怒吼，叫聲中充滿了痛楚，當是中劍受傷。一名漢子道：「這妞兒下手好狠，史老三，我跟你報仇。」

刀劍格鬥聲中，岳靈珊叫道：「小心！」噹的一聲大響，跟著林平之哼了一聲。岳靈珊驚叫：「小林子！」似乎是林平之受了傷。有人叫道：「將這小子宰了罷！」那帶頭的道：「別殺他，捉活的。拿了岳不羣的女兒女婿，不怕那偽君子不聽咱們的。」

令狐冲凝神傾聽，只聞金刃劈空之聲呼呼而響。突然噹的一聲，又是拍的一響。一名漢子罵道：「他媽的，臭小娘。」令狐冲忽覺有人靠在自己身上，聽得岳靈珊喘息甚促，正是她靠在自己這個「雪人」之上。叮噹數響，一名漢子歡聲叫道：「這還拿不住你？」岳靈珊

「啊」的一聲驚叫，不再聽得兵刃相交，眾漢子卻都哈哈大笑起來。

令狐冲感到岳靈珊被人拖開，又聽她叫道：「放開我！放開我！」一人笑道：「閔老二，你說她一身細皮白肉，老子可就不信，咱們剝光了她衣衫瞧瞧。」眾人鼓掌歡呼。林平之罵道：「狗強……」拍的一聲，給人踢了一腳，跟著嗤的一聲響，竟是布帛撕裂之聲。

令狐冲耳聽小師妹為賊人所辱，那裏還顧得任我行的寒毒是否已經驅盡，使力一掙，從積雪中躍出，右手拔出腰間長劍，左手便去抹眼上積雪，豈知左手並不聽使喚，無法動彈。

眾人驚呼聲中，他伸右臂在眼上一抹，一見到光亮，長劍遞出，三名漢子咽喉中劍。他迴過身來，刷刷兩劍，又刺倒二人。眼見一名漢子拿住了岳靈珊雙手，將她雙臂反在背後，另一名漢子站在她身前，拔刀欲待迎敵，令狐冲長劍從他左脅下刺入，右腿一抬，將那人踢開，長劍從屍身中拔出，耳聽得背後有人偷襲，竟不回頭，反手兩劍，刺中了背後二人的心口，順手挺劍，從岳靈珊身旁掠過，直刺拿住她雙手那人的咽喉。那人雙手一鬆，撲在岳靈珊肩頭，喉頭血如泉湧。

這一下變故突兀之極，令狐冲連殺九人，僅是瞬息間之事。那帶頭的一聲吆喝，舞動雙鐵牌向令狐冲頭頂砸到。令狐冲長劍抖動，從他兩塊鐵牌間的空隙中穿入，直刺他左眼。那人大叫一聲，向後便倒。令狐冲回過頭來，橫削直刺，又殺了三人。餘下四人只嚇得心膽俱裂，發一聲喊，沒命價四下奔逃。

令狐冲叫道：「你們辱我小師妹，一個也休想活命。」追上二人，長劍疾刺，都是從後背穿向前胸。這二人奔行正急，中劍氣絕，腳下未停，兀自奔出十餘步這才倒地。

眼見餘下二人一個向東，一個向西，令狐冲疾奔往東，使勁一擲，長劍幻作一道銀光，從那人後腰插入。令狐冲轉頭向西首那人追去，奔行十餘丈後，已追到那人身後，一伸手，這才發覺手中並無兵刃。他運力於指，向那人背心戳去。那人背上一痛，回刀砍來。令狐冲拳腳功夫平平，適才這一指雖戳中了敵人，但不知運力之法，卻傷不了他，見他舉刀砍到，不由得心下發慌，急忙閃避，見他右脅下是個老大破綻，左手一拳直擊過去，不料左臂只微微一動，抬不起來，敵人的鋼刀卻已砍向面前。

令狐冲大駭之下，急向後躍。那漢子舉刀猛撲。令狐冲手中沒了兵刃，不敢和他對敵，只得轉身而逃。岳靈珊拾起地下長劍，叫道：「大師哥，接劍！」將長劍擲來。令狐冲右手一抄，接住了劍，轉過身子，哈哈一笑。那漢子鋼刀舉在半空，作勢欲待砍下，突然見到他手中長劍閃爍，登時嚇呆了，這一刀竟爾砍不下來。

令狐冲慢慢走近，那漢子全身發抖，雙膝一屈，跪倒在雪地之中。令狐冲怒道：「你辱我師妹，須饒你不得。」長劍指在他咽喉之上，心念一動，走近一步，低聲問道：「寫在雪人上的，是些甚麼字？」那漢子顫聲道：「是……是……『海枯……海枯……石爛，兩……情……情不……不渝』。」自從世上有了「海枯石爛，兩情不渝」這八個字以來，說得如此膽戰心驚、喪魂落魄的，只怕這是破題兒第一遭了。令狐冲一呆，道：「嗯，是海枯石爛，兩情不渝。」心頭酸楚，長劍送出，刺入他咽喉。

回過身來，只見岳靈珊正在扶起林平之，兩人滿臉滿身都是鮮血。林平之站直身子，向令狐冲抱拳道：「多謝令狐兄相救之德。」令狐冲道：「那算得甚麼？你傷得不重嗎？」林平之道：「還好！」令狐冲將長劍還給了岳靈珊，指著地下兩行馬蹄印痕，說道：「師父、師娘，向此而去。」林平之道：「是。」

岳靈珊牽過敵人留下的兩匹坐騎，翻身上馬，道：「咱們找爹爹、媽媽去。」林平之掙扎著上了馬。岳靈珊縱馬馳過令狐冲身邊，將馬一勒，向他臉上望去。

令狐冲見到她的目光，也向她瞧去。岳靈珊道：「多……多謝你……」一回頭，提起韁繩，兩騎馬隨著岳不羣夫婦坐騎所留下的蹄印，向西北方而去。

令狐冲怔怔的瞧著他二人背影沒在遠處樹林之後，這才慢慢轉過身子，只見任我行、向問天、盈盈三人都已抖去身上積雪，凝望著他。

令狐冲喜道：「任教主，我沒累到你的事？」任我行苦笑道：「我的事沒累到，你自己可糟得很了。你左臂怎麼樣？」令狐冲道：「臂上經脈不順，氣血不通，竟不聽使喚。」

任我行皺眉道：「這件事有點兒麻煩，咱們慢慢再想法子。你救了岳家大小姐，總算報了師門之德，從此誰也不欠誰的情。向兄弟，盧老大怎地越來越不長進了。幹起這些卑鄙齷齪的事來？」向問天道：「我聽他口氣，似是要將這兩個年輕人擒回黑木崖去。」任我行道：「難道是東方不敗的主意？他跟這偽君子又有甚麼樑子了？」

令狐冲指著雪地中橫七豎八的屍首，問道：「這些人是東方不敗的屬下？」任我行道：「是我的屬下。」令狐冲點了點頭。

盈盈道：「爹爹，他的手臂怎麼了？」任我行笑道：「你別心急！乖女婿給爹爹驅除寒毒，泰山老兒自當設法治好他手臂。」說著呵呵大笑，瞪視令狐沖，瞧得他甚感尷尬。

盈盈低聲道：「爹爹，你休說這等言語。沖哥自幼和華山岳小姐青梅竹馬，一同長大，適才沖哥對岳小姐那樣的神情，你難道還不明白麼？」任我行笑道：「岳不羣這偽君子是甚麼東西？他的女兒又怎能和我的女兒相比？再說，這岳姑娘早已另外有了心上人，這等水性的女子，沖兒今後也不會再將她放在心上。小孩子時候的事，怎作得準？」盈盈道：「沖哥為了我大鬧少林，天下知聞，又為了我而不願重歸華山，單此兩件事，女兒已經心滿意足，其餘的話，不用提了。」

任我行知道女兒十分要強好勝，令狐沖既未提出求婚，此刻就不便多說，反正那也只是遲早間之事，當下又是哈哈一笑，說道：「很好，很好，終身大事，慢慢再談。沖兒，打通左臂經脈的秘訣，我先傳你。」將他招往一旁，將如何運氣、如何通脈的法門說了，待聽他複述一遍，記憶無誤，又道：「你助我驅除寒毒，我教你通暢經脈，咱倆仍是兩不虧欠。要令左臂經脈復元，須得七日時光，可不能躁進。」令狐沖應道：「是。」

任我行招招手，叫向問天和盈盈過來，說道：「沖兒，那日在孤山梅莊，我邀你入我日月神教，當時你一口拒卻。今日情勢已大不相同，老夫舊事重提，這一次，你再不會推三阻四了罷？」令狐沖躊躇未答，任我行又道：「你習了我的吸星大法之後，他日後患無窮，體內異種真氣發作之時，當真是求生不能，求死不得。老夫說過的話，決無反悔，你若不入本教，縱然盈盈嫁你，我也不能傳你化解之道。就算我女兒怪我一世，我也是這一句話。我們眼前大事，是去向東方不敗算帳，你是不是隨我們同去？」

令狐冲道：「教主莫怪，晚輩決計不入日月神教。」這兩句話朗朗說來，斬釘截鐵，絕無轉圜餘地。

任我行等三人一聽，登時變色。向問天道：「那卻是為何？你瞧不起日月神教嗎？」

令狐冲指著雪地上十餘具屍首，說道：「日月神教中盡是這些人，晚輩雖然不肖，卻也羞與為伍。再說，晚輩已答應了定閒師太，要去當恒山派的掌門。」

任我行、向問天、盈盈三人臉上都露出怪異之極的神色。令狐冲不願入教，並不如何出奇，而他最後這一句話當真是奇峯突起，三人簡直不相信自己的耳朵。

任我行伸出食指，指著令狐冲的臉，突然哈哈大笑，直震得周遭樹上的積雪簌簌而落。他笑了好一陣，才道：「你……你……你要去做尼姑？去做眾尼姑的掌門人？」

令狐冲正色道：「不是做尼姑，是去做恒山派掌門人。定閒師太臨死之時，親口求我，晚輩若不答應，老師太死不瞑目。定閒師太是為我而死，晚輩明知此事勢必駭人聽聞，卻是無法推卻。」

任我行仍是笑聲不絕。

盈盈道：「定閒師太是為了女兒而死的。」令狐冲向她瞧去，眼光中充滿了感激之意。

任我行慢慢止住了笑聲，道：「你是受人之託，忠人之事？」令狐冲道：「不錯。定閒師太是受我之託，因此喪生。」任我行點頭道：「那也好！我是老怪，你是小怪。不行驚世駭俗之事，何以成驚天動地之人？你去當大小尼姑的掌門人罷。你這就上恒山去？」

令狐冲搖頭道：「不！晚輩要上少林寺去。」

任我行微微一奇，隨即明白，道：「是了，你要將兩個老尼姑的屍首送回恆山。」轉頭向盈盈道：「你要隨冲兒一起上少林寺去罷？」盈盈道：「不，我隨著爹爹。」

任我行道：「對啦，終不成你跟著他上恒山去做尼姑。」說著呵呵呵的笑了幾聲，笑聲中卻盡是苦澀之意。

令狐冲一拱到地，說道：「任教主，向大哥，盈盈，咱們就此別過。」轉過身來，大踏步的去了。他走出十餘步，回頭說道：「任教主，你們何時上黑木崖去？」

任我行道：「這是本教教內之事，可不勞外人操心。」他知道令狐冲問這句話，意欲屆時拔刀相助，共同對付東方不敗，當即一口拒卻。

令狐冲點了點頭，從雪地裏拾起一柄長劍，掛在腰間，轉身而去。

二十九 掌門

恒山派四名大弟子將法器依次遞過，乃是一部經書，一個木魚，一串念珠，一柄短劍。

令狐冲見到木魚、念珠，不由得發窘。

傍晚時分，令狐冲又到了少林寺外，向知客僧說明來意，要將定閒、定逸兩位師太的遺體迎歸恆山。知客僧進內稟告，過了一會，出來說道：「方丈言道：兩位師太的法體已然火化。本寺僧眾正在誦經恭送。兩位師太的荼毘舍利，我們將派人送往恆山。」

令狐冲走到正在為兩位師太做法事的偏殿，向骨灰罎和蓮位靈牌跪倒，恭恭敬敬的磕了幾個頭，暗暗禱祝：「令狐冲有生之日，定當盡心竭力，協助恆山一派發揚光大，不負了師太的付託。」

令狐冲也不求見方證方丈，逕和知客僧作別，便即出寺。到得山下，大雪兀自未止，當下在一家農家中借宿。次晨又向北行，在市集上買了一匹馬代步。每日只行七八十里，便即住店，依著任我行所授法門，緩緩打通經脈，七日之後，左臂經脈運行如常。

又行數日，這一日午間在一家酒樓中喝酒，眼見街上人來人往，甚是忙碌，家家戶戶正在預備過年，一片喜氣洋洋。令狐冲自斟自飲，心想：「往年在華山之上，師娘早已督率眾師弟妹到處打掃，磨年糕，辦年貨，縫新衣，小師妹也已剪了不少窗花，熱鬧非凡。今年我卻孤零零的在這裏喝這悶酒。」

正煩惱間，忽聽得樓梯上腳步聲響，有人說道：「口乾得很了，在這裏喝上幾杯，倒也不壞。」另一人道：「就算口不乾，喝上幾杯，難道就壞了？」又一人道：「喝酒歸喝酒，口乾歸口乾，兩件事豈能混為一談？」又一人道：「越是喝酒口越乾，兩件事非但不能混為一談，而且是截然相反。」令狐冲一聽，自知是桃谷六仙到了，心中大喜，叫道：「六位桃兄，快快上來，跟我一起喝酒。」

突然間呼呼聲響，桃谷六仙一起飛身上樓，搶到令狐冲身旁，伸手抓住他肩頭、手臂，紛紛叫嚷：「是我先見到他的。」「是我先抓到他。」「是我第一個說話，令狐公子才聽到我的聲音。」「若不是我說要到這裏來，怎能見得到他？」

令狐冲大是奇怪，笑問：「你們六個又搗甚麼鬼了？」

桃花仙奔到酒樓窗邊，大聲叫道：「小尼姑，大尼姑，老尼姑，不老不小中尼姑！我桃花仙找到令狐公子啦，快拿一千兩銀子來。」桃枝仙跟著奔過去，叫道：「是我桃枝仙第一個發見他，大小尼姑，快拿銀子來。」桃根仙和桃實仙各自抓住令狐冲一條手臂，兀自叫嚷：「是我尋到的！」「是我！是我！」

只聽得長街彼端有個女子聲音叫道：「找到了令狐大俠麼？」

桃實仙道：「是我找到了令狐冲，快拿錢來。」桃幹仙道：「一手交錢，一手交貨！」桃根仙道：「對，對！小尼姑倘若賴帳，咱們便將令狐冲藏了起來，不給她們。」桃枝仙問道：「怎生藏法？將他關起來，不給小尼姑們見到麼？」

樓梯上腳步聲響，搶上幾個女子，當先一人正是恆山派弟子儀和，後面跟著四個尼姑，另有兩個年輕姑娘，卻是鄭蕚和秦絹。七人一見令狐冲，滿臉喜色，有的叫「令狐大俠」，有的叫「令狐大哥」，也有的叫「令狐公子」的。

桃幹仙等一齊伸臂，攔在令狐冲面前，說道：「不給一千兩銀子，可不能交人。」

令狐冲笑道：「六位桃兄，那一千兩銀子，卻是如何？」桃枝仙道：「剛才我們見到她們，她們問我有沒有見到你。我說暫時還沒見到，過不多時便見到了。」秦絹道：「這位大叔當面撒謊，他說：『沒有啊，令狐冲身上生腳，他這會兒多半到了天涯海角，我們怎見得到？』」桃花仙道：「不對，不對。我們早有先見之明，早就算到要在這裏見到令狐冲。」

桃幹仙道：「是啊！否則的話，怎地我們不去別的地方，偏偏到這裏來？」

令狐冲笑道：「我猜到啦。這幾位師姊師妹有事尋我，託六位相助尋訪，你們便開口要一千兩銀子，是不是？」

桃幹仙道：「我們開口討一千兩銀子，那是漫天討價，她們倘若會做生意，該當著地還錢才是。那知她們大方得緊，這個中尼姑說道：『好，只要找到令狐大俠，我們便給一千兩銀子。』這句話可是有的？」儀和道：「不錯，六位相幫尋訪到了令狐大俠，我們恒山派該當奉上紋銀一千兩便是。」

六隻手掌同時伸出，桃谷六仙齊道：「拿來。」

儀和道：「我們出家人，身上怎會帶這許多銀子？相煩六位隨我們到恒山去取。」她只道桃谷六仙定然怕麻煩，豈知六人竟是一般的心思，齊聲道：「很好，便跟你們上恒山去，免得你們賴帳。」

令狐冲笑道：「恭喜六位發了大財哪，將區區在下賣了這麼大價錢。」

桃谷六仙橘皮般的臉上滿是笑容，拱手道：「託福，託福！沾光，沾光！」

儀和等七人卻慘然變色，齊向令狐冲拜倒。令狐冲驚道：「各位何以行此大禮？」急忙還禮。儀和道：「參見掌門人。」令狐冲道：「你們都知道了？快請起來。」

桃根仙道：「是啊，跪在地下，說話可多不方便。」令狐冲站起身來，說道：「六位桃兄，我和恆山派這幾位有要緊事情商議，請六位在一旁喝酒，不可打擾，以免你們這一千兩銀子拿不到手。」桃谷六仙本來要大大的囉唆一番，聽到最後一句話，當即住口，走到靠街窗口的一張桌旁坐下，呼酒叫菜。

儀和等站起身來，想到定閒、定逸兩位師太慘死，不禁都痛哭失聲。

桃花仙道：「咦，奇怪，奇怪，怎麼忽然哭了起來？你們見到令狐冲要哭，那就不用見了。」令狐冲向他怒目而視，桃花仙嚇得伸手按住了口。

儀和哭道：「那日令狐大哥……不，掌門人你上岸喝酒，沒再回船，後來衡山派的莫大師伯來向我們諭示，說你到少林寺去見掌門師叔和定逸師叔去了。大夥兒一商量，都說不如也往少林寺來，以便和兩位師叔及你相聚。不料行到中途，便遇到幾十個江湖豪客，聽他們高談闊論，大講你如何率領羣豪攻打少林寺，如何將少林寺數千僧眾盡數嚇跑之事。有一個大頭矮胖子，說是姓老，他說……他說掌門師叔和定逸師叔兩位，在少林寺中為人所害。掌門師叔臨終之時，要你……要你接任本派掌門，你已經答允了。這一句話，當時許多人都是親耳聽見的……」她說到這裏，已泣不成聲，其餘六名弟子也都抽抽噎噎的哭泣。

令狐冲嘆道：「定閒師太當時確是命我肩擔這個重任，但想我是個年輕男子，聲名又是極差，人人都知我是個無行浪子，如何能做恆山派的掌門？只不過眼見當時情勢，我若不答應，定閒師太死不瞑目。唉，這可為難得緊了。」

儀和道：「我們……我們大夥兒都盼望你……盼望你來執掌恆山門戶。」鄭萼道：「掌門師叔，你領著我們出生入死，不止一次的救了眾弟子性命。恆山派眾弟子人人都知你是位正人君子。雖然你是男子，但本門門規之中，也沒不許男子做掌門那一條。」一個中年尼姑儀文道：「大夥兒聽到兩位師叔圓寂的消息，自是不勝悲傷，但得悉由掌門師叔你來接掌門戶，恆山一派不致就此覆滅，都大感寬慰。」儀和道：「我師父和兩位師叔都給人害死，恆山派『定』字輩三位師長，數月之間先後圓寂，我們可連兇手是誰也不知道。掌門師叔，你來做掌門人當真最好不過，若不是你，也不能給我們三位師長報仇。」

令狐冲點頭道：「為三位師太報仇雪恨的重擔，我自當肩負。」

秦絹道：「你給華山派趕了出來，現下來做恆山派掌門。西嶽北嶽，武林中並駕齊驅，以後你見到岳先生，也不用叫他做師父啦，最多稱他一聲岳師兄便是。」

令狐冲只有苦笑，心道：「我可沒面目再去見這位『岳師兄』了。」

鄭蕚道：「我們得知兩位師叔的噩耗後，兼程趕往少林寺，送中又遇到了莫大師伯。他說你已不在寺中，要我們趕快尋訪你掌門師叔。」秦絹道：「莫大師伯說道，越早尋著你越好，要是遲了一步，你給人勸得入了魔教，正邪雙方，水火不相容，恆山派可就沒了掌門人啦。」鄭蕚向她白了一眼，道：「秦師妹便口沒遮攔。掌門師叔怎會去入魔教？」秦絹道：「是，不過莫大師伯可真的這麼說。」

令狐冲心想：「莫大師伯對這事推算得極準，我沒參與日月教，相差也只一線之間。當日任教主若不是以內功秘訣相誘，而是誠誠懇懇的邀我加入，我情面難卻，又瞧在盈盈和向大哥的份上，說不定會答應料理了恆山派大事之後，便即加盟。」說道：「因此上你們便定下一千兩銀子的賞格，到處捉拿令狐冲了？」

秦絹破涕為笑，說道：「捉拿令狐冲？我們怎敢啊？」鄭萼道：「當時大家聽莫大師伯的吩咐後，便分成七人一隊，尋訪掌門師叔，要請你早上恒山，處理派中大事。今日見到桃谷六仙，他們出口要一千兩銀子。只要尋到掌門師叔，別說一千兩，就是要一萬兩，我們也會設法去化了來給他們。」

令狐冲微笑道：「我做你們掌門，別的好處沒有，向貪官汚吏、土豪劣紳化緣要銀子，這副本事大家定有長進。」

七名弟子想起那日在福建向白剝皮化緣之事，悲苦少抑，忍不住都臉露微笑。

令狐冲道：「好，大家不用擔心，令狐冲既然答應了定閒師太，說過的話不能不算。恒山派掌門人我是做定了。咱們吃飽了飯，這就上恒山去罷。」七名弟子盡皆大喜。

令狐冲和桃谷六仙共席飲酒，問起六人要一千兩銀子何用。桃根仙道：「夜貓子計無施窮得要命，若沒一千兩銀子，便過不了日子，我們答允給他湊乎湊乎。」桃幹仙道：「那日在少林寺中，我們兄弟跟計無施打了個賭……」桃花仙搶著道：「結果自然是計無施輸了，這小子怎能贏得我們兄弟？」令狐冲心道：「你們和計無施打賭，輸的定然是你們。」問道：「賭甚麼事？」桃實仙道：「打賭的這件事，可和你有關。我們料你一定不會做恒山派掌門，不……不……我們料定你一定做恒山派掌門。」桃花仙道：「夜貓子卻料定你必定不做恒山派掌門，我們說，大丈夫言而有信，你已答允那老尼姑做恒山派掌門，天下英雄，盡皆知聞，那裏還能抵賴？」桃枝仙道：「夜貓子說道，令狐冲浪蕩江湖，不久便要娶魔教的聖姑做老婆，那肯去跟老尼姑、小尼姑們蘑菇？」

令狐冲心想：「夜貓子對盈盈十分敬重，那會口稱『魔教』？定是桃谷六仙將言語顛倒了來說。」說道：「於是你們便賭一千兩銀子？」

桃根仙道：「不錯，當時我們想那是贏定了的。計無施又道，這一千兩銀子可得正大光明掙來，不能去偷去搶。我說這個自然，桃谷六仙還能去偷去搶麼？」桃葉仙道：「今天我們撞到這幾個尼姑，她們打起了鑼到處找你，說要請你去當恆山派掌門，我們答應幫她們找你，這尋訪費是一千兩銀子。」令狐冲微笑道：「你們想到夜貓子要輸一千兩銀子，太過可憐，因此要掙一千兩銀子來給他，好讓他輸給你們？」桃谷六仙齊聲說道：「正是，正是。你料事如神。」桃葉仙道：「和我們六兄弟料事的本領，也就相差並不太遠。」

令狐冲等一行往恆山進發，不一日到了山下。

派中弟子早已得到訊息，齊在山腳下恭候，見到令狐冲都拜了下去。令狐冲忙即還禮。說起定閒、定逸兩位師太逝世之事，盡皆傷感。令狐冲見儀琳雜在眾弟子之中，容色憔悴，別來大見清減，問道：「儀琳師妹，近來你身子不適麼？」儀琳眼圈兒一紅，道：「也沒甚麼。」頓了一頓，又道：「你做了我們掌門人，可不能再叫我做師妹啦。」

一路之上，儀和等都叫令狐冲作「掌門師叔」。他叫各人改口，眾人總是不允，此刻聽儀琳又這般叫，朗聲道：「眾位師姊師妹，令狐冲承本派前掌門師太遺命，前來執掌恆山派門戶，其實是無德無能，決不敢當。」眾弟子都道：「掌門師叔肯負此重任，實是本派的大幸。」令狐冲道：「不過大家須得答允我一件事。」儀和等道：「掌門人有何吩咐，弟子等無有不遵。」令狐冲道：「我只做你們的掌門師兄，卻不做掌門師叔。」
儀和、儀清、儀真、儀文等諸大弟子低聲商議了幾句，回稟道：「掌門人既如此謙光，自當從命。」令狐冲喜道：「如此甚好。」

當下眾人共上恆山。恆山主峯甚高，眾人腳程雖快，到得見性峯峯頂，也花了大半日時光。恆山派主庵無色庵是座小小庵堂，庵旁有三十餘間瓦屋，分由眾弟子居住。令狐冲見無色庵只前後兩進，和構築宏偉的少林寺相較，直如螻蟻之比大象。來到庵中，見堂上供奉一尊白衣觀音，四下裏一塵不染，陳設簡陋，想不到恆山派威震江湖，主庵竟然質樸若斯。

令狐冲向觀音神像跪拜，由于嫂引導，來到定閒師太日常靜修之所，但見四壁蕭然，只地下有個舊蒲團，此外一無所有。令狐冲最愛熱鬧，愛飲愛食，如何能在這靜如止水般的斗室中清修？若將酒罎子、熟狗腿之類搬到這靜室來，未免太過褻瀆了，向于嫂道：「我雖來做恆山掌門，但既不出家，又不做尼姑，派中師姊師妹們都是女流，我一個男子，住在這庵中諸多不便。請你在遠處搬空一間屋子，我和桃谷六仙到那邊居住，較為妥善。」

于嫂道：「是。峯西有三間大屋，原是客房，以供本派女弟子的父母們上峯探望時住宿之用。掌門人倘若合意，便暫且住在那邊如何？咱們另行再為掌門人建造新居。」

令狐冲喜道：「那再好沒有了，又另建甚麼新居？」心下尋思：「難道我一輩子當這恆山派掌門人？一旦在派中找到合適的人選，只要羣弟子都服她，我這掌門人之位立即便傳了給她，我拍拍屁股走路，到江湖上逍遙快樂去也。」

來到峯西的客房，只見床褥桌椅便和鄉間的富農人家相似，雖仍粗陋，卻已不似無色庵那樣空盪盪地一無所有。

于嫂道：「掌門人請坐，我去給你拿酒。」令狐冲喜道：「這山上有酒？」這件事可令他喜出望外。于嫂微笑道：「不但有酒，而且有好酒，儀琳小師妹聽說掌門人要上恆山來，跟我說若無好酒，只怕你這掌門人做不長。我們連夜派人下山，買得有數十罎好酒在此。」令狐冲有些不好意思，笑道：「本派人人清苦，為我一人太過破費，那可說不過去。」儀清微笑道：「那日向白剝皮化來的銀子，雖然分了一半救濟窮人，還賸下許多；又賣了那幾十匹官馬，掌門師兄便喝十年二十年，酒錢也足夠了。」

當晚令狐冲和桃谷六仙痛飲一頓。次日清晨，便和于嫂、儀清、儀和等人商議如何迎回兩位師太的骨灰，如何設法為三位師太報仇。

儀清道：「掌門師兄接任此位，須得公告武林中同道才是，也須得遣人告知五嶽劍派的盟主左師伯。」儀和怒道：「呸，我師父就是他嵩山派這批奸賊害死的，兩位師叔多半也是他們下的毒手，告知他們幹甚麼？」儀清道：「禮數可不能缺了。待得咱們查明確實，倘若三位師尊當真是嵩山派所害，那時在掌門師兄率領之下，自當大舉向他們問罪。」

令狐冲點頭道：「儀清師姊之言有理。只是這掌門人嘛，做就做了，卻不用行甚麼典禮啦。」記得幼年之時，師父接任華山掌門，繁文縟節，著實不少，上山來道賀觀禮的武林同道不計其數；又想起衡山派劉正風「金盆洗手」，衡山城中也是羣豪畢集。恆山派和華山、衡山齊名，自己出任掌門，到賀的人如果寥寥無幾，未免丟臉，但如到賀之人極多，眼見自己一個大男人做一羣女尼的掌門人，又未免可笑。

儀清明白他心意，說道：「掌門師兄既不願驚動武林中朋友，那麼屆時不請賓客上山觀禮，也就是了，但咱們總得定下一個正式就任的日子，知會四方。」

令狐冲心想恒山派是五嶽劍派之一，掌門人就任倘若太過草草，未免有損恒山派威名，點頭稱是。

儀清取過一本曆本，翻閱半晌，說道：「二月十六、三月初八、三月二十七，這三天都是黃道吉日，大吉大利。掌門師兄你瞧那一天合適？」

令狐冲素來不信甚麼黃道吉日、黑道凶日那一套，心想典禮越行得早，上山來參預的人越少，就可免了不少尷尬狼狽，說道：「正月裏有好日子嗎？」

儀清道：「正月裏好日子倒也不少，不過都是利於出行、破土、婚姻、開張等等的，要到二月裏，才有利於『接印、坐衙』的好日子。」令狐冲笑道：「我又不是做官，甚麼接印、坐衙？」儀和笑道：「你不是做過大將軍嗎？做掌門人，也是接印。」

令狐冲不願拂逆眾意，道：「既是如此，便定在二月十六罷。」當下派遣弟子，分赴少林寺迎回兩位師太的骨灰，向各門派分送通知。他向下山的諸弟子一再叮囑，千萬不可張揚其事，又道：「你們向各派掌門人稟明，定閒師太圓寂，大仇未報，恒山派眾弟子在居喪期內，不行甚麼掌門人就任的大典，請勿遣人上山觀禮道賀。」

打發了下山傳訊的弟子後，令狐冲心想：「我既做恒山掌門，恒山派的劍法武功，可得好好揣摩一下才是。」當下召集留在山上的眾弟子，命各人試演劍法武功，自入門的基本功夫練起，最後是儀和、儀清兩名大弟子拆招，施展恒山劍法中最上乘的招式。

令狐冲見恆山派劍法綿密嚴謹，長於守禦，而往往在最令人出其不意之處突出殺著，劍法綿密有餘，凌厲不足，正是適於女子所使的武功。恆山派歷代高手都是女流，自不及男子所練的武功那樣威猛兇悍。但恆山劍法可說是破綻極少的劍法之一，若言守禦之嚴，僅遜於武當派的「太極劍法」，但偶爾忽出攻招，卻又在「太極劍法」之上。恆山一派在武林中卓然成家，自有其獨到處。

心想在華山思過崖後洞石壁之上，曾見到刻有恆山劍法，變招之精奇，遠在儀和、儀清所使劍法之上。但縱是那套劍法，亦為人所破，恆山派日後要在武林中發揚光大，其基本劍術顯然尚須好好改進才是。又想起曾見定靜師太與人動手，內功渾厚，招式老辣，遠非儀和等諸弟子所及，聽說定閒師太的武功更高，看來三位前輩師太的功夫，尚有一大半未能為諸弟子所習得。三位師太數月間先後謝世，恆山派許多精妙功夫，只怕就此失傳了。

儀和見他呆呆出神，對諸弟子的劍法不置可否，便道：「掌門師兄，我們的劍法你自是瞧不入眼，還請多多指點。」

令狐冲道：「有一套恆山派的劍法，不知三位師太傳過你們沒有？」從儀和手中接過劍來，將石壁上所刻的恆山派劍法，一招招使了出來。他使得甚慢，好讓眾弟子看得分明。

使不數招，羣弟子便都喝采，但見他每一招均包含了本派劍法的精要，可是變化之奇，卻比自己以往所學的每一套劍法都高明得不知多少，一招一式，人人瞧得血脈賁張，心曠神怡。這套劍招刻在石壁之上，乃是死的，令狐冲使動之時，將一招招串連在一起，其中轉折連貫之處，不免加上一些自創的新意。一套劍法使罷，羣弟子轟然喝采，一齊躬身拜服。

儀和道：「掌門師兄，這明明是我們恒山派的劍法，可是我們從未見過，只怕師父和兩位師叔也是不會，不知你從何處學來？」令狐冲道：「我是在一個山洞中的石壁上看來的。你們倘若願學，便傳了你們如何？」羣弟子大喜，連聲稱謝。

這日令狐冲便傳了她們三招，將這三招中奧妙之處細細分說，命各弟子自行練習。劍法雖只三招，但這三招博大精深，縱是儀和、儀清等大弟子，也得七八日功夫，才略明其中精要所在，至於鄭萼、儀琳、秦絹等人，更是不易領悟。到第九日上，令狐冲又傳了她們兩招劍法。這套石壁上的劍法，招數並不甚多，卻也花了一個多月時光，才大致授完，至於是否能融會貫通，那得瞧各人的修為與悟性了。

這一個多月中，下山傳訊的眾弟子陸續回山，大都面色不愉，向令狐冲回稟時說話吞吞吐吐。令狐冲情知她們必是受人譏嘲羞辱，說她們一羣尼姑，卻要個男子來做掌門，也不細問，只好言安慰幾句，要她們分別向師姊學習所傳劍法，遇有不明之處，親自再加指點。

華山派那通書信，由于嫂與儀文兩名老成持重之人送去。華山和恒山相距不遠，按理該當早回。但往南方送信的弟子都已歸山，于嫂和儀文卻一直沒回來，眼見二月十六將屆，始終不見于嫂和儀文的影蹤，當下又派了兩名弟子儀光、儀識前去接應。

羣弟子料想各門各派無人上山道賀觀禮，也不準備賓客的食宿，大家只是除草洗地，將數十座屋子打掃得乾乾淨淨，各人又均縫了新衣新鞋。鄭萼等替令狐冲縫了一件黑布長袍，以待這日接任時穿著。恒山是五嶽中的北嶽，服色尚黑。

二月十六日清晨，令狐冲起床後出來，只見見性峯上每一座屋子前懸燈結綵，布置得一片喜氣。一眾女弟子心細，連一紙一線之微，也均安排得十分妥貼。令狐冲又是慚愧，又是感激，心道：「因我之故，累得兩位師太慘死，她們非但不來怪我，反而對我如此看重。令狐冲若不能為三位師太報仇，當真枉自為人了。」

忽聽得山坳後有人大聲叫道：「阿琳，阿琳，你爹爹瞧你來啦，你好不好？阿琳，你爹爹來啦！」聲音宏亮，震得山谷間回聲不絕：「阿琳……阿琳……你爹爹……你爹爹……」

儀琳聽到叫聲，忙奔出庵來，叫道：「爹爹，爹爹！」

山坳後轉出一個身材魁梧的和尚，正是儀琳的父親不戒和尚，他身後又有一個和尚。兩人行得甚快，片刻間已走近身來。不戒和尚大聲道：「令狐公子，你受了重傷居然不死，還做了我女兒的掌門人，那可好得很啊。」

令狐冲笑道：「這是託大師的福。」

儀琳走上前去，拉住父親的手，甚是親熱，笑道：「爹，你知道今日是令狐大哥接任恆山派掌門的好日子，因此來道喜嗎？」

不戒笑道：「道喜也不用了，我是來投入恆山派。大家是自己人，又道甚麼喜？」

令狐冲微微一驚，問道：「大師要投入恆山派？」不戒道：「是啊。我女兒是恆山派，我是她老子，自然也是恆山派了。他奶奶的，我聽到人家笑話你，說你一個大男人，卻來做一羣尼姑和女娘的掌門人。他奶奶的，他們不知你多情多義，別有居心……」他眉花眼笑，顯得十分歡喜，向女兒瞧了一眼，又道：「老子一拳就打落了他滿口牙齒，喝道：『你這小子懂個屁！恆山派怎麼全是尼姑和女娘們？老子就是恆山派的，老子雖然剃了光頭，你瞧老子是尼姑嗎？老子解開褲子給你瞧瞧！』我伸手便解褲子，這小子嚇得掉頭就跑，哈哈，哈哈！」令狐冲和儀琳也都大笑。儀琳笑道：「爹爹，你做事就這麼粗魯，也不怕人笑話！」

不戒道：「不給他瞧個清楚，只怕這小子還不知老子是尼姑還是和尚。令狐兄弟，我自己入了恆山派，又帶了個徒孫來。不可不戒，快參見令狐掌門。」

他說話之時，隨著他上山的那個和尚一直背轉了身子，不跟令狐冲、儀琳朝相，這時轉過身來，滿臉尷尬之色，向令狐冲微微一笑。

令狐冲只覺那和尚相貌極熟，一時卻想不起是誰，一怔之下，才認出他竟然便是萬里獨行田伯光，不由得大為驚奇，衝口而出的道：「是……是田兄？」

那和尚正是田伯光。他微微苦笑，躬身向儀琳行禮，道：「參……參見師父。」

儀琳也是詫異之極，道：「你……你怎地出了家？是假扮的嗎？」

不戒大師洋洋得意，笑道：「貨真價實，童叟無欺，的的確確是個和尚。不可不戒，你法名叫做甚麼，說給你師父聽。」田伯光苦笑道：「師父，太師父給我取了個法名，叫甚麼『不可不戒』。」儀琳奇道：「甚麼『不可不戒』，那有這樣長的名字？」

不戒道：「你懂得甚麼？佛經中菩薩的名字要多長便有多長。『大慈大悲救苦救難觀世音菩薩』，名字不長嗎？他的名字只有四個字，怎會長了？」儀琳點頭道：「原來如此。他怎麼出了家？爹，是你收了他做徒弟嗎？」不戒道：「不。他是你的徒弟，我是他祖師爺。不過你是小尼姑，他拜你為師，若不做和尚，於恆山派名聲有礙。因此我勸他做了和尚。」

儀琳笑道：「甚麼勸他？爹爹，你定是硬逼他出家，是不是？」不戒道：「他是自願，出家是不能逼的。這人甚麼都好，就是一樣不好，因此我給他取個法名叫做『不可不戒』。」

儀琳臉上微微一紅，明白了爹爹用意。田伯光這人貪花好色，以前不知怎樣給她爹爹捉住了，饒他不殺，卻有許多古怪的刑罰加在他身上，這一次居然又硬逼他做了和尚。

只聽不戒大聲道：「我法名叫不戒，甚麼清規戒律，一概不守。可是這田伯光在江湖上做的壞事太多，倘若不戒了這一樁壞事，怎能在你門下，做你弟子？令狐公子也不喜歡啊。他將來要傳我衣鉢，因此他法名之中，也應該有『不戒』二字。」

忽聽得一人說道：「不戒和尚和不可不戒投入恆山派，我們桃谷六仙也入恆山派。」正是桃谷六仙到了，說話的是桃幹仙。

桃根仙道：「我們最先見到令狐冲，因此我們六人是大師兄，不戒和尚是小師弟。」

令狐冲心想：「恆山派既有不戒大師和田伯光，不妨再收桃谷六仙，免得江湖上說令狐冲是一羣尼姑、姑娘的掌門。」說道：「六位桃兄肯入恆山派，那是再好不過。師兄師弟排起來麻煩得緊，大家都免了罷！」

桃葉仙忽道：「不戒的弟子叫做不可不戒，不可不戒將來收了徒弟，法名叫作甚麼？」

桃實仙道：「不可不戒的弟子，法名中須有不可不戒四字，可以稱為『當然不可不戒』。」

桃枝仙問道：「那麼『當然不可不戒』的弟子，法名又叫做甚麼？」

令狐冲見田伯光處境尷尬，便攜了他手道：「我有幾句話問你。」田伯光道：「是。」二人加緊腳步，走出了數丈，卻聽得背後桃幹仙說道：「他的法名可以叫做『理所當然不可不戒』。」桃花仙道：「那麼『理所當然不可不戒』的弟子，法名又叫做甚麼？」

田伯光苦笑道：「令狐掌門，那日我受太師父逼迫，來華山邀你去見小師太，這中間的經過，當真一言難盡。」令狐冲道：「我只知他逼你服了毒藥，又騙你說點了你死穴。」

田伯光道：「這件事得從頭說起。那日在衡山羣玉院外跟余矮子打了一架，心想這當兒湖南白道上的好手太多，不能多躭，於是北上河南。這天說來慚愧，老毛病發作，在開封府黑夜裏摸到一家富戶小姐的閨房之中。我掀開紗帳，伸手一摸，竟摸到一個光頭。」

令狐冲笑道：「不料是個尼姑。」田伯光苦笑道：「不，是個和尚。」令狐冲哈哈大笑，說道：「小姐繡被之內，睡著個和尚，想不到這位小姐偷漢，偷的卻是個和尚。」

田伯光搖頭道：「不是！那位和尚，便是太師父了。原來太師父一直便在找我，終於得到線索，找到了開封府。我白天在這家人家左近踩盤子，給太師父瞧在眼裏。他老人家料到我不懷好意，跟這家人說了，叫小姐躲了起來，他老人家睡在床上等我。」

令狐冲笑道：「田兄這一下就吃了苦頭。」田伯光苦笑道：「那還用說嗎？當時我一伸手摸到太師父的腦袋，便知不妙，跟著小腹上一麻，已給點中了穴道。太師父跳下床來，點了燈，問我要死要活。我自知一生作惡多端，終有一日會遭到報應，當下便道：『要死！』太師父大為奇怪，問我：『為甚麼要死？』我說：『我不小心給你制住，難道還能想活命嗎？』太師父臉孔一板，怒道：『你說不小心給我制住，倒像如果小心些，便不會給我制住了。好！』他說了這『好』字，一伸手便解開了我的穴道。

「我坐了下來，問道：『有甚麼吩咐？』他說：『你帶得有刀，幹麼不向我砍？你生得有腳，幹麼不跳窗逃走？』我說：『姓田的男子漢大丈夫，豈是這等無恥小人？』他哈哈一笑，道：『你不是無恥小人？你答應拜我女兒為師，怎地賴了？』我大是奇怪，問道：『你女兒？』他道：『在那酒樓之上，你和那華山派的小伙子打賭，說道輸了便拜我女兒為師，難道那是假的？我上恆山去找我女兒，她一五一十，從頭至尾的都跟我說了。』我道：『原來如此。那個小尼姑是你大和尚的女兒，那倒奇了。』他道：『有甚麼奇怪了？』」

令狐冲笑道：「這件事本來頗為奇怪。人家是生了兒女再做和尚，不戒大師卻是做了和尚再生女兒，他法名叫做不戒，那便是甚麼清規戒律都不遵守之意。」

田伯光道：「是。當時我說：『打賭之事，乃是戲言，又如何當得真？這場打賭是我輸了，那不錯，我再也不去騷擾那位小師太，也就是了。』太師父道：『那不行。你說過要拜師，一定得拜師。你非拜我女兒為師不可。我可不能生了個女兒，卻讓人欺侮。我一路上找你，功夫花得著實不小。你這小子滑溜得緊，你如不再幹這採花的勾當，要捉到你可還真不容易。』我見他糾纏不清，當下一個『倒踩三疊雲』，從窗口中跳了出去。在下自以為輕功了得，太師父定然追趕不上，不料只聽得背後腳步聲響，太師父直追了下來。我叫道：『大和尚，剛才你沒殺我，我此刻也不殺你。你再追來，我可要不客氣了。』

「太師父哈哈笑道：『你怎生不客氣？』我拔刀轉身，向他砍了過去。但太師父的武功也真高強，他以一雙肉掌和我拆招，封得我的快刀無法遞進招去，拆到四十招後，他一把抓住了我的後頸，跟著又將我的單刀奪了下來，問我：『服了沒有？』我說：『服了，你殺了我罷！』他道：『我殺了你有甚麼用？又救不活我的女兒了？』我吃了一驚，問道：『小師太死了嗎？』他道：『這時候還沒死，可也就差不多了。我在恆山見到她，她瘦得皮包骨頭似的，見到我就哭，我慢慢問明白了她的事，原來都是給你害的。』我說：『你要殺便殺，田伯光生平光明磊落，不打謊語。我本想對你的小姐無禮，可是她給華山派的令狐冲救了，田某可沒侵犯到你小姐，她仍是一位冰清玉潔的姑娘。』太師父道：『你奶奶的，冰清玉潔有甚麼用？我閨女生了相思病啦，倘若令狐冲不娶她，她便活不了。但我一提到這件事，我閨女便罵我，說甚麼出家人不可動凡心，否則菩薩責怪，死後打入十八層地獄。』他說了一會，忽然揪住我頭頸，罵我：『臭小子，都是你搞出來的事。那日若不是你對我女兒非禮，令狐冲便不會出手相救，我女兒就不致瘦成這個樣子。』我道：『那倒不然。小師太美若天仙，當日我就算不對她無禮，令狐冲也必定會另借因頭，上前去勾勾搭搭。』」

令狐冲皺眉道：「田兄，你這幾句話可未免過份了。」

田伯光笑道：「對不起，這可得罪了。當時情勢危急，我若不是這麼說，太師父決計不會放我。果然他一聽之下，便即轉怒為喜，說道：『臭小子，你自己想想，你一生做過多少壞事？要不是你非禮我女兒，老子早就將你腦袋揑扁了。』」令狐冲奇道：「你對她女兒無禮，他反而高興？」田伯光道：「那也不是高興，他讚我有眼光。」令狐冲不禁莞爾。

田伯光道：「太師父左手將我提在半空，右手打了我十七八個耳光，我給他打得暈了過去。他將我浸入小河之中，浸醒了我，說道：『我限你一個月之內，去請令狐冲到恆山來見我女兒，就算一時不能娶她，讓他們說說情話，也是好的，我女兒的一條性命，就可保得下來。師父有難，你做徒弟的怎可不救？』他點了我幾處穴道，說是死穴，又逼我服了一劑毒藥，說道倘若一個月之內邀得你去見小師太，便給解藥，否則劇毒發作，無藥可救。」

令狐冲這才恍然，當日田伯光到華山來邀自己下山，滿腹難言之隱，甚麼都不肯明說，怎料到其間竟有這許多過節。

田伯光續道：「我到華山來邀你大駕，卻給你打得一敗塗地，只道這番再也性命難保，不料太師父放心不下，親自帶同小師太上華山找你，又給了我解藥，我聽你的勸，從此不再做採花奸淫的勾當。不過田伯光天生好色，女人是少不了的，反正身邊金銀有的是，要找蕩婦淫娃、娼妓歌女，絲毫不是難事。半個月前，太師父又找到了我，說你做了恆山派掌門，卻給人家背後譏笑，江湖上的名聲不大好聽，他老人家愛屋及烏，愛女及婿……」

令狐冲皺眉道：「田兄，這等無聊的話，以後可再也不能出口。」

田伯光道：「是，是。我只不過轉述太師父的話而已。他說他老人家要投入恆山派，叫我跟著一起來，第一步他要代女收徒。我不肯答應，他老人家揮拳就打，我打是打不過，逃又逃不了，只好拜師。」一說到這裏，愁眉苦臉，神色甚是難看。

令狐冲道：「就算拜師，也不一定須做和尚。少林派不也有許多俗家弟子？」

田伯光搖頭道：「太師父是另有道理的。他說：『你這人太也好色，入了恆山派，師伯師叔們都是美貌尼姑，那可大大不妥。須得斬草除根，方為上策。』他出手將我點倒，拉下我的褲子，提起刀來，就這麼喀的一下，將我那話兒斬去了半截。」

令狐冲一驚，「啊」的一聲，搖了搖頭，雖覺此事甚慘，但想田伯光一生所害的良家婦女太多，那也是應得之報。

田伯光也搖了搖頭，說道：「當時我便暈了過去。待得醒轉，太師父已給我敷上了金創藥，包好傷口，命我養了幾日傷。跟著便逼我剃度，做了和尚，給我取個法名，叫做『不可不戒』。他說：『我已斬了你那話兒，你已幹不得採花壞事，本來也不用做和尚。我叫你做和尚，取個「不可不戒」的法名，以便眾所周知，那是為了恆山派的名聲。本來嘛，做和尚的人，跟尼姑們混在一起，大大不妥，但打明招牌「不可不戒」，就不要緊了。』」

令狐冲微笑道：「你太師父倒想得周到。」田伯光道：「太師父要我向你說明此事，又要我請你別責怪我師父。」令狐冲奇道：「我為甚麼要責怪你師父？全沒這回子事。」

田伯光道：「太師父說：每次見到我師父，她總是更瘦了一些，臉色也越來越壞，問起她時，她總是流淚，一句話不說。太師父說：定是你欺負了她。」令狐冲驚道：「沒有啊！我從來沒重言重語說過你師父一句。再說，她甚麼都好，我怎會責罵她？」

田伯光道：「就是你從來沒罵過她一句，因此我師父要哭了。」令狐冲道：「這個我可不明白了。」田伯光道：「太師父為了這件事，又狠狠打了我一頓。」

令狐冲搔了搔頭，心想這不戒大師之胡纏瞎攪，與桃谷六仙實有異曲同工之妙。

田伯光道：「太師父說：他當年和太師母做了夫妻後，時時吵嘴，越是罵得兇，越是恩愛。你不罵我師父，就是不想娶她為妻。」

令狐冲道：「這個……你師父是出家人，我可從來沒想過這件事。」田伯光道：「我也這樣說，太師父大大生氣，便打了我一頓。他說：我太師母本來是尼姑，他為了要娶她，才做和尚。如果出家人不能做夫妻，世上怎會有我師父這個人？如果世上沒我師父，又怎會有我？」令狐冲忍不住好笑，心想你比儀琳小師妹年紀大得多，兩樁事怎能拉扯在一起？田伯光又道：「太師父還說：如果你不是想娶我師父，幹麼要做恆山派掌門？他說：恆山派尼姑雖多，可沒一個比我師父更貌美的。你不是為我師父，卻又為了那一個尼姑？」

令狐冲心下暗暗叫苦不迭，心想：「不戒大師當年為要娶一個尼姑為妻，才做和尚，他只道普天下人個個和他一般的心腸。這句話如果傳了出去，豈不糟糕之至？」

田伯光苦笑道：「太師父問我：我師父是不是世上最美貌的女子。我說：『就算不是最美，那也是美得很了。』他一拳打落了我兩枚牙齒，大發脾氣，說道：『為甚麼不是最美？如果我女兒不美，你當日為甚麼意圖對她非禮？令狐冲這小子為甚麼捨命救她？』我連忙說：『最美，最美。太師父你老人家生下來的姑娘，豈有不是天下最美貌之理？』他聽了這話，這才高興，大讚我眼光高明。」

令狐冲微笑道：「儀琳小師妹本來相貌甚美，那也難怪不戒大師誇耀。」田伯光喜道：「你也說我師父相貌甚美，那就好極啦。」令狐冲奇道：「為甚麼那就好極啦？」田伯光道：「太師父交了一件好差使給我，說道著落在我身上，要我設法叫你……叫你……」令狐冲道：「叫我甚麼？」田伯光笑道：「叫你做我的師公。」

令狐冲一呆，道：「田兄，不戒大師愛女之心，無微不至。然而這樁事情，你也明知是辦不到的。」田伯光道：「是啊。我說那可難得很，說你曾為了神教的任大小姐，率眾攻打少林寺。我說：『任大小姐的相貌雖然及不上我師父的一成，可是令狐公子和她有緣，已給她迷上了，旁人也是無法可施。』公子，在太師父面前，我不得不這麼說，以便保留幾枚牙齒來吃東西，你可別見怪。」令狐冲微笑道：「我自然明白。」

田伯光道：「太師父說：這件事他也知道，他說那很好辦，想個法子將任大小姐殺了，不讓你知道，那就成了。我忙說不可，倘若害死了任大小姐，令狐公子一定自殺。太師父道：『這也說得是。令狐冲這小子死了，我女兒要守活寡，豈不倒霉？這樣罷，你去跟令狐冲這小子說，我女兒嫁給他做二房，也無不可。』我說：『太師父，你老人家的堂堂千金，豈可如此委屈？』他嘆道：『你不知道，我這個姑娘如嫁不成令狐冲，早晚便死，定然活不久長。』他說到這裏，突然流下淚來。唉，這是父女天性，真情流露，可不是假的。」

兩人面面相對，都感尷尬。田伯光道：「令狐公子，太師父對我的吩咐我都對你說了。我知道這其中頗有難處，尤其你是恆山派掌門，更加犯忌。不過我勸你對我師父多說幾句好話，讓她高高興興，將來再瞧著辦罷。」

令狐冲點頭道：「是了。」想起這些日來每次見到儀琳，確是見她日漸瘦損，卻原來是為相思所苦。儀琳對他情深一往，他如何不知？但她是出家人，又年紀幼小，料想這些閒情稍經時日，也便收拾起了，此後在仙霞嶺上和她重逢，自閩至贛，始終未曾單獨跟她說過甚麼話。此番上恆山來，更是大避嫌疑。自己名聲早就不佳，於世人毀譽原不放在心上，可不能壞了恆山派的清名，是以除了向恆山女弟子傳授劍法之外，平日極少和誰說甚麼閒話，往日裝瘋喬癡的小丑模樣，更早已收得乾乾淨淨。此刻聽田伯光說到往事，儀琳對自己的一番柔情，驀地裏湧上心頭。

眼望著遠處山頭皚皚積雪，正自沉思，忽聽得山道上有大羣人喧譁之聲。見性峯上向來清靜，從無有人如此吵嚷，正詫異間，只聽得腳步聲響，數百人湧將上來，當先一人叫道：「恭喜令狐公子，你今日大喜啊。」這人又矮又肥，正是老頭子。他身後計無施、祖千秋，以及黃伯流、司馬大、藍鳳凰、游迅、漠北雙熊等一干人竟然都到了。

令狐冲又驚又喜，忙迎上前去，說道：「在下受定閒師太遺命，只得前來執掌恒山派門戶，沒敢驚動眾位朋友。怎地大夥兒都到了？」

這些人曾隨令狐冲攻打少林寺，經過一場生死搏鬥，已是患難之交。眾人紛紛搶上，將他圍在中間，十分親熱。老頭子大聲道：「大夥兒聽得公子已將聖姑接了出來，人人都十分歡喜。公子出任恒山派掌門，此事早已轟傳江湖，大夥兒今日若不上山道喜，可真該死之極了。」這些人豪邁爽快，三言兩語之間，已是笑成一片。

令狐冲自上恒山之後，對著一羣尼姑、姑娘，說話行事，無不極盡拘束，此刻陡然間遇上這許多老友，自是不勝之喜。

黃伯流道：「我們是不速之客，恒山派未必備有我們這批粗胚的飲食，酒食飯菜，這就挑上山來了。」令狐冲喜道：「那再好也沒有了。」心想：「這情景倒似當年五霸岡上的羣豪大會。」說話之間，又有數百人上山。計無施笑道：「公子，咱們自己人不用客氣。你那些斯斯文文的女弟子，也招呼不來我們這些渾人。大家自便最好。」

這時見性峯上已喧鬧成一片。恒山眾弟子絕未料到竟有這許多賓客到賀，均各興奮。有些見多識廣的老成弟子，察覺來賀的這些客人頗為不倫不類，雖有不少知名之士，卻均是邪派高手，也有許多是綠林英雄、黑道豪客。恆山派門規素嚴，羣弟子人人潔身自愛，縱然同是正教之士，也少交往。這些左道旁門的人物，向來對之絕不理睬，今日竟一窩蜂的湧上峯來。但眼見掌門人和他們拋腰拉手，神態親熱，也只好心下嘀咕而已。

到得午間，數百名漢子挑了雞鴨牛羊、酒菜飯麵來到峯上。令狐冲心想：「見性峯上供奉白衣觀音，自己一做掌門人，便即大魚大肉，殺豬宰羊，未免對不住恆山派歷代祖宗。」當下命這些漢子在山腰間埋灶造飯。一陣陣酒肉香氣飄將上來，羣尼無不暗暗皺眉。

羣豪用過中飯，團團在見性峯主庵前的曠地上坐定。令狐冲坐在西首之側，數百名女弟子依著長幼之序，站在他身後，只待吉時一到，便行接任之禮。

忽聽得絲竹聲響，一羣樂手吹著簫笛上峯。中間兩名青衣老者大踏步走上前來，豪羣中「咦、啊」之聲四起，不少人站起身來。

左首青衣老者蠟黃面皮，朗聲說道：「日月神教東方教主，委派賈布、上官雲，前來祝賀令狐大俠榮任恆山派掌門。恭祝恆山派發揚光大，令狐掌門威震武林。」

此言一出，羣豪都是「啊」的一聲，轟然叫了起來。

這些左道之士大半與魔教頗有瓜葛，其中還有人服了東方不敗的「三尸腦神丹」，聽到「東方教主」四字便即心驚膽戰。羣豪就算不識得這兩個老者的，也都久聞其名，左首那人是「黃面尊者」賈布，右首那人複姓上官，單名一個雲字，外號叫做「鵰俠」。兩人武功之高，據說遠在一般尋常門派的掌門人與幫主、總舵主之上。兩人在日月神教之中，資歷也不甚深，但近數年來教中變遷甚大，元老耆宿如向問天一類人或遭排斥，或自行退隱，眼前賈布與上官雲是教中極有權勢、極有頭臉的第一流人物。這一次東方不敗派他二人親來，對令狐冲可說是給足面子了。

令狐冲上前相迎，說道：「在下與東方先生素不相識，有勞二位大駕，愧不敢當。」他見那「黃面尊者」賈布一張瘦臉蠟也似黃，兩邊太陽穴高高鼓起，便如藏了一枚核桃相似。那「鵰俠」上官雲長手長腳，雙目精光燦爛，甚有威勢，足見二人內功均甚深厚。

賈布說道：「令狐大俠今日大喜，東方教主說道原該親自前來道賀才是。只是教中俗務羈絆，無法分身，令狐掌門勿怪才好。」

令狐冲道：「不敢。」心想：「瞧東方不敗這副排場，任教主自是尚未奪回教主之位，不知他和向大哥、盈盈三人現下怎樣了？」

賈布側過身來，左手一擺，說道：「一些薄禮，是東方教主的小小心意，請令狐掌門哂納。」絲竹聲中，百餘名漢子抬了四十口朱漆大箱上來。每一口箱子都由四名壯漢抬著，瞧各人腳步沉重，箱子中所裝物事著實不輕。

令狐冲忙道：「兩位大駕光臨，令狐冲已感榮寵，如此重禮，卻萬萬不敢拜領。還請上覆東方先生，說道令狐冲多謝了，恒山弟子山居清苦，也不需用這些華貴的物事。」

賈布道：「令狐掌門若不笑納，在下與上官兄弟可為難得緊了。」略略側頭，向上官雲道：「上官兄弟，你說這話對不對？」上官雲道：「正是！」

令狐冲心下為難：「恒山派是正教門派，和你魔教勢同水火，就算雙方不打架，也不能結交為友。再說，任教主和盈盈就要去跟東方不敗算帳，我怎能收你的禮物？」便道：「兩位兄台請覆上東方先生，所賜萬萬不敢收受。兩位倘若不肯將原禮帶回，在下只好遣人送到貴教總壇來了。」

賈布微微一笑，說道：「令狐掌門可知這四十口箱中，裝的是甚麼物事？」令狐冲道：「在下自然不知。」賈布笑道：「令狐掌門看了之後，一定再也不會推卻了。這四十口箱子中所裝，其實也並非全是東方教主的禮物，有一部份原是該屬令狐掌門所有，我們抬了來，只是物歸原主而已。」令狐冲大奇，道：「是我的東西？那是甚麼？」賈布踏上一步，低聲道：「其中大多數是任大小姐留在黑木崖上的衣衫首飾和常用物事，東方教主命在下送來，以供任大小姐應用。另外也有一些，是教主送給令狐大俠與任大小姐的薄禮。許多事物混在一起，分也分不開，令狐掌門也不用客氣了。哈哈，哈哈。」

令狐冲生性豁達隨便，向來不拘小節，見東方不敗送禮之意甚誠，其中又有許多是盈盈的衣物，卻也不便堅拒，跟著哈哈一笑，說道：「如此便多謝了。」

只見一名女弟子快步過來，稟道：「武當派冲虛道長親來道賀。」令狐冲吃了一驚，忙迎到峯前。只見冲虛道人帶著八名弟子，走上峯來。令狐冲躬身行禮，說道：「有勞道長大駕，令狐冲感激不盡。」冲虛道人笑道：「老弟榮任恆山掌門，貧道聞知，不勝之喜。少林寺方證、方生兩位大師也要前來道賀，不知他們兩位到了沒有？」令狐冲更是驚訝。

便在此時，山道上走上來一羣僧人，當先二人大袖飄飄，正是方證方丈和方生大師。方證叫道：「冲虛道兄，你腳程好快，可比我們先到了。」

令狐冲迎下山去，叫道：「兩位大師親臨，令狐冲何以克當？」方生笑道：「少俠，你曾三入少林，我們到恒山來回拜一次，那也是禮尚往來啊。」

令狐冲將一眾少林僧和武當道人迎上峯來。峯上羣豪見少林、武當兩大門派的掌門人親身駕到，無不駭異，說話也不敢這麼大聲了。恒山一眾女弟子個個喜形於色，均想：「掌門師兄的面子可大得很啊。」

賈布與上官雲對望了一眼，站在一旁，對方證、方生、冲虛等人上峯，似是視而不見。

令狐冲招呼方證大師和冲虛道人上座，尋思：「記得師父當年接任華山派掌門，少林派和武當派的掌門人並未到來，只遣人到賀而已。其時我雖年幼，不知有那些賓客，但師父、師娘後來跟眾弟子講述當年就任掌門時的風光，也從未提過少林、武當的掌門人大駕光臨。今日他二位同時到來，難道真的是向我道賀，還是別有用意？」

這時上峯來的賓客絡繹不絕，大都是當日曾參與攻打少林寺之役的羣豪。崑崙派、點蒼派、峨嵋派、崆峒派、丐幫，各大門派幫會，也都派人呈上掌門人、幫主的賀帖和禮物。令狐冲見賀客眾多，心下釋然：「他們都是瞧著恒山派和定閒師太的臉面，才來道賀，可不是憑著我令狐冲的面子。」

嵩山、華山、衡山、泰山四派，卻均並未遣人來賀。

耳聽得砰砰砰三聲號炮，吉時已屆。令狐冲站到場中，躬身抱拳，向眾人團團為禮，朗聲說道：「恒山派前任掌門定閒師太不幸遭人暗算，與定逸師太同時圓寂。令狐冲秉承定閒師太遺命，接掌恒山一派的門戶。承眾位前輩、眾位朋友不棄，大駕光臨，恒山派上下，同蒙榮寵，不勝感激。」

磬鈸聲中，恆山派羣弟子列成兩行，魚貫而前，居中是儀和、儀清、儀真、儀質四名大弟子。四名大弟子手捧法器，走到令狐冲面前，躬身行禮。令狐冲長揖還禮。

儀和說道：「四件法器，乃恆山派創派之祖曉風師太所傳，向由本派掌門人接管。新任掌門人令狐師兄便請收領。」令狐冲應道：「是。」

四名大弟子將法器依次遞過，乃是一卷經書，一個木魚，一串念珠，一柄短劍。令狐冲見到木魚、念珠，不由得發窘，只得伸手接過，雙眼視地，不敢與眾人目光相接。

儀清展開一個卷軸，說道：「恆山派五大戒律，一戒犯上忤逆，二戒同門相殘，三戒妄殺無辜，四戒持身不正，五戒結交奸邪。恆山派祖宗遺訓，掌門師兄須當身體力行，督率弟子，一概凜遵。」令狐冲應道：「是！」心想：「前三戒倒也罷了，可是令狐冲持身不大端正，至於不得結交奸邪那一款，更加令人為難。今日上峯來的賓客，倒有一大半是左道旁門之士。」

忽聽得山道上有人叫道：「五嶽劍派左盟主有令，令狐冲不得擅篡恆山派掌門之位。」呼喝聲中，五個人飛奔而至，後面跟著數十人。當先五人各執一面錦旗，正是五嶽劍派的盟旗。五人奔至人羣外數丈處站定，居中那人矮矮胖胖，面皮黃腫，五十來歲年紀。

令狐冲認得此人姓樂名厚，外號「大陰陽手」，是嵩山派的一名好手，當日在河南荒郊曾和他交過手，長劍透他雙掌而過，是結下了極深樑子的。但他為人倒也光明磊落，那日偷襲得手而制住了自己，卻並不乘機便下殺手，重行躍開再鬥，自己很承他的情，當下抱拳說道：「樂前輩，您好。」

樂厚將手中錦旗一展，說道：「恆山派是五嶽劍派之一，須遵左盟主號令。」

令狐冲道：「令狐冲接掌恆山門戶後，是否還加盟五嶽劍派，可得好好商議商議。」

這時其餘數十人都已上峯，卻是嵩山、華山、衡山、泰山四派的弟子。華山派那八人均是令狐冲當年的師弟，林平之卻不在其內。這數十人分成四列，手按劍柄，默不作聲。

樂厚大聲道：「恆山一派，向由出家的女尼執掌門戶。令狐冲身為男子，豈可壞了恆山派數百年來的規矩？」

令狐冲道：「規矩是人所創，也可由人所改，這是本派之事，與旁人並不相干。」

羣豪之中已有人向樂厚叫罵起來：「他恆山派的事，要你嵩山派來多管甚麼鳥閒事？」「你奶奶的，快給我滾罷！」「甚麼五嶽盟主？狗屁盟主，好不要臉。」

樂厚向令狐冲道：「這些口出污言之人，在這裏幹甚麼來著？」令狐冲道：「這些兄台都是在下的朋友，是上峯來觀禮的。」樂厚道：「這就是了。恆山派五大戒律，第五條是甚麼？」令狐冲心道：「你存心跟我過不去，我便來跟你強辯。」說道：「恆山五大戒律，第五戒是不得結交奸邪。像樂兄這樣的人，令狐冲是決計不會和你結交的。」

羣豪一聽，登時轟笑起來，都道：「奸邪之徒，快快滾罷！」

樂厚以及嵩山、華山等各派弟子見了這等聲勢，均想敵眾我寡，對方倘若翻臉動手，那可糟糕。樂厚更想：「左師哥這次可失算了。他料想見性峯上冷冷清清，只不過一些恆山派的尼姑、姑娘，我們四派數十名好手，儘可制得住。令狐冲劍術雖精，我們乘他手中無劍之時，師兄弟五人突以拳腳夾攻，必可取他性命。那知道賀客竟這麼多，連少林、武當的二大掌門也到了。」當下轉身向方證和冲虛說道：「兩位掌門是當今武林中的泰山北斗，人所共仰，今日須請兩位說句公道話。令狐冲招攬了這許多妖魔鬼怪來到恒山，是不是壞了恒山派不得結交奸邪這一條門規？恒山派這樣一個歷時已久、享譽甚隆的名門正派，在令狐冲手中轉眼便鬧得萬劫不復，兩位是否坐視不理？」

方證咳嗽一聲，說道：「這個……這個……唔……」心想此人的話倒也在理，這裏果然大多數是旁門左道之士，可是難道要令狐冲將他們都逐下山去不成？

忽聽得山道上傳來一個女子清脆的叫聲：「日月神教任大小姐到！」

令狐冲驚喜交集，情不自禁的衝口而出：「盈盈來了！」急步奔到崖邊，只見兩名大漢抬著一乘青呢小轎，快步上峯。小轎之後跟著四名青衣女婢。

左道羣豪聽得盈盈到來，紛紛衝下山道去迎接，歡聲雷動，擁著小轎，來到峯頂。

小轎停下，轎帷掀開，走出一個身穿淡綠衣衫的艷美少女，正是盈盈。

羣豪大聲歡呼：「聖姑！聖姑！」一齊躬身行禮。瞧這些人的神情，對盈盈又是敬畏，又是感佩，歡喜之情出自心底。

令狐冲走上幾步，微笑道：「盈盈，你也來啦！」

盈盈微笑道：「今日是你大喜的日子，我怎能不來？」眼光四下一掃，走上幾步，向方證與冲虛二人斂衽為禮，說道：「方丈大師，掌門道長，小女子有禮。」

方證和冲虛一齊還禮，心下都想：「你和令狐冲再好，今日卻也不該前來，這可叫令狐冲更加為難了。」

樂厚大聲道：「這個姑娘，是魔教中的要緊人物。令狐冲，你說是也不是？」令狐冲道：「是又怎樣？」樂厚道：「恆山派五大戒律，規定不得結交奸邪。你若不與這些奸邪人物一刀兩斷，便做不得恆山派掌門。」令狐冲道：「做不得便做不得，那又有甚麼打緊？」

盈盈向他瞧了一眼，目光中深情無限，心想：「你為了我，甚麼都不在乎了。」問道：「請問令狐掌門，這位朋友是甚麼來頭？憑甚麼來過問恆山派之事？」

令狐冲道：「他自稱是嵩山派左掌門派來的，手中拿的，便是左掌門的令旗。別說這是左掌門的一面小小令旗，就是左掌門自己親至，又怎能管得了我恆山派的事。」

盈盈點頭道：「不錯。」想起那日少林寺比武，左冷禪千方百計的為難，寒冰真氣又使爹爹身受重傷，險些性命不保，不由得惱怒，說道：「誰說這是五嶽劍派的盟旗？他是來騙人的……」一言未畢，身子微晃，左手中已多了柄寒光閃閃的短劍，疾向樂厚胸口刺去。

樂厚萬料不到這樣一個嬌怯怯的美貌女子說打便打，事先更沒半點朕兆，出手如電，一劍便刺了過來，拔劍招架已然不及，只得側身閃避。他更沒料到盈盈這一招乃是虛招，身子略轉之際，右手一鬆，一面錦旗已給對方奪了過去。盈盈身子不停，連刺五劍，連奪了五面錦旗，所使身法劍招，一模一樣，五招皆是如此。嵩山派其餘四人都是樂厚的師兄弟，拳腳功夫著實了得，左冷禪派了來，原定是以拳腳襲擊令狐冲的，可是盈盈出手實在太快，一霎之間，給她奇兵突出，攻了個措手不及，與其說是輸招，還不如說是中了奇襲暗算。

盈盈手到旗來，轉到了令狐冲身後，大聲道：「令狐掌門，這旗果然是假的。這那裏是五嶽劍派的令旗，這是五仙教的五毒旗啊。」

她將手中五面錦旗張了開來，人人看得明白，五面旗上分別繡著青蛇、蜈蚣、蜘蛛、蝎子、蟾蜍五樣毒物，色彩鮮明，奕奕如生，那裏是五嶽劍派的令旗了？

樂厚等人只驚得目瞪口呆，說不出話來。老頭子、祖千秋等羣豪卻大聲喝采。人人均知盈盈奪到令旗之後，立即便掉了包，將五嶽令旗換了五毒旗，只是她手腳實在太快，誰也沒有看清楚她掉旗之舉。

盈盈叫道：「藍教主！」人羣中一個身穿苗家裝束的美女站了出來，笑道：「在！聖姑有何吩咐？」正是五仙教教主藍鳳凰。盈盈問道：「你教中的五毒旗，怎麼會落入了嵩山派手中？」藍鳳凰笑道：「這幾個嵩山弟子，都是我教下女弟子的好朋友，想必是他們甜言蜜語，將我教中的五毒旗騙了去玩兒。」盈盈道：「原來如此。這五面旗兒，便還了你罷。」說著將五面旗子擲將過去。藍鳳凰笑道：「多謝。」伸手接了。

樂厚怒極大罵：「無恥妖女，在老子面前使這掩眼的妖法，快將令旗還來。」盈盈笑道：「你要五毒旗，不會向藍教主去討嗎？」樂厚無法可施，向方證和冲虛道：「方丈大師，冲虛道長，請你二位德高望重的前輩主持公道。」

方證道：「這個……唔……不得結交奸邪，恆山派戒律中原是有這麼一條，不過……不過……今日江湖上朋友們前來觀禮，令狐掌門也不能閉門不納，太不給人家面子……」

樂厚突然指著人羣中一人，大聲道：「他……他……我認得他是採花大盜田伯光，他這麼扮成個和尚，便想瞞過我的眼去嗎？像這樣的人，也是令狐冲的朋友？」厲聲道：「田伯光，你到恆山幹甚麼來著？」田伯光道：「拜師來著。」樂厚奇道：「拜師？」

田伯光道：「正是。」走到儀琳面前，跪下磕頭，叫道：「師父，弟子請安。弟子痛改前非，法名叫做『不可不戒』。」儀琳滿臉通紅，側身避過，道：「你……你……」

盈盈笑道：「田師傅有心改邪歸正，另投明師，那是再好不過。他落髮出家，法名『不可不戒』，更顯得其意極誠。方證大師，有道是放下屠刀，立地成佛。一個人只要決心改過遷善，佛門廣大，便會給他一條自新之路，是不是？」

方證喜道：「正是！不可不戒投入恆山派，從此嚴守門規，那是武林之福。」

盈盈大聲道：「眾位聽了，咱們今日到來，都是來投恆山派的。只要令狐掌門肯收留，咱們便都是恆山弟子了。恆山弟子，怎麼算是妖邪？」

令狐冲恍然大悟：「原來盈盈早料到我身為眾女弟子的掌門，十分尷尬，倘若派中有許多男弟子，那便無人恥笑了。因此特地叫這一大羣人來投入恆山派。」當即朗聲問道：「儀和師姊，本派可有不許收男弟子這條門規麼？」

儀和道：「不許收男弟子的門規倒沒有，不過……不過……」她腦子一時轉不過來，總覺派中突然多了這許多男弟子出來，實是大大不妥。

令狐冲道：「眾位要投入恆山派，那是再好不過。但也不必拜師。恆山派另設一個……唔……一個『恆山別院』，安置各位，那邊通元谷，便是一個極好去處。」

那通元谷在見性峯之側，相傳唐時仙人張果老曾在此煉丹。恆山大石上有蹄印數處，歷代相傳為張果老所騎驢子踏出。如此堅強的花崗石上，居然有驢蹄之痕深印，若不是仙人遺跡，何以生成？唐玄宗封張果老為「通元先生」，通元谷之名，便由此而來。通元谷和見性峯上主庵相距雖然不遠，但由谷至峯，山道絕險。令狐冲將這批江湖豪客安置在通元谷中，令他們男女隔絕，以免多生是非。

方證連連點頭，說道：「如此甚好，這些朋友們歸入了恆山派，受恆山派門規約束，真是武林中一件大大的美事。」

樂厚見方證大師也如此說，對方又人多勢眾，今日已無法阻止令狐冲出任恆山派掌門，只得傳達左冷禪的第二道命令，咳嗽一聲，朗聲說道：「五嶽劍派左冷主有令：三月十五清晨，五嶽劍派各派師長弟子齊集嵩山，推舉五嶽派掌門人，務須依時到達，不得有誤。」

令狐冲問道：「五嶽劍派併為一派，是誰的主意？」

樂厚道：「嵩山、泰山、華山、衡山四派，均已一致同意。你恆山派倘若獨持異議，便是公然跟四派過不去，只有自討苦吃了。」轉身向泰山派等人問道：「你們說是不是？」站在他身後的數十人齊聲道：「正是！」樂厚一陣冷笑，轉身便走。走出幾步，不禁回頭向盈盈瞧了一眼，心想：「那五面令旗，如何想法子奪回來才好。」

藍鳳凰笑道：「樂老師，你失了旗子，回去怎麼向左掌門交代啊？不如我還了你罷！」說著右手一揮，將一面錦旗擲了過去。

樂厚眼見一面小旗勢挾勁風飛來，心想：「這是你的五毒旗，又不是五嶽令旗，我要來幹甚麼？」心念甫轉，那旗已飛向面前，戳向他咽喉，當即伸手抄住。突然一聲大叫，急忙將旗擲下，只覺掌心猶似烈火燒炙，提手一看，掌心已成淡紫之色，知道旗桿上餵有劇毒，已受了五毒教暗算，又驚又怒，氣急敗壞的罵道：「妖女……」

藍鳳凰笑道：「你叫一聲『令狐掌門』，向他求情，我便給你解藥，否則你這隻手掌要整個兒爛掉。」

樂厚素知五毒教使毒的厲害，一猶豫間，但覺掌心麻木，知覺漸失，心想我畢生功力，全在兩掌，爛掉手掌便成廢人，情急之下，只得叫道：「令狐掌門，你……」藍鳳凰笑道：「求情啊。」樂厚道：「令狐掌門，在下得罪了你，求……求你賜給解……解藥。」

令狐冲微笑道：「藍姑娘，這位樂兄不過奉左掌門之命而來，請你給他解藥罷！」

藍鳳凰一笑，向身畔一名苗女揮手示意。那苗女從懷中取出一個白紙小包，走上幾步，拋給了樂厚。樂厚伸手接過，在羣豪轟笑聲中疾趨下峯。其餘數十人都跟了下去。

令狐冲朗聲道：「眾位朋友，大夥兒既願在恆山別院居住，可得遵守本派的戒律。這戒律其實也不怎麼難守，只是第五條不得結交奸邪，有些麻煩。但自今而後，大夥兒都算是恆山派的人，恆山派弟子自然不是奸邪。不過和派外之人交友時，卻得留神些了。」羣豪轟然稱是。令狐冲又道：「你們要喝酒吃肉，也無不可，可是吃葷之人，過了今日，便不能再到這見性峯來。」

方證合什道：「善哉，善哉！清淨佛地，原是不可褻瀆了。」

令狐冲笑道：「好啦，我這掌門人，算是做成了。大家肚子也餓啦，快開素齋來，我陪少林方丈、武當掌門和各位前輩用飯。到得明日，再和各位喝酒。」

素齋後，方證道：「令狐掌門，老衲和冲虛道兄二人有幾句話，想和掌門人商議。」

令狐冲應道：「是。」心想：「當今武林中二大門派的掌門人親身來到恒山，必有重要話說。見性峯上龍蛇混雜，不論在那裏說話，都不免隔牆有耳。」當下吩咐儀和、儀清等弟子分別招待賓客，向方證、冲虛二人道：「下此峯後，磁窯口側有一座山，叫作翠屏山，峭壁如鏡。山上有座懸空寺，是恒山的勝景。二位前輩若有雅興，讓晚輩導往一遊如何？」

冲虛道人喜道：「久聞翠屏山懸空寺建於北魏年間，於松不能生、猿不能攀之處，發偌大願力，憑空建寺。那是天下奇景，貧道仰慕已久，正欲一開眼界。」

三十 密議

令狐沖和方證、沖虛來到飛橋之上。飛橋闊僅數尺，放眼四周皆空，雲生足底，有如身處天上，三人臨此勝境，胸襟大暢。

令狐冲引著方證大師和冲虛道長下見性峯，趨磁窯口，來到翠屏山下。方證與冲虛仰頭而望，但見飛閣二座，聳立峯頂，宛似仙人樓閣，現於雲端。方證嘆道：「造此樓閣之人當真妙想天開，果然是天下無難事，只怕有心人。」

三人緩步登山，來到懸空寺中。那懸空寺共有樓閣二座，皆高三層，淩虛數十丈，相距數十步，二樓之間，聯以飛橋。寺中有一年老僕婦看守打掃，見到令狐冲等三人到來，瞪目以視，既不招呼，也不行禮。令狐冲於十多日前曾偕儀和、儀清、儀琳等人來過，知道這僕婦又聾又啞，甚麼事也不懂，當下也不理睬，逕和方證、冲虛來到飛橋之上。

飛橋闊僅數尺，若是常人登臨，放眼四周皆空，雲生足底，有如身處天上，自不免心目俱搖，手足如廢，但三人皆是一等一的高手，臨此勝境，胸襟大暢。

方證和冲虛向北望去，於縹緲煙雲之中，隱隱見到城郭出沒，磁窯口雙峯夾峙，一水中流，形勢極是雄峻。方證說道：「古人說一夫當關，萬夫莫開，這裏的形勢，確是如此。」

冲虛道：「北宋年間楊老令公扼守三關，鎮兵於此，這原是兵家必爭的要塞。始見懸空寺，覺鬼斧神工，驚詫古人的毅力，但看到這五百里開鑿的山道，懸空寺又渺不足道了。」

令狐冲奇道：「道長，你說這數百里山道，都是人工開鑿出來的？」冲虛道：「史書記載，魏道武帝天興元年克燕，將兵自中山歸平城，發卒數萬人鑿恒嶺，通直道五百餘里，磁窯口便是這直道的北端。」方證道：「所謂直道五百餘里，當然大多數是天生的。北魏皇帝發數萬兵卒，只是將其間阻道的山嶺鑿開而已。但縱是如此，工程之大，也已令人撟舌難下。」

令狐冲道：「無怪乎有這許多人想做皇帝。他只消開一句口，數萬兵卒便將阻路的山嶺給他鑿了開來。」沖虛道：「權勢這一關，古來多少英雄豪傑，都是難過。別說做皇帝了，今日武林中所以風波迭起，紛爭不已，還不是為了那『權勢』二字。」

令狐沖心下一凜，尋思：「他說到正題了。」便道：「晚輩不明，請二位前輩指點。」

方證道：「令狐掌門，今日嵩山派的樂老師率眾前來，為的是甚麼？」令狐沖道：「他傳達左盟主的號令，不許晚輩接任恆山派掌門。」方證道：「左盟主為甚麼不許你做恆山派掌門？」令狐沖道：「左盟主要將五嶽劍派併而為一，晚輩曾一再阻撓他的大計，殺了不少嵩山派之人，左盟主對晚輩自是痛恨之極。」方證問道：「你為甚麼要阻撓他的大計？」

令狐沖一呆，一時難以回答，順口重複了一句：「我為甚麼要阻撓他的大計？」

方證問道：「你以為五嶽劍派合而為一，這件事不妥麼？」

令狐沖道：「晚輩當時也沒想過此事妥與不妥。只是嵩山派為了脅迫恆山派答允，假扮日月教教眾，劫擄恆山弟子，圍攻定靜師太，所使的手段太過卑鄙。晚輩剛巧遇上此事，心覺不平，是以出手相助。後來嵩山派火燒鑄劍谷，要燒死定閒、定逸兩位師太，那是更加可惡了。晚輩心想，五嶽劍派合併之舉倘是美事，嵩山派何不正大光明的與各派掌門商議，卻要幹這鬼鬼祟祟的行徑？」

沖虛點頭道：「令狐掌門所見不差。左冷禪野心極大，要做武林中的第一人。自知難以服眾，只好暗使陰謀。」方證嘆道：「左盟主文才武略，確是武林中的傑出人物，五嶽劍派之中，原本沒第二人比得上。不過他抱負太大，急欲壓倒武當、少林兩派，未免有些不擇手段。」沖虛道：「少林派向為武林領袖，數百年來眾所公認。少林之次，便是武當。更其次是崑崙、峨嵋、崆峒諸派。令狐賢弟，一個門派創建成名，那是數百年來無數英雄豪傑，花了無數心血累積而成，一套套的武功家數，都是一點一滴、千錘百煉的積聚起來，決非一朝一夕之功。五嶽劍派在武林崛起，不過是近六七十年的事，雖然興旺得快，家底總還不及崑崙、峨嵋，更不用說和少林派博大精深的七十二絕藝相比了。」令狐冲點頭稱是。

冲虛又道：「各派之中，偶爾也有一二才智之士，武功精強，雄霸當時。一個人在武林中出人頭地，揚名立萬，事屬尋常。但若只憑一人之力，便想壓倒天下各大門派，那是從所未有。左冷禪滿腹野心，想幹的卻正是這件事。當年他一任五嶽劍派的盟主，方丈大師就料到武林中從此多事。近年來左冷禪的所作所為，果然證明了方丈大師的先見。」方證唸了一句：「阿彌陀佛。」

冲虛道：「左冷禪當上五嶽劍派盟主，那是第一步。第二步是要將五派歸一，由他自任掌門。五派歸一之後，實力雄厚，便可隱然與少林、武當成為鼎足而三之勢。那時他會進一步蠶食崑崙、峨嵋、崆峒、青城諸派，一一將之合併，那是第三步。然後他向魔教啟釁，率領少林、武當諸派，一舉將魔教挑了，這是第四步。」

令狐冲內心感到一陣懼意，說道：「這種事情難辦之極，左冷禪的武功未必當世無敵，他何以要花偌大心力？」

冲虛道：「人心難測。世上之事，不論多麼難辦，總是有人要去試上一試。你瞧，這五百里山道，不是有人鑿開了？這懸空寺，不是有人建成了？左冷禪若能滅了魔教，在武林中已是唯我獨尊之勢，再要吞併武當，收拾少林，也未始不能。幹辦這些大事，那也不是全憑武功。」方證又唸了一句：「阿彌陀佛！」

令狐冲道：「原來左冷禪是要天下武林之士，個個遵他號令。」冲虛說道：「正是！那時候只怕他想做皇帝了，做了皇帝之後，又想長生不老，萬壽無疆！這叫做『人心不足蛇吞象』，自古以來，皆是如此。英雄豪傑之士，絕少有人能逃得過這『權位』的關口。」

令狐冲默然，一陣北風疾颳過來，不由得機伶伶的打了個寒噤，說道：「人生數十年，但貴適意，卻又何苦如此？左冷禪要消滅崆峒、崑崙，呑併少林、武當，不知將殺多少人，流多少血？」

冲虛雙手一拍，說道：「照啊，咱三人身負重任，須得阻止左冷禪，不讓他野心得逞，以免江湖之上，遍地血腥。」

令狐冲悚然道：「道長這等說，可令晚輩大是惶恐。晚輩見識淺陋，謹奉二位前輩教誨驅策。」

冲虛說道：「那日你率領羣豪，赴少林寺迎接任大小姐，不損少林寺一草一木，方丈大師很承你的情。」令狐冲臉上微微一紅，道：「晚輩胡鬧，甚是惶恐。」冲虛道：「你走了之後，左冷禪等人也分別告辭，我卻又在少林寺中住了七日，和方丈大師日夜長談，深以左冷禪的野心勃勃為憂。那日任我行使詭計佔了方證大師的上風，左冷禪即以其人之道，還治其人之身，本來那也算不了甚麼，但武林中無知之徒不免會說：『方證大師敵不過任我行，任我行又敵不過左冷禪……』」

令狐冲連連搖頭，道：「不見得，不見得！」冲虛道：「我們都知不見得。可是經此一戰，左冷禪的名頭終究又響了不少，也增長了他的自負與野心。後來我們分別接到你老弟出任恆山派掌門的訊息，決定親自上恆山來，一來是向老弟道賀，二來是商議這件大事。」

令狐冲道：「兩位如此抬舉，晚輩實不敢當。」

冲虛道：「那樂厚傳來左冷禪的號令，說道三月十五，五嶽劍派人眾齊集嵩山，推舉五嶽派的掌門人。此舉原早在方丈大師的意料之中，只是我們沒想到左冷禪會如此性急而已。他說推舉五嶽派掌門人，倒似五嶽劍派合而為一之事已成定局。其實，衡山莫大先生脾氣怪僻，是不會附和左冷禪的。泰山天門道兄性子剛烈，也決計不肯屈居人下。令師岳先生外圓內方，對華山一派的道統看得極重，左冷禪要他取消華山派的名頭，岳先生該會據理力爭。只有恆山一派，三位前輩師太先後圓寂，一眾女弟子無力和左冷禪相抗，說不定就此屈服。豈知定閒師太竟能破除成規，將掌門人一席重任，交託在老弟手中。我和方丈師兄談起定閒師太的胸襟遠見，當真欽佩之極。她在身受重傷之際，仍能想到這一著，更是難得，足見定閒師太平素修為之高，直至壽終西歸，始終靈台清明。只要泰山、衡山、華山、恆山四派聯手，不允併成五嶽派，左冷禪為禍江湖的陰謀便不能得逞了。」

令狐冲道：「然而瞧樂厚今日前來傳令的聲勢，似乎泰山、衡山、華山三派均已受了左冷禪的挾制。」冲虛點頭道：「正是。令師岳先生的動向，也令方丈大師和貧道大惑不解。聽說福州林家有一名子弟，拜在令師門下，是不是？」令狐冲道：「正是。這林師弟名叫林平之。」冲虛道：「他祖傳有一部辟邪劍譜，江湖上傳言已久，均說譜中所載劍法，威力極大，老弟想來必有所聞。」令狐冲道：「是。」當下將如何在福州向陽巷中尋到一件袈裟、如何嵩山派有人謀奪、自己如何受傷暈倒等情說了。

冲虛沉吟半晌，道：「按情理說，令師見到了這件袈裟，自會交給你林師弟。」

令狐冲道：「是。可是後來師妹卻又向我追討辟邪劍譜。其中疑難，實無法索解。晚輩蒙冤已久，那也不去理他，但辟邪劍法到底實情如何，要向二位前輩請教。」

冲虛向方證瞧了一眼，道：「方丈大師，其中原委，請你向令狐老弟解說罷。」

方證點了點頭，說道：「令狐掌門，你可聽到過『葵花寶典』的名字？」

令狐冲道：「曾聽晚輩師父提起過，他老人家說，『葵花寶典』是武學中至高無上的秘笈，可是失傳已久，不知下落。後來晚輩又聽任教主說，他曾將『葵花寶典』傳給了東方不敗，然則這部『葵花寶典』，目下是在日月教手中了。」方證搖頭道：「日月教所得的殘缺不全，並非原書。」令狐冲應道：「是。」心想武林中的重大隱秘之事，這兩位前輩倘若不知，旁人更不會知道了，料來有一件武林大事，即將從方證大師口中透露出來。

方證抬起頭來，望著天空悠悠飄過的白雲，說道：「華山派當年有氣宗、劍宗之分，一派分為兩宗。華山派前輩，曾因此而大動干戈，自相殘殺，這一節你是知道的？」令狐冲道：「是。只是我師父亦未詳加教誨。」方證點頭道：「本派中同室操戈，實非美事，是以岳先生不願多談。華山派所以有氣宗、劍宗之分，據說便是因那部『葵花寶典』而起。」

他頓了一頓，緩緩說道：「這部『葵花寶典』，武林中向來都說，是前朝皇宮中一位宦官所著。」令狐冲道：「宦官？」方證道：「宦官就是太監。」令狐冲點頭道：「嗯。」方證道：「至於這位前輩的姓名，已經無可查考，以他這樣一位大高手，為甚麼在皇宮中做太監，那是更加誰也不知道了。至於寶典中所載的武功，卻是精深之極，三百餘年來，始終無一人能據書練成。百餘年前，這部寶典為福建莆田少林寺下院所得。其時莆田少林寺方丈紅葉禪師，乃是一位大智大慧的了不起人物，依照他老人家的武功悟性，該當練成寶典上所載武功才是。但據他老人家的弟子說道，紅葉禪師並未練成。更有人說，紅葉禪師參究多年，直到逝世，始終就沒起始練寶典中所載的武功。」

令狐冲道：「說不定此外另有秘奧訣竅，卻不載在書中，以致以紅葉禪師這樣的智慧之士，也難以全部領悟，甚至根本無從著手。」

方證大師點頭道：「這也大有可能，老衲和冲虛道兄都無緣法見到寶典，否則雖不敢說修習，但看看其中到底是些甚麼高深莫測的文字，也是好的。」

冲虛微微一笑，道：「大師卻動塵心了。咱們學武之人，不見到寶典則已，要是見到，定然會廢寢忘食的研習參悟，結果不但誤了清修，反而空惹一身煩惱。咱們沒有緣份見到，其實倒是福氣。」

方證哈哈一笑，說道：「道兄說得是，老衲塵心不除，好生慚愧。」他轉頭又向令狐冲道：「據說華山派有兩位師兄弟，曾到莆田少林寺作客，不知因何機緣，竟看到了這部『葵花寶典』。」

令狐冲心想：「『葵花寶典』既如此要緊，莆田少林寺自然秘不示人。華山派這兩名師兄弟能夠見到，定是偷看。方證大師說得客氣，不提這個『偷』字而已。」

方證又道：「其時匆匆之際，二人不及同時遍閱全書，當下二人分讀，一個人讀一半，後來回到華山，共同參悟研討。不料二人將書中功夫一加印證，竟然牛頭不對馬嘴，全然合不上來。二人都深信對方讀錯了書，只有自己所記得的才是對的。可是單憑自己所記得的一小半，卻又不能依之照練。兩個本來親逾同胞骨肉的師兄弟，到後來竟變成了對頭冤家。華山派分為氣宗、劍宗，也就由此而起。」

令狐冲道：「這兩位前輩師兄弟，想來便是岳肅和蔡子峯兩位華山前輩了？」岳肅是華山氣宗之祖，蔡子峯則是劍宗之祖。華山一派分為二宗，那是許多年前之事了。

方證道：「正是。岳蔡二位私閱『葵花寶典』之事，紅葉禪師不久便即發覺。他老人家知道這部寶典中所載武學不但博大精深，兼且凶險之極。據說最難的還是第一關，只消第一關能打通，以後倒也沒有甚麼。天下武功都是循序漸進，越到後來越難。這葵花寶典最艱難之處卻在第一步，修習時只要有半點岔差，立時非死即傷。當下派遣他的得意弟子渡元禪師前往華山，勸諭岳蔡二位，不可修習寶典中的武學。」

令狐冲道：「這門武功竟是第一步最難，如果無人指點，照書自練，定然凶險得緊。但想來岳蔡二位前輩並未聽從。」方證道：「其實，那也怪不得岳蔡二人。想我輩學武之人，一旦得窺精深武學的秘奧，如何肯不修習？老衲出家修為數十載，一旦想到寶典的武學，也不免起了塵念，冲虛道兄適才以此見笑，何況是俗家武師？不料渡元禪師此一去，卻又生出一番事來。」令狐冲道：「難道岳蔡二位，對渡元禪師有所不敬嗎？」

方證搖頭道：「那倒不是。渡元禪師上得華山，岳蔡二人對他好生相敬，承認私閱『葵花寶典』，一面深致歉意，一面卻以經中所載武學，向他請教。殊不知渡元禪師雖是紅葉禪師的得意弟子，寶典中的武學卻是未蒙傳授。只因紅葉禪師自己也不大明白，自不能以之傳授弟子。岳蔡二人只道他定然精通寶典中所載的學問，那想得到其中另有原由？當下渡元禪師並不點明，聽他們背誦經文，隨口解釋，心下卻暗自記憶。渡元禪師武功本極高明，又是絕頂機智之人，聽到一句經文，便以己意演繹幾句，居然也說來頭頭是道。」

令狐冲道：「這樣一來，渡元禪師反從岳蔡二位那裏，得悉了寶典中的經文？」方證點頭道：「不錯。不過岳蔡二人所記的，本已不多，經過這麼一轉述，不免又打了折扣。據說渡元禪師在華山之上住了八日，這才作別，但從此卻也沒再回莆田少林寺去。」令狐冲奇道：「他不再回去？卻到了何處？」方證道：「當時就無人得知了。不久紅葉禪師就收到渡元禪師的一通書信，說道他凡心難抑，決意還俗，無面目再見師父云云。」令狐冲大為奇怪，心想此事當真出乎意料之外。

方證道：「由於這一件事，少林下院和華山派之間，便生了許多嫌隙，而華山弟子偷窺『葵花寶典』之事，也流傳於外。過不多時，即有魔教十長老攻華山之舉。」

令狐冲登時想起在思過崖後洞所見的骷髏，以及石壁上所刻的武功劍法，不禁「啊」的一聲。方證道：「怎麼？」令狐冲臉上一紅，道：「打斷了方丈的話題，恕罪則個。」

方證點了點頭，說道：「算來那時候連你師父也還沒出世呢。魔教十長老攻華山，便是想奪這部『葵花寶典』，其時華山派已與泰山、嵩山、恆山、衡山四派結成了五嶽劍派，其餘四派得訊便即來援。華山腳下一場大戰，魔教十長老多數身受重傷，鎩羽而去，但岳肅、蔡子峯兩人均在這一役中斃命，而他二人所筆錄的『葵花寶典』殘本，也給魔教奪了去，因此這一仗的輸贏卻也難說得很。五年之後魔教捲土重來。這一次十長老有備而來，對五嶽劍派劍術中的精妙之著，都想好了破解之法。冲虛道兄與老衲推想，魔教十長老武功雖高，但要在短短五年之內，盡破五嶽劍派的精妙劍招，多半也還是由於從『葵花寶典』中得到了好處。二次決鬥，五嶽劍派著實吃了大虧，高手耆宿，死傷慘重，五派許多精妙劍法從此失傳湮沒。只是那魔教十長老卻也不得生離華山。想像那一場惡戰，定是慘烈非凡。」

令狐冲道：「晚輩曾在華山思過崖的一個洞口之中，見到這魔教十長老的遺骨，又見到石壁上刻下的若干題字。」冲虛道：「有這等事？題字中寫些甚麼？」令狐冲道：「有十六個大字，寫的是『五嶽劍派，無恥下流，比武不勝，暗算害人。』此外還有許多小字，都是咒罵五嶽劍派卑鄙無賴，不要臉等等。」冲虛道：「華山派怎地容得這些誹謗的字跡留在石壁之上，這倒奇了。」令狐冲道：「這石洞是晚輩無意中發見的，旁人均不知道。」當下將如何發見這石洞的經過說了，又說那使斧之人以利斧開山數百丈，卻只相差不到一尺，力盡而死，毅力可佩，而命運之蹇，著實令人可嘆。

方證大師道：「使斧頭的？難道是十長老中的『大力神魔』范松？」令狐冲道：「正是！石壁上刻有一行字，說『范松趙鶴破恆山派劍法於此』。」方證道：「趙鶴？他是十長老中的『飛天神魔』。他是不是使雷震擋的？」令狐冲道：「這個晚輩卻不知道，但石洞中地下，確有一具雷震擋。晚輩記得石壁上題字，破了華山派劍法的，是兩個姓張的，叫甚麼張乘風、張乘雲。」方證道：「果然不錯，『金猴神魔』張乘風，『白猿神魔』張乘雲，乃是兄弟二人，據說所使兵刃是熟銅棍。」令狐冲道：「正是。石壁上圖形，確是以棍棒破了我華山派的劍法，設想之奇，令人嘆服。」

方證道：「從你所見者推想，似乎魔教十長老中了五嶽劍派的埋伏，被誘入山洞之中，囚禁了起來，無法脫身。」令狐冲道：「晚輩也這麼想，料想因此這些人心懷不平，既在石壁上刻字痛罵五嶽劍派，又刻下破解五嶽劍派的法門，好使後人得知，他們並非戰敗，只是誤中機關而已。石壁上所刻華山派劍法，確是精妙非凡，我師父師娘似乎並不知曉。此中緣故，晚輩一直大惑不解，適才聽了方丈大師述說往事，才知華山派前輩大都在此役中喪命，這些高招就此失傳。恆山、泰山等四派想來也是這樣。」冲虛道：「確是如此。」

令狐冲道：「在魔教十長老的骷髏之旁，還有好幾柄長劍，卻是五嶽劍派的兵刃。」

方證出了一會神，道：「那就難以推想了，說不定是十長老從五嶽劍派手中奪來的。你在後洞中所見，一直沒跟人說起過？」令狐冲道：「晚輩發見了後洞中的奇事之後，變故迭生，一直沒機緣向師父、師娘提起此事。風太師叔卻早就知道了。」

方證點頭道：「我方生師弟當年曾與風老前輩有數面之緣，頗受過他老人家的恩惠。方生師弟說道，你的劍法確是風老前輩嫡傳。我們只道風老前輩當年在華山氣劍兩宗火併之後便已仙去，原來尚自健在，實乃可喜。」

冲虛道：「當年武林中傳說，華山兩宗火併之時，風老前輩剛好在江南娶親，得訊之後趕回華山，劍宗好手已然傷亡殆盡，一敗塗地。否則以他劍法之精，倘若參與鬥劍，氣宗無論如何不能佔到上風。風老前輩隨即發覺，江南娶親云云，原來是一場大騙局，他那岳丈暗中受了華山氣宗之托，買了個妓女來冒充小姐，將他羈絆在江南。風老前輩重回江南岳家，他的假岳丈全家早已逃得不知去向。江湖上都說，風老前輩惱怒羞愧，就此自刎而死。」

方證連使眼色，要他住口。冲虛卻裝作並未會意，最後才道：「令狐掌門，貧道對風老前輩好生敬仰，決不敢揭他老人家的舊日隱私。今日所以重提此事，是盼你明白，英雄難過美人關，大丈夫一時誤中奸計，那也算不了甚麼，只是不可愈陷愈深。」

令狐冲知他其意所指，說的是盈盈，他言語中比喻不倫，不過總是一番好意，當下喟然不答，尋思：「風太師叔這些年來一直在思過崖畔隱居，原來是懺悔前過，想是他無面目見武林中同道，因此命我決計不可洩露他的行蹤，又說從此不再見華山派之人。他一生遭遇極慘，數十年來孤單寂寞，待我大事一了，須得上思過崖去陪陪他說話解悶才是。我現下已不屬華山派，去拜見他老人家，不算是不遵囑咐。」

三人說了半天話，太陽快下山了，照映得半天皆紅。

方證道：「華山派岳肅、蔡子峯二人錄到『葵花寶典』不久，便即為魔教十長老所殺，兩人都來不及修習，寶典又給魔教奪了去。因此華山派中沒人學到寶典中的絲毫武功。但兩人由於所見寶典經文不同，在武學上重氣、重劍的偏歧，卻已分別跟門人弟子詳細講論過，華山派後來分為氣劍兩宗，同門相殘，便種因於此。說這部寶典是不祥之物，也不為過。」

冲虛點頭道：「五色令人目盲，五音令人耳聾，本來就是這個道理。」方證道：「魔教得到了岳蔡二人手錄的寶典殘本，恐怕也沒甚麼得益。十長老慘死華山，那不必說了。令狐掌門說道，任教主將那寶典傳給了東方不敗。那麼兩人交惡，說不定也與這部手錄本有關。其實這部手錄本殘缺不全，本上所錄，只怕還不及林遠圖所悟。」

令狐冲問道：「林遠圖是誰？」方證道：「嗯，林遠圖便是你林師弟的曾祖，福威鏢局的創辦人，以七十二路辟邪劍法鎮懾羣小的便是他了。」令狐冲道：「這位林前輩，也曾得見『葵花寶典』嗎？」方證道：「他便是渡元禪師，便是紅葉禪師的弟子！」令狐冲身子一震，道：「原來如此。」方證道：「渡元禪師本來姓林，還俗之後，便復了本姓。」

令狐冲道：「原來以七十二路辟邪劍法威震江湖的林前輩，便是這位渡元禪師，那真是料想不到。」那天晚上衡山城外破廟中林震南臨死時的情景，驀地裏湧上心頭。

方證道：「渡元就是圖遠。這位前輩禪師還俗之後，復了原姓，卻將他法名顛倒過來，取名為遠圖，後來娶妻生子，創立鏢局，在江湖上轟轟烈烈的幹了一番事業。這位林前輩立身甚正，吃的雖是鏢局子飯，但行俠仗義，急人之難，他不在佛門，行的卻是佛門之事。一個人只要心地好，心即是佛，是否出家，也沒多大分別。紅葉禪師當然不久即知，這林鏢頭便是他的得意弟子，但聽說師徒之間，以後也沒來往。」

令狐冲道：「這位林前輩從華山派岳蔡二位前輩口中，獲知『葵花寶典』的精要，不知那『辟邪劍譜』又從何而來？而林家傳下來的辟邪劍法，卻又不甚高明？」

方證道：「辟邪劍法是從葵花寶典殘本中悟出來的武功，兩者系出同源，但都只得到了原來寶典的一小部分。」轉頭向冲虛道：「道兄，劍法之道，你是大行家，比我懂得多了，這中間的道理，你向令狐少俠說說。」

沖虛笑道：「你這麼說，若非多年知己，老道可要怪你取笑我了。當今劍術之精，除了風老前輩，又有誰及得上令狐少俠？」方證道：「令狐少俠劍術雖精，劍道上的學問卻遠不及你。大家是自己人，無話不說，那也不用客氣。」

沖虛嘆道：「其實以老道之所知，與劍道中浩如煙海的學問相比，實只太倉一粟而已。將來也不知是否得有機緣拜見風老前輩，向他老人家請教疑難。」向令狐沖道：「今日林家的辟邪劍法平平無奇，而林遠圖前輩曾以此劍法威震江湖，卻又絕不虛假。當年青城派掌門長青子，號稱『三峽以西劍法第一』，卻也敗在林前輩手下。今日青城派的劍法，可就比福威鏢局的辟邪劍法強得太多，其中一定別有原因。這個道理，老道已想了很久，其實，天下學劍之士，人人都曾想過這個道理。」

令狐沖道：「林師弟家破人亡，父母雙雙慘死，便是由於這個疑團難解而起？」

沖虛道：「正是。辟邪劍法的威名太甚，而林震南的武功太低，這中間的差別，自然而然令人推想，定然是林震南太蠢，學不到家傳武功。進一步便想，倘若這劍譜落在我手中，定然可以學到當年林遠圖那輝煌顯赫的劍法。老弟，百餘年來以劍法馳名的，原不只林遠圖一人。但少林、武當、峨嵋、崑崙、點蒼、青城以及五嶽劍派諸派，後代各有傳人，旁人決計不會去打他們的主意。只因林震南武功低微，那好比一個三歲娃娃，手持黃金，在鬧市之中行走，誰都會起心搶奪了。」

令狐沖道：「這位林遠圖前輩既是紅葉禪師的高足，然則他在莆田少林寺中，早已學到了一身驚人武功，甚麼辟邪劍法，說不定只是他將少林派劍法略加變化而已，未必真的另有劍譜。」

沖虛道：「這麼想的人，本來也是不少。不過辟邪劍法與少林派武功截然不同，任何學劍之士，一見便知。嘿嘿，起心搶奪劍譜的人雖多，終究還是青城矮子臉皮最老，第一個動手。可是余矮子臉皮雖厚，腦筋卻笨，怎及得上令師岳先生不動聲色，坐收巨利。」

令狐沖臉上變色，道：「道長，你……你說甚麼？」

沖虛微微一笑，說道：「那林平之拜入了你華山門下，辟邪劍譜自然跟著帶進來了。聽說岳先生有個獨生愛女，也要許配你那林師弟，是不是？果然是深謀遠慮。」

令狐沖初時聽沖虛說「令師岳先生不動聲色、坐收巨利」，辱及師尊，頗為忿怒，待又聽他說到師父「深謀遠慮」，突然想起，那日師父派遣二師弟勞德諾喬裝改扮，攜帶小師妹到福州城外開設酒店，當時不知師父用意，此刻想來，自是為了針對福威鏢局。林震南武功平平，師父如此處心積慮，若說不是為了辟邪劍譜，又為了甚麼？只是師父所用的策略乃是巧取，不像余滄海和木高峯那樣豪奪罷了。隨即又想：「小師妹是個妙齡閨女，師父為甚麼要她拋頭露面，去開設酒店？」想到這裏，不由得心頭湧起一陣寒意，突然之間省悟：「師父要將小師妹許配給林師弟，其實在他二人相見之前，早就有這個安排了。」

方證和沖虛見他臉上陰晴不定，神氣甚是難看，知他向來尊敬師父，這番話頗傷他的臉面。方證道：「這些言語，也只是老衲與沖虛道兄閒談之時，胡亂推測。尊師為人方正，武林中向有君子之稱。只怕我們是以小人之心，妄度君子之腹了。」沖虛微微一笑。

令狐沖心下一片混亂，只盼沖虛所言非實，但內心深處，卻知他每句話說的都是實情，忽然又想：「是了，原來林遠圖前輩本是和尚，因此他向陽巷老宅之中，有一佛堂，而那劍譜，又是寫在袈裟上。猜想起來，他在華山與岳肅、蔡子峯兩位前輩探討葵花寶典，一字一句，記在心裏，當時他尚是禪師，到得晚上，便筆錄在袈裟之上，以免遺忘。」

冲虛道：「時至今日，這部葵花寶典上所載的武學秘奧，魔教手中有一些，令師岳先生手上有一些。你林師弟既拜入華山派門下，左冷禪便千方百計的來找岳先生麻煩，用意顯然有二：一是想殺了岳先生，便於他歸併五嶽劍派；其二自然是劫奪辟邪劍譜了。」

令狐冲連連點頭，說道：「道長推想甚是。那寶典原書是在莆田少林寺，左冷禪可知道嗎？倘若他得知此事，只怕更要去滋擾莆田少林寺。」

方證微笑道：「莆田少林寺中的『葵花寶典』早已毀了。那倒不足為慮。」令狐冲奇道：「毀了？」方證道：「紅葉禪師臨圓寂之時，召集門人弟子，說明這部寶典的前因後果，便即投入爐中火化，說道：『這部武學秘笈精微奧妙，但其中許多關鍵之處，當年的撰作人並未能妥為參通解透，留下的難題太多，尤其是第一關難過，不但難過，簡直是不能過、不可過，流傳後世，實非武林之福。』他有遺書寫給嵩山本寺方丈，也說及了此事。」

令狐冲嘆道：「這位紅葉禪師前輩見識非凡。倘若世上從來就沒有『葵花寶典』，這許許多多變故，也就不會發生。」他心中想的是：「沒有葵花寶典，就沒有辟邪劍法，師父就不會安排將小師妹許配給林師弟，林師弟不會投入華山派門下，就不會遇見小師妹。」但轉念又想：「可是我令狐冲浮滑無行，與旁門左道之士結交，又跟葵花寶典有甚麼干係了？男子漢大丈夫，自己種因，自己得果，不用怨天尤人。」

冲虛道：「下月十五，左冷禪召集五嶽劍派齊集嵩山推舉掌門，令狐少俠有何高見？」令狐冲微笑道：「那有甚麼推舉的？掌門之位，自然是非左冷禪莫屬。」冲虛道：「令狐少俠便不反對嗎？」令狐冲道：「他嵩山、泰山、衡山、華山四派早已商妥，我恆山派孤掌難鳴，縱然反對，也是枉然。」

冲虛搖頭道：「不然！泰山、衡山、華山三派，懾於嵩山派之威，不敢公然異議，容或有之，若說當真贊成併派，卻為事理之所必無。」

方證道：「以老衲之見，少俠一上來該當反對五派合併，理正辭嚴，他嵩山派未必說得人心盡服。倘若五派合併之議終於成了定局，那麼掌門人一席，便當以武功決定。少俠如全力施為，劍法上當可勝得過左冷禪，索性便將這掌門人之位搶在手中。」

令狐冲大吃一驚，道：「我……我……那怎麼成？萬萬不能！」

冲虛道：「方丈大師和老道商議良久，均覺老弟是直性子人，隨隨便便，無可無不可，又跟魔教左道之士結交，你倘若做了五嶽派的掌門人，老實說，五嶽派不免門規鬆弛，眾弟子行為放縱，未必是武林之福……」

令狐冲哈哈大笑，說道：「道長說得真對，要晚輩去管束別人，那如何能夠？上樑不正下樑歪，令狐冲自己，便是個好酒貪杯的無行浪子。」

冲虛道：「浮滑無行，為害不大，好酒貪杯更於人無損，野心勃勃，可害得人多了。老弟如做了五嶽派掌門，第一，不會欺壓五嶽劍派的前輩耆宿與門人弟子；第二，不會大動干戈，想去滅了魔教，不會來吞併我們少林、武當；第三，大概吞併峨嵋、崑崙諸派的興致，老弟也不會太高。」方證微笑道：「冲虛道兄和老衲如此打算，雖說是為江湖同道造福，一半也是自私自利。」冲虛道：「打開天窗說亮話，老和尚、老道士來到恒山，一來是為老弟捧場，二來是為正邪雙方萬千同道請命。」方證合什道：「阿彌陀佛，左冷禪倘若當上了五嶽派掌門人，這殺劫一起，可不知伊於胡底了。」

令狐冲沉吟道：「兩位前輩如此吩咐，令狐冲本來不敢推辭。但兩位明鑒，晚輩後生小子，這麼一塊胡塗材料，做這恒山掌門，已是狂妄之極，實在是迫於無奈，如再想做五嶽派掌門，勢必給天下英雄笑掉了牙齒。這三分自知之明，晚輩總還是有的。這麼著，做五嶽派掌門，晚輩萬萬不敢，但三月十五這一天，晚輩一定到嵩山去大鬧一場，說甚麼也要左冷禪做不成五嶽派掌門。令狐冲成事不足，搗搗亂或許還行。」

冲虛道：「一味搗亂，也不成話。屆時倘若事勢所逼，你非做掌門人不可，那時卻不能推辭。」令狐冲只是搖頭。

冲虛道：「你倘若不跟左冷禪搶，當然是他做掌門。那時五派歸一，左掌門手操生殺之權，第一個自然來對付你。」令狐冲默然，嘆了口氣，說道：「那也無可奈何。」冲虛道：「就算你一走了之，他捉你不到，左冷禪對付你恒山派門下的弟子，卻也不會客氣。定閒師太交在你手上的這許多弟子，你便任由她們聽憑左冷禪宰割麼？」令狐冲伸手在欄干一拍，大聲道：「不能！」方證又道：「那時你師父、師娘、師弟、師妹，左冷禪一定也容他們不得。數年之間，他們一個個大禍臨頭，你也忍心不理嗎？」

令狐冲心頭一凜，不禁全身毛骨悚然，退後兩步，向方證與冲虛兩人深深作揖，說道：

「多蒙二位前輩指點，否則令狐冲不自努力，貽累多人。」

方證、冲虛行禮作答。方證道：「三月十五，老衲與冲虛道兄率同本門弟子，前赴嵩山為令狐少俠助威。」冲虛道：「他嵩山派若有甚麼不軌異動，我們少林、武當兩派自當出手制止。」

令狐冲大喜，說道：「得有二位前輩在場主持大局，諒那左冷禪也不敢胡作非為。」三人計議已罷，雖覺前途多艱，但既有了成算，便覺寬懷。冲虛笑道：「咱們該回去了罷。新任掌門人陪著一個老和尚、一個老道士不知去了那裏，只怕大家已在擔心了。」

三人轉身過來，剛走得七八步，突然間同時停步。令狐冲喝道：「甚麼人？」他察覺天橋彼端傳來多人的呼吸之聲，顯然懸空寺左首的靈龜閣中伏得有人。

他一聲呼喝甫罷，只聽得砰砰砰幾聲響，靈龜閣的幾扇窗戶同時被人擊飛，窗口露出十餘枝長箭的箭頭，對準了三人。便在此時，身後神蛇閣的窗門也為人擊飛，窗口也有十餘人彎弓搭箭，對準三人。

方證、冲虛、令狐冲三人均是當世武林中頂尖高手，雖然對準他們的強弓硬弩，自非尋常弓箭之可比，而伏在窗後的箭手料想也非庸手，但畢竟奈何不了三人。只是身處二閣之間的天橋之上，下臨萬丈深淵，既不能縱躍而下，而天橋橋身窄僅數尺，亦無迴旋餘地，加之三人身上均未攜帶兵刃，猝遇變故，不禁都吃了一驚。

令狐冲身為主人，斜身一閃，擋在二人身前，喝道：「大膽鼠輩，怎地不敢現身？」

只聽一人喝道：「射！」卻見窗中射出十七八道黑色水箭。這些水箭竟是從箭頭上射將出來，原來這些箭並非羽箭，而是裝有機括的水槍，用以射水。水箭斜射向天，顏色烏黑，在夕陽反照之下，顯得詭異之極。

令狐冲等三人跟著便覺奇臭沖鼻，既似腐爛的屍體，又似大批死魚死蝦，聞著忍不住便要作嘔。十餘道水箭射上天空，化作雨點，灑將下來，有些落上了天橋欄干，片刻之間，木欄干上腐蝕出一個個小孔。方證和冲虛雖然見多識廣，卻也從未見過這等猛烈的毒水。若是羽箭暗器，他三人手中雖無兵刃，也能以袍袖運氣擋開，但這等遇物即爛的毒水，身上只須沾上一點一滴，只怕便腐爛至骨，二人對視一眼，都見到對方臉上變色，眼中微露懼意。要令這二大掌門眼中顯露懼意，那可真是難得之極了。

一陣毒水射過，窗後那人朗聲說道：「這陣毒水是射向天空的，要是射向三位身上，那便如何？」只見十七八枝長箭慢慢斜下，又平平的指向三人。天橋長十餘丈，左端與靈龜閣相連，右端與神蛇閣相連，雙閣之中均伏有毒水機弩，要是兩邊機弩齊發，三人武功再高，也必難以逃生。

令狐冲聽得這人的說話聲音，微一凝思，便已記起，說道：「東方教主派人前來送禮，送的好禮！」

伏在靈龜閣中說話之人，正是東方不敗派來送禮道賀的那個黃面尊者賈布。

賈布哈哈一笑，說道：「令狐公子好聰明，認出了在下口音。既是在下暗使卑鄙詭計，佔到了上風，聰明人不吃眼前虧，令狐公子那便暫且認輸如何？」他把話說在頭裏，自稱是

「暗使卑鄙詭計」，倒免得令狐冲出言指責了。

令狐冲氣運丹田，朗聲長笑，山谷鳴響，說道：「我和少林、武當兩位前輩在此閒談，只道今日上山來的都是好朋友，沒作防範的安排，可著了賈兄的道兒。此刻便不認輸，也不可得了。」

賈布道：「如此甚好。東方教主素來尊敬武林前輩，看重後起之秀的少年英俠。何況任大小姐自幼跟東方教主一起長大，便看在任大小姐面上，我們也不敢對令狐公子無禮。」

令狐冲哼了一聲，並不答話。

方證和冲虛當令狐冲和賈布對答之際，察看周遭情勢，要尋覓空隙，冒險一擊，但見前後水槍密密相對，僧道二人同時出手，當可掃除得十餘枝水槍，但若要一股盡殲，卻萬萬不能，只須有一枝水槍留下發射毒水，三人便均難保性命。僧道二人對望了一眼，眼光中所示心意都是說：「不能輕舉妄動。」

只聽賈布又道：「既然令狐公子願意認輸，雙方免傷和氣，正合了在下心願。我和上官兄弟下山之時，東方教主吩咐下來，要請公子和少林寺方丈、武當掌門道長，同赴黑木崖敝教總壇盤桓數日。此刻三位同在一起，那是再好不過，咱們便即起行如何？」

令狐冲又哼了一聲，心想天下那有這樣的便宜事，己方三人只消一離開天橋，要制住賈布、上官雲和他一干手下，自是易如反掌。

果然賈布跟著便道：「只不過三位武功太高，倘若行到中途，忽然改變主意，不願去黑木崖了，我們可無法交差，吃罪不起，因此斗膽向三位借三隻右手。」令狐冲道：「借三隻右手？」賈布道：「正是，請三位各自砍下右臂，那我們就放心得多了。」

令狐冲哈哈一笑，說道：「原來如此。東方不敗是怕了我們三人的武功劍術，因此布下了這個圈套。只要我們砍下了自己右臂，使不了兵刃，他便高枕無憂了。」賈布道：「高枕無憂倒不見得。任我行少了公子這樣一位強援，那便勢孤力弱得多了。」令狐冲道：「閣下說話倒坦率得很。」

賈布道：「在下是真小人。」他提高嗓子說道：「方丈大師，掌門道長，兩位是寧可捨卻一臂呢，還是甘願把性命拚在這裏？」

冲虛道：「好！東方不敗要借手臂，我們把手臂借給他便是。只是我們身上不帶兵刃，要割手臂，卻有些難。」

他這個「難」字剛脫口，窗口中寒光一閃，一個鋼圈擲了出來。這鋼圈直徑近尺，邊緣鋒利，圈中有一橫條作為把手，乃是外門的短打兵刃，若有一對，便是「乾坤圈」之類了。令狐冲站在最前，伸手一抄，接了過來，不由得微微苦笑，心想這賈布也真工於心計，這鋼圈外緣鋒利如刀，一轉之下，便可割斷手臂，但不論舞得如何迅捷，總因兵刃太短，無法擋開飛射過來的水箭。

賈布厲聲喝道：「既已答應，快快下手！別要拖延時刻，妄圖救兵到來。我叫一、二、三！若不斷臂，毒水齊發。一！」

令狐冲低聲道：「我向前急衝，兩位跟在我身後！」冲虛道：「不可！」

賈布道：「二！」

令狐冲左手將鋼圈一舉，心想：「方證大師和冲虛道長是我恆山客人，說甚麼也不能讓他二位受到傷害。他『三』字一叫出口，我擲出鋼圈，舞動袍袖衝上，只要毒水都射在我身上，他二位便有機會乘隙脫身。」只聽得賈布叫道：「大家預備，我要叫『三』了！」

忽聽得靈龜閣屋頂一個清脆的女子聲音喝道：「且慢！」跟著便似有一團綠雲冉冉從閣頂飄落，擋在令狐冲身前，正是盈盈。

令狐冲急叫：「盈盈，退後！」盈盈反過左手，在身後搖了搖，叫道：「賈叔叔，黃面尊者在江湖上好響的萬兒，怎地幹起這等沒出息的勾當來啦！」賈布叫道：「這個……大小姐，你……退開，別淌混水。」盈盈道：「你在這裏幹甚麼來著？東方叔叔叫你和上官叔叔來送禮給我，你怎地受了嵩山派左冷禪的賄賂，竟來對恆山派掌門無禮？」賈布道：「誰說我受了左冷禪的賄賂？我奉有東方教主密令，捉拿令狐冲送交總壇。」

盈盈道：「你胡說八道。教主的黑木令在此。教主有令：賈布密謀不軌，一體教眾見之即行擒拿格殺，重重有賞！」說著右手高高舉起，手中果然是一根黑木令牌。

賈布大怒，喝道：「放箭！」盈盈道：「東方教主叫你殺我嗎？」賈布道：「你違抗教主令旨……」盈盈叫道：「上官叔叔，你將叛徒賈布拿下，你便升作青龍堂長老。」

上官雲自負武功較賈布為高，入教資歷也較他為深，但賈布是青龍堂長老，自己是白虎堂長老，排名反在其下，本來就對賈布頗有心病，一聽盈盈的呼喚，不禁遲疑。盈盈是前任教主之女，現下任教主重入江湖，謀復教主之位，東方教主雖然向來對這位任大小姐十分尊重，今後卻勢必不同，但要他指揮部屬向盈盈發射毒水，卻是萬萬不能。

賈布又叫：「放箭！」但他那些部屬一直視盈盈有若天神，又見她手中持有黑木令，如何敢對她無禮？

正僵持間，靈龜閣下忽然有人叫道：「火起，火起！」紅光閃動，黑煙衝上，正是樓閣底下著了火。盈盈大聲叫道：「賈布，你好狠心，幹麼放火想燒死你的老部下？」賈布怒道：「胡說八……」

盈盈叫道：「千秋萬載，一統江湖！日月神教教眾，東方教主有令：快下去救火！」說著向前疾衝。令狐沖、方證、沖虛三人乘勢奔前。盈盈叫的是本教切口，加之閣下火起，混亂中諸教眾只一呆，令狐沖等三人便已橫越半截飛橋，破窗入閣。

三人衝入閣內，毒水機弩即已無所施其技。令狐沖搶到真武大帝座前，提起一隻燭台，右臂一振，蠟燭飛出。他知道毒水實在太過厲害，只須身上濺到一點，那便後患無窮，眼見方證、沖虛二人掌劈足踢，下手毫不容情，霎時間已料理了七八人，他提起燭台當作劍使，手臂一抬，便刺入了一人咽喉，頃刻間殺了六人。

賈布與上官雲這次來到恆山，共攜帶四十口箱子，每口箱子兩人扛抬，一共有八十名漢子。這八十人其實均是日月教中的得力教眾，武功均頗了得。四十人分布於懸空寺四周，其餘四十人便取出暗藏在身的機弩，分自神蛇閣、靈龜閣中出襲。令狐沖等三人片刻之間，將賈布手下的二十人屠戮乾淨，毒水機弩散了一地。

賈布手持一對判官筆，和盈盈手中一長一短的雙劍鬥得甚緊。

令狐冲和盈盈交往，初時是聞其聲而不見其人，隨後是見其威懾羣豪而不知其所由，感其深情而不知其所蹤。當日她手殺少林弟子，力鬥方生大師，令狐冲也只是見其影而不見其形，直至此刻，才初次正面見到她與人相鬥。但見她身形輕靈，倏來倏往，劍招攻人，出手詭奇，長短劍或虛或實，極盡飄忽，雖然一個實實在在的人便在眼前，令狐冲心中，仍是覺得飄飄緲緲，如煙如霧。

賈布所使的一對判官筆份量極重，揮舞之際，發出有似鋼鞭、鐵鐗般聲息。盈盈的雙劍始終不和他判官筆相碰。賈布每一招都是筆尖指向盈盈身上各處大穴，但總是差之毫釐。

方證大師喝道：「孽障，還不撤下兵刃就擒？」

賈布眼見今日之勢已是有死無生，雙筆歸一，疾向盈盈喉頭戳去。令狐冲一驚，生怕盈盈避不開這一招，手中燭台刺出，嗤嗤兩聲，刺在賈布雙手腕脈之上。賈布手指無力，判官筆脫手，雙掌一起，和身向令狐冲撲來。

方證大師斜刺裏穿上，一舉臂，兩隻手掌將他雙掌拿住了。賈布使力掙扎，無法脫出對方手掌，當即飛起左腿，踢向方證下陰，招式甚是毒辣。方證嘆一口氣，雙手一送，賈布向外直飛，穿門而出。只聽得叫聲慘厲，越叫越遠，跌入翠屏山外深谷之中。

令狐冲向盈盈一笑，說道：「虧得你來相救！」

盈盈微笑道：「總算及時趕到！」縱聲叫道：「撲熄了火！」閣下有人應道：「是！」原來樓閣下起火，是以硫磺硝石之屬燒著茅草，用以擾亂賈布心神，並非真的起火。

盈盈走到窗口，向對面神蛇閣叫道：「上官叔叔，賈布抗命，自取其禍，你率領部屬下閣來罷，我不跟你為難。」上官雲道：「大小姐，你可得言而有信。」盈盈道：「我向本教歷代神魔發誓，只要上官雲聽我號令，今後我決不加害於他，若違此誓，給三尸蟲嚼食腦髓而死。」這是日月教最重的毒誓，上官雲一聽，便即放心，率領二十名部屬下閣。

令狐冲等四人走下靈龜閣，只見老頭子、祖千秋等數十人已候在閣下。令狐冲問盈盈道：「你怎知賈布他們前來偷襲？」盈盈道：「東方不敗那有這等好心，會誠心來給你送禮？我初時還道四十口箱子之中藏著甚麼詭計，後來見賈布鬼鬼祟祟，領著從人到這邊來，我起了疑心，帶老先生他們一起過來瞧瞧。那些守在翠屏山下的飯桶居然不許我們上山，一下子便露出了馬腳。」老頭子、祖千秋等盡皆大笑。上官雲低下了頭，臉上深有慚色。

令狐冲嘆道：「我這恒山派掌門第一天上任，也便露出了胡塗無能的馬腳。明知東方不敗派人前來決無善意，卻也不加防範。令狐冲死了，那是活該，倘若方證大師和冲虛道長竟也遭到奸人暗算……唉！」說著不住搖頭。

盈盈道：「上官叔叔，今後你是跟我呢，還是跟東方不敗？」上官雲臉上變色，在這頃刻之間，要他決定背叛東方教主，那可為難之極。盈盈道：「神教十長老之中，已有六人服了我爹爹給他們的三尸腦神丹。這一顆丹丸，你服是不服？」說著伸出手掌，一顆殷紅色的藥丸，在她手中滴溜溜的打轉。上官雲顫聲道：「大小姐，你說本教十大長老之中，已有六位長老……六位長老……」盈盈道：「不錯，你從未跟過我爹爹辦事，這幾年跟隨東方不敗，並不算是背叛我爹爹。你若能棄暗投明，我固然定當借重，我爹爹自也另眼相看。」

上官雲向四周一瞧，心想：「我若不投降，眼見便得命喪當場，既然十長老中已有六長老歸順了任教主，大勢所趨，我上官雲也不能獨自向東方教主效忠。」當即上前，從盈盈掌上取過三尸腦神丹，嚥入腹中，說道：「上官雲蒙大小姐不殺之恩，今後奉命驅使，不敢有違。」一面說，一面躬身行禮。盈盈笑道：「今後咱們都是自己人，不必如此多禮。你手下這些兄弟，自然也跟著你罷？」

上官雲轉頭向二十名部屬瞧去。那些漢子見首領已降，且已服了三尸腦神丹，當即向盈盈拜伏於地，說道：「願聽聖姑差遣，萬死不辭。」

這時羣豪已撲熄了火，見盈盈收服上官雲，盡皆慶賀。上官雲在日月教中武功既高，職位又尊，歸降盈盈，於任我行奪回教主之事自必助力甚大。

方證與沖虛見事已平息，當即告辭下山。令狐冲送出數里，這才互道珍重而別。

盈盈與令狐冲並肩緩緩回見性峯來，說道：「東方不敗此人行事陰險毒辣，適才你已親見。我爹爹和向大哥刻下正在向教中故舊遊說，要他們重投舊主。欣然順服的自然最好，不肯歸降的便一一解決，以削弱東方不敗的勢力。東方不敗這當兒也已展開反攻，他派遣賈布和上官雲來向你下手，便是一著極厲害的棋子。只因我爹爹和向大哥行蹤隱秘，東方不敗無法找到他們，若能傷害了你，我……我……」說到這裏，臉上微微一紅，轉過了頭。

其時暮色蒼茫，晚風吹動她柔髮，從後腦向雙頰邊飄起。令狐冲見到她雪白的後頸，心中一蕩，尋思：「她對我一往情深，天下皆知，連東方不敗也想到要擒拿了我，向她要脅，再以此要脅她爹爹。適才懸空寺天橋之上，她明知毒水中人即死，卻擋在我身前，唯恐我受傷。有妻如此，令狐冲復有何求？」伸出雙臂，便往她腰中抱去。

盈盈嗤的一笑，身子微側，令狐冲便抱了個空。他劍法雖精，內力渾厚，但於拳腳、擒拿、輕身等等功夫，卻差得遠了。盈盈笑道：「一派掌門大宗師，如此沒規沒矩嗎？」

令狐冲笑道：「普天下掌門人之中，以恆山派掌門最為莫名奇妙，貽笑大方了。」

盈盈正色道：「你為甚麼這樣說？連少林方丈、武當掌門，對你也禮敬有加，還有誰敢瞧你不起？你師父將你逐出華山門牆，你可別永遠將這件事放在心頭，自覺愧對於人。」

盈盈這幾句話，正說中了令狐冲的心事，他生性雖然豁達，但於被逐出師門之事，卻是一直既慚愧又痛心，不由得長嘆一聲，低下了頭。

盈盈拉住他手，說道：「你身為恆山掌門，已於天下英雄之前揚眉吐氣。恆山華山兩派向來齊名，難道堂堂恆山派掌門，還及不上一個華山派的弟子嗎？」令狐冲道：「多謝你相勸。只是我總覺做尼姑頭兒，有些尷尬可笑。」盈盈道：「今日已有近千名英雄好漢投入恆山派麾下，五嶽劍派之中，說到聲勢之盛，只嵩山派尚可和你較量一下，泰山、衡山、華山三派，又怎能及得上你？」

令狐冲道：「這件大事，我還沒謝你呢。」盈盈微笑道：「謝甚麼？」令狐冲道：「你怕我做尼姑頭兒不大體面光采，於是派遣手下好漢，投歸恆山。若不是聖姑有令，這些放蕩不羈、桀敖不馴的江湖朋友，怎肯來做大小尼姑的同門？來乖乖的受我約束？」盈盈抿嘴一笑，說道：「那也未必盡然，你做他們的盟主，攻打少林寺，大夥兒都很服你呢。」

兩人談談說說，離主庵已近，隱隱聽到羣豪笑語喧譁。盈盈停步道：「咱們暫且分手，待爹爹大事已定，我再來見你。」

令狐冲胸口突然一熱，說道：「你去黑木崖嗎？」盈盈道：「是。」令狐冲道：「我和你同去。」盈盈目光中放出十足喜悅的光采，卻緩緩搖頭。

令狐冲道：「你不要我同去？」盈盈道：「你今天剛做恆山派掌門，便和我一起去辦日月教的事。雖說恆山派新掌門行事，令人莫測高深，但這樣幹，總未免過份些罷？」令狐冲道：「對付東方不敗，那是艱危之極的事，我難道能置身事外，忍心你去涉險？」盈盈道：「那些江湖漢子住在恆山別院之中，難保他們不向恆山派的姑娘囉唣。」令狐冲道：「只須你去傳個號令，諒他們便有天大膽子，再也不敢。」

盈盈道：「好，你肯和我同去，我代爹爹多謝了。」令狐冲笑道：「咱二人你謝我、我謝你的，幹麼這樣客氣？」盈盈嫣然一笑，道：「以後我對你不客氣，可別怪我。」

走了一陣，盈盈道：「我爹爹說過，你既不允入教，他去奪回教主之事，便不能要你相助，可是……可是……」說著紅暈上臉。令狐冲道：「我雖不屬日月教，跟你卻不是外人。就算你爹爹見了我，要攆我走，我也是厚了臉皮，死賴活挨。」盈盈微笑道：「我爹爹得你相助，心中也一定挺歡喜的。」

二人回到見性峯上，分別向眾弟子吩咐。令狐冲命諸弟子勤練武功，說自己要送盈盈一程，辦完事後，即行回山。盈盈則叮囑羣豪，過了今天之後，若是有人踏上見性峯一步，上左足砍左足，上右足砍右足，雙足都上便兩腿齊砍。

次日清晨，令狐冲和盈盈跟眾人別過，帶同上官雲及二十名教眾，向黑木崖進發。

黑木崖是在河北境內，由恆山而東，不一日到了平定州。令狐冲和盈盈一路都分別坐在兩輛大車之中，車帷低垂，以防為東方不敗的耳目知覺。當晚盈盈和令狐冲在平定客店之中歇宿。該地和日月教總壇相去不遠，城中頗多教眾來往，上官雲派遣四名得力部屬，在客店前後把守，不許閒雜人等行近。

晚膳之時，盈盈陪著令狐冲小酌。店房中火盆裏的熊熊火光映在盈盈臉上，更增嬌艷。

令狐冲喝了幾杯酒，說道：「你爹爹那日在少林寺中，說道他於當世豪傑之中，佩服三個半人，其中以東方不敗居首。此人既能從你爹爹手中奪得教主之位，自然是個才智極高之士。江湖上又向來傳言，天下武功以東方不敗為第一，不知此言真假如何？」

盈盈道：「東方不敗這廝極工心計，那是不必說了。武功到底如何，我卻不大了然，近幾年來我極少見到他面。」

令狐冲點頭道：「近幾年你在洛陽城中綠竹巷住，自是少見他面。」盈盈道：「那倒也不盡然。我雖在洛陽城，每年總回黑木崖一兩次，但回到黑木崖，往往也見不著東方不敗。聽教中長老說，這些年來，越來越難見到教主。」令狐冲道：「身居高位之人，往往裝神弄鬼，令人不易見到，以示與眾不同。」盈盈道：「這自然是一個原因。但我猜想他是在苦練『葵花寶典』上的功夫，不願教中的事務打擾他的心神。」令狐冲道：「你爹爹曾說，當年他日夕苦思『吸星大法』中化解異種真氣之法，不理教務，這才讓東方不敗篡奪了權位。難道東方不敗又來重蹈覆轍麼？」

盈盈道：「東方不敗自從不親教務之後，這些年來，教中事務，盡歸那姓楊的小子大權獨攬了。這小子不會奪東方不敗的權，重蹈覆轍之舉，倒決不至於。」令狐冲道：「姓楊的小子？那是誰啊？怎地我從來沒聽見過？」盈盈臉上忽現忸怩之色，微笑道：「說起來沒的污了口。教中知情之人，誰也不提；教外之人，誰也不知。你自然不會聽見了。」

令狐冲好奇之心大起，道：「好妹子，你便說給我聽聽。」盈盈道：「那姓楊的叫做楊蓮亭，只二十來歲年紀，武功既低，又無辦事才幹，但近來東方不敗卻對他寵信得很，真是莫名奇妙。」說到這裏，臉上一紅，嘴角微斜，顯得甚是鄙夷。

令狐冲恍然道：「啊，這姓楊的是東方不敗的男寵了。原來東方不敗雖是英雄豪傑，卻喜歡……喜歡孌童。」

盈盈道：「別說啦，我不懂東方不敗搗甚麼鬼。總之他把甚麼事兒都交給楊蓮亭去辦，教裏很多兄弟都害在這姓楊的手上，當真該殺……」

突然之間，窗外有人笑道：「這話錯了，咱們該得多謝楊蓮亭才是。」

盈盈喜叫：「爹爹！」快步過去開門。

任我行和向問天走進房來。二人都穿著莊稼漢衣衫，頭上破氈帽遮住了大半張臉，若非聽到聲音，當真見了面也認不出來。令狐冲上前拜見，命店小二重整杯筷，再加酒菜。

任我行精神勃勃，意氣風發，說道：「這些日子來，我和向兄弟聯絡教中舊人，竟出乎意料之外的容易。十個中倒有八個不勝之喜，均說東方不敗近年來倒行逆施，已近於眾叛親離的地步。尤其那楊蓮亭，本來不過是神教中一個無名小卒，只因巴結上東方不敗，大權在手，作威作福，將教中不少功臣斥革的斥革，害死的害死。若不是限於教中嚴規，早已有人起來造反了。那姓楊的幫著咱們幹了這樁大事，豈不是須得多謝他才是。」

盈盈道：「正是。」又問：「爹爹，你們怎知我們到了？」

任我行笑道：「向兄弟和上官雲打了一架，後來才知他已歸降了你。」盈盈道：「向叔叔，你沒傷到他罷？」向問天微笑道：「要傷到上官鵰俠，可不是易事。」

正說到這裏，忽聽得外面嘘溜溜、嘘溜溜的哨子聲響，靜夜中聽來，令人毛骨悚然。

盈盈道：「難道東方不敗知道我們到了？」轉向令狐冲解說：「這哨聲是教中捉拿刺客、叛徒的訊號，本教教眾一聞訊號，便當一體戒備，奮勇拿人。」

過了片刻，聽得四匹馬從長街上奔馳而過，馬上乘者大聲傳令：「教主有令：風雷堂長老童百熊勾結敵人，謀叛本教，立即擒拿歸壇，如有違抗，格殺勿論。」

盈盈失聲道：「童伯伯！那怎麼會？」只聽得馬蹄聲漸遠，號令一路傳了下去。瞧這聲勢，日月教在這一帶囂張得很，簡直沒把地方官放在眼裏。

任我行道：「東方不敗消息倒也靈通，咱們前天和童老會過面。」盈盈吁了口氣，道：「童伯伯也答應幫咱們？」任我行搖頭道：「他怎肯背叛東方不敗？我和向兄弟二人跟他剖析利害，說了半天，最後童老說道：『我和東方兄弟是過命的交情，兩位不是不知，今日跟我說這些話，那分明是瞧不起童百熊，把我當作了是出賣朋友之人。東方教主近來受小人之惑，的確幹了不少錯事。但就算他身敗名裂，我姓童的也決不會做半件對不起他的事。姓童的不是兩位敵手，要殺要剮，便請動手。』這位童老，果然是老薑越老越辣。」

令狐冲讚道：「好漢子！」

盈盈道：「他既不答應幫咱們，東方不敗又怎地要拿他？」

向問天道：「這就叫做倒行逆施了。東方不敗年紀沒怎麼老，行事卻已顛三倒四。像童老這麼對他忠心耿耿的好朋友，普天下又那裏找去？」

任我行拍手笑道：「連童老這樣的人物，東方不敗竟也和他翻臉，咱們大事必成！來，乾一杯！」四個人一齊舉杯喝乾。

盈盈向令狐冲道：「這位童伯伯是本教元老，昔年曾有大功，教中上下，人人對他甚是尊敬。他向來和爹爹不對，跟東方不敗卻交情極好。按情理說，他便犯了再大的過失，東方不敗也決不會難為他。」

任我行興高采烈，說道：「東方不敗捉拿童百熊，黑木崖上自是吵翻了天，咱們乘這時候上崖，當真最好不過。」向問天道：「咱們請上官兄弟一起來商議商議。」任我行點頭道：「甚好。」向問天轉身出房，隨即和上官雲一起進來。

上官雲一見任我行，便即躬身行禮，說道：「屬下上官雲，參見教主，教主千秋萬載，一統江湖。」任我行笑道：「上官兄弟，向來聽說你是個不愛說話的硬漢子，怎地今日初次見面，卻說這等話？」上官雲一愕，道：「屬下不明，請教主指點。」

盈盈道：「爹爹，你聽上官叔叔說『教主千秋萬載，一統江湖』，覺得這句話很突兀，是不是？」任我行道：「甚麼千秋萬載，一統江湖，當我是秦始皇嗎？」

盈盈微笑道：「這是東方不敗想出來的玩意兒，他要下屬眾人見到他時，都說這句話，就是他不在跟前，教中兄弟們互相見面之時，也須這麼說。那還是不久之前搞的花樣。上官叔叔說慣了，對你也這麼說了。」

任我行點頭道：「原來如此。千秋萬載，一統江湖，倒想得挺美！但又不是神仙，那裏有千秋萬載的事？上官兄弟，聽說東方不敗下了令要捉拿童老，料想黑木崖上甚是混亂，咱們今晚便上崖去，你說如何？」

上官雲道：「教主令旨英明，算無遺策，燭照天下，造福萬民，戰無不勝，攻無不克。屬下謹奉令旨，忠心為主，萬死不辭。」

任我行心下暗自嘀咕：「江湖上多說『鵰俠』上官雲武功既高，為人又極耿直，怎地說起話來滿口諛詞，陳腔爛調，直似個不知廉恥的小人？難道江湖上傳聞多誤，他只是浪得虛名？」不由得皺起了眉頭。

盈盈笑道：「爹爹，咱們要混上黑木崖去，第一自須易容改裝，別給人認了出來。可是更要緊的，卻得學會一套黑木崖上的切口，否則你開口便錯。」任我行道：「甚麼叫做黑木崖上的切口？」盈盈道：「上官叔叔說的甚麼『教主令旨英明，算無遺策』，甚麼『屬下謹奉令旨，忠心為主，萬死不辭』等等，便是近年來在黑木崖上流行的切口。這一套都是楊蓮亭那廝想出來奉承東方不敗的。他越聽越喜歡，到得後來，只要有人不這麼說，便是大逆不道的罪行，說得稍有不敬，立時便有殺身之禍。」任我行道：「你見到東方不敗之時，也說這些狗屁嗎？」盈盈道：「身在黑木崖上，不說又有甚麼法子？女兒所以常在洛陽城中住，便是聽不得這些教人生氣的言語。」

任我行道：「上官兄弟，咱們之間，今後這一套全都免了。」上官雲道：「是。教主指示聖明，歷百年而常新，垂萬世而不替，如日月之光，布於天下，屬下自當凜遵。」

盈盈抿著嘴，不敢笑出聲來。

任我行道：「你說咱們該當如何上崖才好？」上官雲道：「教主胸有成竹，神機妙算，當世無人能及萬一。教主座前，屬下如何敢參末議？」任我行皺眉道：「東方不敗會商教中大事之時，也是無人敢發一言嗎？」盈盈道：「東方不敗才智超羣，別人原不及他的見識。就算有人想到甚麼話，那也是誰都不敢亂說，免遭飛來橫禍。」

任我行道：「原來如此。那很好，好極了！上官兄弟，東方不敗命你去捉拿令狐冲，當時如何指示？」上官雲道：「他說捉到令狐大俠，重重有賞，捉拿不到，提頭來見。」任我行笑道：「很好，你就綁了令狐冲去領賞。」

上官雲退了一步，臉上大有驚惶之色，說道：「令狐大俠是教主愛將，有大功於本教，屬下何敢得罪？」任我行笑道：「東方不敗的居處，甚是難上，你綁縛了令狐冲去黑木崖，他定要傳見。」

盈盈笑道：「此計大妙，咱們便扮作上官叔叔的下屬，一同去見東方不敗。只要見到他面，大夥兒抽兵刃齊上，憑他武功再高，總是雙拳難敵四手。」向問天道：「令狐兄弟最好假裝身受重傷，手足上綁了布帶，染些血跡，咱們幾個人用擔架抬著他，一來好叫東方不敗不防，二來擔架之中可以暗藏兵器。」任我行道：「甚好，甚好。」

只聽得長街彼端傳來馬蹄聲響，有人大呼：「拿到風雷堂主了，拿到風雷堂主了！」

盈盈向令狐冲招了招手。兩人走到客店大門之後，只見數十人騎在馬上，高舉火把，擁著一個身材魁梧的老者疾馳而過。那老者鬚髮俱白，滿臉是血，當是經過一番劇戰。他雙手被綁在背後，雙目炯炯，有如要噴出火來，顯是心中憤怒已極。盈盈低聲道：「五六年前，東方不敗見到童伯伯時，熊兄長，熊兄短，親熱得不得了，那想到今日竟會反臉無情。」

過不多時，上官雲取來了擔架等物。盈盈將令狐冲的手臂用白布包紮了，吊在他頭頸之中，宰了口羊，將羊血灑得他滿身都是。任我行和向問天都換上教中兄弟的衣服，盈盈也換上男裝，塗黑了臉。各人飽餐之後，帶同上官雲的部屬，向黑木崖進發。

離平定州西北四十餘里，山石殷紅如血，一片長灘，水流湍急，那便是有名的猩猩灘。更向北行，兩邊石壁如牆，中間僅有一道寬約五尺的石道。一路上日月教教眾把守嚴密，但一見到上官雲，都十分恭謹。一行人經過三處山道，來到一處水灘之前，上官雲放出響箭，對岸搖過來三艘小船，將一行人接了過去。令狐冲暗想：「日月教數百年基業，果然非同小可。若不是上官雲作了內應，咱們要從外攻入，那是談何容易？」

到得對岸，一路上山，道路陡峭。上官雲等在過渡之時便已棄馬不乘，一行人在松柴火把照耀下徒步上坡。盈盈守在擔架之側，手持雙劍，全神監視。這一路上山，地勢極險，抬擔架之人倘若拚著性命不要，將擔架往萬丈深谷中一拋，令狐冲不免命喪宵小之手。

到得總壇時天尚未明，上官雲命人向東方不敗急報，說道奉行教主令旨，已成功而歸。過了一會，半空中銀鈴聲響，上官雲立即站起，恭恭敬敬的等候。

盈盈拉了任我行一把，低聲道：「教主令旨到，快站起來。」任我行當即站起，放眼瞧去，只見總壇中一干教眾在這剎那間突然都站在原地不動，便似中邪著魔一般。

銀鈴聲從高而下的響將下來，十分迅速，鈴聲止歇不久，一名身穿黃衣的教徒走進來，雙手展開一幅黃布，讀道：「日月神教文成武德、仁義英明教主東方令曰：賈布、上官雲遵奉令旨，成功而歸，殊堪嘉尚，著即帶同俘虜，上崖進見。」

上官雲躬身道：「教主千秋萬載，一統江湖。」

令狐冲見了這情景，暗暗好笑：「這不是戲台上太監宣讀聖旨嗎？」

只聽上官雲大聲道：「教主賜屬下進見，大恩大德，永不敢忘。」他屬下眾人一齊說道：「教主賜屬下進見，大恩大德，永不敢忘。」

任我行、向問天等隨著眾人動動嘴巴，肚中暗暗咒罵。

一行人沿著石級上崖，經過了三道鐵門，每一處鐵閘之前，均有人喝問當晚口令，檢查腰牌。到得一道大石門前，只見兩旁刻著兩行大字，右首是「文成武德」，左首是「仁義英明」，橫額上刻著「日月光明」四個大紅字。

過了石門，只見地下放著一隻大竹簍，足可裝得十來石米。上官雲喝道：「把俘虜抬進去。」和任我行、向問天、盈盈三人彎腰抬了擔架，跨進竹簍。

銅鑼三響，竹簍緩緩升高。原來上有絞索絞盤，將竹簍絞了上去。

竹簍不住上升，令狐冲抬頭上望，只見頭頂有數點火星，這黑木崖著實高得厲害。盈盈伸出右手，握住了他左手。黑夜之中，仍可見到一片片輕雲從頭頂飄過，再過一會，身入雲霧，俯視簍底，但見黑沉沉的一片，連燈火也望不到了。

過了良久，竹簍才停。上官雲等抬著令狐冲踏出竹簍，向左走了數丈，又抬進了另一隻竹簍，原來崖頂太高，中間有三處絞盤，共分四次才絞到崖頂。令狐冲心想：「東方不敗住得這樣高，屬下教眾要見他一面自是為難之極。」

好容易到得崖頂，太陽已高高升起。日光從東射來，照上一座漢白玉的巨大牌樓，牌樓上四個金色大字「澤被蒼生」，在陽光下發出閃閃金光，不由得令人肅然起敬。

令狐冲心想：「東方不敗這副排場，武林中確是無人能及。少林、嵩山，俱不能望其項背，華山、恆山，那更差得遠了。他胸中大有學問，可不是尋常的草莽豪雄。」任我行輕聲道：「澤被蒼生，哼！」

上官雲朗聲叫道：「屬下白虎堂長老上官雲，奉教主之命，前來進謁。」

右首一間小石屋中出來四人，都是身穿紫袍，走了過來。為首一人道：「恭喜上官長老立了大功，賈長老怎地沒來？」上官雲道：「賈長老力戰殉難，已報答了教主的大恩。」那人道：「原來如此，然則上官長老立時便可升級了。」上官雲道：「若蒙教主提拔，決不敢忘了老兄的好處。」那人聽他答應行賄，眉花眼笑的道：「我們可先謝謝你啦！」他向令狐冲瞧了一眼，笑道：「任大小姐瞧中的，便是這小子嗎？我還道是潘安宋玉一般的容貌，原來也不過如此。青龍堂上官長老，請這邊走。」上官雲道：「教主還沒提拔我，可別叫得太早了，倘若傳進了教主和楊總管耳中，那可吃罪不起。」那人伸了伸舌頭，當先領路。

從牌樓到大門之前，是一條筆直的石板大路。進得大門後，另有兩名紫衣人將五人引入後廳，說道：「楊總管要見你，你在這裏等著。」上官雲道：「是！」垂手而立。

過了良久，那「楊總管」始終沒出來，上官雲一直站著，不敢就座。令狐冲尋思：「這上官長老在教中職位著實不低，可是上得崖來，人人沒將他放在眼裏，倒似一個廝養侍僕也比他威風些。那楊總管是甚麼人？多半便是那楊蓮亭了，原來他只是個總管，那是打理雜務瑣事的僕役頭兒，可是日月教的白虎堂長老，竟要恭恭敬敬的站著，靜候他到來。東方不敗當真欺人太甚！」

又過良久，才聽得腳步聲響，步聲顯得這人下盤虛浮，無甚內功。一聲咳嗽，屏風後轉出一個人來。令狐冲斜眼瞧去，只見這人三十歲不到年紀，穿一件棗紅色緞面皮袍，身形魁梧，滿臉虬髯，形貌極為雄健威武。

令狐冲尋思：「盈盈說東方不敗對此人甚是寵信，又說二人之間，關係曖昧。我總道是個姑娘一般的美男子，那知竟是個彪形大漢，那可大出意料之外了。難道他不是楊蓮亭？」

只聽這人說道：「上官長老，你大功告成，擒了令狐冲而來，教主極是喜歡。」聲音低沉，甚是悅耳動聽。

上官雲躬身道：「那是託賴教主的洪福，楊總管事先的詳細指點，屬下只是遵照教主的令旨行事而已。」

令狐冲心下暗暗稱奇：「這人果然便是楊蓮亭！」

楊蓮亭走到擔架之旁，向令狐冲臉上瞧去。令狐冲目光散渙，嘴巴微張，裝得一副身受重傷後的癡呆模樣。楊蓮亭道：「這人死樣活氣的，當真便是令狐冲，你可沒弄錯？」

上官雲道：「屬下親眼見到他接任恆山派掌門，並沒弄錯。只是他給賈長老點了三下重穴，又中了屬下兩掌，受傷甚重，一年半載之內，只怕不易復原。」楊蓮亭笑道：「你將任大小姐的心上人打成這副模樣，小心她找你拚命。」上官雲道：「屬下忠於教主，旁人的好惡，也顧不得了。若得能為盡忠於教主而死，那是屬下畢生之願，全家皆蒙榮寵。」

楊蓮亭道：「很好，很好。你這番忠心，我必告知教主知道，教主定然重重有賞。風雷堂堂主背叛教主，犯上作亂之事，想來你已知道了？」上官雲道：「屬下不知其詳，正要向總管請教。教主和總管若有差遣，屬下奉命便行，赴湯蹈火，萬死不辭。」

楊蓮亭在椅中一坐，嘆了口氣，說道：「童百熊這老兒，平日仗著教主善待於他，一直倚老賣老，把誰都不放在眼裏。近年來他暗中營私結黨，陰謀造反，我早已瞧出了端倪，那知他越來越無法無天，竟然去和反教大逆任我行勾結，真正豈有此理。」

上官雲道：「他竟去和那……那姓任的勾結嗎？」話聲發顫，顯然大為震驚。

楊蓮亭道：「上官長老，你為甚麼怕得這樣厲害？那任我行也不是甚麼三頭六臂之徒，教主昔年便將他玩弄於掌心之中，擺布得他服服貼貼。只因教主開恩，才容他活到今日。他不來黑木崖便罷，倘若膽敢到來，還不是像宰雞一般的宰了。」上官雲道：「是，是。只不知童百熊如何暗中和他勾結？」楊蓮亭道：「童百熊和任我行偷偷相會，長談了幾個時辰，還有一名反教的大叛徒向問天在側。那是有人親眼目睹的。跟任我行、向問天這兩個大叛徒有甚麼好談的？那自是密謀反叛教主了。童百熊回到黑木崖來，我問他有無此事，他竟然一口認了！」上官雲道：「他竟一口承認，那自然不是冤枉的了。」

楊蓮亭道：「我問他既和任我行見過面，為甚麼不向教主稟報？他說：『任老弟瞧得起我姓童的，跟我客客氣氣的說話。他當我是朋友，我也當他是朋友，朋友之間說幾句話，有甚麼了不起？』我問他：『任我行重入江湖，意欲和教主搗亂，這一節你又不是不知。他既然對不起教主，你怎可還當他是朋友？』他可回答得更加不成話了，他媽的，這老傢伙竟說：『只怕是教主對不起人家，未必是人家對不起教主！』」

上官雲道：「這老兒胡說八道！教主義薄雲天，對待朋友向來是最厚道的，怎會對不起人？那自然是忘恩負義之輩對不起教主。」這幾句話在楊蓮亭聽來，自然以為「教主」二字是指東方不敗，令狐冲等卻知他是在討好任我行，只聽他又道：「屬下既決意向教主效忠，有那個鼠輩膽敢言語中對教主他老人家稍有無禮，我上官雲決計放他不過。」

這幾句話，其實是當面在罵楊蓮亭，可是他那裏知道，笑道：「很好，教中眾兄弟倘若都能像你上官長老一般，對教主忠心耿耿，何愁大事不成？你辛苦了，這就下去休息罷。」

上官雲一怔，說道：「屬下很想參見教主。屬下每見教主金面一次，便覺精神大振，做事特別有勁，全身發熱，似乎功力修為陡增十年。」

楊蓮亭淡淡一笑，說道：「教主很忙，恐怕沒空見你。」

上官雲探手入懷，伸出來時，掌心中已多了十來顆大珍珠，走上幾步，低聲道：「楊總管，屬下這次出差，弄到了這十八顆珍珠，盡數孝敬了總管，只盼總管讓我參見教主。教主一喜歡，說不定升我的職，那時再當重重酬謝。」

楊蓮亭皮笑肉不笑的道：「自己兄弟，又何必這麼客氣？那可多謝你了。」放低了喉嚨道：「教主座前，我盡力替你多說好話，勸他升你做青龍堂長老便了。」

上官雲連連作揖，說道：「此事若成，上官雲終身不敢忘了教主和總管的大恩大德。」楊蓮亭道：「你在這裏等著，待教主有空，便叫你進去。」上官雲道：「是，是，是！」將珍珠塞在他的手中，躬身退下。楊蓮亭站起身來，大模大樣的進內去了。

又過良久，一名紫衫侍者走了出來，居中一站，朗聲說道：「文成武德、仁義英明教主有令：著白虎堂長老上官雲帶同俘虜進見。」

上官雲道：「多謝教主恩典，願教主千秋萬載，一統江湖。」左手一擺，跟著那紫衫人向後進走去。任我行和向問天、盈盈抬了令狐冲跟在後面。

一路進去，走廊上排滿了執戟武士，一共進了三道大鐵門，來到一道長廊，數百名武士排列兩旁，手中各挺一把明晃晃的長刀，交叉平舉。上官雲等從陣下弓腰低頭而過，數百柄長刀中只要有一柄突然砍落，便不免身首異處。

任我行、向問天等身經百戰，自不將這些武士放在眼裏，但在見到東方不敗之前先受如許屈辱，心下暗自不忿，令狐冲心想：「東方不敗待屬下如此無禮，如何能令人為他盡忠效力？一干教眾所以沒有反叛，只是迫於淫威、不敢輕舉妄動而已，東方不敗輕視豪傑之士，焉得不敗？」

走完刀陣，來到一座門前，門前懸著厚厚的帷幕。上官雲伸手推幕，走了進去，突然之間寒光閃動，八桿槍分從左右交叉向他疾刺，四桿槍在他胸前掠過，四桿槍在他背後掠過，相去均不過數寸。

令狐冲看得明白，吃了一驚，伸手去握藏在大腿綳帶下的長劍，卻見上官雲站立不動，朗聲道：「屬下白虎堂長老上官雲，參見文成武德、仁義英明教主！」

殿裏有人說道：「進見！」八名執槍武士便即退回兩旁。令狐冲這才明白，原來這八槍齊出，還是嚇唬人的，倘若進殿之人心懷不軌，眼前八槍刺到，立即抽兵刃招架，那便陰謀敗露了。

進得大殿，令狐冲心道：「好長的長殿！」殿堂闊不過三十來尺，縱深卻有三百來尺，長殿彼端高設一座，坐著一個長鬚老者，那自是東方不敗了。殿中無窗，殿口點著明晃晃的蠟燭，東方不敗身邊卻只點著兩盞油燈，兩朵火燄忽明忽暗，相距既遠，火光又暗，此人相貌如何便瞧不清楚。

上官雲在階下跪倒，說道：「教主文成武德，仁義英明，中興聖教，澤被蒼生，屬下白虎堂長老上官雲叩見教主。」

東方不敗身旁的紫衫侍從大聲喝道：「你屬下小使，見了教主為何不跪？」

任我行心想：「時刻未到，便跪你一跪，又有何妨？待會抽你的筋，剝你的皮。」當即低頭跪下。向問天和盈盈見他都跪了，也即跪倒。

上官雲道：「屬下那幾個小使朝思暮想，只盼有幸一睹教主金面，今日得蒙教主賜見，真是他們祖宗十八代積的德，一見到教主，喜歡得渾身發抖，忘了跪下，教主恕罪。」

楊蓮亭站在東方不敗身旁，說道：「賈長老如何力戰殉教，你稟明教主。」

上官雲道：「賈長老和屬下奉了教主令旨，都說我二人多年來身受教主培養提拔，大恩難報。此番教主又將這件大事交在我二人身上，想到教主平時的教誨，我二人心中的血也要沸了，均想教主算無遺策，不論派誰去擒拿令狐冲，仗著教主的威德，必定成功，教主所以派我二人去，那是無上的眷顧……」

令狐冲躺在擔架之上，心中不住暗罵：「肉麻，肉麻！上官雲的外號之中，總算也有個『俠』字，說這等話居然臉不紅，耳不赤，不知人間有羞恥事。」

便在此時，聽得身後有人大聲叫道：「東方兄弟，當真是你派人將我捉拿嗎？」這人聲音蒼老，但內力充沛，一句話說了出去，回音從大殿中震了回來，顯得威猛之極，料想此人便是風雷堂堂主童百熊了。

金庸作品集30

笑傲江湖

3 吸星大法

The Smiling, Proud Wanderer, Vol. 3

作者／金庸

副總編輯／鄭祥琳
特約編輯／李麗玲、沈維君
封面與內頁設計／林秦華
內頁插畫／王司馬
排版／連紫吟、曹任華
行銷企劃／廖宏霖

發行人／王榮文
出版發行／遠流出版事業股份有限公司
地址／臺北市中山北路一段11號13樓
電話／（02）2571-0297 傳真／（02）2571-0197 郵撥／0189456-1
著作權顧問／蕭雄淋律師

1987年 2月1日 初版一刷
2023年11月1日 五版一刷
2024年 1月1日 五版二刷
平裝版 每冊380元（本作品全四冊，共1520元）

ISBN 978-626-361-312-6（套：平裝）
ISBN 978-626-361-310-2（第3冊：平裝）
Printed in Taiwan

遠流博識網 http://www.ylib.com E-mail: ylib@ylib.com
金庸茶館粉絲團 https://www.facebook.com/jinyongteahouse

笑傲江湖. 3, 吸星大法 = The Smiling, Proud Wanderer. vol.3／金庸著. – 五版. -- 臺北市：遠流, 2023.11
面； 公分 --（金庸作品集；30）
ISBN 978-626-361-310-2（平裝）

857.9 112016220